材料帝国

❷

齐　橙/著

图书在版编目（CIP）数据

材料帝国.2 / 齐橙著. -- 南昌：二十一世纪出版社集团，2015.5

ISBN 978-7-5568-0787-1

Ⅰ. ①材… Ⅱ. ①齐… Ⅲ. ①长篇小说—中国—当代 Ⅳ. ① I247.5

中国版本图书馆 CIP 数据核字 (2015) 第 101704 号

材料帝国 2 齐 橙 / 著

责任编辑 刘 刚
出版发行 二十一世纪出版社集团
（江西省南昌市子安路 75 号 330009）
www.21cccc.com cc21@163.net
出 版 人 张秋林
经 销 新华书店
印 刷 北京建泰印刷有限公司
版 次 2015 年 10 月第 1 版 2015 年 10 月第 1 次印刷
开 本 710mm × 1000mm 1/16
印 张 24
字 数 350 千
书 号 ISBN 978-7-5568-0787-1
定 价 40.00 元

赣版权登字—04—2015—325

目　录

第三章　点石成金的快硬水泥 / 77

秦海为帮对门王晓晨教育她的弟弟，带着宁默和钢铁厂的乔长生来到平苑县内，在教训王晓晨弟弟的过程中，遇到并收拾了沦为小混混的钢铁厂老厂长傅文彬的儿子黑子。一番询问之下得知，原来调去曲江农场的傅文彬正被日益萧条的农场搞得心力憔悴，病患缠身。在乔长生的请求下，秦海来到农场，一向能化腐朽为神奇的秦海，又在农场的水泥厂里，发现了新的商机。

第四章　拼死挽救宝贵的矿渣 / 115

平苑县又来了个日本人，大东亚共享绿色基金的副会长川岛一郎来到平苑钢铁厂，说是要帮助当地改善环境，无偿将钢铁厂的废矿渣运回日本处理。平苑县相关部门乐开了花，然而秦海却意识到这个日本人无偿处理废矿的目的并不单纯。秦海一方面将废矿渣送去检验成分，一方面拖住川岛一郎。谁想到，川岛一郎绕过了秦海和平苑钢铁厂，直接将目标锁定了省内数一数二的北溪钢铁厂。得知这个消息，秦海和宁中英一起赶赴北溪钢铁厂，拼死也要挽救这批宝贵的废矿渣。

第五章　成立北溪特种钢材厂 / 153

废矿渣事件在秦海和宁中英的拼命阻拦下，得到了圆满的解决，秦海本人也因此而进入了安河省副省长杨亦赫的视线之中。一直打算将北溪钢铁厂作为改革试点的杨亦赫，将秦海视为了最好的改革执行者。1986 年春节过后，受省政府和北溪市政府的委派，秦海带着自己的班子，来到北溪钢铁厂，组建了北溪特种钢材厂。而初到北溪钢铁厂，秦海就好运地挖到了一个因政治问题而被打入冷宫的管理奇才。

第九章　生意轻松做到了欧洲 / 302

依靠陈鸿程的关系，秦海和陈鸿程随红原省的考察团一同来到西班牙马德里。初到西班牙，秦海就卖出了一份特种钢材的配方，并且利用这笔资金开始进行自己在马德里的一系列计划，将生意做到了欧洲。在西班牙奔波期间，秦海无意中了解到同行的红原钢铁厂的一行人打算从西班牙奥索冶炼技术公司采购一台冶炼炉，并且遭遇到了困难，心思活络的秦海在帮助红原钢铁厂的过程里竟又发现了新的机遇。

第十章　把一台设备变成两台 / 340

秦海通过自己短时间内在马德里建立起来的人脉，成功掌握了同奥索公司谈判的杀手锏。经过一轮压倒性的谈判，奥索公司不得不同意了秦海的报价，将原本 2200 万美元一台的设备，以 1600 万美元的价格出售给了红钢两台。而其中一台，则落到了北溪钢铁厂的囊中。除了设备，秦海还将特种钢铁销售进了欧洲，并且换回了大量原材料，收获颇丰。回到国内，秦海顺道拜访了杨新宇，没想到杨新宇又给秦海布置了一个新的任务。

第一章　青锋厂开起了招标会

在秦海、宁默等人的努力下，钢铁厂顺利完成了出口伊拉克的工兵锹任务，同时也兑现承诺，向省军区无偿提供了第一批工兵锹，此举大获军方好评。借着和军方的这个生意,秦海自己的事业开了个好头。青锋厂那边，则更是红红火火，新建成的实验室起了大作用，从浦桑汽车国产化办那里承接来的零件项目,也陆续完成了技术研发,可以开始进行生产了。这一次，在秦海的建议下，青锋厂破天荒地开起了招标会。

如果让秦海再做一次选择，他绝对不会让宁静、秦珊和王晓晨同时坐进吉普车里。这三个女孩子只是经过了非常短暂的矜持，就互相打得火热了。从青锋厂到县城这一路上，三个女孩叽叽喳喳，宛如一千五百只鸭子同时冲进了水塘，把秦海的脑袋瓜都吵得要裂开了。

在秦海的印象中，大妹妹秦珊是个比较文静的女孩子，而自己的对门王晓晨虽然话多一点，但至少也是个本分、保守的农村姑娘。可是当她们与宁静这个活泼的丫头凑在一起的时候，就迅速地被调动起来了，随便一个根本不好笑的小笑话都能让三个人笑得前仰后合，倒让沉默不语的秦海显得像个傻瓜一般。

本来，宁静在秦海面前说话就有些没遮没拦的。这一次，她见秦海带了自己的亲妹妹来，心里隐隐有了些争宠的心态，于是表现就更加积极了。

来到平苑百货商店的门口，秦海停下车，带着三个姑娘进了商店。琳琅满目的商品一下子就让秦珊的眼睛发花了，脚都有些迈不开。宁静一马当先，带着众人一个柜台一个柜台地浏览，同时不停地给秦家兄妹出着主意：

“秦海，看这个脸盆多好看，你不给珊珊买一个吗？”

“秦海，有打折的花布，不要布票的，你给珊珊买一块做衣服吧……”

“珊珊，这种浦江的香皂特别香，女生洗脸最合适了……”

也不知道女孩子之间怎么能够熟悉得这么快，秦珊一转眼之间在宁静的嘴里就变成了“珊珊”，而且叫的人和答的人都没有丝毫违和的感觉，倒是秦海听着浑身起鸡皮疙瘩，想反对又找不到由头。

“小静，我不用买这么好的东西，很贵的……”秦珊跟在宁静的身后，多少有些怯生生的感觉。她曾经有过了几次去姜山的县城逛百货商店的经历，除此之外就只是在镇上买过东西。看到这么多五彩缤纷的商品，再看看上面贴着的手工书写的价签，她感到压力极大。

“其实……热水瓶不用买彩壳的，网眼的这种便宜多了……”王晓晨走在秦海的身边，讷讷地发表着建议，她是感觉宁静有些大手大脚了，日用品能用就行，要那么漂亮有什么用呢？

“没事，小珊喜欢就行。”秦海呵呵笑着，只管掏钱买单。军方采购军铲的预付款马上就能到账，到时候他就是一个坐拥十万资产的大款了，买个热水瓶还需要考虑省三块五块的事情吗？

“小静，我也觉得，买这种网眼的热水瓶就可以了，彩壳的多贵啊。”秦珊小声地对宁静说道。

宁静把嘴贴到秦珊的耳边，说道：“不用担心，你哥有钱着呢，听我哥说，你哥马上就能变成一个万元户。”

秦海给宁默他们许下巨额的分红，宁默得意非凡，回到家照旧很嘴欠地把这个消息告诉了妹妹，然后再叮嘱妹妹千万要保密，不可对父母提起。也许是因为宁默说的钱数过于骇人听闻，宁静这一回居然破例没有向父母告密，但这样的消息在她心里还是憋不住，见到秦珊，自然就要透露一二。

秦珊早已听秦海说起过钢铁厂的事情，虽然不知道利润能够丰厚到何种程度，但万元户这个水平，她还是多少能够想象得到的。她扭头看了一眼秦海，然后同样小声地对宁静说道：“我哥说，有钱也不能乱花，要留着扩大再生产呢。”

“啊？他还要扩大再生产啊？那岂不是要当资本家了？”宁静吃惊地问道。

“我也不知道，不会是资本家的……政治课上不是说了，中央提倡搞多种经济形式并存吗，我哥他们这个应该算是……”秦珊开始用她那点可怜的政治常识替秦海辩解着。

“你们也学了《决议》吗？我们老师说，这个高考肯定要考的。”

“我们也学了，不过老师说，说不定到咱们高考的时候，又要开新的会，那时候就不会考这个《决议》了。”

“不会的，我们老师说这个《决议》是个纲领性文件，这几年都不会改的。”

“真的，你们老师肯定比我们老师知道得多……”

“呃……她们在说啥，你知道吗？”秦海无奈地看着王晓晨。他只能找王晓晨当同盟军了，这两个同样读高中的女孩子一说起学习的事情就全然忘了逛街的目的，思维变化之快，让秦海的脑子完全跟不上。

“她们两个学习好用功哦，我弟弟就没有她们用功。”王晓晨不无羡慕地看着宁静和秦珊，对秦海说道。

“好吧……”秦海没话说了，这是一个全民关注教育的年代，在青锋厂的时候他也已经感受到了，包括项纪勇、冷玉明他们几个，凑在一起谈孩子教育的时间也比谈生产或者技术的时间多得多。

逛完百货商店，在王晓晨的指挥下，众人又去了五金日杂商店，采购铁桶、铁锅一类的家居用品。这一趟逛街收获极大，幸好秦海开了吉普车来，车里除了坐人的地方，其他地方都塞得满满当当的，三个姑娘每人怀里还抱着一些东西，不过一个个都兴奋异常。

在一家名叫“欣欣”的港货商店里，秦海给三个姑娘每人买了一条漂亮的红纱巾，宁静倒是欢天喜地马上就接受了，而且不顾酷夏的火热，当时就系在了她那修长的脖颈上。秦珊心中一半是欢喜，一半是心疼钱，但鉴于秦海是给大家一起买的，她作为妹妹又不便反对，于是也扭扭捏捏地学着宁静的样子，把纱巾系在了脖子上。

最为窘迫的莫过于王晓晨，作为一个20岁的姑娘，这种时下在时尚女孩中最流行的纱巾曾经无数次出现在她的梦中，但5元钱一条的高昂价格又是让她望而生畏。秦海把纱巾递到她手上的时候，她用非常激烈的态度表示着拒绝，只差甩下众人夺路而走了。

“晓晨姐，你就收下吧，你看我和小静都有了，你也收下吧。我哥难得大方一回……”秦珊在一旁敲着边鼓。

“他是你哥，我……”王晓晨拼命找着拒绝的理由。

“那我呢？”宁静上前笑着说道，“晓晨姐，你要不收，我也不好意思收了，可是我好喜欢这种纱巾哦。我叫我妈妈给我买，说了好多次她都不肯，难得秦海大方一回，你就收下吧。”

“这……”王晓晨本来也不是擅长辩论的人，被宁静这样一说，她倒有些不好坚持了。宁静说了，如果她不收，宁静也不好意思收。如果因为她的缘故让宁静不能收下这条纱巾，宁静岂不是要生她的气？可是收下吧……这算什么名目呢？

“晓晨，你别不好意思了，其实我送你这条纱巾，是想贿赂你的。我和小静的哥哥宁默，就是胖子，借了钢铁厂的地方在炼点废钢，做点小东西卖。中间可能会涉及一些探伤的工作，到时候我可能要请你下班以后去帮帮忙。这条纱巾就算是预付的订金，以后请你做事的时候，我们还会给付报酬的。”秦海说道。

“好呀，好呀。”王晓晨赶紧答道，“你们要我帮忙，随时叫我就好了，只要我有时间就会去。报酬我就不要了，那这条纱巾我就收下了，谢谢秦海哈。”

“秦海，你好过分啊！”宁静瞪着眼睛对秦海斥道，“你竟然用一条纱巾就骗得晓晨姐去帮你们做事情，太廉价了。不行，晓晨姐，你一定得让他们给你付报酬！”

“不用的，不用的，出点力又不用花钱，秦海他们做点事也蛮不容易的。”王晓晨答道。

秦海开着车先把王晓晨和宁静送回青锋厂，然后才载着秦珊和满满一车东西，返回钢铁厂。

秦珊坐在前排副座上，扭头看着后座上堆着的各式生活用品，有些不安地问道：“哥，今天是不是花了太多钱了？”

“唔？没有吧。”秦海开着车，随意地回答道。

“我算了一下，花了有 520 块钱了。”秦珊小声说道。刚才在买东西的时候，秦珊跟在秦海身边，一直都在默默地算着哥哥花了多少钱。看着一张一张的大团结送出去，她只觉得胆战心惊。

秦海笑笑，说道：“咱们要建一个新的家呢，花五百多块钱算啥？等咱们厂子挣了钱，咱们还要买冰箱、电视机、洗衣机、空调，光一个冰箱就几千块呢。你算算，咱们买个热水瓶需要斤斤计较吗？”

“哦……”秦珊不吭声了，她知道有些有钱的城里人家里是有冰箱、彩电，价钱她也大概知道。哥哥现在已经是一个城里人了，未来买冰箱、彩电也是可以预见的事情。想到自己的家里竟然会有这样一些高级的东西，秦珊有些莫名的恍惚感觉。

“可是……这三条纱巾本来可以不买的。”秦珊抚着脖子上的纱巾，对秦海说道。

“我看你们三个人在欣欣商店那里看了很久，都说好看呢。”秦海道。

秦珊道：“我们女生嘛，看到好看的东西，肯定是喜欢的。可是这么贵的东西，谁舍得花钱去买呢。”

“所以我就给你们买了呀，男生的作用，不就是帮女生花钱的吗？”秦海笑呵呵地说道。

“哥，我问你一件事。”秦珊神秘地说道。

“什么事？”秦海道。

秦珊道：“你是不是在和王晓晨谈恋爱啊？”

“噗！”秦海差点把一口老血喷到挡风玻璃上，“妹妹，你的想象力也太丰富了，你不去写小说真是浪费人才了。”

“我是说真的嘛，我看她人蛮好的，身体又好，长得又漂亮，而且也很能干……”秦珊迅速为王晓晨总结出了若干点优点。

“打住打住。首先，我现在才 18 岁，还不到谈恋爱的时候。其次，我要谈恋爱，也不是选劳模，不会因为谁能干就选谁。恋爱这种事情，是要看感觉的，王晓晨给我的感觉，就是一个邻家……大姐。”

“嗯，我也觉得晓晨姐当我嫂子不合适，她文化低，配不上你。”秦珊迅速地就把新朋友给出卖了。也不能怪秦珊势利，从一个学习成绩还不错的高中生的角度来看，王晓晨这种没有什么文化的女工的确是配不上能干的秦海的。

“这话也不能这样说。”秦海道，“不过，我的确对她没感觉就是了。”

“哥，我觉得小静不错耶，她成绩好，以后肯定能上大学的。”秦珊又换了一个话题。

秦海点点头：“嗯，这丫头是不错。”

“你真是这样想的？”秦珊惊喜地问道。

秦海隐隐觉得有些不妙：“小珊，你是什么意思，什么叫我真是这样想的？”

“你真的想追小静吗？”秦珊道。

“啪！”

秦海从方向盘上腾出一只手，在妹妹的脑袋上猛拍了一下：“你也太八卦了，人家还是个高中生好吧。难怪你读书不好，成天就想着这些事情。我告诉你，高考之前，你如果敢琢磨谈恋爱的事情，不用爸爸动手，我就会把你打死。”

“干嘛打人家的头嘛，会把人打傻的。”秦珊揉着脑袋抗议道，“谁说人家自己要谈恋爱了，人家是帮你着想嘛。你是家里的独子，爸妈天天都盼着你早点结婚给他们生孙子，要不人家还懒得管你的事呢……”

接下来的一段日子，秦海就没有那么轻松了，平苑钢铁厂和青锋农机厂的各项事务都启动起来了，来自于岳国阳、宁中英等人的指令像一根根鞭子，抽得秦海像陀螺一样团团乱转。

军方转来的资金已经入了账，宁默带着李林广的信跑了省内的几家大钢铁厂，用收废品的价格把这些钢铁厂里当成累赘的废旧合金钢收购下来，又雇了卡车运回平苑钢铁厂。胖子从来没有像这些天这样玩命地干活，当他回到家的时候，身上又脏又臭，脸晒得黝黑，人瘦了十几斤，用妹妹宁静的话说，体形由正圆变成了椭圆。

“这是怎么搞的，怎么瘦成这样……”母亲宋玉兰一边给宁默烧洗澡水、收拾脏衣服，一边心疼地说道。在此前，她一直都是操心儿子太胖的，真到儿子突然瘦下来的时候，她又觉得像是自己身上的肉被割掉了一样，疼在心里。

“我从梁关押了一车废钢回来，一路上不敢离车。路上那些老表，只要看到车上没人,他们就偷货,几十斤重的大齿轮他们都能扔到车下面去……”宁默大口吃着用鸡蛋炒的剩饭，用含糊不清的声音说道。

“吃慢点，不要急，真是头世造多了孽，怎么饿成这样。”宋玉兰唠叨道。

宁默道：“唉，别提了，这一路，两天一晚，我就吃了四个包子。今天早上剩的最后一个包子都馊了，我想了半天还是没舍得扔掉。要是没有这个包子，今天我就饿死了。”

“造孽啊，造孽啊。”宋玉兰道，“你在厂里好好地当着工人，跟那个秦海去疯搞什么。”

“我支持。”刚下班回到家的宁中英绷着脸说道，“小默就是该去锻炼锻炼，玉不琢不成器，我刚听秦海说了，小默这几趟出去采购废钢，做得非常好。”

“秦海真够哥们儿！”宁默由衷地叹道，“我还以为他要告我的状呢。”

“为什么告状？”宁中英问道。

“呃……其实也没啥。”宁默赶紧改口。在梁关钢铁厂，他因为一点琐事和当地人起了争执，和别人打了一场小架，回来之后，秦海对他一通臭骂。不过现在看来，秦海骂归骂，却没有向宁中英告状，这也算是够哥们儿的表现了。

“年轻人，就是要去经历一下风雨。”宁中英道，“不过，我可警告你们，挣钱是好事，但不能去做违法乱纪的事情，要合法经营，在外面遇到事情要相信当地的组织，通过组织的渠道来解决问题……”

“我去洗澡，我去洗澡！”宁默落荒而逃，对他来说，与其听宁中英的政治教育，还不如听宋玉兰的唠叨呢。

“我倒觉得，我哥跟着秦海学好了。”宁静在一旁评论道，“以前我哥哪会跟这些什么厂长、主任之类的打交道呢。”

“学好了就好。”宋玉兰从丈夫和女儿的话里得到了一些安慰，儿子瘦点就瘦点吧，能学本事不是比啥都强？她转头看到女儿脖子上系着一条红纱巾，不由得又烦恼起来："小静，大热天的，你围条围巾干什么，都围了这么多天了。"

"这不是围巾，这是纱巾，一点也不热。"宁静争辩道。

"你也真是的，人家秦海给他妹妹买纱巾，你也去争。咱们家和人家非亲非故，你怎么能拿他的东西呢。"宋玉兰道。此前宁静把纱巾带回家的时候，就已经向母亲交代过来历了，对于秦海送纱巾给宁静一事，宋玉兰满肚子的不乐意。

宁静道："怎么就非亲非故了，他剥削我哥帮他干活，我只是帮我哥讨回一点点工钱而已。"

"唉，年轻人的事，别管他们。"宁中英无奈地摆着手说道。他感觉秦海对他这个家庭的影响已经太大了，可是这些影响都不算是什么坏影响，而且他自己对秦海也颇为欣赏，这种情况下，他还能说什么呢？

废钢运到，平苑钢铁厂便轰轰烈烈地开始大炼钢铁了。安河工学院后续的实习学生也在其他老师的带领下来到了平苑，他们被派到冶炼一线，与乔长生等老工人一起工作。老工人们有设备操作上的丰富经验，师生们则精通各种原料配比、含氧量估计、脱硫脱磷操作等等。

秦海和李林广等老师共同攻关，提出了几种合适的钢材配方以及相应的冶炼工艺。这些配方是根据他们所拥有的废钢的构成来确定的，冶炼工艺也充分考虑到了设备和工人技能的局限性。

钢材经过冶炼、铸造、轧制等工序之后，按照与青锋农机厂的协议，被送往青锋厂进行机加工。机加工完成之后，工件又被送回钢铁厂，由秦海指挥着工人和学生们做热处理以及后期的一些旨在美化产品的处理。

第一批军铲如期交付了。葛东岩陪着A公司来的一位姓孙的军代表在平苑接收了这批军铲，将其送上了火车。看着火车渐渐远去，孙代表长吁了口气，对葛东岩和前来送货的秦海说道："这下子，我心里踏实了。"

"孙代表此前有何担心啊？"秦海笑着问道。

孙代表道："实不相瞒，听说承担这批出口军铲任务的是一家乡镇企业，我真是捏了把汗。外交无小事，军中无戏言，这桩业务，把这两样都占了，我还真有些不放心呢。”

葛东岩道：“孙代表，你就是不相信秦科长，也该相信岳司令员吧？岳司令员推荐的人，还能有差错？”

秦海在青锋农机厂的职务是宁中英的联络员，这个职务是没法拿出来说的。在钢铁厂，秦海要与方方面面的人打交道，没有一个头衔也说不过去，所以他就给自己封了个技术科长的职务，因此葛东岩称他为秦科长。

听到葛东岩的话，孙代表哈哈笑了起来，掩饰着自己的失言，他说道：“不是不是，我丝毫没有怀疑秦科长的意思，只是大家不熟悉，我不敢太掉以轻心了。现在好了，秦科长他们提供的军铲我检验过了，全部是一等品，完全符合我们与伊方签订的协议要求，没有任何问题。平苑钢铁厂的技术实力，比我接触过的很多军工企业还要过硬啊，佩服，佩服。”

“呵呵，孙代表过奖了，我们只是想着为军队建设做贡献，必须保质保量完成任务。工人们的工作热情都很高，这些产品能够得到孙代表的认可，我们就放心了。”秦海入乡随俗地唱着高调道。

孙代表道：“其实你们给我留下印象最深的，是你们的军铲的包装，让我大开眼界了。不瞒你们说啊，咱们国家出口的军品也不少，但都是一味追求质量过硬，包装方面简直是不堪入目。你们非但给每把军铲都加上了精美的包装，上面的英文说明也非常准确，让我这个老外贸看了都服气呢。”

“这个……主要归功于安河工学院的学生们，这些英文说明，都是他们给译的。我们比较遗憾的，就是找不到懂阿拉伯语的学生，否则就给配上阿拉伯语的说明了。”秦海说道。这些英文说明的确是他让学生们译的，但最终的润色却是由他自己完成的。以他的水平，写出一段让孙代表叹服的英文说明自然是不在话下。

“好吧，我要坐的车也到了，我们就此别过吧。”孙代表向秦海伸出手去，“秦科长，希望你们能够继续保持现在的质量，把后续的任务完成。”

秦海伸手与孙代表握了一下，说道：“孙代表请放心，我们保证按时保质完成任务。如果有机会，还要请孙代表多多向国外推荐我们的产品，给我们争取更多的业务机会。”

孙代表哈哈笑道：“秦科长的经营意识很强啊，你也放心吧，这种能够为国家创汇的大好事，我们一向是非常支持的。我们的销售人员正在和伊朗军方联系，争取再给你们争取来更大的订单。”

“多谢孙代表，多谢你们的销售人员。”秦海由衷地说道。

送走孙代表，葛东岩回过头来，对秦海说道：“秦海啊，我实话跟你说，看到这批军铲之前，我也是捏着一把汗呢。如果你们没有完成任务，失信的不仅仅是你们，还有岳司令员呢。”

秦海道：“请葛排长回去告诉岳司令员，交给我秦海干的事情，是可以放一百个心的。”“嗯,但愿如此吧。”葛东岩道，“现在伊拉克的军铲送走了，我们的军铲呢？”

“哈哈，早给你们预备好了。第一批500把，已经装好箱了，你们来车拉走就行。用的全部是高强度合金钢，比给伊拉克的起码要好50%。”

“这还像点样子。”葛东岩脸上绽出了笑容，“我知道你是有办法的人，除了军铲之后，再给我们部队琢磨点什么好玩意儿，一块都给我们造了吧。岳司令员替你们拉业务，你们可不能忘恩负义。”

“不敢不敢。”秦海连声说道。

送走葛东岩，秦海没有急着回厂里去，而是来到了平苑一中，妹妹秦珊正在校门口心急如焚地等着他。

秦海一心想着把妹妹转到平苑来上中学，以便自己能够就近地对她进行一些指导。可是临到要办转学手续的时候，他才发现自己把事情想得太简单了。平苑一中是北溪地区十三所重点中学之一，也是平苑县唯一的重点中学，还真不是随便什么人都能够转进来的。

“哎呀……这个事情……麻烦。”在教务处的办公室里，副教务主任侯春明皱着眉头对秦海和秦珊说道。侯春明是苗磊的舅舅，秦海正是通过苗磊的关系才联系上侯春明的。

“侯主任，我妹妹的成绩很好的，这是她在白河镇中学的成绩单。”秦海把秦珊的学籍档案递到侯春明的面前，说道。

侯春明拿起几张成绩单看了看，点点头道：“嗯，从成绩单上来看，秦珊同学的成绩在白河镇中还是名列前茅的，可是我们平苑一中是面向全县的，我们招的本来就是全县各镇的尖子，所以嘛……”

“能不能给她安排一次考试,考一下就能够知道她的水平了。”秦海说道。

侯春明为难地说道：“这个恐怕不太合适，每年想转进我们平苑一中的学生不知道有多少，光我一个人就收到不知道多少家长递的条子，都是这个局长那个主任的，我们都没法满足。你想想看，如果每个想转学的学生都可以安排一次考试决定能不能转学，那我们就不要开展正常工作了。”

“哦，原来如此……”秦海听懂了侯春明话里的潜台词，说到底，还是自己的来头不够，那么多递条子的家长里面，比自己有权有势的不知道有多少，自己一个普通工人就想把妹妹塞进来，实在是痴心妄想了。

苗磊这样一层关系的作用，仅仅是让侯春明愿意接见一下秦家兄妹。但平苑县也就是这么大点的地方，谁和谁都有点沾亲带故的关系，如果随便找个人介绍就能够顺利转学，那么平苑一中早就被关系户塞满了。

话说到这个程度，秦海也知道没必要再纠缠下去了。他向侯春明道谢，起身告辞。侯春明把秦家兄妹一直送出了办公楼，到了楼门外，看看旁边没有别人，他才压低声音对秦海说道：“小秦，不是我不给你帮忙，实在是你这件事没有什么名目，我不好跟我们主任还有校长讲。我听小磊说起过你的事情，你既然和省军区的人都有关系，能不能让他们出一个证明，这样我就有话说了。”

“侯主任，你的意思是说，让省军区递个条子？”秦海试探着问道。

“是这个意思。”侯春明道。

秦海摸了摸脑袋，说道：“这是不是有点兴师动众了？让省军区为一个高中生转学的事情递条子，再说，刚才侯主任不是说已经收到无数条子了吗？”

“条子和条子能一样吗？”侯春明有些恨铁不成钢地对秦海说道，“你叫县里随便一个局长递个条子，我们当然不认了，县里这么多局长，我们照顾哪个、不照顾哪个？可是如果你能够叫郭县长写个条子，别说一个，十个我们也得收，是不是这样的？”

“我明白了，我明白了，多谢侯主任。”秦海点头不迭，人家能够跟你说到这个份上，已经算是很给面子了，自己还能说什么呢。

和侯春明道了别，秦海带着秦珊往学校外面走。秦珊一路低着头，一声不吭。来到校门外停着的吉普车边，秦海扭头一看秦珊，见妹妹眼圈红红的，正是强忍着眼泪的样子。

“小珊，别这样……”秦海说道。

这一句话出来，秦珊憋着的眼泪终于控制不住了，吧嗒吧嗒地滴落下来。秦海慌了神，赶紧上前安慰：“小珊，没事没事，哥再给你想办法就是了……”

“都怨我，我如果中考的时候考高五分，就能够进姜山一中了。姜山一中也是市重点，那样转学过来就没问题了……”秦珊抽抽搭搭地哭着，她摸出小手绢擦着眼泪，手绢不一会就被眼泪浸得能拧出水来了。

“别哭别哭，小珊，你放心回去等两天，我这就去找省军区岳司令，让他亲自开条子来。娘的，我就不信省军区司令的条子比不上县长的条子。”秦海跺着脚赌咒发誓道，心里却多少有些打鼓，为这么点事去求岳国阳，真的很合适吗？

“小秦，你怎么在这儿？这位姑娘是谁啊，出什么事了？”一个声音在秦海耳边响起来。

秦海回头一看，心中郁闷的情绪顿时一扫而空，他都差点想笑出声来了。眼前这人，正是北溪副市长柴培德的秘书徐扬，在他身后不远的地方，还停着一辆没有熄火的吉普车。可以猜出，徐扬是坐着车从旁边路过，看到秦海，而且看到秦海身边有个姑娘在哭，因此便下车来询问的。

“小珊，快过来叫徐大哥。”秦海一拉秦珊，对她吩咐道。他心中窃喜，有徐扬在这，事情就好办了。以宁中英与柴培德之间的关系，加上自己与宁中英之间的关系，徐扬非得帮自己这个忙不可。至于说徐扬出面管不管用，哼哼，自己就不相信平苑一中敢不给徐扬面子。

“徐……大哥。”秦珊怯生生地照着秦海的吩咐喊了徐扬一声，心里却在犯着嘀咕：这位大哥的岁数也未免大了一点吧，看着怎么也是奔四的节奏了，自己难道不应该叫他叔叔的吗？

徐扬也被秦珊这声大哥给萌翻了，他在心里算了一下辈分，无奈地承认，秦珊叫他大哥可能也是一个合适的称呼。如果秦珊叫他大叔，那么秦海也得叫他大叔，而他的身份似乎又不适合与秦海以叔侄辈相称。

“小秦，这是你妹妹？”徐扬对秦海问道。

“是，她是我大妹妹，今年上高二。”秦海答道。

“怎么，考试不理想，哭鼻子了？”徐扬又问道，这就是礼节性的关心了，一个高二学生站在校门口哭鼻子，还能有什么事情？再说，就算有什么事，又与他这个副市长秘书何干？

秦海道：“不是这个原因，我妹妹的成绩非常好，是我办了一件错事，唉，说来也是我没有经验……”

说着，秦海便把秦珊转学的事情添油加醋地向徐扬描述了一番。据秦海的说法，他父亲秦明华到平苑来工作是确保军铲项目顺利进行的关键，而妹妹秦珊过来照顾父亲的生活又是秦明华能够顺利工作的关键。这样一个关键性的人物，居然不能进平苑一中读书，其结果将直接影响到第二批军铲产品的生产，进而影响到军队和国家的声誉……

“呃……这事我知道了。”徐扬被秦海的这一通忽悠给说的昏头涨脑，他也知道秦海说的话虚多实少，不过，秦海话里那番央求他帮忙的意思，他是完全听懂了。

如果换成别人，徐扬也就是打个哈哈敷衍一下而已，副市长秘书的确有一些特权，但这种特权不是随便拿来浪费的。但对于秦海，徐扬有不同的想法。柴培德曾经专门叮嘱过他，要对秦海多加关照，因为这个年轻人完全有可能成为北溪的一颗明星。在明星尚未升起的时候雪中送炭，效果要远远好于明星升起之后的锦上添花，徐扬如果不懂这个道理，也别在体制里混了。

“你父亲是到平苑来投资建厂的投资商，县里解决一下投资商的子女上学问题，是理所应当的事情嘛。”徐扬迅速地为秦珊转学的事情找到了政策依据，他拍拍秦珊的肩膀，说道：“好了，小姑娘，别哭了，这件事包在我……呃，包在你徐大哥身上了。”

“谢谢徐大哥。”秦珊红着脸谢道，脸上的泪痕还没擦净。

答应了秦珊的事情，徐扬回头向自己的司机打了个招呼，让他把车在校门外停下，自己则带着秦家兄妹重新踏入了平苑一中的校门。

“徐秘书，咱们去找谁？”秦海对徐扬问道。

“找他们校长张哲谦。”徐扬大大咧咧地说道。

“我们事先通过关系联系过教务处的副主任侯春明老师。”秦海提醒道。古话说：一事不烦二主。绕开曾经联系过的人去找其他人办事，是比较犯忌讳的，弄不好会让原来帮过自己忙的人落个尴尬。秦海深知这其中的道理，所以必须要先向徐扬说一句。

徐扬也是懂得人情世故的人，他点点头道：“嗯，那就先去找下侯春明，然后再去见张哲谦。”

三个人来到教务处，秦海把徐扬带到了侯春明的办公桌前。侯春明第一眼看到秦海，心中微微有些不悦，待目光转到徐扬身上的时候，他心中一凛，下意识地站了起来，用不确定的语气对秦海问道：“小秦，这位是……”

徐扬虽然没有自报身份，但身上的官威却是掩饰不住的。侯春明感觉到来人的气势非凡，腿肚子便隐隐有些抽筋的征兆了。

“这位是徐秘书，他是市里柴市长的秘书。”秦海向侯春明介绍道。

“哦，原来是徐秘书，久仰久仰。”侯春明满脸堆笑，赶紧伸手与徐扬握手。柴培德曾经在平苑当过县长，侯春明就算是位置达不到能够与柴培德产生交集的程度，但至少这个名字是知道的。柴培德的秘书出现，就相当于是柴培德出现了，侯春明岂有不诚惶诚恐之理。

徐扬轻描淡写地与侯春明握了一下手，说道：“侯主任，我刚才听小秦说，他妹妹要转学的事情，你帮了不少忙，但可能制度上还有点麻烦。这样吧，麻烦你带我们去见一下张校长，有些事情我向张校长解释一下。”

“好的好的，我打个电话问下张校长有没有时间……啊，不对不对，徐秘书来了，就是最重要的事情，张校长不管多忙都会放下手里的事情的，这样吧，我马上就带你们过去。”侯春明慌不择言，都不知道该如何说话才好了。

徐扬和秦海对于侯春明的表现都是早有预料的，唯有秦珊，看着刚才还牛哄哄的侯主任一下子变得如此谦恭，心里宛如有无数的羊驼在狂奔而过。

侯春明领着众人上了楼，来到校长张哲谦的办公室外，小心翼翼地敲了敲门。

“谁呀，进来。”屋里传来一个声音。

侯春明推开门，喊了一声张校长，没等他介绍徐扬，徐扬已经走前几步，来到了张哲谦的办公桌前，呵呵笑着问道：“张校长忙啊？”

正捧着一本杂志看得津津有味的张哲谦从杂志后面抬起眼来，看见徐扬，脸上顿时笑成了一朵喇叭花。他扔下杂志，绕过桌子来到徐扬面前，一边与徐扬握着手，一边夸张地说道：“哎呀，是徐秘书大驾光临，怎么不先打个电话呢，我也好到校门口去迎接徐秘书啊。”

“岂敢岂敢，我知道张校长要教书育人，日理万机，哪敢随便打搅啊。”徐扬也客套地说着场面话。柴培德在平苑当县长的时候，张哲谦就已经是平苑一中的副校长了。徐扬陪柴培德到平苑一中来视察工作的时候，与张哲谦打过不少交道，所以二人比较熟悉。

“是啊，这刚开学，事情太多。”张哲谦用烦恼的口吻说道。

大哥，你刚才看的那本杂志是《读者文摘》好吧，你都有闲心去喝心灵鸡汤了，还说自己事情太多呢……秦海看了一眼刚被张哲谦扔到一边的杂志，不无鄙夷地在心里嘀咕道。

“有这样一个事情……”双方寒暄过后，徐扬当着众人的面，把秦珊的事情向张哲谦说了一遍。徐扬表示，秦明华的钢铁厂是为军方生产出口军品的，也是受到市政府柴市长高度关注的，秦明华先生的子女上学问题，是涉及招商引资、出口创汇的重大原则性问题，希望平苑一中能够在政策允许的范围内，最大限度地予以照顾。

“侯主任，这个情况你了解吗？这种符合政策的事情，你怎么还要徐秘书亲自跑一趟呢！”张哲谦把脸一沉，开始训斥侯春明了。

下属的本分就是替领导挡枪，侯春明当然知道自己该做什么，赶紧连声地向徐扬和秦海道歉，说自己政策水平低，不了解情况，以至让上级领导为这样一件小事劳动腿脚，自己实在是罪该万死……

“侯主任为了秦珊同学的事情，还是想了很多办法的，这一点张校长不要冤枉侯主任了。”徐扬在旁边替侯春明开脱着。他当然也知道张哲谦训侯春明只是演戏，但关系网上的事情，就需要互相演戏，大家都在认认真真地干着明知不是那么回事的事情。

“这样吧，侯主任，秦珊同学转学的事情，你马上带她去办手续。现在高二年级组是罗泽发当年级组长吧？你就把秦珊同学安排在他班上。罗老师是个有经验的老教师，有非常丰富的带班经验，他那个班是尖子班。”张哲谦说道，后面一句话，就是说给徐扬听的了。

秦珊一直怯怯地坐在秦海的身边，听到张哲谦给她分配班级，她赶紧把嘴凑到秦海的耳朵边，小声地嘀咕了一句。秦海笑了笑，说道：“张校长，我妹妹刚到平苑县，不太熟悉情况，她只和我们青锋厂宁厂长的女儿宁静关系不错。所以我想有个不情之请，能不能请侯主任把秦珊安排到和宁静同班，这样有助于她尽快地适应新的环境。”

“完全可以！”张哲谦毫不犹豫地回答道，他把头转向侯春明，说道：“侯主任，你去查一下，看看那个叫宁静的学生是哪个班的，然后就把秦珊同学安排到那个班去……嗯，这样吧，如果那个班条件不太好，就把宁静和秦珊都调动一下，调到罗老师班上去。”

那年代，教委还没有出台许多这样那样的规定，每个学校都是有尖子班和普通班之分的。张哲谦一开始决定把秦珊安排到尖子班，听说秦珊想和宁静同班，他便直接决定，如果宁静不在尖子班，那就把她也调到尖子班去。

徐扬一个面子，非但能够让秦珊得到好处，连秦珊的朋友都受到了校长的亲切关怀，这就叫一人得道，鸡犬升天。秦海坐在一旁听着，心中唏嘘不已。

侯春明带着秦家兄妹去办转学手续了，张哲谦关上门，对徐扬小声说道：“徐秘书，我怎么觉得，你更感兴趣的，应该是这个秦海呢？”

“哈哈！”徐扬大笑起来，“老张啊，难怪柴市长一直说，他当初如果带你去当秘书，比带我要强百倍。关于秦海，我一句话都没说，你居然能看出我对他感兴趣，你这本事，可真让小弟望尘莫及了。”

“徐秘书这是打我的脸呢……我们搞教育的，多少还是懂点心理学的嘛。要论给领导出谋划策，我一个教书匠，哪里比得上你徐大秘。”张哲谦连声地解释着。

徐扬开完玩笑，说道：“你说的是对的，我的确是对秦海更感兴趣。不过，我可不是自己对他感兴趣，而是柴市长对他感兴趣，吩咐我要关注一下他，你懂了吗？”

“柴市长认识这个秦海？”张哲谦有些吃惊。刚才这会，他看出了徐扬与秦海之间的关系不寻常，还以为秦海是徐扬的什么亲戚。现在听徐扬一说，才知道秦海居然是柴培德的关系。市长的亲友与秘书的亲友，那可就不是一个档次了，幸好自己刚才没有对秦海表现出什么不敬，否则可就无端惹来是非了。

对于张哲谦的问题，徐扬只是点了点头，没有细加解释。张哲谦自然也就非常聪明地不去追问，他并不需要知道秦海是何许人也，他只需要知道一点，那就是秦海是柴市长十分关注的人，有了这个理由，还需要其他的理由吗？

宁静恰好就是在张哲谦说的高二年级组长罗泽发带的高二（5）班，倒省去了再让宁静调班的麻烦。侯春明查到这个信息之后，亲自把秦珊送到了班上，把她交到罗泽发的手里，然后千叮咛万嘱咐，让罗泽发务必要把秦珊当成重点保护对象。

罗泽发不是那么势利的人，他与秦珊聊了几句，对于这个淳朴的乡下女孩子倒是有了几分好感。他鼓励了秦珊几句，然后便把秦珊安排到了宁静的同桌。两个女孩子一见面，自然是格外亲切，背着罗泽发猛拍了几记手掌，秦珊心里的委屈自然是荡然无存了。

把妹妹安顿好，秦海回到校务办公楼，正遇上张哲谦送徐扬出门。秦海向张哲谦道了谢，然后陪着徐扬一起走出校门。

“徐秘书，今天的事情，多亏你了。”秦海对徐扬谢道。

徐扬摆摆手：“举手之劳，何足挂齿。不过，小秦，我还是要批评你一句，以后再遇到这样的事情，你一定要主动和我联系。你为咱们北溪市做了这么大的贡献，自己生活上的事情，难道我们还不该为你解决吗？”

“这些小事，怎么敢随便麻烦徐秘书。”秦海说道，“对了，徐秘书，你怎么会到平苑来了？是陪柴市长一起来的吗？”

徐扬道：“柴市长这些天有内部学习，所以没时间过来。他让我来平苑，是专门到你们青锋厂去的，柴市长非常关心浦桑国产化配件的技术攻关问题，让我来了解一下进展，另外帮你们解决一些实际的困难。”

“那可太好了。”秦海说道，“既是如此，那咱们就回厂去吧。”

徐扬是带了车过来的，但看到秦海有车，他索性就坐到了秦海的车上，让自己的司机开着车在后面跟着。秦海启动吉普车，载着徐扬向青锋厂开去，一路上向徐扬介绍着青锋厂这段时间的攻关情况。徐扬听着，频频点头，还没到达青锋厂，他已经是满面春风，心情愉快了。

车进青锋厂，徐扬马上感觉到了一种与以往不同的气氛。在韦宝林担任厂长那两年里，徐扬也曾随柴培德来过青锋厂，那时候感觉厂子很清静，大家很悠闲，有点世外桃源的意境。而这一回，他一进厂门就看到厂区的大道上停了四辆大卡车，车上装得满满当当的，几个搬运工正在手忙脚乱地给卡车盖篷布，还有几个人在旁边指手画脚地评论着，众人说话的声音一个比一个大，各种“娘的”之类的省骂也不绝于耳。

“怎么装个车装了这么老半天，你们的力气昨天晚上都在床上用完了吗？”

“娘的韦宝林把篷布都弄没了，我们好不容易才从仓库里找到这么几块，我们容易吗？”

“篷布没有了关韦宝林什么事，他当厂长的时候你敢这样说吗？”

“老子早就想说了，就是妈的懒得说……”

“快点快点，别嚼牙槽了，项厂长一会又要骂人了……”

他们吵归吵，但干活却是一点也不敢怠慢。大热天里，众人一个个热得汗流浃背，有些人索性脱了背心，光着膀子站在车顶上整理着缆绳，古铜色的臂膀在阳光下闪着油光。

“这是怎么回事，怎么这么乱？”徐扬坐在秦海的车上，看着这乱哄哄的场面，不禁诧异地问道。

秦海笑道：“别管他们，这几天任务紧，把司机班和搬运班都累趴了，他们吵架就是泻泻火，一会发车了就好了。”

“这是哪儿的任务，怎么会这么紧张？”徐扬又问道。在工业系统里，大家还都沿袭着计划经济年代的语言习惯，把产品称为“任务”。

秦海道：“这是萧科长从海东省揽来的业务，一共是10万块钱，在以往相当于青锋厂小半年的工作量，宁厂长和项厂长要求车间一个月就完成，大家都忙疯了。”

“我知道这件事，好像这些业务是你揽来的吧？”徐扬说道，上回宁中英去市里向柴培德汇报工作的时候，已经说过海东省的这笔业务了。这是秦海答应帮海东省的江洲机械厂解决技术问题，江洲机械厂作为交换，从海东省经委那里替青锋厂争取到的跨省采购订单。

秦海对此事倒也不否认，他说道：“我只是帮了他们一点忙，他们为了表示感谢，就给我们找了10万块钱的业务，具体的细节是萧科长去谈的。”

徐扬道：“既然是人家为了感谢而提供的业务，你们可以做些选择，为什么要承接这么紧张的业务呢。10万块钱的业务，放到几个月来做不是更从容一些吗？”

秦海笑道：“青锋厂以后是别想有从容的时候了。宁厂长要求车间把这些订单抓紧完成，是为了腾出设备来做出口日本的旋耕刀片订单。足足100万片的业务，都快把项厂长给愁死了。”

“什么，日本那个旋耕刀片订单签下来了？”徐扬惊喜地问道，这种出口订单的意义，可比给海东省做业务要大得多了。他一直以为这种订单怎么也得拖上几个月，想不到青锋厂已经开始准备生产了。

秦海解释道：“我们请来了工学院的李林广教授，他带着几个老师以及一些学生夜以继日地攻关，已经把刀片钢材二次熔炼的技术问题解决了，冶炼出来的钢材品质良好。再加上我们改进了刀口的堆焊技术，刀片使用寿命已经超过了。前几天，我们已经把刀片样品发到了浦江，福冈会社那边收到刀片之后，会进行相应的检测，只要检测合格，他们就会下订单。

我们发货之前，已经对刀片进行过检测，确认品质已经达到福冈会社的要求，因此他们下订单只是一个时间问题罢了。”

“我记得你们说一片刀片是卖 350 日元，100 万片就是……”徐扬有点算不过来了，作为一个文科生，要算这种 9 位数的乘法是有些难度的。

“一共是 3.5 亿日元，相当于 140 万美元左右。”秦海替徐扬把结果算出来了，这时候日元对美元的汇率大概在 250 ∶ 1 的样子。

“我的天啊，140 万美元……这是你们一家农机厂的出口创汇，简直是……”徐扬忍不住有些心惊。去年安河省全省的出口创汇只有 5 亿多美元，而且主要是来自于矿产品和特色农产品，一家工业企业能够有 140 万美元的出口额，绝对是放了一颗卫星的感觉了。

“呵呵，这还只是开头呢。”秦海不以为然地笑着，驾驶着吉普车绕过正在装货的卡车，驶进了生产区。

青锋厂的生产区有金工、铸造、装配等几个车间，还有仓库、配电间、水塔等各种附属设施。在生产区的一角，徐扬看到了一座用毛竹作为支撑、篾席作为墙壁和屋顶搭起来的大棚子，从篾席的新旧程度来看，这座大棚子搭起来应当还不到一个月的时间。

秦海直接把吉普车开到了大棚子的门口，说道：“徐秘书，请下车吧。”

“这是个什么地方？”徐扬一边从车上下来，一边奇怪地问道。

“这是我们的材料实验室。”秦海笑道，说完，他又补充了一句，道：“据工学院的老师评价，这个实验室的实验条件，比工学院还好。”

“宁厂长贷到的 200 万……就盖了这么一个竹棚子？”徐扬以手抚额，郁闷地评论道。

说归说，徐扬也知道不能以貌取人的道理。他在秦海的引导下，走进了竹棚，一下子就被里面的场景给震住了。

与竹棚外观的简陋形成鲜明对照的是，在竹棚里面，井井有条地摆着数十台崭新的实验设备，设备上的烤蓝和镀铬铭牌闪着光亮，晃得徐扬有一种眩晕的感觉。在设备跟前，一群穿着工作服的实验人员正在忙碌着，他们中有年过半百的老者，也有二十刚出头的小年轻，其中大多数是安河工学院的师生，还有几个则是青锋厂的技术人员。

秦海和徐扬一走进工棚，就有两名学生凑了上来，一个喊道："秦老师，你让我做的压痕实验，我已经做完了，你现在要看数据吗？"

另一个则说道："秦老师，你让我做的 49 号锰钒非调质钢的加工性能测试，我有一点不懂的地方，你现在能给我讲讲吗……"

"不急不急。"秦海向两个学生摆摆手，然后用手指了指徐扬说道："有领导过来视察咱们的工作，我得先带领导去见一下李老师。"

"哦，李老师在硬度实验台那边，和宁厂长和冷科长谈事情呢。"两个学生指点着，然后各自返回自己的位子，继续做实验去了。

"这些都是工学院的学生吗？"徐扬随着秦海向硬度实验台的方向走，边走边随口问道。

"是的，他们都是李教授带来的学生，他们一半时间在钢铁厂参加炼钢，一半时间在这里做实验，也算是劳逸结合。"秦海说道。

"哪边算劳，哪边算逸呢？"徐扬问道。

秦海笑道："两边都算劳吧，只不过这边是劳心多于劳力，那边是劳力多于劳心。要不，就叫动静结合吧。"

徐扬好奇地问道："小秦，我听他们都叫你秦老师，莫非你这个技校生的水平，比他们这些正牌的大学生还高？"

"哪里哪里，只是他们自谦罢了。"秦海赶紧解释道，"这些学生比较有礼貌，对厂里的工人都称老师的。"

徐扬笑而不语，从刚才学生问秦海的话，他当然能够听出学生并不仅仅出于礼貌而称秦海为老师，而是他的确具备了指导学生们做实验的能力。这么一个技校生，居然能够让一群本科生如此尊敬，这是何其妖孽的事情啊。

说话间，两个人已经来到了硬度实验台前。徐扬看到，冷玉明坐在一张板凳上，而宁中英和另外一个穿着脏兮兮的工作服、胡子拉碴的中年人分别坐在放设备的大桌子上，三个人正在热烈地聊着什么。宁中英是面对着徐扬他们走来的方向的，看到徐扬过来，他连忙从桌上跳下来，笑着上前握手。

"徐秘书什么时候来的，小秦，你也真是的，徐秘书来了，你怎么不提前通知一下。”宁中英说道。

徐扬摆摆手道：“不怪小秦，是我不让他惊动大家的。”

秦海笑道：“徐秘书说了，他要微服私访，看看咱们青锋厂到底是不是真的在搞技术攻关，所以不让我泄露他的行踪。”

“小秦！”徐扬扭头瞪着秦海，装出恼火的样子喝道，“你怎么能这样编排我，我什么时候说过这话了？”

“哈哈，小秦这家伙嘴里从来都没句靠谱的话，徐秘书别和他一般见识。”宁中英哈哈笑着，否定了秦海的挑拨。

“这位老师是……”徐扬看着一旁笑呵呵不吭声的李林广，有些不敢确定地问道。他虽然在路上已经听秦海说起过李林广的情况，却怎么也不敢相信，这么一个其貌不扬的人，居然会是一个教授。

宁中英看出了徐扬的心思。其实，他最早见到李林广的时候，也有点犯嘀咕，怀疑秦海向他吹嘘的李林广的本事是否属实。这些天里，李林广先是与秦海一道，帮青锋厂解决了旋耕刀片钢材的冶炼问题，随后又帮着指导材料实验室的建设，带领一干学生连续破解了几十个与浦桑汽车配件相关的技术难题。宁中英看到这些，才相信了李林广的确是一个世外高人。

“这位就是工学院的李教授，我们到目前为止取得的成就，都是李教授带着工学院的师生们完成的。”宁中英这样向徐扬介绍道。

“李教授，谢谢你为我们北溪市做的贡献啊。”徐扬不愧是当秘书的，反应极快。他马上伸出手去，脸上带着十二分的热情，向李林广表示着敬意。

李林广与徐扬握了一下手，笑着说道：“徐秘书，你别听宁厂长吹我，其实我只是帮着敲敲边鼓，真正的攻关都是冷科长和小秦他们搞的，我带着老师和学生们来这里，纯粹是来学习的。”

众人一通互相表扬之后，徐扬把话头引回了正题，他对宁中英说道：“宁厂长，听说你们出口日本的旋耕刀片的技术难题已经解决，样品已经发出，我代柴市长向你们表示祝贺啊。”

“多谢柴市长的关心。”宁中英说道。

徐扬又道："现在剩下的问题就是浦桑配件国产化的事情了，柴市长非常关心这件事的进展，宁厂长能不能给我介绍一下。"

宁中英用手指了指李林广，说道："这个问题，要不还是请李教授来向徐秘书介绍吧。"

听宁中英把球踢给了自己，李林广倒也不客气，他从实验台上拿过来一份材料，递到徐扬的手上，说道："我刚才正在向宁厂长汇报这件事情呢，徐秘书既然关心，那我就再说一次吧。"

"嗯，您请讲。"徐扬说着，从兜里掏出一个本子，做好了记录的准备。

李林广道："这一次青锋农机厂从浦桑国产化办公室那里承接的汽车配件，一共是 37 种。我们对这 37 种配件的生产工艺进行了全面梳理，共列出 59 项需要解决的关键技术问题。在过去一个月的时间里，我们通过技术攻关，已经解决了其中的 28 项，另外还有 11 项有了成熟的思路，只是还需要一些进一步的实验加以验证。另外还有 20 项技术难度较大，需要的投入也比较多。我们已经安排学生查阅有关资料，做一些预研，准备作为下一步攻克的难点。"

"已经完成了28项？那么，有多少种配件的工艺问题已经完全解决了？"徐扬追问道。

"工艺问题完全解决的，一共是 17 种配件。"在一旁的冷玉明替李林广回答道。

"太好了，那这 17 种配件是不是马上就可以开始生产了？"徐扬又问道。

这回轮到宁中英来回答了，他说道："我们已经把这 17 种配件的样品生产出来，送往浦桑国产化办了，如果快的话，可能一星期后就能够有回音。"

"事不宜迟，如果国产化办接受了你们的配件，那你们就要全力以赴地投入生产。至于剩余的 20 种配件，你们也要抓紧时间解决关键工艺问题。"徐扬说道。

"这是自然的。"宁中英道。

徐扬道："宁厂长，既然现在已经有 17 种配件可以投入生产了，你们此前向柴市长提起的全市协作问题，是不是就可以启动了？现在整个北溪的工业企业都不景气，柴市长天天都盼着你们能够尽快实现突破，把北溪的其他企业带动起来呢。”

宁中英和秦海在浦江承接汽车配件生产业务的时候，就已经考虑到了请其他企业协作的问题。青锋农机厂的生产能力是有限的，设备和技术并不全面，有些配件的生产是青锋厂所无法承担的。

宁中英和秦海的想法高度一致，那就是把关键工艺环节控制在青锋厂的手里，而把其他的制造环节分包出去。作为没有核心技术的分包企业，在这个过程中只能挣到一些辛苦钱，青锋厂由于掌握了关键环节，因此可以赚取超额利润。

有关这个设想，宁中英在回到安河之后就向柴培德做了汇报，涉及利润分配的地方，他自然是含糊其辞，用了一些春秋笔法给掩饰了。柴培德对于谁拿多少利润并不关心，他关心的是这种协作能够给北溪的其他企业带来生产任务，即便是挣些辛苦钱，至少也解决了这些企业发工资的问题，这对于市政府来说就是解了燃眉之急。

从宁中英向柴培德汇报情况到现在，已经过去了一个月的时间，柴培德心中焦急，因此才派了徐扬前来督战。没想到徐扬这一趟真没有白跑，居然获得了这样好的一个消息。

“宁厂长，你们现在已经解决了工艺问题的17种配件，可以由哪些企业来协作，你们列一个名单出来，市政府替你们去协调，直接给他们下指令，要求他们当成政治任务来完成。”徐扬牛哄哄地说道。

宁中英摆摆手道：“徐秘书，不用这样麻烦。强扭的瓜不甜，让市里直接下指令，恐怕这些厂子心里不舒服。”

“他们怎么会不舒服呢？”徐扬道，“现在北溪大多数的企业都处在半停工的状态，市里帮他们找到了业务，他们高兴还来不及呢，怎么可能会不舒服呢？”

“呵呵，他们太高兴了，我们可就不高兴了。”秦海站在一旁，挑破了窗户纸。

徐扬说让市政府给企业下指令来完成与青锋厂的协作，其实不过是一句官话。正如徐扬所说，这些企业都处于半停工状态，正在嗷嗷待哺，等米下锅。市政府从青锋厂手里拿过协作任务，交给这些企业去做，对于这些企业来说，是天大的好事，对市政府只会感激涕零，换句话说，市政府在这个问题上是没有付出、只有收益的。

但对于青锋厂来说，情况就恰恰相反了。青锋厂手里攥着的这些业务，放到哪儿去都是香饽饽，凭什么一句话就全送给市政府了？临到最后，好像倒是市政府帮了青锋厂多大的忙似的，这不显得青锋厂很傻很天真吗？

宁中英是只老狐狸，怎么可能会犯这样的错误。徐扬想蒙宁中英，是选错了对象，宁中英是不可能上当的。

“呵呵，这么说来，青锋厂在这个问题上，是有自己的想法了？”徐扬干笑着，对宁中英等人说道。

宁中英道：“协作这种事情，讲究的是平等自愿，心情愉快。如果让市政府下命令，那大家就都不会心情愉快了。我们的打算，是搞一场招标会，请北溪市的各家企业都来投标，技术过硬、报价合理的企业就能够中标。我们双方签订合作协议，说明责权利关系。这样一来，如果未来合作中有什么摩擦，也省得柴市长和徐秘书坐蜡了。”

“那如果没有企业来投标呢，怎么办？”徐扬将了宁中英一军，提醒他市政府的指令性计划还是有可取之处的，至少不会出现无人接标的情况。

李林广不以为然地插了一句：“死了张屠夫，还能吃了混毛猪？如果北溪的企业都不愿意投标，我替你们去其他地市拉一些企业来。我给很多地市提供过技术指导，和他们分管工业的领导都很熟悉。”

“这个倒是不必了……肥水不流外人田嘛。”徐扬赶紧打断李林广的话，他刚才所说不过是一句气话，如果真的让这些协作订单流到其他地市去，那可就是摆了天大的乌龙了。自己市里的企业还在饿肚子，市里的订单却给别的市拿走了，这让柴培德以后还如何见人？

“宁厂长，你们想以招标的方式来开展协作，这个想法也非常不错。这样吧，你们拿一个具体的方案出来，包括有哪些招标内容，需要哪一类的企业参加，都写到方案上去。我带回去向柴市长汇报一下，然后由市政府出面，向北溪的各家企业发通知，要求他们参加投标，你看这个方式如何？”徐扬说道。

“这当然好。”宁中英笑道，“有柴市长给我们撑腰，我们就有底气了。有关招标的文件，小秦和老冷他们已经准备好了一个，徐秘书回北溪的时候，可以带回去。我们初步的考虑，是在下周收到国产化办的通知之后，召开这个招标会。地点嘛，就选在我们青锋农机厂。”

“选在你们这里不太方便吧？”徐扬道，“这种招标也是一种新的改革探索，有很大的意义，放到北溪去搞，不是显得更正式一些吗？”

秦海用手指了指工棚里的设备，说道：“有些技术上的问题，我们需要和投标的企业进行现场沟通。如果到北溪去，没有这些实验设备，这些事情就说不清楚了。”

“原来如此。”徐扬点点头，“嗯，好吧，你们的考虑是对的，我回去以后，会向柴市长做一个详细的汇报。我想，你们的招标会，要不就开成一个现场会吧，让市里和各区县分管工业的领导也都来观摩一下，学一学商品经济的原则。”

“热烈庆祝北溪市第一届企业协作招标现场会在我县召开！”

“祝首届企业协作招标现场会圆满成功！”

“向参加现场会的全体领导致敬！”

“学习先进经验，争取更大光荣！”

……

一夜之间，无数的大红横幅突然出现在平苑县的各条街道上，并且向东蔓延，一直挂到了青锋农机厂的厂区内部。

青锋农机厂有史以来都不曾有过这样的热闹，来自于全市 12 个区县的官员和企业领导闹闹哄哄地挤满了青锋厂的行政区，光是他们乘坐的各色车辆排起来就有几里路长。代理办公室主任陈荣坤原本以为安排一个能容纳 500 人的大礼堂就足够用了，谁知到了现场会开幕的当天，到场的嘉宾岂止千人。大礼堂根本就装不下这许多人，会场于是只好挪到了大草坪上。

由于现场会是在平苑召开，因此平苑县长郭明便担任了会议主持。他站在铁架子搭起的主席台上，意气风发、精神饱满，对着全场大声说道：

“喂喂，各区县的领导同志们，大家请安静，我们的第一届企业协作招标现场会马上就要开始了，现在请各区县带队的县领导到主席台上就座，主席台下请按分好的各区县位置就座……现在请北溪市副市长柴培德同志宣布会议开幕并做重要讲话……”

乱哄哄的会场渐渐地安静了下来，柴培德从自己的位置上站起来，走到麦克风前，清了清嗓子，开始讲话：

“同志们，今天我们在平苑县青锋农机厂召开这样一个别开生面的现场会，这是北溪市顺应改革开放的大好形势，在计划经济与商品经济相结合的道路上做出一次有益的尝试。

“青锋农机厂锐意进取，在厂长宁中英同志和广大干部职工的共同努力下，大胆地承揽了浦江市浦桑汽车项目零配件国产化工作中 37 种配件的生产任务。经过与安河工学院的共同攻关，目前这 37 种配件中的 17 种技术工艺已经获得浦桑汽车国产化办公室的认可，这同时也是德国狼堡汽车公司对于我们技术的认可。

“根据国产化办透露的信息，青锋农机厂是在这项国产化工作中第一个获得狼堡公司技术认可的企业，这是青锋农机厂的光荣，也是我们整个北溪市工业系统的光荣！”

说到这里，他用力地挥了一下手。下面听报告的人们心领神会，拼命地鼓起掌来。一时间掌声雷动，颇有些浩大的声势。

接下来，柴培德便把青锋农机厂准备进行配件生产协作招标的大体思路向众人介绍了一番，并且反复强调这是一种商品经济条件下的全新的经营模式，希望大家积极参与投标，并且按照协议完成各项协作任务。

最后，柴培德特别提到：“中央提出，以后要更多地依靠经济规律办事，减少行政干预。北溪市政府决定，对于此次的协作招标工作，市政府只做原则性指导，不直接参与企业之间的谈判。各家有意投标的企业，请直接与青锋农机厂进行洽谈，在平等互利、自觉自愿的基础上达成协议。好了，我的讲话就到这里，下面应当把舞台交给今天真正的主角了。”

柴培德说完就返回自己座位了，郭明接着宣布，由青锋农机厂厂长宁中英介绍招标细节。听到宁中英的名字，场上再次爆发出热烈的掌声，其气势甚至超过了对柴培德的欢迎。

“哈哈哈哈，各位都是老朋友，我老宁就不用自我介绍了吧？”宁中英走到发言席的时候，未曾开口先哈哈笑了一通。下面坐着的这些人，十个里起码有八个是认识宁中英的，其中又至少有六个是与宁中英在一起喝过酒、聊过天的。一个市的工业系统就是一个小圈子，大家低头不见抬头见，更何况宁中英又是一个喜欢交际的老油条。

“老宁，前两年不是听说你滚蛋下台了吗？怎么还赖着不走啊？”

“老宁，咱们这么好的交情，有什么业务你不直接交给我们做，还搞什么招标，太见外了吧？”

“宁厂长，我们厂的实力你还不了解吗，17 种配件我们都要了，保证达到质量要求。”

台下的人开始起哄了，企业领导们在一起开会的时候，一向都是这样的风格，即使柴培德在台上，对此也不会介意。计划经济年代里，每一家企业就是一个独立王国，他们虽然也受上级部门的领导，但同时上级部门也经常需要求他们提供各种经济上的支持，所以他们有些放肆的举动上级部门也是睁一只眼闭一只眼的。

听到同行们的喧嚣，宁中英笑容满面，他抬手往下按了按，示意众人安静，然后说道：“我老宁的为人，大家还能不知道吗？如果不是念着各位老朋友，我们接的这些配件，早就拿到红泽、岑州那边去做了，海东省的几家大厂子，前些天还跟我打招呼，说想接一些业务呢。结果呢，我一概都给回了，为什么，就是因为有你们这些老朋友，我们青锋厂不能不讲交情吧？”

“哗……”下面又是一阵掌声，表示对宁中英这番话的感谢。不过，台下那些脑子清醒的人，在鼓掌的时候力道却小了几分，他们分明能够听出，宁中英这话柔中带刚，表面上大谈交情，实际上却是在警告大家：我是有备胎的，你们如果达不到我的条件，那我可就对不住了。

青锋厂要寻找协作单位，最好的选择当然是在北溪市的范围内。一来企业之间距离比较近，物流成本和沟通成本都更低，当年的交通和通讯远远无法与后来相比，一个铸件运 300 公里就需要花掉两三天时间，成本不可忽视。其次，则是同在北溪的工业体系之内，如果有些矛盾，也便于通过北溪市政府来协调解决，如果如宁中英说的那样，跑到海东省去找企业协作，出了问题光是两个省之间的扯皮就够扯上半年。

但是，有这样一些理由并不意味着青锋农机厂就必须受制于北溪市的企业，如果大家条件谈不拢，人家的确是可以另请高明的。这年头许多企业都面临着生产任务不满的情况，青锋厂竖起招兵旗，不愁没有吃粮人。

宁中英一上来就放出这样的话，那份公事公办的意思就昭然若揭了。有些原本打算与宁中英套套瓷，以更好的条件拿到协作任务的企业领导，悄悄地打消了这样的念头，转而开始与自己带来的生产科长、技术科长商讨起如何竞标的思路来了。

接着，宁中英把冷玉明喊上台来，让他给众人介绍这次招标的 17 种配件的具体技术要求。与此同时，萧东平带着十几名从车间里抽调上来帮忙的女工，把一份份印刷精美的招标文件发到了参会各企业人员的手上。

为了印刷这些文件，青锋厂花了好几千块钱。秦海原本建议向投标企业收取标书费，被宁中英给否定了。大家还没有花钱买标书的习惯，招标在北溪的工业系统内也是第一次。如果在这个时候收取标书的费用，难免会招来各种非议，尤其是那些买了标书又没有中标的企业，估计更会发牢骚。同在一个系统之内，为了这么一点事去与其他企业结怨，是很不值得的。

“唉，市场经济的观念，真是需要花一些时间来培养啊。”秦海这样感慨道。

“我们不是市场经济，我们是有计划的商品经济，和资本主义国家的市场经济是不一样的。”宁中英这样严肃地纠正道。

“好吧……”秦海只能败退了，谁让宁中英不是时间旅行者呢？

标书发到各企业的手上，会场的秩序就再也无法维持了。各企业来的人员各自围成一团，分析着哪种配件是本企业适合承接的、价格和成本如何、需要添置哪些设备、有什么无法解决的工艺难题……

人群中还有各区县分管工业的县领导、经委和工业局领导等，他们不负责具体的生产工作，只顾凑到本区县的企业那里，指示企业人员务必要下定决心、排除万难、拿下配件协作任务。

坐在主席台上的柴培德和郭明见此情形，也知道会议已经开不下去了，幸好主要的议程都已经完成，只有一些仪式性的内容没有做，倒也无伤大雅了。郭明走到麦克风前，说道：

“大家稍微静一下。大家的心情我能理解，对于大家的热情，柴市长和我都非常感动。现在我宣布，上午的现场会启动仪式结束，大家按青锋厂工作人员的安排，愿意去车间参观的，可以去参观；需要内部讨论的，可以内部讨论；有合作意向的，请到大礼堂与青锋厂方面的人员洽谈。

“最后，请大家共同鼓掌，预祝本次招标工作圆满成功，预祝北溪市早日成为全国知名的汽车配件生产基地！”

郭明一宣布散会，现场就更乱了。各家企业来的人呼啦一下就把宁中英和冷玉明给围住了。项纪勇、萧东平见势不妙，欲上前解围，结果自己也身陷其中，无法自拔。倒是此次招标中很关键的人物秦海因为年轻面生，无人关注，得以逍逍遥遥地在圈子外晃悠。

“大家都不要急，听我说一句，听我说……老张，你他妈嗓子最响，也不怕我把你当种猪给关起来！小伙子，你拉我的手干什么，我这把年纪，让你拉坏了你赔得起吗……”

宁中英坐在主席台上，同时面对着十几个人鸡一嘴鸭一嘴的问话，脑袋都大了几倍。周围这些人都是兄弟企业的领导，他也不便向对方耍横，只能同样扯着嗓子向众人解释。

“老宁，我什么也不多说，只问一句：我们万野机械厂的技术，你信不信得过？”说话的人，正是万野机械厂的厂长卫荣平，他与宁中英也有十几年的交情了。

“你们万机的技术怎么样，我不敢说，你老卫的人品，我是相信的。”

宁中英哈哈笑道。

“那就好，你们招标的C2弹簧的任务，你能不能交给我们万机？”卫荣平问道。

宁中英点点头，万野机械厂的实力，他是有所了解的。在此前，他与项纪勇、冷玉明等人商讨协作意向单位的时候，也有过把C2弹簧交给万野机械厂的想法。听到卫荣平这样说，他答道：“老卫，能不能把这个配件给你，我说了不算，你老卫说了也不算。你看到我们大礼堂没有？我们在那里隔了20个小洽谈室。你们如果有意向，就请到洽谈室去谈，双方把条件摆清楚，我们择优选用，你看如何？”

“妈的还要谈什么谈，咱们之间的交情，还有咱们两个厂之间的交情，这种事情还需要谈吗？”卫荣平逼宫道。

宁中英把眼一瞪，说道：“好啊，这可是你说的。好吧，这一个弹簧3块钱，年底之前你交付10万套，你现在就去签合同吧。”

“什么，3块钱！”卫荣平眼睛都气红了，“3块钱连材料费都不够，我还要开模具，还有工时、电费，还有运费，你老宁懂不懂成本核算！”

宁中英梗着脖子道：“不是你说了不用谈的吗？不用谈那就一厢情愿呗，反正3块钱一个，我不吃亏，你不愿意接受就是你不够朋友。”

“妈的我真服了你了，你个老狐狸！”

“你个花狐狸！”

“我怎么花了，你今天说清楚！不说清楚我今天就去你家吃饭！”

“1975年地区开表彰会的时候，你是不是……”

“……”

“喂喂，你们俩差不多了吧？卫厂长，你想投标就该去大礼堂，别耽误我们这边向宁厂长请教问题。”听着两个人翻起陈芝麻烂谷子，一旁的其他企业领导不干了，纷纷上前抗议。卫荣平向宁中英又骂了两句，这才悻悻然地带着手下直奔大礼堂而去。从与宁中英的对话中，他已经听出来了，青锋厂这一次是没打算对任何企业放水了，要想拿到业务，必须靠自身的条件，还有……就是看哪家企业愿意签订丧权辱国的不平等条约。

“一个弹簧7.5元加工费，合格率必须达到98%以上，抽检低于这个比例全部拒收，损失由贵厂承担。”

在大礼堂的洽谈间里，负责谈判的青锋厂工作人员相对来说就严肃多了。这些人都是从各科室抽调来的，经过多轮培训之后，这才能够坐在洽谈桌后面，与协作厂的人员进行交流。

与卫荣平一行洽谈的，是青锋厂的质检科长陈颖，她也是个老牌的大学生，年轻时候心高气傲，结果弄到四十出头了还没嫁人。据她自己说，一个人过日子也挺好，嫁个不如意的男人还不如不嫁。

卫荣平过去是曾经和陈颖打过交道的，一进洽谈室，看到接待自己的是陈颖，他就先腿软了三分。趁着陈颖去拿资料的瞬间，他小声地叮嘱自己的技术科长戚克勤和销售科长潘金梁：“老戚、老潘，一会你们俩说话的时候都小心点，这个陈科长是个老姑娘，脾气坏着呢。”

果不出卫荣平所料，陈颖把资料递给他们的时候，脸上虽然带着微笑，但说出来的话却是毫无余地，硬邦邦地，掷地有声。

“陈科长，从招标文件来看，我们承担的任务，好像没有完成啊。我们只是负责把弹簧做出来，后期的热处理不用做吗？”戚克勤首先提出了一个技术上的问题。

陈颖点点头道：“是的，我们这次的协作招标，都是请协作厂完成其中一部分工序，后期的热处理有一些特殊的工艺要求，我们青锋厂会自己完成。”

“这其实大可不必嘛。”卫荣平说道，“我们万机也有热处理的能力，机加工完成以后直接做完热处理再给你们，不是更方便吗？至于加工费用，你们再加上一点就可以了。”

陈颖微微一笑，说道：“这件事情卫厂长就不必考虑了。浦桑国产办方面对于C2弹簧的热处理有特殊要求，这项技术目前只有我们青锋厂掌握了，所以热处理的工序只能放到我们青锋厂来完成。你们还是先评估一下你们承担的业务的成本情况，以及对价格、供货方式等有什么意见，我们可以再协商。”

“哦哦，是这样？”卫荣平点点头，“好吧，那我们先出去商量一下，然后再给陈科长答复。”

几个人退到了礼堂外，找了个角落，各自点起一支烟。卫荣平对戚克勤问道："老戚，你看咱们能不能接得下这个业务？"

"没有问题。"戚克勤答道，他已经看过了青锋厂提供的资料，这个弹簧的机加工不过是一些很常规的工艺，万野机械厂过去也曾做过类似的产品，技术上是没有什么难度的。

"价格呢？"卫荣平又问道。

戚克勤摇摇头，苦笑道："青锋厂这帮人真是鸡贼啊，成本算得死死的，正好就给咱们留下 20% 的毛利。如果咱们压一压成本，最多再挤出 5% 的利润来，更多就没有了。"

"他们的发标价是 7.5 元，一年供应 10 万套，就是 75 万。如果有 20% 的毛利，就是 15 万，也挺不错了。"卫荣平掰着手指头算了一遍，随后又叹道："唉，原本以为这种汽车配件应当是暴利，谁知道还是挣点辛苦钱啊。"

"不知道青锋厂能挣多少钱。"潘金梁提醒道，作为一个销售人员，他擅长于嗅出各种利益关系。

"C2 弹簧……这是浦桑国产化办招标的产品，不知道那边给青锋厂的价钱是多少。"戚克勤嘀咕道。

"老戚，我记得你不是有一个同学在浦江的厂子里搞技术吗，你能不能通过他来打听一下？咱们不能光听宁中英这老家伙骗我们，咱们得掌握第一手资料，这样才能和他们谈价钱。"卫荣平说道。

潘金梁点头道："卫厂长说的对，咱们要知己知彼，不能让青锋厂把咱们耍了。回头活是咱们干的，他们吃肉，咱们喝汤，那就太冤了。"

"走，叫小李开上车，咱们到邮电局去打个长途，问问你那个在浦江的同学。"卫荣平当即拍板了。

一行人开着车来到县城，在邮电局让戚克勤给他在浦江的同学打了电话，他那个同学又不知道通过什么途径绕了一大圈，最后打回电话来，告诉戚克勤：C2 弹簧，浦桑国产化办给青锋厂的价格是每个 22.5 元。

"妈的！"卫荣平听到这个报价，当即就爆发了，在邮电局里就骂了起来，惹得周围一群办事的人都对他们怒目而视。

潘金梁赶紧把卫荣平拉出邮电局的营业厅,来到外面。卫荣平怒气未消,恨恨地说道:“宁中英这个老东西,我就知道他没安好心。一个弹簧 22.5 元,材料由我们出,主要的加工都是我们做,才给我们 7.5 元,他们就是转转手,就能挣 15 块。奶奶的,老子才不当这个杨白劳呢!”

“那……卫厂长的意思是说,咱们不做这个业务了?”戚克勤小心翼翼地问道。

“不做了!”卫荣平怒道。

“可是……咱们毕竟有 15 万的利润啊,不做是不是太可惜了?”戚克勤提醒道。

“不做倒是没必要。”潘金梁也在一旁敲着边鼓,“卫厂长,我觉得吧,咱们应该是去和青锋厂再谈一下,把这个情况跟他们说明白,明确告诉他们,我们也不是乡下土包子,不是那么好骗的。他们口口声声说招标是平等互利,那就不能让我们喝汤,他们吃肉。”

“可是,如果他们不答应怎么办?”戚克勤担心地问道。

卫荣平道:“如果他们不答应,我们就直接去找柴市长,把这件事情跟他讲清楚,让他来评评理。天下之事,抬不过一个理字,我就不信宁中英这老家伙能一手遮天。”

卫荣平带着两个手下重新回到青锋厂,再次坐进洽谈室的时候,底气明显变足了。他一坐下来,便对陈颖问道:“陈科长,有一件事我想打听一下,不知道陈科长能不能如实告诉我们。”

陈颖面无表情道:“卫厂长有什么事情尽管问,只要是应该让你们了解的,我一定知无不言,言无不尽。”

“呵呵,我问的问题,可能是你们不太愿意让我们知道的吧。”卫荣平带着几分嘲讽地说道。

卫荣平的这番做作,在陈颖那里就如对牛弹琴。陈颖根本不是在乎别人脸色的人,她用非常平静的语气说道:“卫厂长有话请讲,哪些事情可以向贵厂透露,是由我们来判断的。”

“我只问你一件事,C2 弹簧的供货价是多少?”卫荣平图穷匕见了。

陈颖道：“七块五啊，这个在标书上不是写清楚了吗？”

“我是说你们向浦江汽车公司的供货价。”卫荣平道。

“嗯，我查一下……”陈颖说道，她说着便翻看了一下面前的一份资料，然后说道：“我们向浦江汽车公司的供货价是 22.5 元。”

“嗯？”卫荣平眼睛瞪得老大，简直不敢相信自己听到的话。在他想来，青锋厂对于这样的问题要么是避而不答，要么就是说一个虚假的价钱，怎么可能如实相告呢？

卫荣平原本是打算等陈颖拒绝回答或者说假价钱的时候，把自己打听到的价格猛然抖出，然后看一看陈颖那副惊惶失措、掩面而走的窘态。谁知道，人家根本就没打算隐瞒价格，自己憋了一手的好牌，结果发现人家已经扔下牌回家吃饭去了，这种郁闷的感觉，真是让人有口难言了。

“可……可是，你们给我们的价格才 7.5 元，这怎么解释？”戚克勤忍不住了，直截了当地问道。

关于差价方面的问题，青锋厂的厂务会是早就讨论过的。在会上，也有一些干部提出来，是否应当把向浦江汽车公司的实际供货价隐瞒起来，以免协作厂对于自己拿到的价格感到不满。对此，宁中英持反对意见。他深知，浦桑国产化办公室的对外招标价格是相对透明的，协作厂如果刻意去了解，不可能问不出来。一旦青锋厂隐瞒了价格，而对方却从其他渠道得到了价格信息，那么反而会让青锋厂陷入被动。

经过讨论，大家一致同意，在协作厂不询问价格的情况下，就不主动提起。而如果协作厂要询问对浦江汽车公司的供货价，那么青锋厂就大大方方地承认。至于因此而产生的各种麻烦，厂务会上也已经商定了应对的方案。

此时，陈颖就是照着事先的预案在应对。早在卫荣平他们去而复返的时候，陈颖就知道，他们肯定是从其他地方了解到价格了。她心里暗暗佩服宁中英的远见，如果自己真要隐瞒价格的话，这个时候尴尬的就不是对方，而是自己了。

“戚科长，你忘了，弹簧的热处理是由我们青锋厂完成的，我们也需要有自己的利润吧？”陈颖不卑不亢地回答道。

“这些热处理我们完全能做，是你们不让我们做。做一个热处理，你们就拿了 15 块钱的差价，我们才拿到 7.5 元，这合理吗？”戚克勤嚷道。

陈颖微微一笑，不紧不慢地说道：“这个弹簧，原始状态下的切应力是 30，全开时切应力是 78，弹力损失值不大于 5%……你们能做到吗？”

“这……”戚克勤哑了，陈颖说的这组技术要求，以他们现在的生产工艺是无法达到的。他知道，青锋厂一定是掌握了什么特殊的工艺，在对他们生产的弹簧进行某种处理之后，使其疲劳强度、弹力损失等指标大幅度提高。他隐隐地能够猜出青锋厂可能的几种处理手段，但要让他说出具体的技术细节，那是万万做不到的。

“那么，你们是如何做到的？”卫荣平从戚克勤的反应中也能够猜到是什么情况了，他对陈颖反问道。

陈颖道：“这个问题就不劳卫厂长操心了。如果我们做不到，浦桑国产化办就会拒收我们的产品，损失是由我们来承担的。事实上，我们此前已经向国产化办提交了我们自己试制的样子，国产化办和德国方面都表示了认可，否则我们也不可能把这个产品拿出来招标了。”

“陈科长，我是不是可以这样理解这个问题。”潘金梁插话道，“你们掌握了关键性的技术，然后凭着这项技术来拿捏我们。明明是 22.5 元的零件，你把大头的任务都交给我们做，却只给我们 7.5 元，你们拿 15 元，只做了后面的一个什么工序……”

“热处理，只是热处理而已。”戚克勤气急败坏地补充道。

“对，你们就做了一个热处理，就挣走了 15 块钱。热处理这件事情我也懂得一点，不就是弄点油、弄点水，把弹簧丢到里面去浸一下，那能花多少钱？”潘金梁说道。

陈颖依然是面带微笑，说道：“既然潘科长觉得这件事情很容易，那么你们也可以去做。如果你们进行热处理之后能够达到国产化办的质量要求，我们可以提高收货价格。”

“我要你提高？”卫荣平终于找到说话的机会了，他怒道：“如果我们能够做到，我们就直接去跟那个什么国产化办公室联系，我们直接向他们供货，凭什么要让你们割一刀？”

“正是如此。”陈颖道，“如果你们万野机械厂能够解决这个问题，你们的确可以直接与国产化办公室联系的。”

这种话就是赤裸裸地呛人了，如果换成萧东平来说，应当会说得更委婉一些。但陈颖这个老姑娘可不是会委婉的人，她想到什么就说什么，否则也不至于把自己弄成一个孤家寡人了。

对于青锋厂所掌握的核心技术，在厂务会上秦海曾经向大家做过一个大致的介绍。据秦海说，这些核心技术都是国内许多大厂所没有解决的，在不考虑某些天才灵机一动的情况下，北溪这些潜在的协作厂基本上不可能在短期内突破这些技术障碍。也就是说，青锋厂可以明目张胆地在技术上压制他们，他们连还手之力都没有。

“小秦，你说不考虑某些天才灵机一动的情况下，他们都不可能突破这些技术障碍，那我们怎么就能够突破的呢？”会上曾经有人这样质疑道。

“因为……呃，因为我们厂灵机一动了呀。”秦海支吾着答道。

“我明白了，原来小秦就是一个天才啊。”问话的人恍然大悟，于是众人也都释然了。

这里面只有秦海知道，这些所谓的关键技术问题，大多数都是一层窗户纸而已，有些技术在国外已经是很成熟的东西，国内只是没有做过，所以大家想不到，也做不到。例如卫荣平他们承接的这个C2弹簧，热处理工序中要进行油淬，然后在铅槽中进行回火，最后还有一道喷丸工艺，以消除其表面残余应力，这样才能提高它的疲劳强度。

秦海知道这些关键的技术环节，并不意味着就能够马上形成实际的生产工艺。他和李林广带着一帮学生和工人反复做了数百次的实验，才最终确定了淬火介质的构成、淬火温度、回火时间、喷丸颗粒大小和力度等技术细节，使最终的产品达到了国产化办提出的性能要求。

这样一些弯弯绕绕的环节，如果让万野机械厂自己去尝试，花上一两年时间再加上数十万的投入，也不见得能够解决，这就是青锋厂敢于向万野机械厂叫板的底气所在。陈颖知道这种情况，所以才会对万野机械厂的几位反唇相讥。

“这简直是岂有此理！”

卫荣平只剩下发脾气的能耐了。戚克勤则是窘得面红耳赤，却没有任何办法。古语说，主辱臣死，作为技术科长，他无力解决技术问题，导致厂长在人家一个老姑娘面前吃了瘪，搁在封建年代，戚克勤就只有自杀以谢国人的选择了。

“卫厂长，你别着急，我们这个招标活动，并不只有今天一天。我们挑选协作厂也是非常慎重的，你们可以再考虑一下，如果觉得可以，我们就签订合同，我们也会给你们一些具体的技术指导。如果觉得不行，那也不要紧，我们希望以后还有其他的合作机会。”陈颖娓娓道来，其风度倒是与她的老牌大学生身份十分相称。

“不行，这件事我们一定要向柴市长汇报一下，我就不信没有讲理的地方。”卫荣平愤愤不平地嚷嚷着，带着两个手下再次退出了大礼堂，向着青锋厂的办公楼走去。此前柴培德已经向众人说过了，他这两天会在这里现场办公，为企业协调各种关系。

第二章　进军日本特种钢市场

青锋厂生产的旋耕刀片通过了日本福冈会社的验证，福冈会社的副社长岸田邦夫专程来到平苑考察青锋厂。平苑县全县上下无比重视，然而岸田邦夫却点名要秦海这个小青工陪同。参观过程中，秦海和岸田邦夫不动声色的你来我往，彻底打消了日本人想同青锋厂玩些小手段的想法。考察结束，签订完协议之后，岸田邦夫要求去秦海家做客，借着这个机会，秦海向岸田邦夫提出了一个令人意想不到的合作。

柴培德现场办公的地点，原本是在宁中英的办公室。一开始，他还能有点闲情和宁中英手谈一局，切磋一下棋艺。没过多久，告状的人就开始登门了。随后，来的人越来越多，把办公室挤了个水泄不通。宁中英没办法，只好让陈荣坤把厂会议室打开，让柴培德在会议室接见众人。

"柴市长，我想问，现在还讲不讲全国一盘棋了？"

"青锋厂这种作法，简直就是把我们当成傻瓜了，这是赤裸裸地剥削兄弟企业嘛！"

"柴市长，我们是响应市政府的号召来参加招标的，青锋厂这种做法，真是令人寒心啊！"

"柴市长……"

面对着群情汹涌，宁中英稳稳地坐在会议室一角，面不改色。对于这个情况，他早有预见，毕竟大家都是从计划体制下混过来的，对于这种市场化的分配方式极不适应。其实，在最早设计招标方案的时候，宁中英也曾犹豫过，想着要不要给协作单位更多的分成。但秦海坚定地告诉他，知识本身也是值钱的，要让协作单位看到知识的价值。如果这些协作单位垂涎之余愿意投入资金去开发属于自己的技术，那岂不是能够对推动整个国家的技术进步起到积极的作用吗？

秦海的理由多少有些牵强，但宁中英最终还是听从了这个建议，把协作企业的收益控制在平均利润水平上，余下的超额利润，就毫不客气地留在青锋厂的口袋里了。

青锋厂这样做，道理上也是说得过去的。青锋厂投入巨资兴建了实验室，承担了实验失败的风险，凭什么不该拿到高额的利润？其他企业如果眼红，也可以自己去搞技术攻关啊，浦桑国产化办公室那边正在招标的产品还有很多，这些企业完全不必盯着青锋厂盘子里的菜嘛。

带着这样的想法，宁中英便毅然地站在了所有协作企业的对立面上，等待着即将来临的风暴。对于这一点，他事先也向柴培德做了汇报，柴培德仅仅是还以一个苦笑，却没有予以阻止。

听到众人的齐声谴责，柴培德摆了摆手，示意大家少安毋躁，一个一个说话。大家都指望着柴培德出来“主持正义”，当然不会不听柴培德的话，于是分别找位子坐下，然后开始推举代表向柴培德告状。

“柴市长，我们打电话向浦江那边了解过了，一个车门上的合页，国产化办公室给的价格是 38 块钱，而青锋厂给我们的价格却只有 18 块钱，他们的理由是，合页最终需要由他们进行热处理。我就不明白了，一个热处理怎么就需要收 20 块钱？”甘桥县五金工具厂的生产科长曹瑞达满腹委屈地向柴培德申诉道。

柴培德抬眼看了看坐得老远的宁中英，笑着喊了一声：“宁厂长，曹科长的这个问题，你们是怎么考虑的？”

宁中英呵呵一笑，说道：“曹科长觉得不公平的话，咱们可以换一下。我们做合页的机加工，甘五工做热处理，最后由甘五工向国产化办交货，曹科长觉得如何？”

“宁厂长，你这不是要……”曹瑞达差一点就要说出要流氓这个词了，话到嘴边，又赶紧收了回去，憋了半天，才换了一个词道："你这不是强人所难吗，你们明知道我们没掌握最后的那道热处理工艺，就拿这个技术优势来卡我们，这也太欺负人了吧？"

"我们欺负人？"宁中英站了起来，瞪着眼睛说道："你们问问柴市长，我们为了建材料实验室，投了多少钱进去。我们投这些钱的时候，你们怎么没一个想着出手帮忙的？"

"柴市长，宁厂长他们建了什么实验室？"有几个离柴培德比较近的厂长小声地问道。

柴培德点了点头，用全屋子人都能听见的声音说道："我在这里替青锋厂证明一下，为了攻克浦桑轿车配件国产化中的技术难题，青锋厂向银行贷款 200 万元，用于实验室的建设，所有这些钱，都是青锋厂用自有资产作为抵押的。"

"200 万！"众人都惊住了。那年头，盖一幢三层的宿舍楼也就是十几万的投入而已，各企业也都有自己的实验室、化验室，但绝少有投入超过 20 万的。青锋厂在没有看到切实收益的情况下，一下子投入 200 万来建实验室，这绝对是孤注一掷的做法了。大家纷纷扭头去看宁中英，心里的想法是一致的：

这个老家伙，真是疯了！

宁中英从众人的反应中看出了他们的想法，他呵呵冷笑了一声，说道："大家如果不信的话，不妨跟我一块去看看我们的实验室。你们不是嫌青锋厂给的协作价格太低吗？如果你们愿意把我们实验室的设备款和实验材料费都包下来，我可以把价格给你们提起来。"

众人都被宁中英的话给将住了，一时不知该说什么好。卫荣平咳嗽了一声，站起身来，说道："要不……大家随宁厂长去看看吧，学习一下青锋厂这种勇攀科技高峰的精神，也是好的嘛。"

"对对，咱们去参观学习一下。"众人赶紧附和，他们也都意识到了，这是打破尴尬的一个好机会，否则就真有些羞刀难入鞘的意思了。

在宁中英的带领下，一干人离开办公楼，步行前往车间。柴培德也与众人走在一起，借着路上的时间，与一些企业领导交换着想法，劝说他们放下偏激的想法，与青锋厂真诚合作。

走了约莫十分钟光景，一行人来到了充当实验室的那个大竹棚外。卫荣平一拽宁中英，问道：“老宁，这就是你们花200万建的实验室？”

“怎么，看不起啊？”宁中英没好气地问道。

“不是不是，我只是觉得……有点简陋了。”卫荣平道。

宁中英道：“200万建个实验室，钱还远远不够呢。没办法，我们只好把好钢用在刀刃上，把钱都买了设备和材料，建筑这方面就先欠着了。我就指望着这次招标协作能够有一些收益，至少先把实验楼盖起来再说。”

“呵呵，一定会有收益的。”卫荣平皮笑肉不笑地说道。

说话间，众人已经在工作人员的引导下，走进了竹棚。一进去，大家心中那一丝鄙视和怀疑就都被扔到九霄云外去了。内行看门道，外行看热闹，这些企业领导虽然不是科班出身，好歹也是在工厂里厮混多年的，哪里会看不出东西的好坏。看着一台台设备上写着洋文的铭牌，每个人都知道，这200万的投入，真是一分钱也没浪费。

“这位是安河工学院的李林广教授。”宁中英把正在做实验的李林广请过来，把他介绍给了众人。

“大家都是来参观的吧？参观可以，可别到处乱摸，有些设备很精密的，万一用汗手摸过，精度就要受影响了。”李林广在技术问题上是直来直去的，他可不管这些人是什么嘉宾贵客之类的。

“哇，这里居然有一台布鲁克的光谱仪，这一台好像是要3万多块钱吧？”戚克勤站在一台光谱仪跟前就迈不开腿了。他早就想买一台这样的光谱仪了，但小小一个玩意儿就要3万多块钱，厂里根本就不可能批下来，想不到青锋厂居然能够置办下一台来。

李林广走过来，得意地说道：“这台光谱仪是布鲁克的最新产品，全套买下来要三万八千块钱呢。唉，这么好的设备，连我们工学院都没有呢，就冲着这台设备，我都乐意给青锋厂白干活。”

“李教授，我听说过您的大名。我想问问，如果我们万野机械厂准备自己开发技术，您能去给我们当技术顾问吗？”戚克勤压低声音问道，这种挖别人墙角的事情，自然是不便于大声说出来的。

李林广想当然地点点头，说道："这有什么不行的，为企业服务也是我们的职责嘛。"

"那……青锋厂现在搞出来的这些工艺，您也能帮我们搞出来？"戚克勤惊喜地问道。

李林广道："理论上说是可以的，不过你们需要有两个条件。"

"什么条件？"戚克勤问道。

李林广道："第一个条件，你们也得有一个这样的实验室，至少涉及的设备是必须拥有的。"

"这个嘛……"戚克勤有些没底气了，"我想，如果能够给我们厂带来利润，我们卫厂长应当是会支持的。"

"这第一个条件嘛，还算是简单的，第二个条件，就有点麻烦了。"李林广笑呵呵地卖着关子。

"李教授，你尽管说，不管什么条件，我们都想办法解决就是了。"戚克勤说道。

李林广用手一指正在不远处与几名参观者交谈的秦海，说道："你们还得有一个像青锋厂的小秦那样通晓国际材料流行趋势的技校生，这一点，你们能解决吗？"

戚克勤自然地把李林广的话当成了调侃，事实上，现场有好几个外厂来的技术人员都听到了类似的说法，但他们都把这种话当成了一个自己听不懂的笑话，因为没有人会认为一个 18 岁的技校毕业生会是什么关键性的人物。

参观完实验室，厂长们的怨气消掉了一半。青锋厂如此大手笔地建立实验室，又聘请工学院的教授来驻厂指导技术，这番投入是大家望尘莫及的。他们纷纷在心里计算了一下，觉得青锋厂虽然在配件生产中赚取了高额的差价，但与此前的投入倒也是相匹配的。相比之下，自己的企业虽然利润低一些，但没有前期投入，也不用承担研发失败的风险。这样一想，大家也就释然了。

"老宁，咱们都是老朋友了，价钱方面，你们多多少少还是得讲点风格嘛……要不，再提五毛钱，怎么样？"

众人再围上宁中英的时候，语气已经软了许多，所提出的条件也降低到了几毛钱或者一块的水平上，这点差价是青锋厂原本就打算让出来的。

“你个老卫，刚才的嚣张哪儿去了？你不是还要到柴市长那里告我的状吗？”宁中英扯着卫荣平的胳膊，颇有些得理不让人的架势。

卫荣平赖皮道：“我哪敢告什么状，我明明是去向柴市长表扬你们的嘛，你们给我们找来了这么好的项目，又发扬风格，把最困难的部分承担下来了，我们怎么可能还会告你们什么状呢？”

宁中英道：“口说无凭，这样吧，我们厂给大家准备了一顿便宴，有诚意的咱们就喝几个。老卫，你的酒量我是知道的，你一个人干一瓶，我就给你加五毛钱，怎么样？”

“好，妈的，我老卫就豁出去了，大不了让人把我抬回万野去。”卫荣平拍着胸脯，好一副大义凛然的样子。

青锋厂的小食堂已经容纳不下这么多客人了，陈荣坤吩咐在职工吃饭的大食堂摆了五张大圆桌，招待前来投标的各路领导。因为来的人很多，每个厂子只有厂长有资格入席，那些科长之类的就只能被安排到其他地方用餐去了。

酒席上，宾主觥筹交错，其乐融融，丝毫看不出半小时前大家还是一副剑拔弩张的样子。其实，招标协作之类的事情，都是公事，有位圣人曾经说过，为了公家的事情伤了私人的感情，那是最傻不过的。各区县的分管领导和各企业的厂长都不傻，大家吵归吵、闹归闹，坐到酒桌上把杯子一端，依然是酒肉朋友。

接下来的事情，就变得简单了。青锋厂适时地给各家企业都让了少许的利润，各家企业也是见好就收，与青锋厂签订了协作协议，然后兴高采烈地回去安排生产去了。虽然大头的利润都被青锋厂拿走了，但各企业自己拿到的利润也还是令人满意的，在这样一个调整年代，能够有业务做就不错了，更不用说还是这种有利润的业务。

这一次招标，一共放出去 17 种配件的生产，有一些配件的生产任务是由几家企业瓜分的，相当于一下子给二十多家企业找到了下锅的米。那些没有接到任务的企业也并不气馁，他们与青锋厂签订了合作意向，只要青锋厂解决了后续其他配件的关键工艺问题，就会把非关键的工序交给他们去做协作。

卫荣平一行带着签好的协议离开青锋厂，准备返回万野县。车过平苑县城，卫荣平对司机小李招呼道："小李，到前面的食品店停一下，我去买点平苑的特产，他们这里的米花糖很有特色，家里小孩很喜欢吃的。"

"对对，咱们都去买点，卫厂长不说，我们还忘了呢。"戚克勤和潘金梁也都附和道。在平苑待了两天，他们还真没腾出时间来办私人的事情。

一行人下了车，走进食品店，纷纷指点着货架让售货员称量商品。这时，卫荣平突然感觉到有人轻轻拍了一下他的背，喊了一声："卫厂长。"

"谁啊？"卫荣平回过头来，见一个油头粉面的中年人站在自己的身后，正笑呵呵地看着他。

"哦，是……对，是小翟吧？"卫荣平愣了一小会儿，才认出眼前这人是青锋农机厂的前办公室主任翟建国，过去有几次开会的时候，翟建国跟着韦宝林在一起，与卫荣平打过交道。从级别上说，翟建国比卫荣平要矮一级，卫荣平能够记住他的姓已经是不错了。

"卫厂长好记性啊，像我这样一个小人物，卫厂长都还能记得。"翟建国满脸堆笑地说道。

"哪里哪里，谁不知道小翟你是韦厂长的左膀右臂啊。对了，这次我们去青锋厂办事，我还打听过韦厂长和你的情况呢，听说你跟着韦厂长去搞洗衣机了，那可是一个大事业啊。"卫荣平敷衍着说道。

其实，大家都是一个圈子里的人，卫荣平哪里不知道韦宝林其实是被挤走的。平苑县的那个洗衣机项目筹备委员会，好几个月时间了，还是一个空架子，韦宝林实际上已经是有名无分，成为一个光杆司令了。但卫荣平不能捅破这层窗户纸，相反，他还要装出一副不了解情况的样子，恭维翟建国几句。

"呵呵，还好吧……"翟建国干笑着。洗衣机项目的现状如何，他是最清楚的，这简直就是一个深不见底的坑，他跟着韦宝林蹲在坑底下，这辈子也不见得有爬出来的机会。如果时间能够倒流，打死他也不会给韦宝林出这么一个转产洗衣机的点子，这真叫搬起石头砸了自己的脚。

“卫厂长这次是到青锋厂去参加招标的吧？”翟建国换了个话题，向卫荣平问道。

“是啊，我们承接了一个生产弹簧的任务。”卫荣平说道。

“利润应该不是太理想吧？”翟建国又问道。

卫荣平心中一凛，不知道翟建国这样问的意图何在。他含糊其辞地答道：“唉，利润不利润的……能够有个业务做就不错了，这一点，我们还是很感激青锋厂的。”

“呵呵，卫厂长这样说也对。不过，如果青锋厂还是韦厂长主政，应该不会对兄弟企业这样苛刻的。大家都是国家的企业，哪有光顾着自己吃肉，只给别人留一口剩汤的道理。”翟建国意味深长地说道。

对于宁中英等人，翟建国心中的怨念远比韦宝林要多得多。韦宝林好歹曾经是宁中英的手下，与宁中英还有些香火之情。翟建国在宁中英时代只是一个普通干事，而且由于一些性格上的原因，还颇受宁中英的鄙视，因此对宁中英向来没有好感。

这一次，宁中英借助柴培德的力量，把韦宝林挤到莫名其妙的洗衣机项目委员会去，连带着翟建国也被打进了冷宫，翟建国无时无刻不在惦记着如何黑一黑青锋厂和宁中英的事情。

这一次的汽车配件招标，翟建国也有所耳闻。他虽然已经离开了青锋厂，但在厂里多少还有一些故旧，也听他们说起了招标中的细节。他知道，青锋厂这一回虽然最终还是摆平了与各家企业的关系，但要说让各家企业心里完全没有芥蒂，那是万万做不到的。

知道了这个情况之后，他就琢磨着如何在旁边煽煽风、点点火，让宁中英狼狈一番。他不敢明目张胆地跑到青锋厂去生事，这个想法于是也就只能是埋在心里了。

刚才，他到食品店买东西，正看到卫荣平等人也进来买东西。有这样一个偶遇的机会，他怎么可能不赶紧抓住呢？

正如翟建国判断的那样，卫荣平虽然向宁中英服了软，在酒宴上还自灌几杯表示了认错的诚意，但心里的确是存着一个疙瘩的。此时让翟建国一挑，他心里的气又涌了上来。不过，他毕竟知道翟建国是个成事不足、败事有余的“废柴”，自己有什么想法是不能对翟建国明说的，于是淡淡地笑着说道：“翟主任这话倒是在理，不过，既然现在青锋厂是宁厂长主政，我们也只能照着宁厂长划的道去走了。”

“是啊是啊，我也只是随口说说而已。其实，关于这件事情，我们韦主任也是有不同意见的，觉得青锋厂这样做，损害了自己的形象，也影响了与兄弟企业的关系。不过，既然卫厂长觉得可以接受，我想韦主任也不好说什么了。”翟建国赤裸裸地给出了暗示。

“哦……”卫荣平点了点头。这时候，戚克勤他们都已经买好了东西，向这边走过来。卫荣平向翟建国笑了笑，说道：“翟主任，我们还得赶回万野去，就不和翟主任多聊了。麻烦翟主任回去向韦主任问个好，就说万机的老卫欢迎他过去指导工作。”

“我一定把话带到。”翟建国笑着答应道，他分明看出了卫荣平向他投来的眼神里有着一些微妙的内容。

轰轰烈烈的招标会结束，青锋厂的各位还没来得及松一口气，一个更惊人的消息从浦江传来了：日本福冈株式会社的副社长岸田邦夫专程从日本赶到中国来，指名要到青锋农机厂参观。

日本人要来了！

这个消息从青锋厂和省外事办两条渠道同时传到了平苑县政府办公室，把尚未从招标会的兴奋中清醒过来的县长郭明给惊出了一身冷汗。

说来也丢人，平苑县这么大一个地方，在过去30年间，到访的外国人加起来还不够20个，当然，这里不含那些坐着火车从平苑地界上穿梭而过的外宾。在郭明任县长期间，平苑县从来没有到过一个外宾，难得回来一个华侨都能让外事办鸡飞狗跳地忙活上半个月，而这一回来的，居然是外宾！

外宾啊，就是那种高鼻子蓝眼睛……好吧，就算是和我们一样黄皮肤黑眼睛，但人家毕竟是外宾，对不对？外宾亲自到平苑县来，这说明什么，说明平苑县已经冲出了亚洲……呃，好吧，就算还没冲出亚洲，总之，也是到了亚洲边上了吧……

郭明一时间脑子都不够转了，说话也颠三倒四，但有一点他是非常清楚的，那就是外宾访问平苑县这件事情，是未来几周内全县最重要的事情，其重要性远远胜过上一次的招标现场会。

“把宁厂长请到县政府来，我们要好好商讨一下接待外宾的问题。”郭明对自己的秘书下令道。

宁中英很快就来了，坐的是秦海开的车。他走进郭明办公室的时候，秦海就跟在他的屁股后面。

“老宁来了，哦，小秦也来了，快请坐快请坐，小王，快给宁厂长和秦海倒两杯茶来。”郭明热情地招呼着宁中英和秦海，把他们让到了沙发上坐下。

上一回的汽车配件招标现场会，郭明出尽了风头。为了能够从青锋厂拿到更好的协作条件，其他区县的带队领导纷纷做郭明的工作，对他极尽阿谀奉承之能事，让郭明的自尊心得到了极大的满足。

郭明知道，所有这些面子都是宁中英替他争来的，在宁中英的背后，则是这个虽然年轻但却计智百出的秦海。柴培德与他交谈的时候，也特别提到过秦海的事情，叮嘱郭明要对秦海多加关照。有了这样一些铺垫，郭明自然会对宁中英和秦海另眼相看。

“郭县长召我过来，有什么指示？”宁中英接过秘书小王递来的香茶，捧在手里，乐呵呵地对郭明问道。

郭明拍了拍脑袋，装出一副郁闷的样子，说道：“老宁，你这不是明知故问吗？还不是因为你们太能干，把日本人都招来了，我现在正在发愁如何接待的问题呢。”

“你是说那个叫岸什么的日本人？”宁中英道，日本人的名字太怪，他也实在是记不住。

“是叫岸田邦夫，日本福冈株式会社的副社长。”秦海对于这些情况了如指掌，这也是宁中英把他带来的理由。

郭明点点头道：“对，就是这个岸田副社长。对了，小秦，在日本，社长是相当于什么级别？”

郭明的问题问得奇怪，不过秦海却完全能够理解。中国官场上有一套完善的官本位体系，任何一个人都可以套到这个体系中，得出一个级别的评定。不同的级别就对应着不同的接待标准，这是万万不能搞错的。

对于福冈会社，秦海也已经查过有关资料了，知道它是日本一家规模比较大的跨国企业，主要是做农业机械销售代理的，自己也有少许的制造能力。他在脑子里想了一下，说道："福冈会社是一家企业，级别嘛，差不多相当于咱们的省属企业吧，那就是……"

"副处级到副厅级吧，取决于它的规模。"宁中英替秦海算出来了，对于官本位系统，他远比秦海要熟悉得多。

"嗯嗯，它的规模比较大，那就算是副厅级吧。"秦海说道。

"哦，副厅级……"郭明点了点头，"这个岸田是副社长，那岂不是相当于正处级？那他来的时候，看样子需要夏书记和我亲自去迎接。"

他说的夏书记，是指平苑县委书记夏启龙，是平苑县的一把手，能够让夏启龙出面接待的人，都是够一定级别的。

"我觉得，咱们是不是有点小题大做了？"秦海小心翼翼地说道。作为一名时间旅行者，他觉得举全县之力去迎接一名跨国公司的高管有些太可笑了。不过，放到当前这个年代，郭明有这样的想法也是十分正常的。

果然，听到秦海的话，郭明神情变得严肃起来，他说道："小秦，你可不能有这样的思想。我听宁厂长说过，你们在浦江的时候，是直接闯到外宾办公室去和外宾洽谈业务的。作为一种业务开拓的手段，你们这样做是很好的。但是，现在外宾到咱们平苑来了，你可不能再带着这种轻率的心理。外交无小事，咱们对外宾的态度如何，是直接影响到国家形象的，咱们不能给中国人丢脸，对不对？"

"呃……好吧。"秦海败了。人家岸田邦夫其实就是来考察青锋厂的生产工艺的，这和国家形象有何相干？可是，看到郭明那副样子，他又不敢再多说什么。既然郭明愿意折腾，那就由着他去折腾吧，反正最终唱主角的，还得是青锋厂。

接着，郭明就开始运筹帷幄地布置开了：青锋厂即日起要开展大扫除，清除一切卫生死角；所有的墙壁都要重新粉刷，一定要白得像雪一样；外宾访问青锋厂那天，所有的干部职工都要着装整齐，厂区内不得出现光膀子的、穿拖鞋的、歪戴帽子的、双手笼到袖子里的……

“现在是夏天……”秦海小声地善意提醒道，结果收获了宁中英投来的一记白眼。

“还有，青锋厂的全厂职工，要利用这几天时间学会一些简单的日语会话，比如说，你好，用日语怎么讲？”郭明把目光投向了秦海，他听宁中英说过，秦海曾自学过日语。

“哭你一起挖”秦海应道。

“空里……什么挖？”郭明嘴巴突撸着，怎么也学不像。

“哭你一起挖。”秦海放慢了语速，让郭明能够听清楚了。

“哭你一起挖……嗯，有点这个意思，不错。”郭明为自己学会了第一句日语而感到兴奋莫名，“日语学起来也很容易嘛，小秦，你抓紧时间多教大家几句，等外宾来了以后，随便碰上一个工人都能够用日语向外宾问候，这是多长国威的事情啊。”

“我怎么看不出这和国威有啥关系啊？”秦海在心里暗自嘀咕着，但也犯不着为这么点事去和县长抬杠了。

郭明足足讲了二十多条，宁中英让秦海认认真真地记下，答应回去之后逐条予以落实。郭明把这些都说完，这才问道：“对了，你们还没说，这个岸田先生，到你们厂是来干什么的？”

秦海只觉得郭明此问实在是滑稽，闹了半天，郭明连日本人来干什么都没搞清楚，就弄出了这么多的妖蛾子。他忍住笑答道：“宁厂长和我上次在浦江的时候，与福冈会社签了一个合作意向，福冈会社承诺，只要我们厂生产的旋耕刀片使用寿命能够达到 1000 亩，他们就采购至少 100 万片。前一段时间，我们把旋耕刀片的样品发给了福冈会社，样本的使用寿命达到将近 1100 亩，与日本的同类产品质量相仿。福冈会社有意与我们建立长期的合作关系，岸田先生就是前来考察我们厂的资质的。”

“嗯嗯，资质，对，这很重要。你们说说看，需要县里怎么配合你们？”郭明问道。

秦海想了想，说道："好像也没什么需要县里配合的。岸田主要是来考察我们的生产设备和工艺，我们青锋厂前一段时间添置了一些设备，同时也对老设备进行了技术改造，已经具备了批量生产高质量旋耕刀片的能力。所以资质方面的问题，县里不用担心。"

"这怎么能行呢？既然外宾来了，那就需要把咱们最强的实力展现出来，让外宾对我们充满信心。这样吧，老宁，你列一个单子，看看需要增加什么设备，县里跟其他企业协调一下，把他们的设备临时调过来，摆到你们厂里去。还有，从各厂子抽调优秀工人，充实到你们的生产一线，让日本客人看到我们精湛的技术。"郭明大包大揽地说道。

"免了免了。"宁中英也听不下去了，"郭县长，这未免有些太劳民伤财了。再说，其他企业的设备也都要用，搬到我们那里去，算怎么回事呢？你放心，设备方面我们有充分的信心，我们本身就是农机厂嘛，必要的设备都是有的，工人的水平也是足够的。"

"这样啊……也好吧。"郭明也发现自己有些激动过头了，赶紧掩饰着说道，"那咱们就说好了，你们马上回去安排，县里也要进行安排。总之，我们要把接待外宾的工作，当成一项最重要的政治任务来完成。"

日本人要来的消息，甚至都传到了秦海妹妹秦珊的耳朵里。这天，已经如愿以偿进了平苑一中的秦珊下课回到家，神秘兮兮地告诉哥哥，说老师向他们传达了县里的重要通知，有外宾要来平苑访问了。

"这关你们什么事？"正在吃饭的秦海诧异地对秦珊问道。

"我们老师说了，县里要选人当服务员，接待日本外宾，我们班很多同学都报名的。"秦珊说道。

"胡闹！"秦海斥道，"你没报名吧？"

"人家不是要回来和你们商量一下吗？"秦珊低下头，用手捻着衣角，忐忑地说道，那话里的潜台词分明是说自己也希望能够有一个这样的机会。

"不行！"秦海毫不犹豫地把妹妹的想法给打消了，他可知道县里要选的服务员是怎么回事，不外乎就是在宴请岸田邦夫的时候，站在一旁当服务小姐。在县一中选人的理由，肯定是觉得一中的学生有文化、气质好。自家的妹妹，怎么能去干这样的事情？

“为什么呀？”秦珊原本以为思想开放的哥哥会支持她，最不济也应当是不闻不问、任凭她自己选择。谁料想，自己话才刚说出口，哥哥就不留余地地拒绝了，这让秦珊感觉好生失望，伴随着强烈的不满。

“你一个高中生，去干这种侍候人的事情干什么？再说了，接待的还是日本人，你不知道日本人……”后面的话秦海不打算说下去了，有些话属于儿童不宜的，妹妹现在勉强也算是一个儿童吧。

“人家就是想看看外宾是什么样子嘛，什么叫侍候人啊。”秦珊撅着嘴抗议道。

秦海道：“外宾有什么好看的，不是和咱们一样吗？日本人除了个子矮点，猥琐一点，再加上有点罗圈腿，其他的没什么特别的呀。”

“你看过了当然觉得没什么，我们都想看看呢。”秦珊说道。

坐在一旁的秦明华道：“小海，小珊想去看，你就同意她去吧，开开眼界也好嘛。咱们家原来在白河镇，哪有见外宾的机会啊。”

“爸，这外宾真的没啥可看的。再说了，这个岸田邦夫本来就是冲我来的，如果你们想看，我把他叫到家里来，让你们看个够就是了。”秦海无奈地说道。

“你又吹牛了！”秦珊道，“人家是外宾耶，你以为是宁默啊，你叫他来，他就会来？”

秦海道：“这有什么难度？日本人其实挺好打交道的，回头我跟他说说，就说请他到家里来吃中国的家常饭，他肯定愿意来的。对了，爸，这次我还有一个想法，我想和岸田邦夫谈谈特种钢材的事情，倒也的确得让他到钢铁厂来走走。”

“你说的是真的？”秦明华态度严肃起来，他知道儿子有时候会无伤大雅地开些玩笑，但在正事上说话是很靠谱的。如今秦海把话说得如此确定，说不定是真的打算把日本人请到家里来了。

秦海道：“岸田邦夫所以会到平苑来，是因为青锋厂生产的旋耕刀片钢材品质超出了他们的预想。福冈会社是做农机产品代理的，与许多日本的农机企业都有联系。我想，他们对于优质的特种钢材肯定是有需求的，但青锋厂满足不了他们这种需求，而我们钢铁厂可以做到。从这点来说，咱们钢铁厂和福冈会社会有不错的合作机会的。”

"好，我一切都听你的。"秦明华道，"这几天我安排一下，让大家打扫打扫卫生，既然要请外宾来，怎么也得有个整洁的环境吧？"

"哥，你真的要请外宾到咱们家来啊？可是，咱们家什么都没有，怎么接待外宾啊？还有，到那一天，我能在场吗？我要不要待在学校不回来啊？我如果回来的话，穿什么衣服好呢……"

秦珊被秦海的安排给吓懵了，追在秦海的身后，一个问题接一个问题地打听，简直就像有国家元首来家里做客一样隆重。

在一片紧张的气氛之中，岸田邦夫终于抵达平苑了。其实，他的平苑之行也是折腾得很，先是与安河省外事办取得联系，确定访问的时间和行程。接着，他就按照约定的时间来到红泽，再由省外事办派车将他送往平苑。他坐的车子是一辆在浦江用德国配件组装起来的浦桑汽车，车窗上挂着帘子，在从红泽到平苑的这一路上，外事办的陪同人员很委婉地建议他，最好不要拉开帘子……据说是为了尊重沿途百姓的隐私权。

"欢迎欢迎，热烈欢迎！"

岸田邦夫坐的车刚进平苑县城，早已等候在街道两旁的小学生们便开始挥舞花束喊起了口号。这一套做法还是大家从新闻纪录片上学来的，经过县里几所小学老师们的反复调教，孩子们表演得十分到位。

县委书记夏启龙在县委大楼外主持对岸田邦夫的欢迎仪式，他对走下轿车的岸田邦夫说道："岸田先生，我是平苑县委书记夏启龙，我代表平苑县一百万人民，欢迎岸田先生光临平苑，希望您的平苑之行能够留下美好的记忆。"

从科技局找来的日语翻译上前一步，打算把夏启龙的话翻译成日语，说给岸田邦夫听。谁料想，岸田邦夫冲着夏启龙来了个九十度的鞠躬，然后用稍带点磕巴但发音准确的中文说道："感谢夏先生，感谢在路上欢迎我的孩子们，给大家添麻烦了，请多原谅。"

"岸田先生,你会说中文？"夏启龙深感意外,准备好的稿子也顾不上了，直接就问了一句大白话。

"我曾经在中国工作过三年，我非常热爱中国文化，所以学了一些中文。

我的中文说得不好，请原谅。”岸田邦夫说道。

“不不不，你的中文说得非常好。既然是这样，那可太好了，那大家交流起来就没有障碍了。”夏启龙脸上露出欢喜的神色，心里却在叫苦。遇到这么一个“中国通”,接待的难度反而更大了。原来设想日本人听不懂中文，旁边的人说错了什么也不要紧。现在对方的中文说得非常好，有些事要想瞒着他，可就不容易了。

郭明带着其他的县政府官员也都上前来向岸田邦夫表示欢迎，并且关切地询问岸田邦夫一路是否辛苦，是否需要到宾馆去休息，有什么生活上的需要，等等。

“各位先生，我没有什么特殊的需要。我到平苑来，主要是为了考察一下青锋农机厂，和青锋农机厂的同行们交流一下有关的技术问题。如果大家不介意的话，我希望能够尽快地到青锋农机厂去开始我的考察。”岸田邦夫说道。

“不用这么紧张吧？”郭明下意识地说道，县里为了欢迎岸田邦夫做了大量的准备，如果对方只是打个转就走，这些准备不是白做了吗？

岸田邦夫道：“郭先生，非常感谢你们做的一切，不过我到平苑来，主要是来考察青锋农机厂的，所以我希望能够有更多的时间用于我的考察，请多多关照。”

“郭县长，外宾有这样的要求，咱们就还是按外宾的意见办吧。”陪同岸田邦夫来的省外事办的人员发话了，他接到的指令就是为外宾提供服务，外宾的要求只要不违反规定，他就要尽量予以满足。

“既然如此，那么……宁厂长，你们那边安排好了没有？”郭明对站在一旁的宁中英问道。

“都安排好了。”宁中英答道。

“那就请岸田先生到青锋厂去考察吧。对了，宁厂长，岸田先生到了青锋厂之后，由谁负责陪同和解说？”郭明问道。

宁中英用手指了指身边的秦海，说道：“我们打算让小秦负责。”

“小秦……”郭明眉头微微皱了起来，他压低声音对宁中英说道：“宁厂长，这么重大的外事活动，让小秦负责是不是合适？我担心他过于年轻，说话嘴上缺个把门的，万一说出什么不合适的话，那可就是很严重的国际影响了。”

宁中英把手一摊，说道：“郭县长，我们也是没办法。我对生产技术上的事情，了解得不多。我们项厂长和冷科长倒是了解一些，但听说要向外宾介绍，他们都腿肚子转筋，不敢上前。我们厂也就小秦是个傻大胆，不让他负责，还能找谁？”

“这事闹的……”郭明跺着脚懊恼地说道，“我就是这件事没有叮嘱好，你们竟然就弄出这么大的一个隐患。不行不行，绝对不行，一定要找一个政治上更可靠的人来陪外宾。你们如果找不出人，那就从县里抽调。”

宁中英道：“郭县长，你从县里抽调的人，能说清楚我们那摊技术问题吗？”

“那也比犯错误强啊。”郭明恼火地说道，“要不，就由你老宁亲自陪同，你的政治觉悟，我是信得过的。”

就在这时候，岸田邦夫走了过来，对郭明说道：“郭先生，我这次到平苑来，非常希望能够见到上次和我们会社的中村君交流的那位年轻人，不知道你们能不能安排他来为我做考察时候的解说。”

“年轻人……”郭明一愣，硬是回想不出来岸田邦夫说的是谁。其实宁中英和秦海与中村俊交流的事情，郭明是听说过的，只是这一刻有些糊涂了而已。

“这就没办法了，这是外宾点名要见秦海，郭县长，你看呢？”宁中英在一旁幸灾乐祸地问道。

岸田邦夫指名道姓要秦海作为解说，郭明也无话可说了。一直跟在宁中英身后不吭声的秦海走上前去，来到岸田邦夫的面前，向他微微点了一下头，用日语说道：“岸田先生，你是要找我吗？”

“请问你就是秦先生吗？”岸田邦夫问道。

“我就是秦海。”秦海答道。

“果然是个不同凡响的年轻人。”岸田邦夫略带感慨地赞道。

岸田邦夫这一路过来，从省里到县里，见到的无非是两类人：第一类对他热情备至，毕恭毕敬，腰弯得比他这个日本人还厉害；第二类则是心存怯意，不敢上前与他搭话，生怕说错了什么就丢丑。而眼前这个秦海却与这两类人都不相同。他的态度不卑不亢，既有礼貌而又不失尊严，丝毫没有把岸田邦夫当成一个什么外宾，而只是如对待寻常的合作伙伴一样平和。

岸田邦夫想起中村俊对他描述过的秦海的作为，再与眼前见到的秦海加以印证，更坚定了自己此前的一个猜测：秦海是一个非常有实力的中国年轻人，是可以作为合作者或者同盟者的。

“岸田先生过奖了。听说岸田先生是专程来考察青锋农机厂的生产条件的，如果您不是特别劳累的话，我们现在就可以前往青锋农机厂，岸田先生以为如何？”秦海建议道。

在秦海心里，并没有觉得岸田邦夫有什么了不起的地方，他在未来认识许多日本朋友，甚至还带着几个日本学者跑到太行山里的农家去吃过饭，和农家的老人在一起畅谈抗日往事。他既不媚日也不仇日，所以在岸田邦夫这样一个日本客人面前，他根本没有什么不适应的感觉。

“很好，如果秦先生方便的话，我希望现在就能够前往青锋农机厂。”岸田邦夫赞同道，对于郭明等人的繁文缛节，他也实在是忍受不了了。

外宾说了要去农机厂，官员们自然不敢反对。又经过一番手忙脚乱的沟通、折腾之后，岸田邦夫终于坐上了秦海开的吉普车，由宁中英和省外事办的一名刘姓工作人员陪同前往农机厂。

在坐车的问题上，郭明和刘姓外事办人员还颇为纠结了一番。他们原本希望岸田邦夫能够坐外事办派来的浦桑轿车，谁知岸田邦夫执意要坐秦海的吉普车，弄得几个官员也没办法了。趁着岸田邦夫没注意，郭明恶狠狠地瞪了秦海几眼，恼火他为什么要开个破吉普到县政府来显摆。

“这就是我们铸造车间，我们用于生产刀片的钢材就是由这个车间冶炼的。这是我们用于冶炼锰钢的中频电炉……”

来到青锋厂，秦海也没有与岸田邦夫过多客气，直接把他领到了车间，开始向他详细介绍青锋厂的生产条件。

“这种型号的电炉，在日本已经看不到了。”岸田邦夫说道，“秦先生，恕我直言，这台电炉的技术，只相当于日本60年代中期的水平。”

秦海笑道：“事实上，这台电炉的确是我们厂60年代末期置办的。不过，我们最近对这台电炉进行了技术改造，改进了测温、吹氧等部分，冶炼出来的钢材完全能够达到工艺要求。”

“了不起。能够用简陋的设备达到这样高的工艺要求，需要有非常高明的工艺设计以及极其优秀的工人，我相信，这两条贵厂都已经具备了。”岸田邦夫说道。他是一个内行，深知工业生产中的各种门道，看到这样的现场，再听秦海一解说，他就知道，青锋农机厂的确是有高人，能够生产出与日产刀片相媲美的产品，也并不奇怪。

秦海道：“我们还学习了贵国在质量管理方面的经验，这对于我们提高产品质量发挥了重要的作用。在这方面，贵国是我们的老师。”

“其实，我们日本人在质量管理方面能够取得一些经验，也是得益于戴明先生的指点。”岸田邦夫说道。

两个人都是技术高手，他们边走边聊，并不需要太多的废话，就已经把需要交流的信息都传递出去了。宁中英和外事办那位小刘跟在他俩的身后，听着他们交谈，想插话都插不进去。尤其是那位小刘，压根就听不懂他们在说什么，干着急却又没有办法。

“宁厂长，岸田先生说的戴明，是你们厂的工程师吗？”小刘小声对宁中英问道。

“好像是个外国人吧……”宁中英不确信地说道。国内全面推广日本的质量管理经验的时候，宁中英正处于退居二线的时期，所以对质量管理中的有关概念并不熟悉，自然也不知道戴明是何许人也。不过，他好歹知道，此君肯定不是中国人。

“秦海同志向外宾说的这些内容，没有泄密吧？”小刘又问道。

宁中英道：“没有泄密。小秦介绍的内容，都是我们厂务会认真审核过的，哪些可以说，哪些不可以说，小秦非常有分寸，小刘同志就放心吧。”

“唉，早知如此，应该找个懂技术的人过来陪外宾，我根本就搞不懂你们这摊事情……”小刘唉声叹气地说道。

说话间，秦海已经带着岸田邦夫参观完了铸造车间和金工车间，来到了临时搭建的热处理车间门外。

与此前建起的材料实验室相同，热处理车间现在也还只是一个工棚而已。在工棚的旁边，新车间的地基已经挖好，正在浇筑水泥。由于缺乏施工机械，所有的建设工作都是由建筑工人手工完成的，所以进度缓慢，这一座单层厂房要建起来，起码需要半年以上的时间。

“日本在昭和三十年到昭和四十年期间，也是这个样子。”岸田邦夫深有感触地对秦海说道，“中国现在看起来还比较落后，但我对你们很有信心。”

“多谢岸田先生的鼓励。”秦海客气地说道。

“请问，我可以参观一下这座车间吗？”岸田邦夫指了指工棚，问道。

秦海道：“可以，不过有一件事需要说明，我们的热处理车间还有其他的业务在做，所以岸田先生只能参观其中的一部分设备，其余的地方，我们暂时是保密的。”

“可以理解，可以理解。”岸田邦夫说道。

一行人走进了工棚，来到正在为旋耕刀片做堆焊处理的高频电子炉前。经过改良的夹具不停地把刀片送入炉中，经过几十秒钟的处理之后，又把刀片夹出来，送到一旁的成品车上。岸田邦夫走上前去，不知从哪掏出一个放大镜，对着刚刚出炉的刀片仔细看了半天，然后点头赞道：“非常好，焊层很均匀，几乎没有疵点。”

“我们对焊料的配方也进行了改进，所以堆焊的质量也就非常稳定了。这一点，我想岸田先生从我们送去的样品中是能够看出来的。”秦海解释道。

岸田邦夫向两旁看了一眼，然后走前几步，指着一个敞开盖的盒子，问道：“这就是你们用的焊料吗？”

秦海点了点头，说道：“没错，这就是我们用的堆焊焊料。”

岸田邦夫从怀里掏出一双白手套戴上，然后伸手捻起一小撮焊料，送在眼前看了看，说道：“如果我没猜错的话，这应当是还原铁粉，含有铬合金和助熔剂，粉末颗粒很细，也很均匀。日本的堆焊工艺主要是使用自熔合金，贵国在自熔合金粉末的研究方面有些滞后，使用助熔剂也是一个比较好的选择了。”

“岸田先生果然是内行。”秦海称赞道。说罢，他扭头看看左右，见王晓晨就在旁边，便伸手招呼道：“晓晨，你过来一下。”

“小秦，有事吗？”王晓晨走上前来，她其实是和其他工人一样，借故前来围观外宾的，不想却被秦海叫过来了。看到岸田邦夫就站在自己身边，她忍不住有些紧张。

秦海指了指岸田邦夫手上那沾了焊料的手套，说道：“岸田先生的手套弄脏了，你去找双手套来给岸田先生换一下。”

“好的。”王晓晨答应着，转身便欲离开。

“哦，不必麻烦这位姑娘了。”岸田邦夫赶紧阻拦道，“这本来就是一双工作用的手套，脏一点没关系的。”

秦海看着岸田邦夫，似笑非笑地说道：“岸田先生，我觉得还是换一双手套为好。如果岸田先生对这双手套特别钟爱的话，我们可以替你洗干净了，再还给你。”

“这……”岸田邦夫的脸色有些泛红，那是自己那点小心思被人看破时候的尴尬神色。

身后的小刘看出了其中的不对，他一个箭步就冲到了前面，对秦海怒目而视：“秦海同志，你这是什么意思？”

秦海嘿嘿笑着，说道：“小刘同志，我做得有什么不对吗？”

小刘愣了一下，发现自己找不到谴责秦海的理由，于是扭转头去，对岸田邦夫说道：“岸田先生，刚才秦先生跟你说的话，有什么不合适的吗？”

“这个……没有没有，秦先生完全是出于对我的关心。我的手套的确有些弄脏了，如果秦先生愿意为我换一双手套的话，我非常感谢。”岸田邦夫说着，把自己的手套摘下来，递到了秦海的面前。

秦海与岸田邦夫的这番交手，也就是那个秉承“宾辱我死”原则的外事办小刘看不懂，宁中英跟在他们身后，对这其中的奥妙可谓洞若观火。

高频堆焊技术并不是什么高深的技术，日本在这方面的成就起码能领先中国十年以上。但这并不意味着中国就没有什么值得保密的东西。

青锋厂给旋耕刀片做堆焊用的焊料，其中就包含着秦海和其他技术人员一起研究出来的一些独特配方，尤其是助熔剂的选择，对于降低焊料损耗、提高焊层质量都有重要的影响。岸田邦夫刚才以察看焊料为名，用手套沾上了一些焊料粉末，如果这些粉末被他带回日本，日本的技术人员就有可能借此分析出其中的配方，并推测出其他的一些工艺参数。

一种助熔剂的配方，价值并不是很大，但如果每一项小技术都被日本人了解到，那么中方就很难形成自己独特的技术优势，从而会在与日方的技术往来中处于不利地位。秦海对于技术领域里的这些猫腻是了如指掌的，所以才会非常委婉地提醒岸田邦夫把手套留下来，不要做出让大家都觉得难堪的事情。

对于岸田邦夫来说，抓住一切机会刺探合作方的情报已经是一种本能了，他甚至并不觉得这是一种什么恶意。他在中国其他企业考察的时候，对方对他几乎是有问必答，有求必应，别说用手套沾点粉末这样的事情，就算他开口要对方的配方实验资料，对方都会欢天喜地地双手奉上，只怕他嫌弃装订不够精美、字迹不够清晰。

然而，当他踏进青锋厂的时候，他却深深地感觉到了秦海在热情背后始终隐藏着的警惕之意。秦海向他展示了所有可以让他知道的东西，同时回避了所有不能让他看到的东西。他刚刚想要点小聪明，用这种手法弄走一点焊料粉末，就被秦海及时发现，而且做出了一个让大家都能下得来台的处置。

既然自己的用意已经被秦海察觉了，岸田邦夫当然不会死硬到底。他不确信如果自己坚持要留下手套，前面这位名叫小刘的官员是不是会全力地支持他，而秦海又是不是能够顶住小刘的压力。他非常聪明地没有选择对抗，因为这样做实在是太丢人了，这种焊料的技术即便有什么独到之处，也不值得他用脸皮去交换。

“秦先生真是一个精明的人啊，我非常佩服。”

交出了手套之后，岸田邦夫带着一些自我揶揄的态度对秦海说道。他这个贼也算是一个“雅贼”了，所以被人抓了现行也还能保持从容的神色。

秦海随手把手套交给高频炉的操作工，然后对岸田邦夫说道："我们之间的合作还来日方长呢，互相坦诚相见，才能长久相处。"

"我非常赞同你的观点。"岸田邦夫向秦海微微鞠了一躬，说道。

这时候，王晓晨气喘吁吁地跑了回来，手里拿着一双白手套、来到秦海和岸田邦夫的跟前。王晓晨迟疑了一下，不知道把手套交给谁才合适。

"你把手套交给岸田先生吧。"秦海说道。

王晓晨涨红了脸，鼓了鼓勇气，才学着秦海的神气挺着胸把手套递到岸田邦夫的面前，说道："岸……岸田先生，这双手套送给您吧。"

"谢谢这位美丽的小姐。"岸田邦夫双手接过手套，然后从随身的包里换出一个小纸盒子，同样用双手捧着，对王晓晨鞠躬道："这是我的一点心意，请小姐收下。"

"这……"王晓晨没有料到岸田邦夫会有这样一手，对方向她鞠躬，就已经让她手足无措了，再看到那包装精美的小盒子，也不知道其中装了什么东西，她哪敢接受。

"不行不行，我不能接受您的礼物，我没做什么呀。"王晓晨一边说着，一边又是摆手又是摇头，还急切地向秦海投去一束求助的目光，让秦海帮她拒绝。

秦海笑呵呵地看着这个场景，他知道岸田邦夫这样做，既是一种礼貌，也有借机掩饰尴尬的意图。他又看了看宁中英，宁中英向他投来一个会意的微笑，秦海明白了宁中英的意思，走上前去，伸手接过了那个盒子，转手递给王晓晨，说道："晓晨，既然岸田先生执意要送你礼物，你就收下吧。日本朋友一向非常重礼节的，你如果不收，他反而不高兴了。"

"是的是的，这只是一件小小的礼物，请您收下吧。"岸田邦夫说这些话的时候，又鞠了七八个躬。

"那……那我就谢谢岸田先生了。"王晓晨这才怯生生地收下那盒子，脸上绽开了欢喜的光芒。

当着外宾的面，王晓晨不好意思拆开盒子看里面的东西。在她逃也似的跑出工棚之后，马上就被好奇的女伴们给围住了。众人叽叽喳喳地起着哄，让王晓晨马上打开盒子，看看外宾送给她的到底是什么。

“我猜一定是巧克力，我有一个亲戚家里来过一个华侨，带回来的外国巧克力，可好吃了！”

“不会的，你没看这个盒子很轻吗，我估计是个什么工艺品吧？”

“没准是个小钱包……”

“我猜是……”

在众目睽睽之下，王晓晨几乎是用颤抖着的手拆开了那个包装盒。盒子里有一块硕大的海绵，海绵中间开着一个槽，里面放着一只黑糊糊的工程塑料外壳的电子表，表盘上起码有十几组不同的数字，有些正在轻轻地跳动着，显示着当前的时间。

“哇！竟然是一块电子表！”

“卡西欧的！”

“是多功能的，你看边上有那么多按钮。”

“这块表比欣欣商店里卖的最好的电子表都高级，我猜起码要五百块钱！”

众人的情绪几乎要沸腾了，每个人的语气中都充满了羡慕嫉妒恨，有无数的人在心里懊悔不迭，刚才为什么不是自己出现在外宾身边呢？自己愿意用一百双工作手套去换这样一块高档电子表。

“我……我……我是不是应该把这表上交啊？”王晓晨被这件礼物的档次吓坏了。如果这只是一件价值十几块钱的小礼物，她会欢喜好几天。如果礼物价值能到几十块钱，她就能高兴上一个月。可是，当她听伙伴们说这样一块电子表起码得值五百块钱的时候，她感觉到的是惶恐，没错，就是一种深深的惶恐。

“晓晨，你傻呀，这是外宾送给你的，宁厂长都看见了，你有什么不敢收的。”边上的女伴开始给她打气了。虽然不是自己收到了礼物，但能够看到自己的伙伴收到礼物，也是一件让人高兴的事情。而如果这样的礼物上交到厂里去，那对于大家来说就索然无味了，这种上交上去的东西，谁知道最终落到哪个领导手里去了。

“对，不能上交，交上去肯定也被哪个领导吞了。”这是有着愤青气质的同伴说的话，她们倒并不是对某个具体的厂领导有什么不相信，只是老百姓心中本能的仇官情绪在作祟罢了。

“怎么回事？”副厂长项纪勇走了过来，他没有在里面陪外宾，而是留在外面准备照应其他的事情。见到这里闹闹哄哄的，便上前来过问了。

“项厂长，这是刚才外宾送给我的礼物……我本来说不要的，是……是小秦帮我接下来的，对了，宁厂长也知道这事。”王晓晨把电子表捧到项纪勇的面前，结结巴巴地把事情的经过说了一遍。

项纪勇把表拿起来，看了看，点点头道：“嗯，真是一块好表，这上面有日历，还有星期，好像还能记一些电话号码什么的，小日本做的东西，真是漂亮。”

“项厂长，这是外宾送给晓晨的，晓晨应该可以留下吧？”边上的伙伴们一齐问道。

“留下吧。”项纪勇把表又递还给王晓晨，然后说道：“既然宁厂长知道了，那你就留下吧。日本人有的是钱，听说他们冰箱用旧了都是直接扔到垃圾堆去的，送你一块表算什么。”

“噢！”众人一齐欢呼起来，“晓晨，快把表戴上给我们看看。”

在众人的怂恿之下，王晓晨紧张地把表戴到了手上，系紧了橡胶质地的表带，然后带着几分羞涩的神情，把手举了起来，让众人参观她戴表的样子。厂子里其他像王晓晨一样年纪的女孩子，都已经攒钱买了小小的坤表，成天戴在手上。而王晓晨每个月的收入都大半交回了家里，连自己吃饭都是抠抠搜搜，哪有闲钱买表。

谁知道，命运就是如此照顾穷人，厂子里好不容易来一个外宾，外宾又好不容易送出一块手表作为礼物，这件礼物竟然就落到了王晓晨的手上。和她手里这块高档电子表相比，其他女孩子手腕上的国产机械表简直就是乡下老土了。

“晓晨，咱们可说好，过几天一定要借我戴一下！”

“我先跟晓晨说的！”

“我下星期要去见一个人家给我介绍的对象，晓晨，到时候我借你的表去抖一抖！如果不能给我买一块同样的表，我就不答应他！”

就因为这样一块小小的电子表，一向如丑小鸭般不起眼的王晓晨瞬时就成了车间里女孩子们追捧的明星。

岸田邦夫不知道他送出的一份小礼品居然能够让一个中国女孩获得如此的快乐，他已经从刚才的事情中解脱出来，继续在热处理车间里考察着其他的设备。因为知道岸田邦夫要来考察，热处理车间里临时拉了一道屏风，把正在为汽车配件做热处理的那些工序给挡上了，岸田邦夫能够看到的，仅仅是与旋耕刀片相关的部分。

“我真的不能看看你们其他的部门吗？”岸田邦夫指着屏风后面，半开玩笑地对秦海问道。

秦海笑道：“那都是一些上不了台面的东西，为了不让像您这样的日本客人看到我们落后的一面，所以我们就挡上了。”

“不不不，我觉得你们是非常先进的，用这样简单的设备，居然能够达到这样高的加工水平，非常令人钦佩。”岸田邦夫说道。他当然也知道秦海刚才那句话只是一种委婉的拒绝，作为一个聪明人，他也用不着去揭穿这种掩饰了。

参观完毕，岸田邦夫来到了青锋厂的会议室，在那里与宁中英正式签署了合作协议，来自于省外贸厅和市县两级相关部门的官员在一旁见证了协议的签署过程。

根据协议规定，在未来一年内，青锋农机厂将向福冈会社提供100万片旋耕刀片，质量标准不低于此前提供的样品。至于刀片的价格，也正如此前商定的一样，是每片350日元。

关于交易的计价货币，省外贸厅并没有特别的要求，美元和日元都是国家短缺的外汇，能够挣美元和挣日元，对于外贸厅来说，都是同样有能耐的表现。

不过，秦海凭着自己一些模糊的记忆，还是坚持要以日元作为计价单位。就在协议签订之后不久，日本受“广场协议”的要求，大幅度提高日元币值，日元升值了将近一倍，让安河省外贸厅的官员惊呼秦海有远见。这是后话，倒也不必提了。

签约仪式之后，接着就是盛大的宴席。这宴席是在县政府的大食堂里举办的，岸田邦夫作为一个中国通，对于这样的场面也是见惯不怪了。他是外宾，也没人敢灌他的酒，大家虽然举杯频频，但真正喝下去的酒却没有多少，倒是大家互相说了一些中日友好之类的场面话，显出其乐融融的样子。

那一段时间，中国与美国、日本都处于蜜月期，无论官方还是民间，关系都非常和睦。

在宴席上，秦海果然见到了不少从县一中找来的女生，穿得漂漂亮亮的，站在一旁做招待。让秦海觉得欣慰的是，他没有看到秦珊和宁静的身影，估计是他此前对秦珊说的话起了作用。宁静现在与秦珊同桌，两个姑娘之间无话不说，秦海的话肯定会在第一时间传到宁静耳朵里去的。

那些参加服务的女孩子没有秦海那份矫情的心理，她们都为自己能够参加这样一次欢迎外宾的重要外事活动而感到兴奋不已。

酒酣菜饱，县委书记夏启龙对坐在自己身边的岸田邦夫问道："岸田先生，你的考察工作已经结束了，要不要我们县里给你安排一些其他的参观活动？我们县里有几处名胜古迹，虽然不太出名，但却也是很有些历史的，相信日本朋友应当会很感兴趣。"

岸田邦夫道："多谢夏先生，我在中国的行程安排得非常紧张，这些旅游活动，就暂时不考虑了。以后如果我有休假的机会，一定会来贵县瞻仰这些古迹。余下的半天时间，我想到秦先生的家里去拜访一下，和他探讨一下有关钢铁冶炼方面的一些技术问题。"

"秦……"夏启龙脑子有些宕机的状态，他实在想不出有什么姓秦的大牛是值得外宾亲自去拜访的。

坐在岸田邦夫另一侧的郭明倒是一下子就反应过来了，今天在青锋厂参观的时候，秦海就是现场的主角，郭明想不知道他都难。不过，对于岸田邦夫想去秦海的家里拜访，他同样是想不出理由，他不明白这两个人什么时候能处得如此融洽了。

"岸田先生说的是秦海吧？你们如果有什么技术方面的问题需要交流，可以在县政府找个房间谈话，我们这边的条件毕竟更好一些嘛。"郭明建议道。

岸田邦夫道“不必麻烦郭先生了，我对于普通中国人的家庭也比较感兴趣，所以想去体验一下。我想，这件事应当与官方没有太大的关系，只是一些私人的交往而已，请夏先生、郭先生应允。”

“那是肯定没有问题的。”郭明讪笑着，敷衍了一句，然后说道：“岸田先生稍候，我去安排一下。”

说罢，他起身离席，稍带着把同坐在席上的省外事办小刘也拽上了。二人来到一个背人的地方，郭明问道：“小刘，刚才岸田邦夫的那个要求，你听到没有？”

“我当然听到了。”小刘把眉毛皱成一个大疙瘩，略带恼火地说道：“郭县长，不是我说，你们平苑县对于这次外宾接待的工作，实在是有些欠考虑了。像秦海这样一个政治上不可靠的人，怎么能安排来做这样重要的接待工作？”

“他在政治上还是可靠的。”郭明辩解道。小刘的级别与郭明相比，差得老远，但人家是从省里下来的，而且负责的是外事工作，有点手握钦差权柄的味道，所以郭明在他面前也得赔着小心。

“与福冈会社的合作，是秦海在浦江联系的，外宾到平苑之后，肯定要找秦海，这不是我们安排不安排的问题。”郭明说道。

小刘道：“郭县长，我刚才没来得及向你汇报。在今天上午外宾考察青锋厂的过程中，秦海一直在和外宾聊天，谈论各自的家庭以及各人的履历，这些都是与考察工作无关的内容，这是明显违反外事纪律的。”

“哦，外事纪律上有明文规定吗？”郭明不软不硬地呛了一句。自家的孩子自家打，小刘告秦海的状，郭明可不会跟着附和，否则至少一个御下不严的评价他是躲不开的。

对于秦海与外宾唠家常这件事，郭明也说不出是对是错，在他想来，只要外宾没什么不满意的地方，而秦海也没有泄露国家机密，那么双方建立点良好的私交，应当是利大于弊的吧？

小刘被郭明这句话给噎住了，他只是觉得秦海上午太出风头了，让他有些看不惯，所以才下意识地找点理由来告状。但要说秦海这样做有什么不对，他也说不出道理来。作为外事部门的工作人员，他知道这几年外事纪律已经松动了很多了，对于外宾行为的限制越来越少，对于国人与外宾的交往，也不再约束。

甚至他们外事办的工作人员，陪同外宾的时候也会聊一些家庭琐事，以便让外宾找到宾至如归的亲切感。所以，要说秦海与岸田邦夫谈家务事有何不对，小刘还真找不出依据。

“现在外宾提出要到秦海家里做客，与秦海的家人交流，我只想了解一下政策，这样做是不是允许？”郭明知道自己已经把小刘给憋住了，于是也不继续追问，而是问起了自己最关心的问题。

小刘吃了一个瘪，也不敢乱说话了。对方毕竟是个父母官，自己如果表现不好，对方也是可以向外事办投诉自己的。他想了想，说道：“这个得先了解一下秦海的家人是什么情况，政治上是不是可靠。”

“这个我们已经了解过了。”郭明道，“秦海的父亲是农民出身，现在承包了他们镇的农机厂，正在我县租用钢铁厂的设备生产一些出口商品。”

“如果是这样，那倒没什么大问题。”小刘道，“过去我们也接待过这样的外宾，他们对于中国的普通家庭非常感兴趣，向我们提出要到普通中国家庭去做客，对于这样的要求，我们一向都是会予以满足的。不过，还要麻烦郭县长专门叮嘱一下秦海和他的父亲，接待外宾可以，但不能做出有损国格的事情，比如，不准向外宾索要外汇，不准向外宾提出代办出国事宜，不准……”

小刘一口气说出了十几个不准，把郭明听得有些背心发凉，直接把秦海叫过来，让他亲耳聆听小刘的教诲。秦海可没有郭明那样的耐心，他听了几条，直接摆摆手就把小刘的话给打断了：“小刘同志，这些废话你就别说了，我根本不可能做出这样的事情。”

“我是未雨绸缪，先给你打预防针。我们在做外事工作的时候，经常遇到这样的事情，严重损害了我们国家的形象。我可以告诉你，连我们外事部门的某些同志都经受不了外国物质条件的诱惑，有些女同志甚至……”小刘恼火地说道，他也不知道自己为什么一见秦海就忍不住想生气，连一些不该说的话都情不自禁地从嘴里滑出来了。

“打住打住。”秦海举起双手做出一个阻拦的样子，打断了小刘的话，说道：“这是你们的人干得出来的事情，别栽到我们身上。我们是工人阶级，都是有节操的，不像你们，OK？”

小刘被秦海一句话顶得吐血三升，偏偏还拿他没辙。他们外事办的那点丑事是他自己把不住口风漏出来的，人家秦海说的也没错。至于说记着秦海的仇、日后给秦海弄双啥小鞋穿之类的，小刘还真没这样的手段。如果秦海是个机关干部，外事办是可以上哪歪歪嘴，给他添点麻烦的。可秦海只是一个普通工人，堂堂省外事办兴师动众找一个普通工人的麻烦，还不够自己丢人的呢。

岸田邦夫要拜访秦海家的请求最终还是得到满足了。岸田邦夫委婉而又坚决地拒绝了小刘以及其他政府官员的陪同，执意要求得到一个单独与中国工人家庭接触的机会。郭明对此也没办法，只能吩咐公安部门抽调警力，在秦海居住的钢铁厂里外布控，以防各种不测。

时间已经到了20世纪的80年代中叶，中国的对外开放已经达到了一定的程度，外国人在国内的活动已经拥有了比较多的自由。在这种情况下，一个外国人要求单独访问一个中国家庭，已经不算是什么耸人听闻的事情了，当然，在平苑县这样一个小地方，这样的事情还是第一次。

“岸田先生，这就是我跟你说过的平苑钢铁厂，现在我正在将其改造为一个特种钢材厂，冶炼一些具有特种性能的合金钢。”秦海开着车把岸田邦夫带进钢铁厂，然后直接把他带到了炼钢车间，让他察看生产现场。

“秦先生，你说过这家企业是你个人的产业，是这样吗？”岸田邦夫问道，现在他们身后已经没有其他人跟随，说话也可以更随便一些了。有关平苑钢铁厂的情况，上午的时候秦海已经向岸田邦夫简单介绍过几句，其中特别提到这是自己能够控制的一家企业，这也是岸田邦夫想来此参观的主要原因。

秦海道：“确切地说，这是一家由我控股的合伙制企业，一会儿我可以向你介绍一下我的合伙人们。中国正在进行改革开放，未来会有越来越多的民营企业涌现出来。”

岸田邦夫看着车间里热火朝天的生产场面，问道：“秦先生，请允许我冒昧地问一句，你这家企业目前一年的产值有多少？”

秦海道：“我这家企业只是刚刚建立，不过，在未来一年内，我们估计会有30万美元以上的产值。”

“30万美元，在日本只是一家微型企业了，不过，在中国已经算是很不错了，尤其是当这家企业是你的私人企业的情况下。”岸田邦夫说道。

秦海道：“如果仅仅是为了我个人的生活，别说30万美元，就算有3万美元的产值，也够我在中国成为一个富翁了。不过，我的志向可不在于此。”

岸田邦夫道：“我知道，你是我在中国见到的最有野心的年轻人。实不相瞒，今天上午的时候，我曾经动过要招募你到我们福冈会社去工作的念头，我可以给你3万美元的年薪。不过，现在看到你的企业，我知道这样的薪水是无法打动你的。”

“哈哈，3万美元，在中国，你用这个价钱可以聘到10个比我更优秀的专业人才了。”秦海笑道，“岸田先生，你出这么高的价格，也不怕亏本吗？”

当年一个中国工人的月工资不过是50元左右，年薪也就是600元。而3万美元相当于7万至8万人民币，别说聘10个人，就算聘一百个人也能聘到了。

岸田邦夫认真地说道：“我看人的能力是非常强的，你的价值绝对超过你说的10个专业人才。”

“谢谢你的夸奖。”秦海答道。上午的时候，他曾经与岸田邦夫交流过各自的经历，他知道岸田邦夫是在美国留过学的，后来又在福冈会社从事过多个岗位的工作，还在中国有过工作经历，是一个难得的复合型人才。虽然岸田邦夫处处都在打中国人和中国企业的主意，但绝对能够算得上是一个值得尊重的对手。

岸田邦夫道：“秦先生，你把我带到这个炼钢车间来，是想跟我谈什么呢？这个车间里的设备已经非常陈旧了，如果有可能，我建议你从日本采购一些最新的炼钢设备，至少可以提高两倍以上的生产效率，而且降低70% 以上的能耗。”

“这件事我们日后再谈，等到我真的需要更新设备的时候，没准还需要拜托岸田先生帮忙呢。”秦海说道。

这时，他看到苗磊向这边走了过来，便喊道：“磊子，你把咱们给葛排长他们做的军铲的成品拿两件过来，另外把上次我们炼的钢样也带过来。”

“好咧。”苗磊答应了一声，便转身跑回车间里去了。

“我们外面谈吧。”秦海对岸田邦夫说道。

两个人来到车间外的一个阴凉处，站着说了几句闲话，接着就看到苗磊和另外一位名叫戴家寅的工人推着沉甸甸的小车走过来了。来到秦海他们面前，苗磊放下车，看了看岸田邦夫，然后挠挠头，突然说了一句：“How……How do you do！”

这一句英语的问候也不知道是苗磊什么时候学的，夹着一些平苑口音，听起来怎么都像是说“好肚油肚”的意思。不过，苗磊的善意岸田邦夫倒是听出来了，他向苗磊鞠了一躬，用标准的汉语回道：“谢谢，我叫岸田邦夫，请多关照。”

听到外宾说起了汉语，苗磊和戴家寅都吓了一跳。戴家寅有五十多岁了，是原来平苑钢铁厂的轧钢工，他听说岸田邦夫是从日本来的外宾，才抢着要帮苗磊推车的，目的就是能够近距离地参观一下外宾是什么样子。听到外宾居然会说中国话，他好生惊讶，不禁脱口而出：“妈啊，你不是小日本吗，怎么会说我们中国话……”

话说出口，戴家寅才意识到自己说错了，想纠正又不合适，一时间窘得满脸通红。秦海也觉得有些尴尬，虽然大家私底下都是“小日本”、“小鬼子”地叫着，但把这话当面说出来又是另一码事。他抱歉地对岸田邦夫说道：“不好意思，我们这位师傅其实并没有什么恶意。”

“没什么，只是一个称呼而已。”岸田邦夫摆摆手，并没有把这事放在心上。他在中国工作期间，曾经不止一次听到中国同事在背地里管他叫“小日本”了；有时候坐公交车时，旁边的人不知道他能听懂中国话，也会小声地这样嘀咕，对此他已经有免疫力了。如果为这么点事也要计较，那他就只能去撞墙了。

秦海也没觉得这事有多大，倒是岸田邦夫的豁达让他多了几分好感。他从苗磊推来的小车上拿起一把已经加工完成的成品军铲，递到岸田邦夫的跟前，说道，“咱们还是说正事吧，岸田先生，你看看这把军铲如何。”

岸田邦夫接过军铲，饶有兴趣地把玩了一番，点点头道，“的确设计很精巧，不过，在我们日本也有类似的军用工兵铲，与你们的产品各有千秋。”

“那你看看它的用料如何。”秦海又说道，他原本也不打算让岸田邦夫欣赏这把军铲的设计，他知道日本人在搞这种小机巧方面更有创意。

“用料……”岸田邦夫用手敲了敲军铲的铲面，又试了试刃口。苗磊不失时机地翻出一小卷废铁丝，放在地上，然后向岸田邦夫做了个试验的手势。岸田邦夫知道苗磊的意思，于是举起军铲，对着那卷废铁丝用力砍去。

正如过去秦海曾经向葛东岩演示过的那样，军铲轻而易举地把废铁丝斩成了几段，而军铲的刃口却毫发未损。岸田邦夫又点了点头，说道，“的确是好钢，和日本市场上的高强度合金钢相比，也并不逊色了。”

这种话如果搁在三十年后，就相当于是骂人话了。但在此时，苗磊和戴家寅却都是满脸喜色，觉得像是争到了莫大的面子一般。想想看，中国企业炼出来的钢材，能够与日本的钢材相提并论，这是何等的荣耀啊。

秦海对于这种情况也只有无奈，整个国家的工业实力比人家落后一二十年，这是一个不争的事实，是不能靠所谓民族自尊心来否认的。不过，他想和岸田邦夫谈的，却不是谁的钢材更好的问题，而是其他的。

“岸田先生，我想问一下，类似这样的钢材，在日本的销售价格大概是多少？”秦海问道。

岸田邦夫又认真地端详了一下这把军铲的钢材，说道：“我没看到具体的性能参数，也不好准确地给出一个估价。类似于这样的钢材，在日本市场上每吨大概在500万至1000万日元的样子吧。”

“是这样……”秦海默默地在心里计算了一下：500万至1000万日元，

按现行的汇率，大概相当于2万至4万美元，也就是5万至10万人民币的样子。

平苑钢铁厂的这些钢材是利用废钢冶炼的，废钢的收购价是平均每吨300元左右，即使加上各种消耗，每吨合金钢的成本也不到1000元。也就是说，与日本的同类产品相比，二者居然有五十至一百倍的差价。

“岸田先生，如果我能够向你们大量提供这种钢材，按照同等性能参数，价格只相当于日本市场的50%，你们有兴趣代理吗？”秦海终于抛出了他考虑已久的计划。

秦海的钢材与日本市场上的钢材相比，价格低得惊人，这其中有几个原因：

其一是原料来源不同。一般钢铁厂冶炼合金钢，都是使用专门的合金材料，其价格较为昂贵。而秦海用的是合金废钢，相当于用废钢的价格来获得合金材料，成本上便大为节约了。

用合金废钢进行搭配来冶炼合金钢，关键在于精确计算各种废钢的配比，这其中的工作量是非常庞大的。普通的钢铁厂既没有这样的人才，也不值得这样去做。而秦海则不同，他雇了一批工学院的学生来做这样的计算，学生把这项工作当成专业实习的内容，秦海实际花费的人工成本是非常低廉的。

第二个原因也与人工相关，那就是日本的炼钢工人工资很高，而中国工人的工资水平只相当于日本的一个零头。钢铁工业是资本和劳动双密集的产业，劳动力成本在钢铁成本中所占的比重相当可观。在这方面，秦海又具有了成本上的优势。

第三个方面，则是知识的价值了。特种合金钢所以价格高昂，其中有相当一部分是技术的价值。钢铁厂研制一种钢材配方，需要有大量的投入，这些投入都是要摊到最终的产品里去的。一些钢铁厂在掌握了特殊配方之后，采取撇油定价的方法，目的在于赚取超额利润，这也导致了特种钢材价格的虚高。

秦海所提出来的这些合金钢配方，来自于他自己的知识，或者说是来自于时间旅行者的作弊，几乎没有什么成本。在这方面与其他钢厂打价格战，他是稳操胜券的。

有了这三个原因，也就不难理解为什么秦海能够以很低的成本提供特种合金钢了。在秦海的计划中，这些合金钢将为他掘到真正的“第一桶金”。

“你打算向日本提供特种合金钢？”岸田邦夫被秦海的计划给震惊了。80年代的日本，是全球钢铁产量最高的国家，也是钢铁出口最多的国家。即便说有某些特种钢材需要进口，日本的进口来源也是欧美等发达国家，怎么可能从技术落后的中国进口呢？

可是，眼前的情况又不容岸田邦夫质疑，他手里拿到的这把军铲，粗略看来，材料性能的确已经达到日本市场上某些超高强度合金钢的水平，而秦海又言之凿凿地表示能够把价格降低到日本市场上的一半，这就意味着代理商起码能够拿到30%以上的销售利润。

特种钢材的利润高，这是业内的共识，但这些高额利润一向是属于钢厂的，只有很少的一部分会让渡给代理商。如果秦海的钢铁厂愿意把这样高的利润让出来，那么福冈会社又有何理由不去做这个代理呢？

这正如几个月前秦海对中村俊说的那样：有利可图的事情，为什么不做呢？

“岸田先生，你先别急，我这里还有一些货色，也想请你一并鉴定一下。”

没等岸田邦夫回过味来，秦海又发话了。他不慌不忙地从苗磊推来的小车上搬下来几块钢材，分别摆在岸田邦夫面前的地上。岸田邦夫不由自主地蹲下身，认真地观察着这些钢材，神情变得有些异样了。

“这是高耐磨钢，在强烈冲击下，表面硬度能够从200HBW提高到500HBW，硬化层深度达到10毫米，而芯部仍保持奥氏体组织……”

“这是耐热钢，七百摄氏度条件下蠕变1%的极限时间不低于8000小时……”

“这是耐腐蚀钢……”

“这是……”

秦海如数家珍地向岸田邦夫介绍着各个钢材样品的性能，这些样品都是前些日子他忙里偷闲让工人们冶炼出来的。经过检验，这些样品都达到了国际上一些高档合金钢的标准，而成本却仅为别人的百分之几。

在秦海的脑子里，装着很多钢材的配方以及相应的热处理工艺。在这些知识的指导下，他只需要稍加试验就能够生产出基本达到要求的特种钢材。须知钢铁冶炼技术的发展是非常迅猛的，后来很普通的一些技术，拿到80年代中期都足以让人觉得惊艳了。

“这些都是你们钢铁厂冶炼出来的？”岸田邦夫简直有点不敢相信。

特种钢材的价格是普通钢材的十几倍甚至几十倍，但同时需求也比普通钢材要小得多，有些特别小众的特钢，全球一年下来也就是十几吨的需求量。这类小众的钢材，大型钢铁厂一般是无暇问津的，大多是由一些专门冶炼特种钢材的小型钢铁厂来提供。

在日本以及其他西方国家，靠冶炼一两种型号的特种钢材为生的小企业比比皆是，岸田邦夫见得多了。但像平苑钢铁厂这样，用着60年代的过时电炉，却可以同时冶炼七八种型号的特钢，而且每种特钢的性能都堪与市场上的同类产品媲美，这就是很少见的情况了。

秦海在介绍这些钢材品种的时候，把一些关键性指标都报给岸田邦夫听了。以岸田邦夫对秦海的了解，他知道秦海说的这些指标应当是没有夸大的。如果这些材料的性能果真能够达到秦海所说的水平，那么在日本市场上是完全能够找到销路的。

再考虑到秦海此前报价的水平……岸田邦夫的心忍不住有些怦怦直跳。他预感到，自己在这个破破烂烂的钢铁厂里的收获，可能会比上午在青锋厂的收获还要大。

“怎么样，岸田先生，现在你对我们钢铁厂感兴趣了吗？”秦海早料到了岸田邦夫的反应。事实上，他自己也知道这么多性能优异的特钢同时出现在这样一家小钢铁厂是非常反常的事情，可是以他现在的处境，不这样做些异常之事，又如何能够脱颖而出呢？

岸田邦夫不愧是商场老手，在经过短暂的错愕之后，便恢复了理智。他问道：“秦先生，这些钢材，你们的销售价格各是多少？”

“实不相瞒，我目前还不清楚日本市场上同类产品的价格，这也是我希望与岸田先生合作的原因。我可以承诺一点，那就是不管日本市场上同类产品的价格如何，我都可以按 50% 的价格向福冈会社供货。”秦海说道。

岸田邦夫哑然失笑了，秦海的这种报价方式，实在是荒唐至极，但也自信至极。说他荒唐，是因为他根本就没有一个自己的基准价，完全照着市场价拦腰减半。在这个市场上，除了存心砸场子的人，还有谁能够这样报价？说他自信，则在于他能肯定自己的成本一定在市场价的 50% 以下，因此不管市场价实际是多少，他以 50% 的价格进行销售都是稳赚不赔的。

“秦先生，我非常喜欢你的坦率。”岸田邦夫说道，“我们会社和许多日本的制造企业都有业务往来，如果你们的钢材性能指标合格，而价格又有吸引力，我想他们是会感兴趣的。”

“那我们就这样说定了，拜托岸田先生替我们了解一下有关的销路。”秦海说道。

“能够与像秦先生这样既有技术又有商业头脑的青年才俊合作，我感到不胜荣幸。”岸田邦夫说道。聪明人之间的对话，没必要拐什么弯子，对大家都有利可图的事情，直截了当地进行交流其实更为有效。

“磊子，你把这些钢材的样品和我们做的检测报告都装起来，等岸田先生走的时候，让他一起带上。”秦海扭头向苗磊吩咐道。

“明白！”苗磊响亮地回答着，心中充满了狂喜。有关销售特种钢的事情，秦海曾经与他们几个商量过，按照秦海的说法，像这样的特种钢，在国内既找不到买主，也卖不出高价，要想赚大钱，就只能去开拓国际市场。

在秦海这样说的时候，苗磊和宁默、喻海涛他们都有些将信将疑的心态，觉得开拓国际市场这种事情离自己太远了，人家外国人技术那么先进，还会买他们用几台落后电炉炼出来的钢材吗？

如今，眼前的这一幕让苗磊彻底信服了，秦海竟然有这样的本事，能够把外宾请到钢铁厂来，又凭着三言两语就让外宾答应到日本去帮忙销售他们的钢材，这简直就是点石成金的能耐了。

谈完了生意上的事情，接下来秦海又陪着岸田邦夫在钢铁厂的其他地方走了走，看了看被废弃的炼铁高炉以及高炉后面那两座废矿石和矿渣堆成的小山。岸田邦夫对于那座矿渣山颇有一些兴趣，他从地上拣起一块矿渣，对着太阳看了半天，也不知道在琢磨什么。秦海跟在他身边，问道："怎么，岸田先生，你对矿渣也有研究？"

"哦，没有，我只是随便看看罢了。"岸田邦夫说道。说罢，他把手里的矿渣随手扔了出去，又拍了拍手，然后说道："好吧，商业上的事情已经谈完了，我现在正式请求去拜访你的家庭，希望秦先生能够应允。"

"非常欢迎。"秦海道，"我父亲正在家里等候你的访问，我妹妹已经准备好了一桌子饭菜，就是为了款待你的。"

"哦，那可太感谢了。"岸田邦夫夸张地说道，"我现在就很急切地想品尝一下中国人的家常饭呢。"

第三章　点石成金的快硬水泥

秦海为帮对门王晓晨教育她的弟弟，带着宁默和钢铁厂的乔长生来到平苑县内，在教训王晓晨弟弟的过程中，遇到并收拾了沦为小混混的钢铁厂老厂长傅文彬的儿子黑子。一番询问之下得知，原来调去曲江农场的傅文彬正被日益萧条的农场搞得心力憔悴，病患缠身。在乔长生的请求下，秦海来到农场，一向能化腐朽为神奇的秦海，又在农场的水泥厂里，发现了新的商机。

岸田邦夫在秦家的这顿饭吃得非常和谐，他与秦海的父亲秦明华聊了不少各自年轻时候的事情，还指着秦海向秦明华打听如何培养出这样一个又聪明又能干的儿子。秦海生生被拉低了一个辈分，郁闷非凡却也无处说理去。

一心想看看外国人长什么样子的秦珊也大饱眼福了，她不但看到了岸田邦夫吃饭前彬彬有礼的绅士模样，还看到了他饭后带着醉意引吭高歌一曲《北国之春》的狼狈模样。岸田邦夫对于这个天真漂亮的中国女孩子也很喜欢，他从手提袋里翻出了一大堆小礼品送给秦珊，还扬言过一两年要带自己的小女儿来中国与秦珊一起玩耍。

天色渐暗，省外事办的小轿车来到了钢铁厂，岸田邦夫起身向秦海一家告辞，然后坐上小轿车，直接返回红泽去了。

秦海一家目送着岸田邦夫乘车离开，秦珊手里捧着岸田邦夫送给她的电子表、计算器等精美礼品，对秦海说道："哥，我怎么觉得，日本人挺好的。"

"嗯，具体到某些日本人，的确是可以当朋友的。"秦海回答道。

"我怎么听不懂你的意思啊？"秦珊道。

秦海道："一山容不下二虎，中国要崛起，就必然要与日本发生经济上的冲突，甚至是政治上的冲突。两个国家的经济水平越接近，这种冲突就会越激烈。只有到中国经济把日本经济远远地甩在后面，让日本完全断绝了与中国竞争的念头，真正的中日友好才有可能到来。"

"小海，你说的这种情况，我怕是看不到了吧？"秦明华站在秦海身边说道，"咱们国家和日本的差距，实在是太大了。"

"爸，您放心吧，这一天不会太远的。"秦海自信满满地对秦明华说道。

从平苑通往红泽的国道上，外事办的小轿车在平稳地行驶着，车头的大灯划破黑暗，射向前方。小刘坐在轿车的副驾驶座上，微微欠着身子回过头向后排的岸田邦夫问道："岸田先生，这一趟平苑之行，您还满意吗？"

"我非常满意，也多谢刘先生的陪同。"岸田邦夫答道。

"请您去做客的秦先生没有做出什么让您为难的事情吧？"小刘又问道。

"完全没有，秦先生是我非常好的朋友。"岸田邦夫道。

"哦……"小刘没话可说了，外宾觉得满意的事情，他也不便再整出什么幺蛾子来。他缓了缓，又问道："那么，岸田先生在安河省还有其他的什么安排吗？"

岸田邦夫道："没有什么了，请帮我预订明天返回浦江的机票，我希望能够尽快返回日本，去落实有关的事情。"

"好的，您放心吧。"小刘转回身去，掏出一个小本子，把岸田邦夫的吩咐记录了下来。

岸田邦夫伸出手，摸了摸自己的鞋底，从鞋底的橡胶花纹中抠出来一块指甲盖大小的矿渣，然后掏出手绢，像包什么宝贝一样，把那矿渣包了起来，塞进自己的手提包里……

外宾来访的事情，在平苑县留下了长久的余波。在很长一段时间里，那些亲眼见过以及接触过岸田邦夫的人都津津有味地谈论着他的一言一行，对每一点与中国人相同以及不同的地方都大加评论。夏启龙与郭明和岸田邦夫握手的照片被冲洗成十几寸大小，挂在县委和县政府的会议室里，成为一道重要的风景。

在所有关于外宾的传说中，有一个故事尤为吸引人，那就是关于青锋厂有一个女工用一双手套换了外宾一块高档手表的事情。这个故事经过几轮演绎，最后变成日本人送给了那个女工好几万的外汇，女工已经发了大财，正在准备办手续出国去。至于是留学还是别的，就取决于故事讲述者选择的版本了。

“姐，我听人说，外宾送了你很多外汇，是不是这样的？”

在青锋厂王晓晨的房间里，一个中等身材、瘦瘦削削的大男孩一边狼吞虎咽地吃着排骨炖莲藕，一边用含糊不清地对王晓晨问道。

这个男孩正是王晓晨的弟弟，名叫王晓东，是平苑一中高三的学生。他平时住校，每隔一两周，就要跑到姐姐这里来打一次牙祭。王晓晨平日里连一个鸡蛋都舍不得吃，但每次弟弟来，她都要买上一斤排骨，让弟弟吃个饱。此刻，她正笑眯眯地坐在弟弟对面，一边让弟弟慢点吃，不要噎着，一边澄清着关于她的不实传言。

“哪有的事情，都是外面瞎传的。”王晓晨红着脸说道，这些天她一直都是人们议论的中心，弄得她已经好生尴尬了。

“外面怎么不传别人呢？姐，你就别骗我了，我又不会去跟爹妈讲。”王晓东说道。

王晓晨道：“外宾真的没有送给我钱，当时是对门你认识的那个小秦陪着外宾参观我们厂的车间，外宾的手套弄脏了，小秦让我帮外宾找双新手套。外宾为了感谢我，就送了我一个礼物，没有送钱。”

“真的？”王晓东追问道。

“是真的，我怎么会骗你呢。”王晓晨说道。

王晓东道：“那外宾送你什么礼物了？”

王晓晨抿着嘴笑道：“你先吃饭，吃完了我再给你看。”

王晓东把碗里的最后一块排骨夹进嘴里，胡乱嚼了几口，把骨头吐掉，然后把碗一推，说道：“我已经吃完了，你拿来给我看看吧。”

王晓晨把桌上的碗筷稍稍归拢了一下，然后拉开自己写字台的抽屉，从里面拿出一个手绢包，放在桌上。掀开手绢，里面正是岸田邦夫送给她的那块卡西欧电子表。她小心翼翼地拿起电子表，对弟弟说道：“你看，岸田先生送给我的，就是这块表，漂亮吗？”

“手表？”王晓东眼睛瞪得滚圆，他劈手就从姐姐手里夺过了那块表，拿在手上左右端详，嘴里啧啧连声：“是卡西欧的表，多功能的，这表真高档，值多少钱？”

“你小心点，别给弄坏了。”王晓晨心疼地对弟弟喊道，“我听人说，这样的表在中国还没有卖呢，这样一块表，弄不好要卖四五百块钱。”

“是吗,这么贵？”王晓东惊呼道,他不容分说地把表系在自己的腕子上，晃了晃，然后满意地点点头，说道:“给我吧。”

“这可不行！”王晓晨的脸一下子变得煞白，她从来也没想过弟弟竟然会看上了她的电子表，而且会以如此霸道方式索取。在以往，弟弟每次到她这里来，看中什么东西也都是直接拿走的，但她从来没有心疼的感觉。可是，这一回她却无法答应弟弟的要求，这块电子表是她有生以来拥有的第一件奢侈品，在她的心目中，可以说比眼珠子还重要。

“晓东，你现在还在读书，要手表干什么？”王晓晨用央求的语气对弟弟说道，同时伸出手去，打算从弟弟手上把那块表拿回来。

王晓东伸出另一只手挡住了王晓晨，说道：“我现在上高三，学习紧张着呢，有块手表能够掌握时间。你一个工人要这么好的表干什么。”

“你如果要手表，我想办法存钱给你买一个好不好，这块表你还是还给我吧，这是外宾送我的……”王晓晨哀求道。

“哎呀，你真烦！”王晓东不耐烦地说道，他站起来，转身就往门外走，一边走一边说道：“你能自己存钱，就自己买一块表好了。我看到街上的电子表只要八块钱一个，你用着正合适。这块表就给我了，我回学校了，拜拜……”

说话间，他的人已经出了门，径直向着楼下走去了。王晓晨踉踉跄跄地追出门，一边追一边喊着，“晓东，你站住！……晓东，你听我说，你……”

等王晓晨追到楼梯口的时候，已经再也看不到弟弟的身影了。一个高三男孩子走路的速度是极快的，他如果想摆脱姐姐的追赶，实在是轻而易举。

“晓东！晓东！呜……”

王晓晨徒劳地喊了几句，然后便站在楼道里呜呜地哭了起来。在青锋厂工作几年，她从来没有像现在这样失态过。她也说不清自己为什么会忍不住，甚至等不及回到房间再掉眼泪。难道仅仅是因为心爱的物件被弟弟抢走了吗？不，不仅仅如此，这其中还有更多莫名的委屈。

“咦，晓晨，你……你怎么啦？”刚从钢铁厂回来的秦海看到王晓晨泪流满面的样子，好生诧异地问道。

“没什么……”王晓晨见有人看到，连忙扭转头，逃也似的向着自己的房间跑去，一边跑一边还耸动着肩膀，不停地抽泣着。

“谁欺负你了，晓晨！”秦海紧随其后，抢在王晓晨关上房门之前，用手挡住门，对王晓晨追问道。

“我弟弟把我的手表拿走了……”王晓晨背靠在门后，不敢面对秦海，带着哭腔说道。

“就是岸田邦夫送你的那块手表？”秦海问道。岸田邦夫离开之后，王晓晨曾经拿着那块手表去向秦海请教过各个功能的使用，所以秦海知道，王晓晨说的肯定就是那块手表，同时也知道那块手表对于王晓晨的意义。

“是。”王晓晨说道，大概是觉得有些家丑不可外扬的意思，她又哽咽着补充道：“其实我也不是不愿意给他，主要是我怕他带到学校里去……被同学弄坏了。”

“这个熊孩子！你等着，我替你去收拾他！”秦海撂下一句狠话，转身就下楼去了。

王晓晨的弟弟王晓东这个人，秦海是见过的。王晓晨曾经把他带到秦海房间，请秦海指点他的学业。秦海在与王晓东进行了一番短暂的交谈之后，就对这个孩子失去信心了。这孩子成绩在班上垫底，而且丝毫没有学习的愿望，脑子里装着的都是武侠小说和街机游戏。除了盲目宠爱弟弟的王晓晨，恐怕任何人都能够看出来，这孩子根本就不是一块读书的材料。

王晓晨对于王晓东的溺爱，秦海也看得一清二楚。王晓东每次到王晓晨这里来，都是扔下一堆脏衣服让姐姐帮忙洗，然后把姐姐为他准备的好菜一扫而光，甚至没有给姐姐留下一口的意识。王晓晨对于弟弟的这种作为丝毫没有任何不满，似乎她前世欠了这个弟弟多少债，这一世活着的唯一目的就是无休止地偿还。

“晓晨，你不能这样惯着你弟弟。”秦海有时候也会这样规劝王晓晨。

“没办法哟！”王晓晨屡屡都是拖着长腔辩解着，“他是我们家的独子嘛，我爸妈都是这样宠他的，我有什么办法？”

“起码你应该教教他怎么做人吧？”秦海建议道，“你这样一个乐于助人又勤劳节俭的姐姐，怎么就不能把你的做人原则教一点给他呢？”

“他现在的主要任务是读书嘛，我希望他能够考上一个中专都是好的。”王晓晨说道，“你不知道，他是我们村里第一个考上县中的。”

“好吧……”秦海无奈了，他相信如果自己说的更多一些，王晓晨没准就要跟他翻脸了。他其实很想告诉王晓晨，她弟弟就算当年的确成绩不错，能够考上县中，那也是以往的事情。这两年中，她的弟弟已经堕落得不成样子，绝对没有考上中专的可能性了。

本着清官难断家务事的观点，秦海对于王家姐弟的事情一向只是旁观，并不插手。可是，今天发生的这件事情，让他再难遏制住愤怒了：这个熊孩子实在是熊得过分了，如果不收拾收拾，总有一天他会把自己的亲姐姐拿去卖钱的。

“小秦！秦海，你干嘛去！”

听到秦海放出狠话，王晓晨吓得一哆嗦，赶紧从屋里跑出来了。但与此前王晓东做过的一样，没等王晓晨追上前，秦海早已跑得无影无踪，楼下传来了一阵吉普车引擎发动的声音。由于怒不可遏，秦海直接以三档起步，吉普车像头野驴一样，蹦跳着就开走了。

秦海开着车，先回到钢铁厂，叫上了宁默。他要去县中找王晓东，总得带上一个对平苑情况比较熟悉的人。宁默一开始不明就里，不知道秦海为何满脸怒色，待到秦海把有关情况简单说过之后，宁默蹦得比秦海还高：“这个混小子欠打啊，王晓晨那么老实的人，他都忍心欺负！”

“最关键的是，王晓晨对她弟弟简直就差把心掏出来了，这简直就是白眼狼嘛。”秦海也愤愤不平地评论道。

“收拾他去！不把他收拾个鼻青脸肿，我就不叫胖子！”宁默摩拳擦掌地发誓道，也不知道叫胖子到底是啥值得骄傲的事情。

“秦工,胖子,你俩说什么呢？”炼钢班长乔长生正好从他们俩身边走过，听到他们的话，便停下来好奇地问道。

“我们要去收拾一个白眼狼，太气人了！”宁默怒道。

秦海把王晓晨姐弟的事情向乔长生又说了一遍，结果把这个老工人也给激怒了。中国社会就是这样，同情弱者、崇尚孝道，这是永恒不变的道德准则。听说一个被姐姐宠坏的熊孩子连姐姐的心爱之物都硬生生抢走，谁都看不下去。

这段日子，秦海有时候会请王晓晨到钢铁厂来帮忙做些探伤、检测的工作，与乔长生也打过交道，乔长生对于这个淳朴、温和的乡下姑娘颇有一些好感。

“我也跟你们一块去，收拾这种狼崽子，我比你们有经验。”乔长生撸着袖子，露出坚硬如铁的粗胳膊，说道。

三个人上了吉普车，不一会就来到了县中。这天是周末，不过高三年级的学生无所谓周末与否，大多数都在教室里上着自习。秦海知道王晓东所在的班级，带着宁默和乔长生直接就奔着教室去了。

“王晓东啊？他不在。”坐在王晓东班级教室后门口的一个学生摇着头对秦海等人说道。

“他不是这个班的吗？”秦海问道。

那学生带着讥讽的神情笑道：“现在连我们班主任都不知道他是不是这个班的，他平时除了睡觉，一般都不来教室。”

“呃……”秦海被学生的幽默给雷住了，他甚至有些相信，这学生的话并不是什么冷笑话，而是事实。

“那在什么地方能找到他？”乔长生发话了。

学生道，“出了我们校门向右拐，第一条小巷子里有两家租书的摊子，他如果看小说的话，会在那里。再往前走有一家新开的游戏机房，门口的牌子上画着一个拳王的，很好认，他如果玩游戏，就会在那里。不过他最近可能不会去游戏机房了，听说他玩游戏欠了人家好多钱，不敢去了。”

“多谢同学。”秦海向那学生道了谢，然后带上宁默和乔长生直奔那学生所指的地方。

“我当年读书的时候就够顽皮了，跟这王晓东比起来，我简直能评三好学生。”宁默一边走一边嘀咕道，他的拳头捏得格格作响，显然是气极了。

三个人先来到那两个租书摊，一打听，摊主对于王晓东其人还真是熟悉，有一个摊主指着前面说道：“那个学生今天没来看小说，刚才我看到他从我门口过，应该是到游戏机房去了。”

“他不是欠了黑子的钱，不敢去了吗？”对门的另一个摊主问道。

“谁知道呢，黑子今天也在，他敢进去，说不定是跟他姐姐要到钱了。”先前那摊主摇着头说道。他虽然本身就是做这些逃课学生的生意的，但对于这些学生的做派也是颇为不屑。

秦海三人照着摊主的指点，果然找到了一家门口挂着一个拳王招牌的游戏机房，推门进去，里面嘈杂一片，满耳都是激烈的音乐声、打斗声以及半大孩子们的尖叫和欢呼声。

“二位想玩一把吗？”店主看到来了新人，热情地迎了上来。不过，当他看到乔长生的时候，便赶紧闭嘴了。据他的经验，这种五十来岁的汉子到游戏机房来，只有一件事，就是来揪回自家逃课玩游戏的孩子，而且十有八九会当街暴打一顿，然后拖回家去。他在心里暗暗地替某个小顾客做着自求多福的祈祷。

“一中有个叫王晓东的，你认识吗？”秦海对店主问道。

“认识啊，你们是……”

“你别管我们是谁，你带我们去找他就是了。”秦海说道。

“这边来吧。”店主说道。

三个人随着店主绕过几台游戏机，来到了游戏机房的一角。秦海看到，王晓东正坐在一台游戏机前，动作娴熟地操作着手柄，嘴里还不停地叫嚷着，显然是完全沉溺在游戏之中了。王晓晨带他去向秦海讨教学习问题的时候，他脸上的表情是木讷的，眼神里流露着疲倦和一丝厌恶。而在此刻，他眼波流动，满脸都是兴奋，整个人身上充满了活力。

“王晓东！”秦海走上前，厉声地喊了一句。

“哦，秦哥啊，你也来玩了？”王晓东抬头看了秦海一眼，然后又把目光转回到屏幕上，嘴里随意地敷衍着。

“你给我停下来。”秦海命令道。

“有事吗？等我打完这一把。”王晓东道。

“你就是王晓东？”乔长生拨开秦海，走到王晓东面前，瞪着他问道。

王晓东偏头看了一眼，不满地问道：“你是谁呀，我不认识你。”

“那我就让你认识认识！”乔长生说着，也不管自己与王晓东之间有没有关系，便抡起巴掌，在王晓东的脸上狠狠地扇了一记耳光。

“啪！”

只听得一声闷响，紧接着就是咣当、扑通地一片混乱声，王晓东直接从凳子上被扇到了地上，捂着脸带着哭腔大骂起来：“老东西，你是谁呀，你凭什么打我！”

“咣！”乔长生又一脚踹到了王晓东的屁股上，踹得他就地滚了好几步远，撞到了其他玩家的脚上。

这一来，整个游戏机房里的孩子们都被惊动了，每个人脸上都露出惊恐的神色。像这种家长跑到游戏机房来打孩子的事情，以往也发生过多次。那些挨打的孩子自不必说，即便是那些没有挨打的孩子，也颇有一种兔死狐悲的恐惧感，总觉得那响亮的耳光就是打在自己脸上的。

“几位，几位，有话好好说，我这里还要做生意的。”店主赶紧上前来劝架了，他也知道这不是他能够干涉得了的事情，但好歹别在他的店里打。就算不会撞坏机器设备，吓坏了正在玩游戏的花花草草们也总是不好的吧？

“乔师傅,先别在这打,咱们出去收拾他。”宁默拦住乔长生,说道。说罢，他伸出手，薅住了王晓东的脖子，把他像拖死狗一样拖出了游戏机房。

秦海嘴里说着要收拾王晓东，但实际上并没有想到该如何收拾。作为一位时间旅行者，他的法制意识是非常强的，知道打人犯法，而用其他的手段又不一定有效。但乔长生和宁默却没有秦海那么矫情，在他们看来，对付熊孩子的办法就是一顿胖揍，只要是有道理，任何人都会支持这种正义的行为。

那个年代里，熊孩子是一种可悲的生物。家长打孩子天经地义，学校里老师打学生也是合情合理，甚至哥哥姐姐收拾弟弟妹妹也是能够得到父母绝对支持的。所有的大人都信奉一个原则，那就是棍棒底下出孝子，没挨过打的孩子不是好孩子。

乔长生是个炼钢工人，宁默是个体重 180 斤的锻工，都是孔武有力的壮汉。就连秦海，作为一名学铸造的技校生，手里也有把子力气。相比之下，瘦弱的王晓东简直就像一只小鸡崽一样，毫无反抗能力。

“混账东西，你今天干了什么！”宁默把王晓东拖出游戏机房，扔在街角上，用手指着他的鼻子训道。

“哥，哥，我真的没干什么呀！”王晓东被刚才乔长生那两下打服了，再也不敢嘴硬。他也不认识宁默是谁，只能蜷缩在墙角，战战兢兢地回答着宁默的喝问。

“我问你，你今天是不是抢了你姐姐的电子表？”秦海走上前去，问道。

“我不是抢，是我姐姐给我的。”王晓东争辩道。

“混账！”宁默啪地又给王晓东一耳光，“秦海都看见了，你姐都被你气哭了，你还抵赖！”

“我姐哭了？”王晓东捂着脸，眼睛里露出诧异之色。他还真不是作伪，因为他根本就想不到姐姐居然会为这样的事情而哭，以往他拿姐姐的东西又不是一次两次了。

秦海被王晓东的糊涂给气得无语了，他用手指着王晓东，连喘了几口粗气，这才说道：“王晓东，你也是站起来五尺长的一个男人了，你就不知道你姐姐对你有多好？你想想，你姐姐穿过一件好衣服没有，工作两年多，她有一块手表没有？她也是个 20 岁的女孩子，她难道没有爱美之心吗？她省吃俭用，就是为了帮家里供你读书，你成天看小说玩游戏，还抢你姐姐心爱的东西，你还是个人吗！”

“我……我哪知道。”王晓东的眼光回避着秦海的逼视，支支吾吾地说道。他倒不是那种完全黑了良心的人，只是有些事情没去想而已。秦海把窗户纸挑破，王晓东也知道自己有些理亏了。

“少废话，把你姐的表交出来。”宁默在一旁说道。

“表……被黑子拿走了。”王晓东低着头说道。

“你说什么？”秦海声音提高了八度，这一刻，他都忍不住想给王晓东一个耳光了。王晓晨视若珍宝的东西，被王晓东拿走还不到一个钟头，就落到了别人的手上，如果王晓晨知道，还不定会难过成什么样子了。

王晓东讷讷地说道，“我玩游戏机……借了黑子的钱，是他逼我去找我姐要钱。后来我没要到钱，他就把我的表拿去抵账了。”

“黑子呢？”秦海问道。

“在里面。”王晓东说道。

秦海和宁默又进了游戏机房，在王晓东的指点下，找到了正叼着一支香烟在玩游戏的黑子。黑子的年纪大约二十来岁，穿着一件花衬衫，留着长头发，一看就是社会上那种不良青年的模样。

秦海走上前，淡淡地问道：“劳驾，你是黑子吗？”

“你是谁呀？”黑子斜了秦海一眼，不耐烦地问道。

“能出去说话吗？”秦海又问道。

黑子这时已经看到了跟在秦海身后的王晓东，心里已经猜出秦海的来意了。刚才乔长生在游戏机房里打王晓东，黑子也是看到的，对此也有心理准备了。他停下手柄，向旁边的两个人招呼了一声，然后便随着秦海等人走出了游戏机房。在他的身后，跟着三个烫着头、挂着假金链子的年轻人，这显然都是黑子的手下了。

“朋友，我弟弟的电子表是不是被你拿了？”秦海平静地对黑子问道，他不想说王晓东的名字，而只是称他为自己的弟弟，这也是为了使自己能够师出有名。

“是他拿来抵债的。”黑子倒没有否认，这本来也不是需要否认的事情。

“他欠了你多少钱？”秦海又问道。

黑子竖起两个手指，说道：“20块。”

秦海想也不想，从兜里掏出20块钱，递到黑子面前，说道：“我替他还了，你把表还给我吧。”

黑子看了看那两张钞票，冷笑道："他开始是欠了我 20 块，但欠了一星期了，我不得收点利息？"

"多少利息？"

"200 块。"

"妈的你放高利贷啊！"宁默忍不住了，上前斥道。

"你怎么跟黑哥说话的！"黑子身后的一个喽罗也凑了上来，这是不让自家老大吃亏的节奏。

秦海伸手拦了一下宁默，然后用眼睛直直地盯着黑子，说道，"朋友，我弟弟只是一个孩子，他欠你多少钱，我替他还上，咱们这件事就算揭过。至于说一星期收 200 块钱的利息，这话权当我没听见。你这样坑一个孩子的钱，就不怕他家里大人来找你麻烦吗？"

"找麻烦？哈哈！"黑子干笑了两声，以示自己牛气。其实，面对着体壮如牛的宁默，他心里也有些犯嘀咕，只是不好在自己的小兄弟面前认怂罢了。

"欠账还钱，天经地义。要怪，就怪你弟弟不争气，谁让他借我的钱的。想拿回手表，拿 200 块钱来，要不就给老子……滚蛋。"黑子说到最后一个词的时候，嘴里稍稍犹豫了一下，他也拿不准自己是否应当用这样的话去激怒对方。不过，他稍稍观察了一下，发现自己这边有四个人，对方只有两个人，自己应当还是有底气的。王晓东那个半大孩子一向懦弱，因此直接被黑子忽略了。而乔长生站在旁边不吭声，也被黑子当成了打酱油的路人，没有算在秦海一方的力量之中。

"滚你娘的蛋！"黑子的话果然成功地拉到了仇恨，宁默哪是能够容别人指着鼻子叫阵的人。黑子话音还未落地，他就扑了上去，对着黑子当胸就是一拳。他力大拳沉，黑子虽然看起来也有一米七几的个头，但在这一拳之下，还是踉跄着退了好几步，捂着胸口半天说不出话来。

"你敢打黑哥，我跟你拼了！"黑子身后的一个喽罗还真有点当小弟的觉悟，见黑子挨了打，挥舞拳头就上来了，想和宁默单挑。

"小混蛋，你跟谁拼了？"站在旁边观战的乔长生上前一步，伸出手接住了那喽罗的拳头。乔长生的手是握惯了铁钎的，力量大得惊人。那喽罗只觉得自己的拳头瞬时就被捏扁了一半，而且随后还在以可见的速度收缩着。

“哎呀呀，叔叔饶命啊！”喽罗涕泪横流，只差给乔长生下跪求饶了，哪里还有一点混黑道的觉悟。面子这东西，必要的时候是可以撕下来当擦桌布的，而手是自己的，如果一不留神被乔长生捏碎了，以后干啥都不利索了。

新老两代工人发了怒，可不是好玩的事情。一分钟时间都不到，黑子和他的三个小伙伴就都已经被放倒在地上了。乔长生和宁默一边一个，守着这四个俘虏，秦海叉着手站在他们面前，冷冷地问道：“朋友，电子表呢。”

“在……在我兜里。”黑子硬气不起来了，他吭吭哈哈地说着，从兜里把王晓晨那块电子表掏了出来。他倒也知道这块表值钱，还用一块不知道从哪弄来的小花布把那块表给包上了。

秦海接过表，看了看，发现表没有任何损伤，便收了起来，然后把两张 10 元的钞票扔在黑子的面前，说道：“我弟弟欠你的钱，我替他还了。你以后不许再借钱给他玩游戏，也不许再对他放高利贷，明白吗？”

“明白，明白。”黑子拼命地点着头答应道。

乔长生倒是想得比秦海更周到，他跨上前一步，用脚踢了踢黑子，说道：“你看清楚了，今天揍你的是我。我叫乔长生，是平苑钢铁厂的。你如果想报复，尽管找我来，别去找这个孩子的麻烦。如果让我知道你找这孩子的麻烦，我就拆了你的骨头。”

“不会不会。”黑子现在只想着赶紧摆脱这几个煞神，哪敢想以后太远的事情。他答应了两句之后，突然愣了一下，然后抬起头来，上下打量起乔长生来了。

“怎么，你想看清楚一点，以后好上门找我麻烦吗？”乔长生怒道，对方这种注视，让他有一种受了挑衅的感觉。

“你是钢铁厂的……乔叔叔？”黑子突然问道。

“嗯？”乔长生有些错愕，对方这个称呼，明显是有些熟人的味道，他看了看黑子的脸，狐疑地问道：“你是……”

“我是黑子啊，黑子，你不记得了吗？就是……就是……”黑子想不出如何介绍自己，好半天才想到了最合适的介绍方法：“我爸是傅文彬，你总该想起来了吧？”

“你是傅厂长家的黑子？”

乔长生这一惊可非同小可，他蹲下身，仔细看了看黑子的脸，果真从中找到了一些熟悉的痕迹。他百感交集，又气又恨地问道：“你怎么会弄成这个样子，真……真是给老厂长丢脸！”

听到乔长生的话，秦海也想起来了。在他最早见到乔长生的时候，就听乔长生说起过钢铁厂的老厂长傅文彬。正是这位老厂长，在钢铁厂濒临关闭的时候，指示工人们把所有的机器都用黄油封存好，这才使得炼钢车间里的设备时隔十几年还能够使用。要说起来，秦海能够这么快就恢复了钢铁厂的生产，傅文彬是最大的功臣。

听乔长生说，傅文彬在钢铁厂关闭之后就被调到曲江农场当场长去了，此后的情况乔长生就不了解了。谁能想到，他们在这个游戏机房里遇到一个放高利贷的不良青年，居然会是傅文彬的儿子。

黑子大名叫傅志昊，过去经常随着父亲跑到钢铁厂去玩耍，因此与乔长生很熟悉，那时候他的小名就已经叫黑子了。乔长生最后一次见到黑子，还是十年前的事情，那时候黑子 15 岁，与现在的长相有着很大的不同，这也就难怪乔长生一开始没认出他来了。

从黑子这边来说，他对于乔长生的印象更是淡漠，只是因为经常在家里听父亲说起老钢铁厂里的人和事，他才记得有这样一个曾经带自己玩过的叔叔。刚才乔长生放话让他找自己寻仇，他从钢铁厂这几个字联系到了乔长生，于是便喊了出来。

见乔长生已经认出了自己，黑子心里对乔长生的惧怕消失了。他知道，即便乔长生依然会怒骂他，但皮肉之苦，他肯定是可以躲过去的。他慢慢地站起身来，对乔长生说道：“乔叔叔，你是不知道，我们曲江农场这两年苦得很，我这不是和几个哥们出来找点饭吃吗？再说，我爸爸病得厉害，连买药的钱都没有，我不到县中旁边放点高利贷，我爸爸早就病死了。”

“你说的是真的？”乔长生神情严肃起来，仔细观察着黑子的表情，判断他是不是在说谎。

“黑哥说的都是真的！”

“我们农场真的不行了，不出来都没饭吃了。”

“我们现在都靠挖老鼠吃过日子了。”

这时候，旁边那几个黑子的小喽罗也都站起来了，争先恐后地替黑子做着证。他们也都是曲江农场的子弟，只是因为农场里没事可做，所以跑到城里来厮混。黑子说的话，一半是真，一半是假。真的部分在于他们的确是靠干这些法律边缘上的事情来挣饭吃，假的部分则在于他们抽烟、玩游戏，也糟蹋掉了不少钱，属于可怜之人必有可恨之处。

“秦工，你看这事……”乔长生把头转向秦海，不知道该说啥合适了。从傅文彬那边算过来，这几个年轻人都是他的子侄辈，但干的事却又真不是人事，这让他这个老工人也不知道怎么办了。

秦海简单地问了乔长生几句，然后转回头对宁默说道：“胖子，你先回去，把这块表带回给晓晨，就跟她说是晓东主动还给她的。至于王晓东，你把他先带回钢铁厂关起来，我回来之前，别给他吃饭。”

“啊！”刚才还乐呵呵站在旁边看热闹的王晓东这才知道自己的厄运还没过去，偏偏他又被宁默等人打怕了，连跑的胆量都没有。

秦海把王晓晨的电子表交给宁默收着，交代道：“胖子，你先带王晓东去教室拿他的课本，然后把他关在小黑屋里，逼他抄单词。”

说罢，他又转向王晓东，用严厉的语气吩咐道：“王晓东，在我回去之前，你必须一刻不停地抄单词，我回去检查你抄单词的纸，抄得潦草了、抄得不够、或者单词抄错了，我就让胖子收拾你半小时。”

“秦哥，我做不到啊……我一看单词就脑袋瓜疼！”王晓东告饶道。

秦海没有搭理他，只是对宁默说道：“胖子，你给我盯着他，他敢停一下，你就给我往死里打！”

“好咧！”宁默爽快地答应了一声，同时向王晓东挥了挥南瓜般大小的拳头。他当然知道，秦海这样说只是为了吓唬王晓东，真往死里收拾王晓东，恐怕王晓晨就该和他拼命了。

郁闷得像死狗一般的王晓东被宁默拖着离开了。秦海回过头，对乔长生说道："乔师傅，我有个想法。黑子刚才说傅厂长身体不太好，正好咱们今天没事，你想不想去看看傅厂长？"

"我正有这个想法，就是不知道秦工忙不忙。"乔长生说道。

秦海道："我不忙，我一直都想去拜访一下傅厂长，感谢他为钢铁厂留下了这么多设备。既然黑子说他现在有些难处，咱们去看望一下，也是应该的，没准还能帮他解决一些实际困难呢。"

"那好，那好，我也是这样想的。"乔长生满心喜悦地说道。

听说傅文彬病了，乔长生心里很是牵挂，也非常难过。秦海说想去看望傅文彬，乔长生当然是很高兴的。他知道秦海现在是有钱人，而且为人极其热心。黑子说傅文彬家里连买药的钱都没有，秦海去了，没准还能资助他一二吧？

听说乔长生和秦海想去看望傅文彬，黑子却是一肚子不乐意。他在县城干的这些事情，都是瞒着家里的。他父亲身体不好，难得进城来，所以也不知道他到底在县城干了些什么。现在他放高利贷欺负中学生的事情刚被秦海他们抓了现行，而秦海又扬言要去他家，这不明显是上门告状去的吗？

"你还愣着什么！"乔长生看黑子不动弹，便出言斥道。

"乔叔叔……还有这位兄弟，曲江农场离县城远着呢，而且现在也没车了，你们就不用去了吧？我回去替你们带个好就行了。"黑子赖了吧唧地说道。

"秦工有车，你跟我们走，坐车上带路就行了。"乔长生骂道，他用手指了指几个小年轻，说道："你们都有手有脚的，干点什么正经事不好？回头我向秦工求求情，让你们到钢铁厂去做点事，怎么也比在这儿当混混强吧？"

"什么什么，钢铁厂又开张了？"黑子好生惊讶，也亏他成天在城里混，居然没关注过自己父亲曾经当过厂长的老钢铁厂。他手指着秦海，不确信地对乔长生问道："乔叔叔，你是说这个什么什么秦工，他有权力把我们招进厂里去做事？"

"只要你们愿意痛改前非，钢铁厂不是不可以收留你们。你们如果工作努力的话，一个月挣七八十块钱也不是难事。”秦海淡淡地说道。

钢铁厂下一步肯定是要扩张的，扩张就意味着需要更多的人手。如果乔长生愿意给黑子他们担保，秦海并不会拒绝把这些人招进厂去。所谓街头混混，其实大多数不过是因为没有一个正当职业，所以才自暴自弃。像宁默这些人，在认识秦海之前，不也和黑子他们差不多吗？

“太好了，秦工，你的车在哪里，我这就带你们去我家……不过，你们可千万别跟我爸说我在城里的事情，他身体有病，万一气着了，可不了得。”黑子用央求的口吻对乔长生和秦海说道。

一行人来到秦海的吉普车跟前，看到秦海熟练地坐进驾驶座，大家又都大惊小怪地感慨了一番。能够拥有一辆吉普车的人，绝对属于顶尖牛人了，而这个牛人的岁数看起来竟比大家还要小得多，大家岂能不长吁短叹。

以秦海的想法，让黑子一个人带路去曲江农场就可以了。可是他的那几个喽罗都想蹭车坐，让谁留下都不合适。无奈何，秦海只好让乔长生坐在前排，然后让那四个大小伙子挤在后排，至于能不能挤得下，那就不是秦海需要操心的事情了。结果，这一路上黑子与小伙伴们在后排人叠人地坐着，像四个串在一起的葫芦娃一般，却还一个个兴奋异常，像是享受到了什么非凡的待遇一样。

曲江农场与县城之间隔着一条河，汽车过河需要走轮渡码头，下了轮渡之后，还有十几里，这才来到了曲江农场的场部。如果没有秦海的吉普车，他们要想来一趟曲江农场的确是很不容易。

黑子指点着路线，引导着秦海的车开过长长的机耕道，绕过场部的办公楼，来到家属院。他用手指了指前面的一处平房，说道：“秦工，乔叔叔，那就是我家。嗯，今天天气好，我爸正在门口晒太阳呢。”

秦海在一处空地停下来，和乔长生各自拉开车门跳下车来。后排那四个年轻人也拉开车门，稀里哗啦地从车上滚落下来。

吉普开进农场家属院的动静，惊动了正坐在家门口的竹椅上看着报纸的傅文彬，他摘下老花镜，定睛看了看，认出了从车上下来的儿子，便喊道：“黑子，你坐谁的车回来的？”

“傅厂长，你还认得我是谁吗？”乔长生几个大步走上前去，对着傅文彬激动地招呼道。

“你是老乔！”

傅文彬只看了乔长生一眼就认出来了，他激动地站起身来，把手里的报纸往竹椅上一扔，便忙着伸手与乔长生握手。可能是因为起来得太猛，也可能是因为情绪过于激动，他没等握上乔长生的手，就剧烈地咳嗽了起来，咳得脖子上的青筋都迸出来了。

“傅厂长，你慢着点。”乔长生以手相搀，示意傅文彬保持心情平静。

“我没事，没事。”傅文彬好不容易咳定了，喘着粗气摆摆手道，“都是老毛病了，那年市里让咱们搞弹簧钢，我带着你们几个在车间里熬了一个月，那时候落下的病根……唉，可惜啊，最后还是没有搞成。”

说到这里，他有些落寞地摇了摇头，为当年的失败而感到沮丧。

“唉，那个时候咱们没有经验嘛，如果换成现在就没问题了。”乔长生说道，说到这儿，他伸手拉了一下秦海，对傅文彬介绍道：“傅厂长，我给你介绍一下，这是秦海，我们管他叫秦工，现在他在钢铁厂教我们炼钢呢。”

“什么什么，钢铁厂复工了？”傅文彬眼睛瞪得老大，秦海其人是怎么回事，他倒不是特别关心，他只是在意钢铁厂复工这个重大的消息。他一直待在曲江农场，很少有机会回县城去，所以这个消息对于他来说还是完全陌生的。

“是啊，钢铁厂都已经复工好几个月了。”乔长生满面喜色地说道，“是秦工从外面接了业务，然后把我、老戴，还有我们原来炼钢车间的那些老家伙，都找回来了。傅厂长，多亏了你当年让我们保养设备，那些设备全部都能够使用，一点儿都没坏呢。”

“真的？”

听说自己当年的安排竟然真的发挥了作用，傅文彬的脸上现出了潮红之色。他扭转头，对着黑子喊道：“黑子，你还不快去搬凳子让乔叔叔和这位……”

说到这，他看着秦海，一时忘了刚才乔长生是如何介绍秦海的。

秦海向傅文彬微微躬了下身子，自我介绍道：“我叫秦海，是青锋厂的工人，您叫我小秦就好了。”

“哦，小秦……”傅文彬点点头，秦海的年龄让他觉得似乎也不必对秦海过于客套。他继续对黑子吩咐道：“去拿凳子来，然后去地里找你妈，让她去买点好菜，就说乔师傅到咱们家来了，我要和他好好喝几杯。”

“医生不让你喝酒。”黑子小声嘀咕道。

“那是平时，你乔叔叔来了，我还能不喝？”傅文彬瞪着眼睛斥道。

黑子一溜烟地跑了，这么一个在县城里装黑老大的年轻人，在父亲面前乖得像只兔子一样。傅文彬招呼着乔长生和秦海坐下，然后对乔长生问道：“老乔，你跟我说说，钢铁厂现在是什么情况，你刚才说……是小秦接的业务？”

说到这里的时候，傅文彬才算是把刚才乔长生说的信息给消化掉了，他突然发现这个名叫秦海的年轻人好像还是一个重要的角色。

乔长生把钢铁厂复工的事情一五一十向傅文彬介绍了一遍，其中有些他也弄不明白的细节，则由秦海在旁边给予了补充。在听说秦海请来了工学院的师生帮着指点炼钢的时候，傅文彬感慨万分，说道：“唉，还是小秦同志脑子活，我们当初怎么就没想到这一点呢。”

秦海笑而不语，工学院的学生也不是谁都能请来的，而且请来之后如何使用，也需要有懂行的人，否则难免变成走过场。不过，既然傅文彬这样说了，他也没必要去反驳，就听着好了。

“钢铁厂还能够开工，我的一块心病算是放下了。”傅文彬长吁了一口气，脸上露出一些欣慰的神色。

“傅厂长，我听黑子说，曲江农场经营不太好？”聊完钢铁厂的事情之后，乔长生把话头转回到了傅文彬的身上。

听到说起曲江农场，傅文彬脸上的喜色一下子就消失殆尽了，他沉默了一会，摇了摇头，说道：“唉，看来我注定就是一个不称职的领导，在钢铁厂的时候，没能把钢铁厂弄好。到了曲江农场，前几年搞得还行，这几年越来越不景气，现在全场职工勉强能有口饭吃，手上的活钱是一个都没有了。”

原来，曲江农场属于一种半农半工的制度，农场里的职工都是拿工资的，同时自己也可以在田间地头种点农作物来补贴一下家用。

在早些年，农场是按国家指令种地，由于有一些简单的机械化设备，加上化肥、农药等供应也比农村要强，所以农场的产出不错，职工们的工资有保障，各种福利也非常好，一度成为人们非常羡慕的好单位。

这几年，农村搞起了承包责任制，而国家的指令性计划也在日渐减少，农场不得不自主决定种植结构，以适应市场的需求。在这种情况下，大集体的劣势就充分表现出来了，职工们缺乏劳动积极性，农场产出不足，导致工资无法足额发放，而这又进一步使职工们不愿意下地干活，从而形成了恶性循环。

现如今，由于农场里多少有些粮食和蔬菜的产出，所以职工吃饭没有太大问题。但由于农场里出产的农产品不能适应市场，没有销路，所以没有什么现金收入，职工已经有很长时间没有拿到货币工资了。为了摆脱困境，曲江农场还尝试着搞了一些工业项目，结果也都铩羽而归，还搭进去了不少原始投入。

"傅厂长，我原来听说你不是已经退了吗？"乔长生问道。

傅文彬道："我其实早就该退了，可是这样一个烂摊子，县里谁也不愿意接，我怎么退？我在位一天，好歹还能拢得住人心。我如果退下来，没有一个得力的领导，说不定明天职工就把拖拉机都给拆掉卖铁了。"

"可是你的身体……"乔长生看着傅文彬瘦削的面庞，有些心疼地说道。

"唉呀，一时半会儿还死不了，就是冬天的时候喘得厉害。"傅文彬说道，"没办法，我就是个劳碌命，我认了。"

"秦工，你看曲江农场这种情况，有什么好办法没有？"乔长生把目光投向了秦海。在他心目中，秦海是一个有办法的人，说不定出点什么主意，就能够帮他的老厂长解除困扰了。

见乔长生对秦海如此信任，傅文彬也有些好奇，他笑呵呵地对秦海说道："年轻人，看来乔师傅对你很相信啊，说说看，你有什么好点子，能帮着我们农场起死回生。"

此前傅文彬向乔长生介绍曲江农场情况的时候，秦海就一直在琢磨着这个农场的问题所在，这也是一种习惯性的思考了。听到傅文彬问到他头上，他笑了笑，说道：“傅厂长高看我了，我不过是一个刚毕业没多久的技校生，傅厂长都找不到好办法，我哪能找得到呢？”

傅文彬道：“话不能这样说，年轻人有年轻人看问题的角度。比如说平苑钢铁厂，我当厂长的时候就破产倒闭了，而你就能让它恢复新生，这就是不同之处嘛。没关系，这里也没有外人，你就放开说吧。”

秦海道：“既然傅厂长坚持要我说，那我就随便说点自己的想法吧，说得不对的地方，请傅厂长和乔师傅批评指正。”

“嗯，你说吧，傅厂长是个喜欢听下面意见的人。”乔长生说道。

秦海道：“依我之见，一个企业也罢，一个农场也罢，要想挣到钱，不外乎有三种途径。第一种，就是卖力气，别人不愿意做的事情，你愿意做。别人吃不了的苦，你能够吃，这样就能够挣到钱。”

“你说得的不错。”傅文彬点了点头，“现在很多乡镇企业就是这样做的，论工作的努力，我们这些国营工厂和农场，都不是他们的对手。”

“这第二种，就是要有经营头脑，能够发现别人没发现的商机。举例来说，大家都在种蔬菜，如果咱们种的是反季节蔬菜，就能够卖出高价，挣到大钱。这一点，傅厂长同意吗？”秦海又道。

傅文彬想了想，说道：“你这一条，原则上是对的。谁都想找新的商机，问题在于，这个商机在哪呢？你刚才举了反季节蔬菜的例子，去年我们农场也尝试过，但一来成本太大，二来市场需求太小。平苑县城的居民都不愿意花高价吃反季节蔬菜，而要想运到红泽去卖，光运费我们就无法承担，所以最终这个设想也失败了。”

“那么就只剩下第三条了，那就是拥有别人所不具有的核心技术，别人无法模仿，但又需要你的产品，这样你就可以轻而易举地赚取超额利润。”秦海说道。

傅文彬笑道：“你说的就是你们在平苑钢铁厂搞的那个什么军铲吧？别人都炼不出这种高强度合金钢，这个技术是你小秦所独有的，所以你们就挣到钱了。”

“正是如此。”秦海点头道。到目前为止，他在平苑钢铁厂和青锋农机厂所做的事情，都是利用技术上的独特优势，而且效果是非常可观的。

“那么，小秦有什么适合于我们农场的独特技术吗？”傅文彬饶有兴趣地问到了最关键的问题。

“有……不过，这些技术我不能无偿地提供。”秦海大大方方地说道。

听到秦海的话，傅文彬有些错愕，乔长生则窘得满脸通红。在乔长生看来，秦海这样说话显得很市侩，与他此前向傅文彬介绍的秦海形象大相径庭，给人一种他交友不慎的感觉。他待要批评秦海几句，却又说不出口，秦海虽然年纪轻，但却是乔长生的雇主，他真没有资格去对秦海评头论足。

“呵呵，我这个人说话就是直来直去，傅厂长见谅啊。”秦海看出了二人的心思，笑着解释道，“我只是觉得，有些话事先说清楚了为好，省得日后大家再生嫌隙。”

“嗯，我喜欢你这个直来直去的性格，有什么话，你就直说吧。”傅文彬说道，其实他喜欢不喜欢并不重要，关键是他必须这样说，才能让双方都下得来台。秦海是随着乔长生一起来的，傅文彬总不能因为一言不合就把他轰走吧？

秦海道：“刚才我听傅厂长向乔师傅介绍，说你们农场为了改变经营结构，过去几年搞了几个工业项目，其中包括一家水泥厂，我想了解一下，这家水泥厂现在情况如何。”

傅文彬摇摇头，说道：“已经停产了，这两年煤炭的价格涨得很厉害，我们的技术也不行，水泥成本居高不下，根本就卖不出去。农场投入了十几万买的球磨机，还有水泥窑炉之类，最后连成本都没有收回来。”

“你们生产的是什么水泥？”秦海又问道。

傅文彬诧异道：“水泥就是水泥嘛，还能有什么水泥？就是一般盖房子用的水泥呗。”

“哦，我明白了。”秦海点头说道。傅文彬说不出他们的水泥有什么不同，那就证明这家水泥厂生产的不过就是极普通的硅酸盐水泥而已。生产这类水泥的技术门槛很低，绝大多数的小水泥厂都是以这类水泥为主要产品的，曲江农场的水泥厂肯定也变不出更多的花样。

“怎么，秦工，你觉得傅厂长他们的水泥厂，有文章可做？”乔长生听出秦海话里的味道，试探着问道。

秦海道："事情很简单，普通硅酸盐水泥主要就是拼成本，谁的成本低，谁就能占领市场。咱们曲江农场的水泥厂规模估计大不到哪儿去，技术方面也没什么窍门，成本上肯定没有优势，被市场淘汰也是必然结果。"

"你说的太对了！"傅文彬连连点头，"可惜啊，当初上马这个水泥厂的时候，我们几个农场领导都没有意识到这一点，我们都是大老粗，哪懂得烧水泥的什么门道，还以为烧出来就能有人要呢。"

"大企业可以搞规模化经营，降低成本。小企业最好的选择就是搞差异化经营，做一些别人没有的产品，占领一个细分市场。在这方面，咱们曲江农场的做法是错误的。"秦海总结道。

"秦工能够帮傅厂长他们找到一些特殊的产品吗？"乔长生急切地问道，秦海话里的暗示意味已经很清楚了。

秦海道："我现在还不能确信，如果傅厂长有意的话，我想去参观一下你们的水泥厂，可以吗？"

这样的请求傅文彬自然是不会拒绝的，秦海愿意替曲江农场诊断一下水泥厂的经营，至少也是一件聊胜于无的事情。

三个人坐着秦海开的吉普车绕了几个弯，来到了位于农场边缘的一个小小的厂区，厂区的大门上挂着一块破破烂烂的木牌子，上写"曲江水泥厂"五个大字。厂子虽然停产了，但看门的工人还在，看到有吉普车过来，门卫上前阻拦，当发现副驾驶座上坐着的是傅文彬的时候，门卫满脸堆笑地招呼道："傅场长，早啊。"

"老陈头，睡懵了吧，现在都快吃晚饭了。"傅文彬从车上走下来，呵呵笑着回答道。

老陈头笑道："说顺嘴了，没琢磨时间。傅场长到这儿有事吗？"

傅文彬道："我带两位专家过来看看咱们厂子，你去把赵厂长帮我找来。"

"好咧！"老陈头答应一声，先帮他们打开了厂门，放吉普车进厂，然后一路小跑着不知上哪找厂长去了。

水泥厂规模不大，设备倒是一应俱全。而且由于建立的时间较晚，设备看起来还比较新。据傅文彬介绍说，现在偶尔也会有少量的订单，所以水泥厂并没有完全停工，而是处于时开时歇的状态，设备都是完好的，随时可以开工生产。

水泥属于无机非金属材料，在经济生活中的使用量居各种非金属材料之首，所以秦海对其也有较多的研究。他先是认真观察了一番现有设备的情况，接着来到料场，开始研究水泥厂使用的各种原料。

平苑是丘陵低山地区，各种非金属矿蕴藏丰富，曲江水泥厂用的石料大多产自于本地，包括诸如石灰石、方镁石、石膏、萤石等等。其中有一些类型不同的石料被混堆在一起，显然是厂里的技术人员根本分不清这些石料之间的成分差别。

秦海观察了一番之后，对于曲江水泥厂的情况已经了然于心了。

“傅场长，不好意思，不好意思，因为今天是礼拜天，所以我没有在厂里，让你久等了。”

水泥厂的厂长赵兵气喘吁吁地从厂门外跑进来，来到正陪着秦海考察料场的傅文彬面前，一边擦着汗，一边做着自我检讨。其实，水泥厂没有生产任务，加上正好是周末，赵兵没有待在厂里并不是什么过错。但农场领导来了，而你却在家里，这就是错误，是必须先做做自我批评的。

“赵厂长，我给你介绍一下，这位是我原来在钢铁厂时候的同事，乔长生乔师傅。这位是青锋农机厂的专家秦海秦工。”傅文彬对赵兵介绍道。

“哦哦，乔师傅，秦……呵呵，秦工很年轻啊。”赵兵把目光投向秦海的时候，脸上分明有了一些戏谑的神情，他觉得傅文彬介绍的这位“专家”实在是年轻得有些可笑了。

“赵厂长不必客气，叫我小秦就好了。”秦海平淡地说道，他知道任何人看到他都会先入为主地怀疑他的学识，要想让别人相信，只有拿出干货来。

“好了，秦工，现在赵厂长也已经来了，你有什么想法，可以当着赵厂长的面，大家一块说一说。你刚才已经考察过我们水泥厂的情况了，有什么具体的想法没有？”傅文彬对秦海说道。

秦海转头对赵兵说道：“赵厂长，我听傅场长说，咱们水泥厂的产品销路不太好，是这样吗？”

“可不是吗，像我们厂的这种大路货，整个北溪市起码有20家厂子在生产。人家的产品质量比我们好，价钱还比我们低，我们拿什么去和别人竞争？”赵兵沮丧地答道。

“那么，赵厂长有没有想过生产一些小路货呢？”秦海笑着接过了赵兵的话头。

“小路货？”赵兵被秦海发明的这个词给说愣了，“秦工指的是什么？”

“水泥并不是只有咱们生产的这一种类型，你可知道？”秦海问道。

“知道啊，水泥有不同标号的，我们生产的也不止一种标号。”

“我不是说标号，而是说类型。简单说，咱们厂现在生产的叫作通用水泥，无论是普通硅酸盐水泥，还是火山灰质硅酸盐水泥，或者粉煤灰硅酸盐水泥，都属于通用水泥。赵厂长听说过特种水泥这个概念吗？”秦海开始摆起专家的谱来了，你不是觉得我年轻不像专家吗，那我先给你上一课再说。

“特种水泥？”赵兵摸着脑袋，有些糊涂了。他原本只是农场的一个中层干部，农场要建水泥厂的时候，派他去市里的几个水泥厂参观了一下，然后就回来当水泥厂厂长了。在他的知识体系里，只有通用水泥这一个概念，秦海说的什么特种水泥，完全超出了他的知识范围。

“特种水泥是相对于通用水泥而言的，主要是适合特定用途的水泥。比如说，用于工程抢险用的快硬水泥，能够在一两个小时甚至数分钟之间凝结并达到较高的强度，这类水泥在接缝、堵漏、抢修道路等等领域都有广泛的使用。”秦海说道。

“还有这样的水泥？”傅文彬和赵兵面面相觑，秦海说的这些用途，他们是一下子就能够听懂的，而且也觉得有道理，但他们从来没有想过可以生产出一种这样的水泥来。

“秦工，生产这样的水泥，是不是需要很高的技术啊？”赵兵小心翼翼地请教道。

秦海摇了摇头，说道：“我刚才已经看过了，在咱们厂现有的设备基础上，再稍微增加几项设备，就完全可以生产出这样的水泥。当然，水泥的配方是需要斟酌一下的。事实上，快硬水泥也有很多种，有普通硅酸盐快硬水泥，也有硫铝酸盐水泥，还有氟铝酸盐水泥，各种水泥适用的场合不同，成本和价格也不同。

“可是……这些东西，我们都不懂啊。”赵兵叫苦道，“我们如果有这样的技术，何至于把水泥厂弄成现在这个鬼样子，弄得我都没脸见傅场长了。”

傅文彬瞪了赵兵一眼，然后回过头对秦海说道：“秦工，莫非你懂得这些水泥的配方？”

“略懂一些吧。”秦海说道，“如果傅场长愿意与我合作的话，我可以保证让曲江水泥厂起死回生，一年起码为农场创造 10 万元以上的利润。”

“你希望曲江农场怎么与你合作？”

傅文彬把赵兵打发开，只留下乔长生在场，然后郑重地对秦海问道。

秦海道：“傅场长，你们的水泥厂已经是入不敷出了，如果没有人能够救它，它就会像平苑钢铁厂一样关门倒闭。现在我想问问，如果有人愿意出钱把它买下，你们打算卖一个什么价钱？”

“我们这是国有资产，怎么能卖呢？”傅文彬道。

秦海笑道：“国有资产为什么就不能卖？一个东西留在你手上发挥不了作用，只会慢慢地烂掉，你为什么不干脆把它卖掉，至少还能趁它烂掉之前回收一些成本吧？”

“你这个说法倒是有趣。”傅文彬微微笑道。他们这一代人的思想其实是很开放的，对于秦海这种离经叛道的观点，傅文彬并不觉得有什么不妥，只是在没有政策依据之前，他不能照着秦海的说法去做而已。

“卖是不可能的，你说说其他的办法吧。”傅文彬道。

秦海道：“傅场长误会了，我其实只是打一个比方，想问问傅场长，你心目中这家水泥厂还能值多少钱？”

傅文彬道：“它放在这里，现在已经是一文不值，甚至还要我们农场往里面赔钱。不过，我们花了十几万建起来的厂子，现在设备还是完好的，最起码也值 10 万块钱吧。”

“嗯，我的估价也差不多是如此。”秦海说道，“如果我出 5 万块钱，再加上价值 5 万块钱的技术，和曲江农场联营，同时要求占有曲江水泥厂

51% 的股权，农场能接受吗？”

“你想和我们联营？”傅文彬听懂了秦海的话，心里却是好生震惊。

在一年前召开的十二届三中全会上，通过了有关经济体制改革的决定，对于经济生活中的许多问题都指出了改革的方向。其中，傅文彬非常清楚地记得有这样一条：“要在自愿互利的基础上广泛发展全民、集体、个体经济相互之间灵活多样的合作经营和经济联合，有些小型全民所有制企业还可以租给或包给集体或劳动者个人经营。”

傅文彬研究这一项政策的动机，在于想把农场下属的一些企业承包给职工个人，或者从社会上找一些有钱的企业来与农场联营。在他所知道的范围内，已经有一些农场采取了与乡镇企业联营的方式，甩掉了身上背着的包袱，所以傅文彬也非常希望自己能够找到一些愿意接手自己下属企业的单位。

然而，傅文彬从来没有想过，第一个前来与他谈联营问题的，竟然会是一个个人，而且是一个年轻得令人起疑的个人。如果他不是知道乔长生的人品，恐怕这一刻已经要报警让派出所把秦海逮去审查一番了。在这个年月里，哪有个人拿出 5 万块钱来与农场联营的事情。

“你哪来那么多钱？5万块钱,可不是50块、500块。”傅文彬对秦海问道。

秦海道：“我的钱从哪来，傅场长就不必细问了。只要大家签订了协议，我自然会把钱划到曲江农场的账上，傅场长见了钱再说话，难道还怕我把水泥厂搬走了不成？”

“嗯，这样说也对。”傅文彬点了点头，“只要你能够拿得出钱，而且你的技术能够让水泥厂起死回生，我们与你搞联营也不是不可以。不过，你要求占 51% 的股权，让我们国营农场占小头，这个有些不太合理。要不，一家一半，有事商量着来，怎么样？”

“这是原则问题，不容讨论。”秦海断然道，“傅场长，恕我直言，贵农场，包括你和赵厂长在内，对于水泥生产都是门外汉，甚至连水泥的分类都搞不清楚，我怎么能相信你们具有经营一家水泥厂的能力？外行领导内行的时代，必须结束了，如果我不能在水泥厂说了算，那一切都免谈。说得不好听一点，北溪市这么多小水泥厂，我并没有非得吊死在这一棵树上吧？”

“呃，秦工果然是直来直去……”傅文彬蔫了。

秦海的话听起来让人不舒服，但句句属实。曲江农场上上下下，的确没有一个懂水泥的，让这些人去管水泥厂，最终的结果只能是重蹈覆辙。人家秦海还说了，北溪的小水泥厂多得很，人家愿意跟你联营，是给你面子，你还真没有挑三拣四的权利。

明白了这个道理，傅文彬倒也就想通了。什么控股不控股，前提是这家企业能活下来。一家活不下来的企业，就算你拥有 100% 的控股权，又有何益？水泥厂对于曲江农场来说，已经是一个准备扔掉的大包袱，现在有人愿意接手，把它变成一只会下金蛋的母鸡，你一年能收一筐的金蛋，又何必管这只母鸡跟谁姓呢？

“好吧，这件事情，我们场务会开会讨论一下，会尽快给你答复的。秦工能不能说一下，如果我们答应你的条件，你打算如何让水泥厂起死回生？要说服我们其他的农场领导，我总得知道一些细节吧。”傅文彬说道。

秦海道：“思路很简单，我们不能去和别人拼大路货，只能是搞自己的特色产品。我打算第一步先上马快硬水泥，生产这种水泥所需要的氧化铝、硫酸钙、硫化二钙等矿石，咱们的料场里都有……只是都被混在一起了，这样烧出来的水泥能用才是怪事。快硬水泥适用于一些特殊场合，最起码部队里是用得上的，所以我们的第一笔业务可以去和部队联系。”

“我们没有这方面的渠道。”傅文彬赶紧声明。

乔长生在旁边插话道：“傅厂长不用担心，我们秦工在省军区有关系，我们钢铁厂现在生产的产品，就是替省军区生产的。”

“秦工竟然还有这样的关系？难怪……”傅文彬惊讶道。

秦海摆摆手，说道：“这件事还是先低调一些，能不能办成还不好说。不过，只要咱们的产品质量过硬，我想部队里各种紧急工程任务比较多，应当是会需要这种产品的。”

秦海的话说到这个程度，傅文彬也就心领神会了。人家说不一定能办成，潜台词就是说起码有七八成的把握了。自己连门都摸不着的事情，人家坐在家里就敢放出话来，这就是能力上的差异啊。

“如果快硬水泥的销售顺利，咱们就可以用所获得的利润，扩大生产规模，生产膨胀水泥、自应力水泥、耐高温水泥、耐酸水泥、氯氧镁水泥……最终建成安河省最大的特种水泥厂。到那时候，别说10万的利润，就是一年100万、1000万，又有何难？”秦海毫不吝惜地给傅文彬画着大馅饼，坚定着他的信心。

“傅厂长，我觉得秦工有这个能力。”乔长生给秦海做着背书，“我们秦工租了咱们钢铁厂的设备，先是给部队生产军铲，最近又联系上了日本人，准备向日本出口特种钢材呢。那个日本人还到了我们车间，我亲眼见过的。”

“先不要着急，饭要一口一口地吃。快硬水泥……嗯，这个东西好，秦工，咱们先把这个东西做出来，先解决咱们农场的燃眉之急。至于你说的其他的东西，咱们一个一个来，只要你能够让咱们水泥厂重新获得生机，我老傅就豁出这条老命，陪着你一起干了。”

傅文彬嘴上说着不着急，心里却已经燃烧起来了。想到秦海描述的广阔美景，他恨不得马上就把农场的其他领导召集起来，当场给秦海一个答复，让他今天就开始动工。

“呵呵，傅场长说得对，咱们不要急，稳扎稳打。”秦海道，“这样吧，今天我们先谈这样一个意向，等傅场长和其他领导讨论之后，我们再签协议，安排具体的事情。我平常在青锋厂上班，同时也会到钢铁厂去，傅场长要找我，只要到这两个地方问一下就行了。好了，今天咱们就说这些，我们先回去了。”

“那怎么行，怎么也得吃了饭再走！”傅文彬一把拉住了秦海的手，执拗地说道。

说话间，也已经到了吃晚饭的时候，傅文彬摆了一桌家宴招待秦海和乔长生。农场里别的没有，禽蛋和蔬菜还是非常丰富的，而且也十分新鲜。傅文彬身体不好，不敢喝酒，便以茶代酒，频频向秦海和乔长生举杯，细细算下来，倒是向秦海敬酒的机会更多一些。

酒桌上，乔长生再次代傅文彬向秦海求情，请求把黑子招收到钢铁厂去工作，解决一下这个待业青年的问题。秦海自然是满口答应，顺带连黑子的那三个小伙伴也一并接收了。傅文彬夫妇听说这个老大难的孩子居然有了工作，欢喜万分，只差向秦海鞠躬道谢了。

傅文彬指着黑子对秦海道："秦工，黑子到你那去，如果不好好工作，你就尽管拿鞭子抽他。他如果敢龇牙，你就告诉我，我打死他。"

"不敢不敢，我对秦工那是佩服得五体投地的，秦工叫我干什么，我绝对不打折扣。"黑子指天画地地发着誓，同时向秦海挤眉弄眼，示意秦海千万别说漏嘴，把他在城里干的那些龌龊事给抖搂出来。

秦海在傅文彬家里吃过饭，天色就已经黑了。由于河上的轮渡到晚上就停了，秦海无法过河，不得不在农场的招待所住了一夜，第二天早上才赶回了钢铁厂。

秦海这一耽误，可苦了被宁默关起来的王晓东。宁默严格地执行了秦海的吩咐，在秦海回来之前，不给王晓东饭吃，并且逼着他一刻不停地抄写英语单词。王晓东一开始还打算以所谓头疼、记不住、手酸等理由来逃避，结果被宁默一通收拾，只得饿得肚子乖乖地照办了。

等秦海终于回到钢铁厂的时候，王晓东已经饿了差不多20个小时，坐在小屋子里，一点精气神都没有了。

"有什么想法？"秦海来到小屋子，大大咧咧地坐在王晓东的对面，向他问道。

"秦哥，我错了。"王晓东可怜巴巴地说道。

"你错在哪了？"秦海又问道。

"我对不起我姐，我不该抢她的手表。"

"还有呢？"

"还有……我姐对我很好，我以后一定要对她好。"

"还有呢？"

"还有……"王晓东挠着头，实在想不出自己还有什么值得提的过错。他觉得自己挨打的原因就是抢了王晓晨的表，现在已经认了错，那么秦海还有什么不放过自己的地方呢？

"我看看你抄的单词。"秦海向王晓东伸出手去。

王晓东赶紧把一叠写得满满的纸递上前去，为了避免秦海找他的麻烦，昨天晚上他只睡了三个钟头，余下的时间就在不停地抄着单词，已经抄出来五六十页了，一大叠纸堆在一起，看起来蔚为壮观。

“嗯，抄得还不错，字也还算工整……这后面怎么越写越难看了？”秦海翻到后面的时候，眼睛又瞪了起来。

“秦哥，我抄不动了。”王晓东带着哭腔说道，“我上高中两年多都没抄过这么多单词，你看，我手都快抄肿了……”

“哼哼，你还好意思说？”秦海把那叠纸往旁边的桌上一掼，说道：“两年多时间，你连这几十页纸都没有抄过，你都干什么去了？”

“我……我是有点夸张。”王晓东发现自己又被秦海抓住了一个把柄，赶紧改口，“其实，我有时候也会抄抄单词的，就是……就是……没昨天抄得这么多罢了。”

秦海道：“我现在正式通知你，学校你暂时可以不去了，这段时间，你就住在钢铁厂，我管你的吃喝。这是我给你列的时间表，你照此办理，如果做不到，别怪你宁默哥下手不知轻重。”

秦海说到宁默的时候，王晓东下意识地缩了缩脖子。宁默这家伙下手的确有些没轻没重，他的拳头比王晓东半个脑袋都大，随便在王晓东的哪个部位上磕一下，就是一片淤青。王晓东接过秦海递给他的单子看了一眼，顿时连死的心都有了：

每天抄 50 页单词；

每天做 100 道数学题；

每天诵读古文 3 遍，范围涉及高中课本上所有的古文；

每天诵读历史课本 100 页；

每天诵读地理课本 100 页；

每天到车间体力劳动两小时……

“秦哥，每天这么多任务，我完不成啊！”王晓东哭丧着脸说道。

“完不成就别想吃饭。”秦海淡淡地说道。

“秦哥，你不能这样对待我，我告我姐姐去！”王晓东急眼了，他终于想起来，姐姐是可以作为他的护身符的，秦海凭什么这样对待他呀？

秦海乐了：“王晓东，你怎么告你姐姐去？你姐姐都不知道你在钢铁厂，她还以为你在学校好好读书呢。我会告诉她，说你决定痛改前非了，未来两个月不离开学校一步。你觉得你姐姐会知道你在干什么吗？”

“秦哥……”王晓东有一种无助的感觉，自己这是招谁惹谁了，这不相当于被劳教了吗？他待再找点什么理由争一争，眼角的余光突然瞥见从门外晃过去的宁默，涌到嘴边的话不由自主地又咽了回去。

秦海用手指了指那张单子，说道：“老实说，我本来不打算管你。我是看在你姐姐的面子上，不忍心看她伤心。你既然不想在学校学习，那我就给你安排一个学习的环境。我已经跟你们老师打过招呼了，未来两个月时间，你就老老实实地待在这里，把这些任务完成，等明年争取考一个中专，了却你姐姐的心愿。你让人宠得太厉害了，不好好收拾收拾，你就废了。”

“我照着这样做，就能考上中专吗？”王晓东有些抬杠地问道。

秦海道：“如果你考不上，我出钱买一家游戏机房让你玩个够。”

“可是……每天100道数学题,我不会做怎么办？”王晓东还有新的问题。

秦海道：“我会安排工学院的学生给你讲题，你还可以看习题答案，抄一遍答案也算完成任务。你尽管照我这套方法去做,考不上中专我跟你姓。”

“好吧……秦哥，我还有一件事。”王晓东道。

“还有什么事？”

“我饿……”

“先做20道数学题，做完才能吃饭！”

王晓东就这样被留在了钢铁厂，美其名曰“监督学习”。头几天，他既担心秦海和宁默揍他，又受不了这样高的学习强度，郁闷得无与伦比。过了一些日子，他发现只要自己听话、好好学习，秦海对他还是挺照顾的，于是胆子也就渐渐大了起来，在钢铁厂的生活也变得从容了。

学习上的事情，说穿了就是一个习惯，熬过了最初的痛苦之后，王晓东发现每天照着计划学习也不是办不到的事情，武侠小说和游戏机都成了他无法触及的东西，所以他也只好像其他的高三孩子一样，全身心地扑到了功课之中。

调教王晓东，对于秦海来说只不过是日常生活中的一点花絮。王晓晨对他挺照顾，他也一直把王晓晨当成一个邻家大姐姐，遇到这样的事情，伸手相助也在情理之中。

曲江农场那边的消息很快就反馈回来了，农场的领导们一致同意水泥厂与秦海个人进行联营，同时也同意秦海拥有对水泥厂的控股权。那些领导对于水泥厂的情况也都非常了解，知道早已是无可救药的，现在有人愿意接手，他们岂有不支持之理。

随着出口军铲陆续交货，军方的货款也逐渐到位了，秦明华的白河农机厂账户上有几十万的流动资金，这是秦海可以随意动用的。他划出了5万元给曲江农场，换来了对曲江水泥厂的绝对控制权。随后，他便带着水泥厂的技术员和工人开始了快硬水泥的试制工作。

普通的快硬水泥算不上什么高新技术，只是原料配方与通用硅酸盐水泥有所区别,石料粉碎的精细度有所提高而已。秦海在曲江水泥厂待了几天，便成功地烧出了合格的快硬水泥，而且让水泥厂的工人们也掌握了相关的技巧。

“原来这玩意这么简单？”水泥厂厂长赵兵绕着做实验的水泥块转了几圈，啧啧连声，同时大发感慨。

“简单？你怎么弄不出来？”傅文彬瞪着眼睛对赵兵训道。看到水泥厂的新产品问世，他的心里也是充满了喜悦，秦海说的第一步已经做到了，那么后续的步骤还会远吗？

秦海道：“目前咱们烧的这种快硬水泥，只是最普通的型号，咱们先拿它试试手，不过，即便是这样的产品，我相信也是有很不错的销路的。等到这个产品稳定之后，咱们再探索其他的型号，那时候可就没那么容易了。”

“呵呵，没关系，只要有秦工在，再大的难题也不在话下。”赵兵嘿嘿笑着恭维道，这已经不是赵兵一个人的观点，而是整个水泥厂上下所有干部职工的共识。

正如秦海预言的那样，这种在安河省从未出现过的水泥新产品吸引了不少使用单位的兴趣。秦海找到的第一个买主便是安河省军区，在看过快硬水泥的现场效果演示之后，岳国阳当即拍板采购500吨，每吨按批发价计算为100元，比常规的硅酸盐水泥高出了将近一倍。部队里经常要涉及一些工程抢修的工作，这种快硬水泥在这类工作中能够发挥特殊的作用。

有了省军区的示范，省里的其他单位对于这家名不见经传的曲江水泥厂也打消了疑虑，纷纷发出订单，要求采购快硬水泥，用于满足本系统内的一些特殊作业需求。交通厅需要这种水泥用于道路的快速修复，水利厅决定囤积一部分这种水泥以备来年雨季的水利工程抢修。一时间，曲江水泥厂在安河省的许多建筑单位成了一个炙手可热的名字，弄得省里那些大水泥厂都嫉妒得眼睛滴血。

一笔笔货款纷纷汇往曲江农场的账户，会计报来的数字让傅文彬看得直呼眼晕。拖欠了很长时间的职工工资开始陆续得到发放，职工们一边数着咔咔响的钞票，一边议论着一个能够点石成金的名字：秦海。

“好消息！好消息啊！”

县经委主任潘胜杰跌跌撞撞地冲进县长郭明的办公室，脸上充满了喜色，像是拣了一路的金元宝一般。

“老潘，什么好消息，让你高兴成这样？”郭明乐呵呵地看着潘胜杰问道。

“郭县长，你记得那个叫岸田邦夫的日本人吗？”潘胜杰问。

郭明点点头：“我怎么会不记得，他又来了吗？”

“不是，他没来，是一个名叫川岛一郎的日本人，他是一个名叫……对了，名叫大东亚共享绿色基金会的副会长，他要来我们平苑了。”潘胜杰道。

“大东亚共享绿色基金会……这个企业是生产涂料的？”郭明丈二和尚摸不着脑袋。来个外宾当然可以算是一件喜事，但一家涂料企业的代表来平苑，也不值得潘胜杰如此兴奋啊。再说，平苑这个地方也没太多的建筑物需要使用绿色涂料，这个什么一郎跑到平苑来干什么？

“哈哈，郭县长也没弄明白吧？我一开始听到这个消息，也是转了好久的弯子都转不过来，省外事办给我解释了半天，我才弄明白呢。”潘胜杰得意地说道，他虽然算是郭明的下属，但两人的级别差得不那么大，也属于可以开玩笑的对象。他得到的消息实在是太好了，所以忍不住要卖卖关子，让郭明分享一下他的喜悦。

原来，这个所谓大东亚共享绿色基金会并不是什么涂料企业，而是日本的一个环保公益组织，宗旨是帮助亚洲各国恢复生态、保护环境。川岛一郎这次到安河来，原因是听说北溪市有一些老钢铁厂积压了许多炼铁的废渣，多年来一直没有得到有效的处理。

据说，这种废渣长期暴露在户外，会影响当地的空气质量，还会污染地下水，总之，会造成极其严重的生态灾难。作为助人为乐的日本友人，为了中国人民的健康，他们愿意帮助北溪市的地方政府清除这些矿渣，还北溪人民一个清朗的生存环境。

“他说的，是平苑钢铁厂那两座渣山？”郭明一听潘胜杰解释说反应过来了，那两座渣山也的确有碍观瞻，县里曾经打算将其处理掉，但始终找不到处理的途径，所以就一拖再拖，拖了这么十几年时间。想不到平苑县自己默默无闻，两座渣山却已经惊动了日本友人。

“这件事，还得感谢岸田邦夫，日本人真是太善良了。”潘胜杰不无感慨地说道，“我听说，岸田邦夫应秦海之邀去参观钢铁厂的时候，就发现了那两座渣山。回国之后，他一直都惦记着这件事，几经努力，最后联系上了川岛先生。川岛先生所在的这个绿色基金会就是专门做这种公益事业的，他们的钱都是日本的企业家捐赠的，专门用于无偿帮助像咱们这样的发展中国家。”

“那他们打算怎么清除这些废渣呢？”郭明问道。

“我听说了，他们打算自己出钱，在咱们平苑当地请民工，把这些废渣挖出来，装上火车车皮，运到岑州那边去装船，然后运回日本。”潘胜杰说道。

郭明诧异道：“他们不是说这些废渣有什么毒害吗，为什么还要运回日本去？”

潘胜杰笑道：“郭县长就不知道了吧？我开始也不明白，他们一解释，我就懂了。你想啊，日本是一个岛啊，面积听说只有咱们北溪地区这么点大。他们要发展经济，就要靠填海造陆。所以他们把这些废渣运回去，是用来填海的。哈哈，这东西在咱们这是废物，到了人家那里，就能够变废为宝，要说日本人的本事，让人不佩服都不行啊。”

“这么说，他们帮咱们清理垃圾，不但不用咱们出钱，还能让咱们挣点钱，是这样吗？”郭明问道。

潘胜杰道：“没错，正是这样。听说，日本人请民工干活，给的工资可高了，比咱们机关干部的工资水平都高。”

“这是一件大好事！”郭明想明白了，“老潘，你马上去落实，联系城关镇下面各个村的村干部，让他们做好动员，组织最有觉悟的农民来做民工。还有，这件事得跟钢铁厂打个招呼，现在不是秦海租了钢铁厂的场地嘛，跟他提前说一声，让他做好配合。这件事情如果能办成，秦海又为咱们县立了一功，如果不是他把岸田邦夫带到钢铁厂去参观，日本朋友怎么会知道咱们有这个问题呢？”

潘胜杰欢天喜地地跑去安排去了，郭明让秘书给钢铁厂打了电话，通知秦海马上到县政府来一趟，有重要的事情要通知他。

秦海此时正在钢铁厂与李林广他们研究冶炼技术，接到电话，倒也没多想，换了件干净衣服，便开着车来到了县政府。经过此前的几件事情之后，秦海与县里的领导也算是认识了，到郭明的办公室也走过四五回，算是熟门熟路。

“我们的大功臣来了，快请坐，快请坐。”郭明心情极好，与秦海开起了轻松的玩笑。

“郭县长又调侃我了，我哪是什么功臣，尽给县里惹麻烦了。”秦海笑着谦虚道。

“嗯，麻烦的确没少惹，不过，功劳也有。你还不知道吧，你在不知不觉之中，又帮咱们平苑县立下一个大功了。”郭明说道。

秦海摸摸脑袋，死活想不出自己这些天干了什么好事。曲江水泥厂的事情，至少不能算是“不知不觉”吧？至于其他的方面，能够称为“大功”的，好像还真找不出来。

“郭县长，我智商不够，有什么事情你就直接告诉我吧，别让我猜谜了。”秦海说道。

郭明哈哈笑着，把刚才潘胜杰对他说的事情，向秦海一五一十地讲了。秦海一开始还有些反应不过来，待到听说日本人打算把废渣运回去填海的时候，他扑哧一声就笑喷了。

“郭县长，你不会真的相信天上会掉馅饼吧？”秦海没大没小地问道。时间旅行过来这么久，他始终摆不正自己的位子，尤其是在一些关键的时候，一不留神就不把县长、市长的当干部了。

郭明被秦海这句话说得有些窘，他原本处在兴头上，秦海这句话不啻于当头一瓢冷水，让他很是恼火。

“小秦，你这话是什么意思？”郭明黑着脸问道。

秦海愤愤地说道：“岸田这个老鬼子，真是太能钻空子了。我一个没留神，肯定让他把钢铁厂矿渣的样品弄走了。早知如此，我就不该带他去看矿渣山，或者看完之后应当让他净身出户，连粒灰尘都不让他带走。郭县长，我敢跟你打赌，这个什么狗屁绿色基金会，没准就是福冈会社的下属企业，他们是来白拿咱们资源的，咱们还在这对他们感恩戴德呢。”

“资源？”郭明一怔，他开始有些意识到事情不简单了。

能做到县长这个级别的人，都不是傻瓜。如果说一开始郭明还有些糊涂，那也只是因为媒体上不断地鼓吹什么中日友好、日本人的善良热情之类，让他有了一些先入为主的错觉。秦海这样一点破，郭明自然就恢复了正常的理性，是啊，无事献殷勤，非奸即盗，日本人真的有这样的好心吗？

“小秦，你把事情说清楚，日本人要的只是咱们的废渣，怎么会是资源呢？”郭明认真地对秦海问道。

秦海道：“郭县长，这里有一个技术问题。咱们平苑钢铁厂以往只知道炼铁，从山里找到铁矿石就开始冶炼，结果炼出来一堆质量下乘的废铁，留下一堆废渣。殊不知，咱们整个北溪市的铁矿从含铁的角度来说，都是贫矿。但这些铁矿实际上是钽铌铁矿，其中最有价值的元素不是铁，而是钽和铌。在市场上，一千克钽的价格相当于几十吨铁。”

“你是说，这些废渣里面有你说的这个什么钽，还有什么铌？”郭明问道。

秦海道：“这件事我现在还不能百分之百地确定，从矿藏分布来说，咱们北溪市正好是处于钽铌矿富集的地区，大多数的铁矿都应当是钽铌伴生矿。前一段时间因为太忙，我一直没有抽出空来对这些矿渣进行成分分析。不过，我曾经与李林广教授聊过这件事，他也认为这些矿渣应当是钽铌矿渣。

最有力的证据，就是这个名叫川岛一郎的小鬼子，如果这其中没有猫腻，他是不可能这样急火火地跑来献爱心的。”

“可是……”郭明有些犹豫了。如果这些矿渣真的富含秦海所说的钽和铌，那么日本人的用心就十分险恶，平苑县应当坚决拒绝日本人运走矿渣。但反过来，如果秦海的猜测是错的，平苑县无端指责日本人的善意，那么影响也是非常恶劣的。到时候上级部门追究下来，自己根本无法解释。

秦海看出了郭明的想法，他说道：“郭县长，你不用为难。我现在就回去，请李教授带一些样品回工学院去做检测，如果检测的结果证实了我的猜测，那么我们就有合理的理由去回绝日本人的要求了。现在需要的，就是拖上几天，我想郭县长应当是有这个办法的吧？”

第四章　拼死挽救宝贵的矿渣

平苑县又来了个日本人，大东亚共享绿色基金的副会长川岛一郎来到平苑钢铁厂，说是要帮助当地改善环境，无偿将钢铁厂的废矿渣运回日本处理。平苑县相关部门乐开了花，然而秦海却意识到这个日本人无偿处理废矿的目的并不单纯。秦海一方面将废矿渣送去检验成分，一方面拖住川岛一郎。谁想到，川岛一郎绕过了秦海和平苑钢铁厂，直接将目标锁定了省内数一数二的北溪钢铁厂。得知这个消息，秦海和宁中英一起赶赴北溪钢铁厂，拼死也要挽救这批宝贵的废矿渣。

潘胜杰接到郭明的电话，让他速到办公室商议事情。他兴冲冲地跑过去，一进门，却见到郭明一张脸黑得像锅底一样。

"郭县长，出什么事了？"潘胜杰的笑容凝结在了脸上，不知道出了什么大事。他刚才离开郭明办公室的时候，郭明还是喜形于色，怎么这一会就晴转雨了？

"小秦，你把情况跟潘主任说一下吧。"郭明用手指了指坐在沙发上的秦海，说道。

潘胜杰这才发现了秦海，并且意识到郭明的变脸与秦海有着直接的关系。他勉强笑了笑，对秦海说道："小秦，郭县长有没有跟你说日本友人的事情？你们钢铁厂的那两堆矿渣有去处了。"

秦海微笑道："潘主任，我刚才正和郭县长纳闷这件事呢，你说日本人帮咱们清除垃圾，这是好事。可是偌大一个中国，难道连这么几万吨废渣都装不下，为什么还要运回日本去呢？”

“这个我倒是问过了，他们说是运回去填海造田。”潘胜杰道。

秦海道：“这就是脱了裤子放屁了，从平苑到岑州港口，有200公里的铁路运输。然后再换江轮，到浦江换海轮，这得折腾出多少钱去？日本本身就是多山的国家，随便挖一座山去填海，不比运这些废渣强得多？”

“说的也是哦……”潘胜杰挠了挠头，“我原来也纳闷过这个事，现在车皮紧张得很，我们县想运农产品，找铁路上要车皮都要不到。日本人弄这些车皮，不定花了多少力气，专门为了运这些废渣，好像就有些划不来了。”

“你既然纳闷，刚才为什么不说？”郭明没好气地斥道。一个简单的道理，他非要等被秦海打了脸才悟出来，实在是丢人之极。而导致他丢人的根源，就在于这个潘胜杰太没有脑子了。

潘胜杰哭丧着脸道：“我总觉得日本人有的是钱，他们乐意这样做，总是有他们的道理的，不能照咱们中国人的想法。至于他们是什么想法，我怎么猜得出来？”

秦海摇了摇头，他也懒得去纠正潘胜杰的想法，在那个年代里，有无数的国人都认为外国人有钱，而有钱人做事一定是不需要考虑逻辑的。他对潘胜杰说道：“潘主任，郭县长刚才跟我谈，说他对日本人的动机有些拿不准，我现在马上回去安排对那些矿渣进行检测，看看日本人是不是有什么其他的企图。现在需要请潘主任协助的，就是尽量地拖一拖日本人，至少拖上三天之后，再商讨这件事情，潘主任以为如何？”

“三天倒是没问题。”潘胜杰答应道，“省外事办那边也是刚刚通知我，估计最终落实下来，怎么也得有几天时间。不过，小秦，你能不能给我透个底，到底这些矿渣里有什么名堂？”

“事情没确定之前，先不要外传这些事情。”郭明出面打断了，刚才秦海说是他察觉出日本的动机不纯，这相当于是给他脸上贴金，他也确实需要这么一块金箔来遮遮羞。如果跟潘胜杰说得太多，恐怕潘胜杰就能明白，这些道理不是他郭明能够领悟得出的，真正发现问题的，其实是秦海。

三个人又商量了一下有关细节，随后潘胜杰又赶紧回去打电话安排了。他原本已经通知城关镇下属各村准备安排民工劳力，现在需要再告诉大家此事搁置，至于找什么理由来说，那就不是秦海需要关心的了。

秦海回到钢铁厂，把有关的情况向李林广做了一个介绍。李林广勃然变色，骂了几句“鬼子”之类的脏话，随后便带了两个学生到后面的矿渣山上挖了两大包矿渣，急不可待地奔汽车站买票回红泽去了。关于钽铌矿的价值，李林广比秦海知道得还多，听说日本人居然用这样的手段来骗取宝贵的矿物，李林广岂有不急眼的道理。

秦海倒没有把这事太过于放在心上，在他想来，不管日本人要什么花招，这些矿渣是在自己眼皮子底下的，日本人还能半夜三更把它们挖走了不成？

这样过了两天时间，不管是日本人还是潘胜杰，都没有什么消息。秦海倒是有些耐不住了，抄起电话要通了县经委，直接向潘胜杰询问有关进展。

“哦，是小秦啊。”潘胜杰在电话里语气有些冷淡，想必是那天被郭明斥责了一番的余怨还未消除，他说道：“川岛先生现在在北溪呢，外事办说，等他把北溪那边的事情处理完，再到下面县里来。

“小秦，我说上次的事情，你是不是有点疑神疑鬼了？川岛先生到北溪钢铁厂去谈矿渣的事情，人家北溪钢铁厂没有任何意见，还派了大铲车帮着装运。咱们一个小小的平苑县，还对人家日本朋友的动机说三道四，是不是显得太小家子气？”

“什么，川岛跑到北溪钢铁厂去了？”秦海这一惊可非同小可，他突然想起来，除了平苑有钢铁厂之外，北溪市也有钢铁厂，而且规模比平苑钢铁厂大得多。此外，北溪市下属各区县还有七八个钢铁厂，有些还在勉强经营，有些如平苑钢铁厂一样，也已经停工多年。但是，所有这些钢铁厂都有两点共性：其一，大家用的都是北溪本地的矿石；其二，都留下了大批的矿渣。

小鬼子干事果然是精细啊。

很明显，岸田邦夫发现了平苑钢铁厂的废渣之后，马上举一反三，联想到了其他的钢铁厂，并且安排人手暗中进行了调查。这一次川岛一郎到北溪来，所图并非平苑钢铁厂这一点废渣，而是瞄准了整个北溪。

撂下潘胜杰的电话，秦海直奔邮电局，填好单子要求接通北溪市政府柴培德的电话。电话拨过去，接电话的既不是柴培德也不是徐扬，而是一个迷迷瞪瞪的小伙子。听完秦海的要求，他答道："柴市长出去开会了，哪天回来……不清楚。"

"他去哪开会了？"秦海追问道。

"谁知道，好像是京城，要不……就是浦江吧。"那小伙子说道。

没有手机呼机的年代里，要找一个去外地出差的人，无异于大海捞针。秦海拍了拍自己的脑袋，又填了两张话单，这回是打往红泽的。

足足煲了40分钟的电话粥，秦海终于从电话间里出来了。邮电局负责办理业务的女营业员向他投来一束感情极其复杂的目光：9毛钱一分钟的长途电话，一打就是40分钟，这是什么样的一个土豪啊，也不知道这小伙子有对象没有，如果没有的话就太好了……不过，自己嫁给他似乎年龄差距太大了，让闺女嫁给他呢，呃，好像年龄差距也太大了……

秦海可想不到打一个电话也能引起这么多的情节，他在柜台结清了费用，然后开着车回到青锋厂，直奔宁中英的办公室。

"宁厂长，除了柴市长之外，您在北溪市还有其他的关系没有？"秦海直截了当地对宁中英问道。

"当然有。"宁中英自豪地说道，"不是跟你吹，整个北溪地区，我身上不用带一分钱，走到哪个县都饿不死。"

"有没有能够跟北溪钢铁厂说上话的？"秦海又问道。

"有，市经委的老刘，跟我有交情，而且也是柴市长的兵，他到北溪钢铁厂去说话肯定管用。"宁中英说道。

"那好，麻烦您替我介绍一下，我现在得去趟北溪。"秦海说道。

宁中英道："你说了半天，到底是什么事情，你还没告诉我呢。怎么，你的业务都做到北溪钢铁厂去了？"

"不是业务，是涉及咱们国家的矿产资源会不会被小鬼子偷走的事情。"

秦海说道。

接着，他便把有关岸田邦夫、川岛一郎和废矿渣等情况向宁中英说了一遍。宁中英越听脸色越难看，最后脸上已经有些怒色了。

“娘的小日本，我就觉得那个岸田邦夫不是什么好东西嘛！你们这些人非说什么友好友好，友好个球！”宁中英骂道。

秦海道：“宁厂长，这话也不是这样说的，咱们一码归一码，矿渣是矿渣，岸田邦夫是岸田邦夫，您想想看，咱们的旋耕刀片，不还得靠岸田邦夫帮咱们卖出去吗？”

“这倒是。”宁中英一下子回到了现实，北溪钢铁厂的废渣说到底与他并没有什么关系，中国这么大，被人骗走的宝贝多得很，北溪钢铁厂这事还到不了祸国殃民的地步。相比之下，与岸田邦夫保持一个和睦的关系，对于青锋厂来说却是至关重要的，今年青锋厂还指望靠这项业务挣个一两百万呢。

“你说日本人要矿渣是因为里面有钽铌矿，你有证据吗？”宁中英问道，他也是一个谨慎的人，遇到这种事情，首先考虑的就是要有证据，这样才能使自己立于不败之地。

秦海道：“我刚才和李教授通了电话，他们还在做分析，很快就可以有结果了。当务之急是必须让北溪钢铁厂先暂停与日方的合作，等分析结果出来了，一切就明朗了。其实，就算日本人不是不怀好意，清理废渣的事情，拖上一两天也是无妨的吧？”

“嗯，这样吧，我们现在就去北溪找老刘，这样的事情，电话里说不明白，还是当面说为好。”宁中英说道。

北溪钢铁厂。

川岛一郎站在足足几十米高的废渣山前面，眼睛里毫不掩饰地流露出贪婪的神情。在他的身边，站着省外事办的处长曾永涛、工作人员刘序平和北溪钢铁厂厂长王逸桥，每个人脸上都带着喜色，大家都很高兴，由日本友人资助的清理废矿渣工作正式启动了。

离废渣山不远的地方，就是北溪钢铁厂的自备铁路货场，十几节车皮已经停靠在那里，等着装运这些废渣，送往安河省最北端的岑州港。几台轮式铲车呼呼地喘着粗气，用大铁铲敲打着废渣，然后再装起满满的一铲，运向火车车皮。

“古人说愚公移山，咱们现在做的事情和愚公相比，也差不了多少啊。”曾永涛不着边际地发着感慨，同时在心里构思着一篇准备送往省政府的报告，题名就叫“日本愚公搬山记”，用于讴歌大东亚共享绿色基金会的义举。

“愚公搬走的，只是一座普通的山。川岛先生帮咱们搬走的，可是一座会造成严重环境污染的废料山，所以说，川岛先生的功绩，比愚公更大。”刘序平不失时机地补充道。他就是上次陪过岸田邦夫的那个小刘，上一次在平苑弄得有些灰头土脸，这一次，他迫切地希望早一点陪着川岛一郎到平苑去，好好打一打秦海这个不识时务的家伙的脸。

“我们日本人过去曾经给亚洲人民带来过不少麻烦，现在我们多做一点事情，也是为了给当年的事情赎罪。”川岛一郎用日语对众人说道，刘序平赶紧就把这番话翻译成了中文。在场的众人听到这些，无不动容，纷纷向川岛一郎点头表示敬意。

川岛一郎所在的这个大东亚共享绿色基金会，是一个真实存在的公益组织，而且也的确曾经资助过一些在亚洲各国种树种草这样的环保公益活动。基金会的资金都是来自于日本国内各家企业的赞助，福冈会社也是他们的赞助商之一，川岛一郎也是因为这个缘故而与岸田邦夫有过一些往来的。

一个月前，岸田邦夫专门找到了川岛一郎，表示福冈会社愿意捐一笔钱，帮助中国一个名叫北溪的城市清理冶炼钢铁留下来的废渣，请绿色基金会帮忙进行操作。对于这样一个要求，川岛一郎并没有觉得有什么为难，只是略有一些奇怪。企业出钱做公益的事情并不罕见，但清理矿渣这种事，好像有些热心得过分了。

“我希望川岛君能够帮忙把这些矿渣运回日本来，由我们全权处理。”岸田邦夫终于图穷匕见地追加了一个要求。

“原来是这样……”川岛一郎恍然大悟。像这样的事情，他们可干过不止一次了。绿色基金会的主业的确是公益环保，但偶尔客串一下商业间谍或者商业小偷，又有何不可呢？公益组织干的事情，能叫偷吗？充其量只能算是窃嘛。

“岸田君，我能不能了解一下，这些矿渣里有什么值得重视的东西？”川岛一郎心领神会地问道。

岸田邦夫嘿嘿一笑，没有回答，而是反问道：“川岛君，要办到这些，基金会需要多少佣金，还有川岛君个人是不是有什么要求？”

“佣金方面，就按正常的管理成本提取好了。”川岛一郎说道，“至于我个人……这个问题以后再谈也不迟。对了，岸田君，我希望你能够把北溪市的情况详细地向我介绍一下，我可不希望没头没脑地去办一件事情。”

在全面了解了北溪的各种情况之后，川岛一郎起程来到了中国。绿色基金会在中国也曾开展过一些公益活动，所以积累下了不少在中国的人脉关系。川岛一郎利用这些关系，迅速与安河省接上了头，包括落实了矿渣运输之类的麻烦事情。

接下来，川岛一郎就在曾永涛和刘序平的陪同下，来到了北溪。秦海把平苑钢铁厂的两堆废渣看得那么宝贝，而在川岛一郎的眼里，北溪钢铁厂的矿渣才是更值得关注的，因为北溪钢铁厂规模更大，而且一直都在生产，所以积压的矿渣数量数十倍于平苑钢铁厂。

听说日本人来帮助自己清理废矿渣，包括柴培德在内的一干北溪官员都十分高兴。川岛一郎向他们讲述了一个十分煽情的故事，让他们坚信川岛一郎此举是中日友好的表现，是伟大的日版白求恩的故事。

柴培德在与川岛一郎会晤之后就离开北溪外出开会去了，交代经委主任刘祖年和北溪钢铁厂的厂长王逸桥负责协助川岛一郎的工作。经过两天的筹备，今天清理矿渣的工作终于正式开始了，川岛一郎等人来到这里，就是为了见证这个伟大的时刻。

看着废矿渣一斗一斗地被铲进车皮，川岛一郎的心里乐开了花。在离开日本之前，他与岸田邦夫有过另外一次私下的交谈，岸田邦夫答应他，他个人名下的佣金，将与运回日本的矿渣相挂钩，运回去得越多，他拿的回报也就越多。在川岛一郎的眼里，这前面哪里是什么矿渣山，简直就是一座挖不尽的金山。

“嘀嘀……”

随着两声喇叭声响，一辆吉普车飞也似的冲进了废渣场，嘎吱一声停在川岛一郎等人的面前，把众人都吓了一跳。王逸桥以为是厂里的司机在搞什么名堂，正待发作，却发现从吉普车的副驾驶座上下来的，分明是市经委主任刘祖年。

“刘主任，你怎么来了？”王逸桥赶紧把怒容变成了笑脸，伸着手上前招呼。

刘祖年与王逸桥握了握手，又向曾永涛打了个招呼，最后来到了川岛一郎的面前，点着头说道：“川岛先生，现在的进展怎么样？”

刘序平在旁边做着翻译，川岛一郎听完刘祖年的话，答道：“进展非常顺利，预计第一批矿渣马上就能够装完，随后就可以发车了。不过，要把这里的矿渣全部运走，可能需要几个月的时间，恐怕会给刘先生添很多麻烦了。”

“不麻烦，不麻烦。”刘祖年摆着手说道，“川岛先生为我们清理垃圾，我们哪敢说什么麻烦的事情。不过，川岛先生，今天这十几车皮的矿渣，能不能推迟一点发运，我们可能还有一些手续需要处理一下。”

“手续？”川岛一郎愣了一下，他记得前两天他与刘祖年谈起此事的时候，刘祖年是声称所有手续一律从简，一路绿灯全开的。怎么临到要起运了，又出来什么手续呢？

想到此，他狐疑地抬眼看了看刘祖年的身后，发现他的身后跟着一老一少两个人，那个年轻一点的是从吉普车的驾驶座上下来的，想必是刘祖年的司机吧。他正待把目光移走，脑子里却突然灵光一闪：这个年轻人看起来怎么有几分眼熟呢？

担任翻译的刘序平也随着川岛一郎的目光看到刘祖年身后的那两个人，在看到那年轻人的时候，他的眼睛一下子就要充血了，这个人他可是太认识了，他不就是青锋农机厂的秦海吗？而他边上那位，则是那个只会打哈哈的什么宁厂长。这两个人怎么会跑到北溪来了，看这阵势，好像是专程来砸场子的哦。

王逸桥在旁边不乐意了，走上前来，对刘祖年说道："老刘，出什么事情了，不是都已经安排好的事情吗，怎么突然变卦了？"

北溪钢铁厂是家大企业，王逸桥在市里也是有些地位的，并不惧怕刘祖年。清理废渣这件事情，对于北溪钢铁厂很有好处，落到王逸桥个人头上，也算是一项挺辉煌的成绩，所以他对此十分重视。听到刘祖年突然跑来阻拦，他自然是心里极不痛快的，说话的语气也就生硬了几分。

"老王，事情有些变化，要不，让青锋厂的宁厂长跟你说吧。"刘祖年把球踢到了宁中英那里，让宁中英去向王逸桥解释。

对于废矿渣中是否有重要的矿产元素，刘祖年并不清楚，也不想弄清楚。刚才，宁中英带着秦海火急火燎地从平苑赶来，闯进他的办公室，要求他出面阻止日本人运走矿渣，把他给弄了个莫名其妙。在听过秦海的介绍之后，刘祖年也是满腹狐疑，不知道秦海的话是真是假。在宁中英的软磨硬耗之下，刘祖年勉强答应，带他们俩到北溪钢铁厂来与川岛一郎当面对质，至于他们如何交涉，刘祖年就不打算参与了。

王逸桥把头转向宁中英，正待开口询问，却又听到宁中英向旁边的小伙子说道："小秦，你说吧。"

听到这一句，王逸桥差点想骂娘了。妈的，你们一群人跑到我的地盘上来捣乱，还推三推四地不肯给句痛快话。刘祖年不想解释，推给宁中英也就罢了，好歹宁中英也是北溪经济圈子里的老人。谁料想，连宁中英也懒得吱声，叫个胡子都没长齐的小年轻来说，这还把我这个大厂长放在眼里吗？

"刘主任，这到底是怎么回事，这个小年轻又是什么人，他有什么资格在这说话？"

王逸桥气急之下，直接就冲着刘祖年发飙了。我才不要听什么小伙子给我解释呢，我只需要你这个经委大主任的解释！

在王逸桥向刘祖年发难的时候，秦海走到了川岛一郎的面前，向他微微一笑，用日语问道："请问，您是川岛一郎先生吗？"

听到这句流利的日语，川岛一郎心中一凛，他马上就判断出来了，此人一定就是岸田邦夫特地交代他要小心的那位中国年轻人——秦海。

“如果我没猜错的话，你应当是秦海君吧？”川岛一郎反问道。

秦海笑了：“这么说来，咱们就不需要互相做自我介绍了。”

“我想是这样的。”川岛一郎答道。

“我有一个疑惑，想请川岛先生解答一下，不知可以吗？”秦海说道。

川岛一郎毫不犹豫地摇了摇头，说道：“对不起，秦先生，我想我没有义务回答你的任何问题。”

“原来是这样。”秦海点了点头，“既然川岛先生不愿意作出解释，那这十几车皮的矿渣，你恐怕是别想拉走了。”

对于川岛一郎的反应，秦海事先是做过几种预案的。如果川岛一郎愿意与他辩论，那他将在辩论中逐渐撕掉对方的伪装，让对方的用意昭然若揭。但如果川岛一郎选择回避，秦海没什么办法，就只能是强行地扣留矿渣，等待更有来头的人进行处理了。

“小秦，日本人说什么？”宁中英凑上前来，对秦海问道。

秦海道：“他不敢回答我的问题，看来的确是心里有鬼啊。”

站在他们旁边的刘祖年算是逮着了理，他指着秦海对王逸桥说道：“王厂长，你刚才听到了，日本人根本不敢回答小秦的话，这还不能说明问题吗？”

“说明什么问题？”王逸桥总算是把头转向了秦海，刚才秦海与川岛一郎的这一番日语对话，让王逸桥意识到秦海似乎是个不简单的人。

秦海正打算向王逸桥解释一下矿渣的事情，突然听到川岛一郎向刘序平嘀咕了几句日语，随后，刘序平就向秦海投来了一束怨毒的目光。

“怎么，小刘，川岛先生说什么了？”曾永涛察觉到了事情的异常，他走上前来，向刘序平问道。

刘序平把头凑到曾永涛的耳边，小声说了几句什么，曾永涛的脸刷地一下就沉了下来，眼睛直勾勾地盯着秦海，似乎想用眼神把秦海干掉。

秦海当然知道这是怎么回事，川岛一郎刚才跟刘序平说话的时候，并没有回避秦海，甚至可以说，他是故意把声音提高，以便让秦海能够听见。他对刘序平说的是：秦海曾经向岸田邦夫提出过不合理的要求，并遭到了岸田邦夫的拒绝。他怀疑秦海这次跑到北溪来，是来故意捣乱的，希望外事办能够秉公处置。

外宾提出了要求，曾永涛自然不会置之不理。他走上前来，对秦海意味深长地看了一眼，然后走到刘祖年面前，问道："刘主任，出了什么情况吗？"

刘祖年把曾永涛拉到一旁，小声说道："曾处长，的确是出了一点小情况，刚才平苑县的这两位同志到了我那里，说了这样一个情况……"

刘祖年对于秦海说的情况也只是一知半解，再向曾永涛转述的时候，自然就更是缩水严重了。曾永涛从刘祖年的叙述中只得到了一个信息，那就是秦海危言耸听，要求阻止拉矿渣的车皮离开。

"刘主任，这种捕风捉影的事情，你们应当查实了再做决定嘛。"曾永涛用不满的口吻说道，"川岛先生是中国人民的老朋友，在其他省区做过不少公益事业，这一点是众所周知。你们怎么能凭着一个小年轻的几句话，就怀疑川岛先生的动机呢？"

"曾处长，我也觉得川岛先生这件事……有些蹊跷，万一秦海说的情况是真的，咱们的宝贵资源被别人无偿拿走，这不是对国家造成损失了吗？"刘祖年硬着头皮争辩道，他这番争辩，更大的目的在于证明自己并非胡闹，还是有一些想法的。

曾永涛不屑地说道："刘主任，你们这些矿渣是不是宝贝，这十多年你们都没有搞清楚，怎么外宾来了，你们就突然重视起来了？在这之前，这位秦海跟你们反映过这件事情吗？"

"这倒是没有……"刘祖年道。

"他说这些矿渣是宝贝，有什么证据吗？"

"这个……好像还没有。"

曾永涛道："这就是了，很明显，他不是冲着矿渣来的，他是冲着外宾来的。我不怕告诉你，刚才外宾说了，上次有位叫岸田邦夫的日本客商到平苑去考察的时候，秦海向他提出了一些不合理的个人要求，遭到了岸田邦夫的拒绝，也造成了极坏的外交影响。这样一个人说的话，你们怎么能够轻易相信呢？"

“有这事？这个情况我真的不了解。”刘祖年当即就懵了，人家外宾说得有板有眼的，这事恐怕假不了。如果秦海真的曾经向外宾提出过不合理要求，那么这一次跳出来阻止外宾运输矿渣的用意，就非常值得玩味了。

用几句话摆平了刘祖年之后，曾永涛又回到了秦海的面前，他冷冷地瞥了秦海一眼，说道：“你是秦海同志吧？你的情况我们已经了解了，现在请你马上离开这里，返回平苑，等候接受处理。”

“处理什么？”秦海呵呵笑着反问道。他没做过的事情，自然不怕别人发难。曾永涛觉得自己是个处长，在一个小工人面前理应具有绝对的权威，无奈秦海是个不信邪的人，压根就没把这个处长放在眼里，所以曾永涛这番做作，对秦海毫无威慑力。

“处理你向外商提出不合理要求的问题。”曾永涛提高了声音说道。

“你有证据吗？”秦海道。

“外宾刚才已经说过了。”曾永涛道。

秦海哈哈大笑：“曾处长，外宾说我犯了法，我就犯了法？外宾是你们外事办的亲爹还是亲爷爷，你们如此言听计从？”

“秦海同志，你太放肆了！我一定会向你的领导反映你的情况的！”曾永涛怒不可遏，厉声喝道。

宁中英在旁边听着二人对话，倒是把前因后果听明白了。听到曾永涛说要向秦海的领导反映情况，宁中英上前一步，冷着脸说道：“曾处长，我就是秦海的领导，你有什么情况，现在就可以反映。”

“秦海同志在接待岸田邦夫先生的时候，向岸田邦夫先生提出了不合理的个人要求，我以省外事办的名义，要求你们对秦海同志的错误行为给予严肃的处理！”曾永涛义正辞严地向宁中英说道。

宁中英冷冷一笑，道：“秦海是受平苑县政府的委托负责接待岸田邦夫的，他与岸田邦夫接触的全部过程，都有旁证。你说他向岸田邦夫提出了不合理的个人要求，除了这个小鬼子的一面之词之外，你还有什么别的证据吗？”

“宁厂长，请注意你的措辞！”曾永涛喊道，宁中英的这番话，让他觉得无懈可击，一时间哑口无言，只好抓着宁中英话里的把柄来说事了。

宁中英的脾气也上来了，他一向是个强势的人，虽然在官场和商场上也擅长左右逢源，但到了关键时候，该硬气的时候还是极其硬气的。他瞪起眼睛对曾永涛说道："我哪个措辞不对了？我叫了30年日本鬼子，有哪条规定说不能继续叫下去了？"

"你……你……"曾永涛气得吹胡子瞪眼，他是一个机关干部，要论耍横，还真不是工厂里这些干部职工的对手。至于说一言不合、挥拳相向，这样的事情他就更不敢想象了，秦海和宁中英看起来都是那种生猛的人，一个人单挑他和刘序平两个恐怕都没有问题。

"曾处长，我看出来了，他们就是来捣乱的。"王逸桥凑上前来，对曾永涛说道，"咱们不要受他们的影响，火车头已经开过来了，咱们直接让工人挂上车皮，把矿渣运走就是了。"

"刘主任，不能让他们挂车！"秦海急了，扭头对刘祖年说道。

刘祖年看着众人这一番口角，早已不知道谁对谁错了。他开始后悔自己趟起了这趟浑水，早知道这样麻烦，他干脆就躲在经委不露头好了。听到秦海向他求助，他后退了一步，含含糊糊地说道："这个……咱们该说的话也已经说了，剩下的事情，请王厂长他们做判断就好了。"

"刘主任，你就不怕自己成为北溪的千古罪人吗？"秦海逼问道。

"这件事……糟了，我想起今天下午还有一个重要的会，让你们一闹都给忘了。这样吧，宁厂长，小秦，你们和王厂长他们聊，我先走一步了。"刘祖年颠三倒四地说罢，不等众人挽留，便一溜烟地跑开了。亏他这么一把年纪，还带着一个规模庞大的啤酒肚，竟能跑出十一秒的百米速度来了。

"王厂长，你们是执意不听我们的规劝了吗？"秦海只好把头又转向了王逸桥，进行着最后的努力。

"宁厂长，秦海同志，你们有什么事情，可以去向市里反映，请不要影响我们的工作。否则，我就只好让保卫科的人过来解决问题了。"王逸桥黑着脸威胁道。

"小秦，咱们走。"宁中英简单地向秦海说道。

“现在走？”秦海一愣。

在从平苑到北溪的路上，秦海向宁中英详细介绍过他的安排，希望宁中英能够帮助他拖住川岛一郎，不让运输矿渣的火车离开。李林广那边的测试分析很快就能够有结果，一旦有了正式结论，川岛一郎就别指望把矿渣弄走了，最糟糕的情况，也是他必须以购买矿石的价格来运走这些矿渣，而不是无偿拿走。

现场情况的变化，是秦海始料不及的。他原来设想，有刘祖年出面，自己再把情况说清楚，外事办也罢、北溪钢铁厂也罢，恐怕都不会随便放行车皮，而是会等拿到李林广的检测结果再做决定。谁知道，川岛一郎直接泼了秦海一身的脏水，让曾永涛和王逸桥都对秦海产生了先入为主的反感，他再说什么也就没用了。现在王逸桥指示立即发车，如果秦海和宁中英离开，这十几车皮的矿渣就要上路了。

当然，矿渣从北溪运到岑州港，还需要一段时间，秦海如果拿到证据，赶到岑州港去阻截矿渣也是可以的。但这样一来，麻烦事就多得多了，而且事情的范围超出了北溪，甚至对柴培德都会带来不利影响。

“走吧，你没听王厂长说吗，咱们再不走，他可要叫保卫科来抓我们了。”宁中英用调侃的口吻对秦海说道。

“好吧。”秦海无奈了，宁中英都萌生了退意，他又有什么办法呢？他的主角光环仅限于有一些技术而已，人家不理睬他，他又能如何？

两个人回到吉普车上，秦海发动了车辆，向着场外开去。王逸桥看着他们，脸上露出一个轻蔑的笑容，曾永涛则是余怒未平，在心里盘算着该向哪级部门反映秦海和宁中英的问题更好。

吉普车开出废渣场，前面便是一个铁路道口，北溪钢铁厂的自备铁路就是从这里通向料场的。宁中英用手指了指道口，说道：“小秦，把车停到道口上。”

“怎么？”秦海有些没弄明白，把车开到道口前，便靠边停下了。

“我说话你没听懂？”宁中英瞪着眼睛问道。

秦海一指道口，说道：“你不是说把车停到道口上吗？前面这不就是道口吗？”

宁中英道：“我说的是，停在道口上！上是什么意思，你听不懂吗？”

“呃……”秦海无语了。平常人们说“在路口停车”，绝对不会有人理解成停在十字交叉口上，而是会停在路口的旁边。但宁中英此时说的，却恰恰是让他停在铁路道口的正中间，换句话说，就是用吉普车把铁路挡上。

“宁厂长，这也太狠了吧？”秦海嘴里说道，手里却挂上了档，果真把吉普车开上了道口，然后跨着两根铁轨停了下来。他本质上是一个斯文人，像这种疯狂的做法，他是真想不出来的，只有宁中英这种草莽英雄才会做得如此极端。

“下去坐坐。”宁中英拉开车门，一屁股坐在了铁轨上，然后顺手掏出烟盒，给自己点上了一支烟，还向秦海示意了一下。

秦海摆摆手，表示自己不抽烟，然后学着宁中英的样子，在对面的铁轨上坐了下来。看着悠然自得吐着烟圈的宁中英，秦海摇着头说道：“宁厂长，咱们这样一弄，可就没有任何一点余地了。”

“你小子！”宁中英骂了一声，“咱们这么大一个国家，还缺这几百吨废矿渣？让日本拉走就拉走了，你何苦这样折腾？”

秦海摸摸脑袋，说道：“唉，强迫症吧，就是看不惯自己的国家被人家算计。”

“我也是。”宁中英道，“所以就跟着你一起折腾了。”

“宁厂长，我想起来了，其实你可以不参与的。你现在离开，我一个人待在这里，同样可以把车堵住，你何必替我背黑锅呢？”秦海说道。

宁中英深吸了一口烟，半晌才悠悠地说道：“有我在这，你就没啥责任了。你还年轻，我是半截入土的人了。天塌下来，我扛着就行，你还有前途呢。”

“大恩不言谢。”秦海只能这样说了。再说什么矫情的话是没意义的，宁中英吃的盐比秦海吃的饭还多，他做出来任何事情，必然都是经过深思熟虑的，绝非一时冲动。他愿意留下来替秦海扛着可能的风险，只能说明在他心目中的确把秦海看成了一个值得去保护的子侄，这个时候再说什么客套话只是虚伪。

“我如果坐牢去了，宁默、宁静兄妹俩，就托付给你了。”宁中英半开玩笑地说道，他当然也知道这么点事应当是不会有牢狱之灾的，但如果上头有人歪歪嘴，他这个厂长肯定是干不成了。他说这句话，是告诉秦海未来发达之后能够照顾照顾他的一双儿女，他坚信，秦海未来的发展是不可限量的。

两个人把车停在道口上，还坐在铁轨上抽烟聊天，这个情况马上就被看守铁路道口的工人报告给了王逸桥。王逸桥闻讯，气得火冒三丈：“这个宁中英，真是没完没了了！仗着他有点老资格，真不把我们北溪钢铁厂放在眼里了！”

“矿渣马上就要发运了，他们这样做，破坏正常生产秩序不说，而且还造成了极其恶劣的国际影响。王厂长，你必须马上解决这个问题！”曾永涛也急眼了，人家外宾就在旁边看着，万一回日本去一说，人家对中国的印象该有多坏啊！

“小李，你去通知保卫科，让洪科长亲自带人到道口去，我和曾处长先过去……什么，带多少人，全带上！如果不够的话，把厂里的基干民兵也带上！”王逸桥暴跳着下达了命令。

如果火车真的被宁中英和秦海拦下来，他的脸可就丢大了。虽然要追究责任的时候，宁中英和秦海是首当其冲的，但他王逸桥事先没有预案、事后处理不及时，这都是大过错。关键在于，他是完全躺着中枪的好不好？秦海与外宾之间的恩怨，与他连一毛钱的关系都没有，他凭什么要因秦海而受过呢？

保卫科长洪元接到电话，片刻都没有耽误，便带着十几个人杀奔铁路道口。这十几个人中间，有保卫科的工作人员，还有王逸桥要求带上的基干民兵。为了增加震慑力，基干民兵把步枪都带上了，当然枪里肯定是没有子弹的。

“宁厂长，你们这是干什么！”王逸桥已经先一步来到了道口，远远就看到了停在道口上的吉普车，以及满脸欠揍神气的宁中英和秦海。他大吼了一声，便冲到了二人的面前。

“哟，王厂长来了，来一根？”宁中英屁股都没动一下，只是抬起手，把烟盒递到了王逸桥的面前。

王逸桥看着那烟盒，牙咬得格格作响，好不容易才控制住了把烟盒一巴掌扇飞的欲望。他可以向宁中英发飙，但动手却又是另外回的事情了。他好歹也是一厂之长，怎么能做出如此粗鲁的事情呢。

“宁厂长，你们这是什么意思？”王逸桥问道。

“走累了，歇会。”宁中英无赖地说道。

如果不是身处于冲突危局之中，秦海真心想为宁中英鼓掌。老爷子年轻时候是小混混，老了是老混混，生个儿子也是个胖混混，真是混混世家啊。幸好宁静的性格有些随母亲，不像父亲那样混，否则的话就没法看了。要说宁静这个人，长得漂亮，性格也开朗热情，还真是……

啊呸，想哪去了！秦海忍不住在心里给了自己一记耳光。

秦海想入非非之际，曾永涛也气喘吁吁地赶到了。他看了看现场的局面，对王逸桥说道：“必须马上让他们离开，实在不行，可以使用强制手段。”

“来吧，让火车直接开过来，这是最强制的手段了，反正有日本人给你们撑腰。”宁中英指着自己对王逸桥和曾永涛说道。

“宁中英同志，你要认识到这件事情性质的严重性。这不是普通的企业矛盾问题，这是涉及国际影响的问题！”曾永涛喝道。

秦海站起身来，沉着脸对曾永涛问道：“曾处长，今天这么一会儿工夫，你已经说了七八遍国际影响了，在你心目中，难道只有国际影响，而没有国家利益吗？你有没有问过，我们为什么要求暂时停止起运这些矿渣，你知不知道，这些矿渣里面到底有什么名堂！”

“能有什么名堂，这不就是一堆矿渣吗？整个北溪市，甚至整个安河省，像这样的矿渣有的是。”王逸桥说道。

秦海又把脸转向了王逸桥，冷笑道：“王厂长，亏你还是一家大钢铁厂的厂长，你难道不知道矿石和矿石也有区别吗？北溪的铁矿根本就不是普通的铁矿，而是钽铌铁矿，这些矿渣的价值比你炼出来的所有钢铁都高得多，这样大的一件事情，你难道连听都不想听一遍吗？”

“有这事？”曾永涛有些愕然地望着王逸桥问道。

“你听他瞎扯，我当了这么多年厂长，也没听说过什么钽铌铁矿。曾处长，你别听这个小年轻胡说八道，你看，我们保卫科的同志已经到了，你下决心吧，我马上就让人把他们带走！”王逸桥咬牙切齿地说道。

王逸桥现在的心情别提有多坏了。

川岛一郎刚到北溪钢铁厂来的时候，王逸桥非常高兴，因为这个废渣场一直是他的一块心病，现在有人愿意无偿地把它搬走，王逸桥何乐而不为呢？

这样一件皆大欢喜的事情，却因宁中英和秦海的出现而发生了变化。随着这二人的抗争越来越激烈，王逸桥的心里也开始犯嘀咕了，万一秦海说的是真的，那自己岂不是上了日本人的当，成了个冤大头了？

如果早能够想到这一点，在川岛一郎提出要清理废渣的时候，他先找人去做些分析测试，搞清楚真实的情况，然后再做决定，那就主动多了。如果这个发现是由他王逸桥完成的，他还能在上级领导面前得到一个“勇于保护国家财产”的赞誉。

然而，世界上是没有后悔药的，他轻信了川岛一郎的说法，还大张旗鼓地调集厂里的铲车帮助铲运矿渣，这已经是开弓没有回头箭的局面了。这个时候，他能够希望的最好结果，就是没有任何人提起此事，大家都稀里糊涂地把矿渣运走。至于说日本人拿到矿渣之后能干点什么，反正国内的人也不知道，大家就装一辈子糊涂好了。

刚才在渣场里，他用言语逼走了宁中英和秦海，心里并不是十分轻松，但觉得好歹是把事情压下去了，日后不再提起即可。现在宁中英和秦海采取了堵路的办法，让矛盾进一步升级，这相当于是把他王逸桥往死胡同里逼，他怎么能不狗急跳墙呢？

去你娘的什么钽铌矿吧，别说这只是一个猜测，就算是能够证实，只要上级没有给出明确指示，我就按已经确定的方案去做。老子不求有功，但求无过，这样的要求难道很高吗？

“洪元，让你的人把这两个人请走。”王逸桥向匆匆赶来的洪元下令道。

“是！”洪元答应一声，带着几个人便来到了宁中英和秦海的面前。看到宁中英的年龄和他身上的中山装，洪元迟疑了一下，说道：“同志，请你配合一下我们的工作，离开铁道。”

洪元这样谨慎是有道理的，如果对方只是一个农民，他尽可直接采取强制手段而用不着商量。但现在看来，对方似乎是个干部，弄不清什么来头，从旁边停着的吉普车来看，这个干部还是有一定级别的，他如果行事不周，没准就会给自己招来麻烦了。

宁中英抬眼看了看洪元，说道：“如果我不离开，你打算怎么办？”

“那……我们可能只好采取一些强制手段了。”洪元委婉地说道。

“来，你把我铐上吧。”宁中英伸出双手，做了一个戴手铐的样子。

洪元的手里是有手铐的，那年代大厂的保卫科与派出所也没太大区别，是有执法权的。但没弄清楚情况之前，洪元可不敢随便把手铐拿出来，这东西戴上去容易，想摘下来就困难了。

“你们上去，把他们俩拖下来。”洪元向手下人做了个手势。

几条汉子走上前去，伸手就准备拉宁中英和秦海二人的胳膊。宁中英猛地站起身来，瞪起眼睛大吼一声：“我看你们谁敢碰我一下！”

老虎不发威，在别人眼里就是病猫。宁中英是在青锋厂跺一下脚就能让地面晃上几晃的人，真到发火的时候，那股气场是无与伦比的。几个保卫科的工作人员被这一声吼吓得全都退后了两步，一个个情不自禁地扭过头去，看着王逸桥，等他的指示。

“宁中英，你在我这里耍什么威风！”王逸桥的脾气也上来了，没点脾气的人，是不可能在工厂里当领导的，他向手下一挥手，说道：“别怕他，给我把他拉下来，出了事我兜着。”

“好！”基干民兵里一个不知天高地厚的愣头青答应一声，端着步枪就冲上去了，步枪头上还装上了刺刀，看上去寒光闪闪，甚是吓人。

“嘀嘀，你还敢动枪？”宁中英的脸沉得像要下雨一样，眼睛瞪着那愣头青，往前挺了挺胸，让那刺刀尖正好顶在他的胸口上，说道：“小子，你有种往你爷爷这里捅。你敢为了一个日本人把我捅死，妈的被枪毙了你都是一个汉奸！”

“我……我……”愣头青没料到对面这老头比自己还愣，他只是当了几天基干民兵，觉得拿把步枪吓唬人很酷。临到别人把胸膛对准他的刺刀时，他吓得手都软了，声音也带上了哭腔：“洪科长，我……我怎么办啊。”

“这简直是……实在不行，通知公安局来吧！”曾永涛看着这个场景，心里直骂王逸桥的手下都是废物。他也知道，厂里的保卫人员最多也就是处理点斗殴事件啥的，哪有真正跟人动枪动刀的胆量。在这种时候，双方比的就是一个气势，如果王逸桥的气势比宁中英更足，自然可以把宁中英拿下。关键在于，宁中英的强势是整个北溪市都出了名的，王逸桥和他相比，还真只能算是小巫见大巫。

就在这个时候，前面的道路上尘土四起，一辆吉普车和两辆军用卡车呼啸着开了过来。三辆车开到铁路道口，堪堪被秦海停在那里的吉普车给拦住了。前面那辆吉普车上下来了一位军官，他走到秦海的吉普车面前看了看，然后向后一招手，下令道：“全体下车，封锁现场！”

军用卡车呼啦呼啦如下饺子一般地跳下来几十名军人，手里都端着乌油油的半自动步枪。相比北溪钢铁厂这些基干民兵，这些正规军人无论是气势还是动作，都高出了一头，现场的众人不由自主地都闭上了嘴，看着这些军人，不知出了什么大事。

“请问秦海同志在这里吗？”领头那个军官对着众人喊道。

听到这句话，所有的人都把目光投向了秦海，目光中交织着各种情绪，有震惊的，有诧异的，也有幸灾乐祸的。所有的人心里都在想着同一件事：妈的，这事闹大了！

那军官顺着众人的目光看到了秦海的身上，他走到秦海面前，试探着问道：“请问，你就是青锋农机厂的秦海同志吗？”

“是我，请问……”秦海心中怦怦直跳，离开平苑之前，他的另一个电话正是打给岳国阳的，岳国阳表示一旦李林广那边有了结果，他会出面给秦海撑腰。这些军人突然出现在这里，极大可能是与岳国阳有关的。

“报告首长！我是安河省军区独立三团二营五连三排排长熊宏康，奉命率我排前来协助首长执行任务，请首长指示！”那军官向秦海恭恭敬敬地行了个军礼，大声喊道。

首长？

熊宏康这一声喊出，在场众人都瞪大了眼睛。这个秦海不是什么青锋厂的工人吗，什么时候成了军队的首长了？熊宏康这话说得再明白不过了，人家一个排的士兵过来，就是来给秦海撑腰的，可笑王逸桥还打算靠几个基干民兵把秦海赶走呢。

“同志，我是北溪钢铁厂的厂长王逸桥，请问，你们到这儿来，是有什么事情吗？”王逸桥赶紧上前问话了，这好歹是他的地盘，出了这样大的事情，他怎么能不问个究竟呢。

谁料想，熊宏康根本就没理这茬，他把脸一沉，说道：“王厂长，请你不要妨碍我们执行任务。”

“这……”王逸桥被噎得口吐白沫，不知道说啥好了。军队做事，本来就与地方是两条线的，人家张口来一句军事秘密，你还敢多说什么？

把王逸桥打发到一边去之后，熊宏康从怀里掏出两张纸，递给秦海，说道：“首长，这是省军区发来的传真，请首长过目。”

秦海也没有去计较首长这个称呼的正误，他接过那两张纸，看了一眼，脸上露出了笑容。这两张纸中的一张是李林广所做的测试分析报告，报告上清晰说明，这些矿渣中富含钽和铌两种元素，完全具备再提炼的可行性与必要性。

至于第二张纸，则是岳国阳手写的一份命令，指示驻北溪的独立三团二营配合秦海工作，务必粉碎日本人借环保名义盗取中国重要资源的企图。

“熊排长，照命令执行吧。”秦海对熊宏康说道。

“是！”熊宏康答应一声，然后转回身来，大声地命令道：“七班封锁铁路，禁止运送矿渣的火车通过。八班、九班随我前往矿渣场，封锁现场，保存证据。”

军队做事真可谓雷厉风行，命令一下，士兵们如猛虎下山一般，分别冲向指定的位置。一个班的士兵守住了铁路道口，拉出了警戒线。另外两个班的士兵则封锁了整个矿渣场。

“这位就是川岛一郎。”秦海带着熊宏康来到川岛一郎的面前，向熊宏康介绍道。

“你就是川岛一郎？”熊宏康走上前去，对川岛一郎问道。

“这是外宾，你想干什么？”一直陪同着川岛一郎的刘序平不干了，走上前来对着熊宏康吼道，在他看来，外宾是高于一切的，自己作为外宾的翻译，自然也拥有无上的特权。

“把他们俩控制起来。”熊宏康回头下令道。

几名士兵冲上前来，不容分说便把川岛一郎和刘序平给分开了，黑洞洞的枪口指着二人的胸膛，刘序平只觉得下身一热，紧接着裤裆就感到了湿意。

“你们要干什么，我是日本人，你们不能这样对待我。”

川岛一郎的双腿也在发抖。不是所有的日本人都有武士道精神的，作为战后和平环境下成长起来的一代人，川岛一郎从来没有经历过被人用枪指着胸口的事情，更不用说对方还是异国的军人。

刘序平已经吓得魂不附体了，哪里还有精神过来替川岛一郎做翻译。不过，现场还有一个懂日语的秦海，听到川岛一郎的话，他呵呵笑着走上前，同样用日语答道：“川岛先生，我国军方怀疑你利用公益人士的身份，盗取重要的军事资源，所以需要对你进行调查，请你配合。这是安河省军区的命令，你要看一下吗？”

秦海向川岛一郎出示的，正是岳国阳手写的那份命令。在这命令上，明确要求将川岛一郎控制起来，待调查清楚后再做处置。熊宏康所做的，不过是执行军区司令部的命令而已。

“秦海同志，这是怎么回事？你们为什么这样对待川岛先生？”曾永涛匆匆忙忙地跟上来了，看到士兵们用枪指着川岛一郎，并且收走了他的公文包，不禁大惊。他不像刘序平那样愣头愣脑，敢于与军方叫板，但事关重大，他无论如何是要问个究竟的。

秦海把两张传真件一并交给曾永涛，说道：“曾处长，现在事情已经弄明白了。北溪市各钢铁厂的废矿渣中，均包含有丰富的国防军工矿物元素。川岛一郎以欺骗手段，企图盗取这些矿渣，已经危及到国家的国防安全，所以省军区下达命令，要求扣留所有的矿渣及相关人员，川岛一郎毫无疑问是被扣留的对象。”

“你不是说这矿渣里有什么钽和铌吗，怎么成了国防矿物了？”曾永涛问道。

秦海微微一笑，道："曾处长，咱们搞外事工作的，也还是需要一些科学常识的。钽是一种质地坚硬、富有延展性和极高抗腐蚀性的重要金属材料，可用于制造军用设备中非常重要的钽电容器，其合金物还可以用于制造火箭、导弹中的耐热高强度部件。铌合金同样具有极高的熔点，可用于制造战斗机的喷气引擎。你说说看，这算不算重要的国防物资？"

秦海的这个说法，半真半假，多少有些欺负文科生的意思。钽和铌的确都是重要的材料，但其用途并不仅限于军事。钽铌矿只是价值比较高，但并不属于军事上的禁运矿物，而且全世界也并非只有中国出产这类矿物，将其列为国防物资，有些扯虎皮做大旗了。

不过，这面大旗并不是秦海自己扯出来的，而是岳国阳替秦海找到的理由。秦海交代李林广对矿渣进行分析检测，并吩咐其一旦得出检测结果，就立即与岳国阳联系，争取岳国阳的支持。

岳国阳向李林广认真了解了钽、铌这两种材料的用途，当听说这两种材料都在军事领域有重要应用的时候，便自作主张将其定义为国防物资了。军队要介入地方事务，总得找一个合适的理由，外国人骗取能够用于军事用途的矿产资源，而且数量巨大，这个理由足够让岳国阳下令扣人了。

"这些矿渣真的有钽和铌，秦海说的是真的。"曾永涛粗略看了一下两份材料，扭头对跟着一起过来的王逸桥说道。虽然上面的技术术语他看不明白，但岳国阳的命令却是写得清清楚楚的，上面还盖着省军区司令部的公章，这是不可能作假的。

王逸桥脸色极其难看，他感到自己真是一错再错，现在连一点挽回的余地都没有了。他在心里问候着秦海的祖宗八代：不就是这么一点矿渣吗，你折腾出这么大的动静干什么？现在连军队都调过来了，还有什么省军区司令员的亲笔命令，这是不打算给人留出活路了？

"老宁，你看这事……你说几句吧。"王逸桥这个时候开始抱宁中英的大腿了，在所有这些人中，他只和宁中英还有些交情，而宁中英又能够影响秦海。他希望宁中英能够出面来调停，不要让事情变得不可收拾。

当宁中英看到军队出现的时候，也被震惊了。秦海早就对他说过，准备借助省军区的力量来干预此事。在这之前，宁中英一直觉得岳国阳可能会通过省里的行政渠道来施加影响，谁想到他居然会采取如此简单和有效的方法，直接派兵连川岛一郎一起给扣了。

“小秦，注意一下分寸，不要把事情搞大了。”宁中英走到秦海面前，低声吩咐道。

“宁厂长放心，我会把握的。”秦海说道，得意不可再往，这个道理秦海是知道的。

面对军方，川岛一郎是不敢反抗的，熊宏康命令两名士兵押着他返回部队的营地，先软禁起来，等待上级命令。曾永涛和刘序平都是陪川岛一郎来的，在这种时候自然不能离开，于是也跟着川岛一郎去了部队营地。刘序平刚才被士兵们的阵势吓得失禁了，裤子上湿漉漉一片，虽然大家都装作没看见，但刘序平也知道自己丢人丢到姥姥家了，恨不得把脑袋藏进胳肢窝里，哪里还有此前的嚣张气焰。

带走了川岛一郎，余下的事情，照宁中英的说法，就是人民内部矛盾了。秦海没有与王逸桥为难,反而说了一些诸如“始料未及”之类的场面话，让大家都能够有台阶可下。不过，熊宏康倒是非常恪尽职守地留下了一个班的士兵，看守着渣场，美其名曰保护现场。王逸桥对于这样的安排，自然也只能是敢怒而不敢言了。

看着秦海一行坐上车扬长而去，王逸桥浑身像被抽了筋一样，瘫软着坐在一块大石头上，目光呆滞。洪元不识时务地凑上前来，问道：“王厂长，现在咱们怎么办？”

“还能怎么办，等上头的通知呗！”王逸桥没好气地训道。

“青锋厂这两个家伙太嚣张了，王厂长，咱们可以到市里去告他们。”洪元出着馊主意。

“蠢！”王逸桥喝道，“宁老头这一把赌赢了,连省军区都出来给他撑腰，这是市里能够扳得动的吗？你知道省军区岳司令和省里的杨省长是什么交情吗？”

王逸桥的郁闷自不必说了，一个日本人在北溪被军队扣押了，这件事在安河省的政府系统里掀起了轩然大波。省外事办首当其冲，顿时就炸了锅。有人嗷嗷叫着要到上头去告状，说军方随意插手地方事务；也有人幸灾乐祸，风言风语地说处事办里某些人与外宾过从甚密，没准是被外国间谍收买过的。

这样大的动静，省里当然不可能没有一点反应，在经过紧急磋商之后，副省长杨亦赫联系上了岳国阳，二人合乘一辆小汽车，连夜赶往北溪。

“老岳啊，你可给我出了一个大难题啊。”在路上，杨亦赫搔着没剩几根头发的脑袋，对岳国阳抱怨道。杨亦赫是个转业军人出身，在部队的时候曾经与岳国阳是搭档，关系是极为融洽的。他嘴里说着难题，脸上却是笑呵呵的，丝毫没有一点儿生气的样子。

岳国阳把有关的情况一五一十向杨亦赫说了一遍，杨亦赫点点头，说道：“我听到这个消息，就知道其中必定有缘由。你老岳不是鲁莽的人，既然敢派兵扣押外宾，手上肯定是拿着王牌的。我们说改革开放是没错的，但这种打着友好的旗号来骗取我们资源的外国人，我们有什么必要对他们客气？老岳，这件事你干得漂亮。”

岳国阳道：“我也是一时气急了，这帮小鬼子实在是太可恶了，明明是想偷咱们的东西，还打一个什么环保的旗号，让咱们对他们感恩戴德。如果不是小秦脑子里多一根弦，咱们被人卖了还帮人数钱呢。”

杨亦赫道：“老岳，刚才这一会儿，我已经听你说了七八遍小秦了。这个小秦是何许人也，能够让咱们岳大司令都如此念念不忘啊？”

岳国阳笑道：“这个小秦，说起来还真是个奇人呢，我也算是指挥过千军万马的人，还就没见过一个这么能干的人。我最早见他，是因为请他去帮导弹部队诊断尾翼材料的事情，那么多大专家都没有解决的问题，他加入之后，居然一个月不到就解决了，你说这事神不神奇？”

“他是哪个大学毕业的？”杨亦赫问道。

岳国阳道：“最奇怪的就是他的学历了，他居然是咱们省农机技校的毕业生，我让人去查过了，他的学籍是没有任何问题的，读书期间除了比较喜欢看书之外，也没有什么异常之处，政治上是完全可靠的，只是能耐之强，让人费解。”

“这也没什么费解的，天才总是有的嘛。”杨亦赫不以为然地说道，“不过，老岳，既然你都如此看好他，这次到了北溪之后，我倒想和他好好聊聊，现在要搞经济建设，人才是宝贝啊。”

“你肯定会见着他的，这小子，给老子捅了这么大的娄子，老子饶不了他。”岳国阳面带笑意，恶狠狠地说道。

“你的姓名？”

“川岛一郎。”

“身份？”

“大东亚共享绿色基金会副会长。”

“到北溪钢铁厂来是何目的？”

“帮助北溪钢铁厂清理废矿渣。”

“矿渣准备运往何处？”

“运回日本。”

“运回日本之后准备干什么用？”

“用来填海造陆。”

“在什么地方填海造陆？承担填海造陆的公司叫什么名字？”

“……”川岛一郎哑了，他突然发现，自己真的没有编好这个细节，他甚至连一个拿来蒙事的地名都想不出来。

他原本以为，中国人对于日本一无所知，自己说什么，对方就信什么，只要能够让矿渣离开中国的港口，余下的事情根本是不需要去解释的。但是，现在他面对的是军方的审讯，要想蒙混过关，只怕就不那么容易了。日本的确有一些地方在搞填海造陆的事情，但川岛一郎与这些地方的机构并没有联系，既说不出他们的电话，也说不出联系人的名字，对方只要不是傻瓜，就能够听出他是在说瞎话了。

“怎么，说不出来了？”坐在审讯席上的岳国阳冷笑道，“你是负责这件事情的，总不会连货船开往哪个码头、由谁来接货都不知道吧？”

“我……”川岛一郎继续无语。

“别绕圈子了，这既浪费你的时间，也浪费我们的时间。你说吧，你们是什么时候知道这些矿渣里富含钽和铌的？”杨亦赫也发言了。这样重大的事情，他肯定是要亲自在场见证的，只要能够确认川岛一郎居心不良，安河省在这件事情上就没有任何责任了，向中央、向外交部，都能够交代得过去。反之，如果抓不住川岛一郎确切的把柄，安河省所要承受的压力就真的是山大了。

听到杨亦赫的话，川岛一郎愣了一下，然后若有所思地点点头，说道：“对不起，先生，我只知道这些矿渣是非常有用的，但的确不知道其中的成分是钽和铌。如果我早知道是这两种元素的话，我想我是不会接这项业务的。”

“是谁让你来骗取这些矿渣的？”岳国阳问道。

“是福冈会社。”川岛一郎索性全撂了。事到如今，他知道自己死扛着是没有好下场的，这件事既然是岸田邦夫闹出来的，那就让岸田邦夫来处理吧，自己只是拿钱干活的掮客，如实交代，总好过被当成商业间谍关押起来吧？军方给他安的罪名实在是太可怕了，如果这个罪名坐实，他是真有可能会坐牢的。

问到这个程度，后面的事情就好办了。岳国阳交代工作人员让川岛一郎把事情的前后经过写清楚，并签字画押，然后把这些材料全部移交给了省外事办过来处理此事的官员。这种涉外的案子，有一系列敏感的政策问题，这种事只有外事办的人能够搞得清楚。

一天之后，驻浦江的日本领事也匆匆赶来了，看过川岛一郎的自述材料之后，日本领事也无话可说，只得与安河省政府商量，希望能够在赔礼道歉的基础上了结此事。安河省当然也不想把事情闹大，经过一番程序上的周折之后，释放了川岛一郎，让他随着日本领事离开安河，并迅速返回日本去了。

安河省政府就此事向中央提交了一份报告，主要内容是说安河省有关部门明察秋毫、欲擒故纵，识破了日本商业间谍的真面目，避免了国家重要矿产资源的流失。在这份报告中，特别提到了杨亦赫、岳国阳、李林广、曾永涛、刘祖年、王逸桥等人在此过程中发挥的重要作用。至于秦海和宁中英，只是在报告的最后被不经意地提到，说他们在破案的过程中也发挥了一定的作用……

中央有关部门在收到这份报告后，迅速转发给了全国各省区，要求各地学习安河省的经验，吸取有关教训，对于涉外的合作项目要进行认真审查，不可完全被外方牵着鼻子走。各地政府迅速行动起来，在很短的时间内又发现了好几起类似的案件，并及时进行了纠正。这就是后话了。

打发走了川岛一郎之后，杨亦赫没有急于返回红泽，而是多逗留了一天。他专门把秦海叫到自己在北溪的临时办公室，一见面就来了一句："小秦，这件事很对不起你啊。"

"杨省长言重了，我好像没觉得自己受了啥委屈啊。"秦海笑呵呵地答道。

"这一次能够识破日本人的阴谋，你是首功，这是我和岳司令员的共识。不过，在省里向中央提供的报告上，却没有突出你的作用，所以我需要向你道歉。"杨亦赫坦率地说道。人做了亏心事，总是会有些良心不安的，他现在就处于这种状态。

秦海道："杨省长的道歉，我可不敢接受。省里这样做，想必是有深意的，我不敢有什么怨言。"

杨亦赫道："这一次的事情，影响太坏了。上至我这个省长，下到外事办和北溪钢铁厂的有关领导，竟然没有一个人对于川岛一郎的行为具有一点起码的警惕性。如果不是你和李林广教授如此坚持，我们省的面子就要丢光了。这样的事情，省里肯定不能照实上报，所以需要有一些春秋笔法，同时淡化一下你的作用，这一点希望你能够理解。"

秦海哑然失笑，杨亦赫这话说得也是够直白的。想想也是，一个省的官员都没有发现问题，最后还是一个技校毕业生向大家示警，这种事情如果传到中央去，让安河省上上下下情何以堪呢？现在这种处理方法，把功劳归于省领导、市领导、厂领导，就把一件集体上当受骗的丑事变成了一件高瞻远瞩、运筹帷幄的光彩事。

再说得通俗一点，那就是委屈了一个秦海，造福了千百官员，秦海也算是功德无量了。

"我不在乎自己有没有功劳，不过，对于那些崇洋媚外的干部，省里应当有一个态度。外事办的曾处长和北溪钢铁厂的王厂长在明知川岛一郎存在问题的情况下，还打算强行把我和宁厂长赶走。这样的行为如果不能受到惩罚,反而还能得到表扬,那以后就没有人敢出来仗义执言了。”秦海说道。

杨亦赫摆了摆手，说道：“你放心，关于这次事件中有关人员的行为，省里都是看在眼里的。等这件事情过后，我们会对负有严重责任的曾永涛和王逸桥两位同志进行严肃的处理，最起码也得把他们调离重要的岗位。对了，外事办已经向我汇报过了，他们认为那位名叫刘序平的翻译已经不适合担任外事工作了，建议把他调到省图书馆去做日文文献的编目工作。”

“杨省长果然是知人善任。”秦海带着调侃的口吻说道。

秦海不是一个喜欢记仇的人，但对于曾永涛、刘序平等人，他有一种厌恶的感觉，总希望他们能够受到应有的惩罚。听说省里打算对这些人进行严肃处理，秦海心里舒畅了许多。相比之下，他自己是不是出现在向中央的请功材料之中，他并不是特别的在意。

“有关你在这件事情里所做的贡献，省里也是非常清楚的。虽然不宜公开地对你进行表扬，但省里可以从其他方面给你一些奖励。说说看，你希望得到什么样的奖励呢？”杨亦赫问道。

秦海摇了摇头，说道：“我不需要什么奖励，杨省长能够肯定我做的工作，就已经是对我最大的奖励了。”

“哈哈，老岳还说你这个人不会说话，我看你很会说话嘛。”杨亦赫大笑起来，笑了一会，他才又说道：“也罢，这个问题本来也不适合问你。省里欠你一个人情，我先记下了，以后有合适的机会再考虑你就是了。”

“那就多谢杨省长了。”秦海躬身说道。

“小秦，我听岳司令员说，你对炼钢很有一些心得，是这样吗？”杨亦赫说完川岛一郎的事情，把话头引到了另外的主题上。

秦海道：“我在技校是学铸造的，炼钢也是我们的专业课之一。我平时比较喜欢看些专业书籍，所以在炼钢方面，的确是有一些见解。”

杨亦赫问道：“你对北溪钢铁厂的情况了解吗？”

秦海一愣，不明白杨亦赫为什么会提出这样的问题。他想了一下，说道：“我对北溪钢铁厂不是非常了解。不过，我们青锋农机厂使用的钢材大多来自于北溪钢铁厂，就我所看到的情况，这些钢材的品质都不太过关。”

杨亦赫重重地点了点头，说道：“你说得很对。省里对北溪钢铁厂是寄予厚望的，但这些年来，北溪钢铁厂的生产状况一直都不尽如人意。你说的钢材品质不合格，只是其中一方面。还有一个方面是北溪钢铁厂的产量一直徘徊不前,已经严重影响到了省里的各项基建活动。我这一次到北溪来，也是打算借机敲打敲打他们的。”

“可是……这事与我有什么关系呢？”秦海有些摸不着头脑。

杨亦赫道：“我想请你发挥一下点石成金的能耐，给北溪钢铁厂把把脉。”

杨亦赫对于北溪钢铁厂的不满，由来已久，但真正让他牙痒痒地产生整顿北溪钢铁厂的想法，只是最近一年多以来的事情。

去年，中央全会通过了关于经济体制改革的决定，核心内容可以用四个字来概括，就是“简政放权”。

在中国，中央与地方的职责划分格局经历过若干次反复，有时候是中央控制大权，有时候则是把权力下放给地方。改革开放以来，中央的政策总体上在朝着向地方分权的方向发展，而去年的经济体制改革决定，则明确提出了扩大地方自主权的原则。

借着这股春风，全国各地掀起了轰轰烈烈的建设高潮，地方政府想方设法筹措资金，开工建设各种项目。加上乡镇企业的异军突起，全国的基本建设规模不断膨胀，出现了极其红火的局面。

在这一片繁荣的背后，如杨亦赫这个级别的地方领导却能够清楚地看到，繁荣的基础是非常薄弱的。要搞基建，除了资金之外，还需要原材料的支撑，其中尤以钢材最为关键。在过去的这一年中，全国成品钢材的产量仅 3600 万吨，扣除保障国家重点建设项目所需要的部分，最终能够落到地方政府手里用于基础建设的钢材可谓是杯水车薪。

在国家计划内钢材不敷使用的情况下，地方政府想获得钢材，不外乎两条路径，一是从国外进口，二是动员本地钢铁厂扩大生产规模，多提供计划外的钢材以满足地方需要。安河省不像沿海那些省份一样有较多的出口外汇提留，因此进口钢材这条路是走不通的，余下的办法，就是让省内的钢铁厂挖潜革新，增加产量。

带着这样的想法，在省里分管工业的杨亦赫跑遍了省内的各家钢铁厂，拉下副省长的面子，好言好语地向那些厂长们化缘，请求他们扩大生产。各家钢铁厂的厂长当着他的面都是把胸脯拍得山响，只差咬中指写血书保证了。但在说完这些豪言壮语之后，紧接着就是一大堆的困难，什么资金不足啊、设备落后啊、原料紧张啊……归结起来就是一句话：没戏！

如果只是一家钢铁厂这样向杨亦赫叫苦，他自可不予理睬，甚至下狠手免掉厂长的职务，另聘贤良来担纲。但全省所有的钢铁厂像是约好了一样，连说出来的理由都是大同小异，杨亦赫就没法处置了。他甚至有些怀疑，是不是钢材问题的确是一个无解的问题，安河省就不可能解决这样的困难。

这次与岳国阳同来北溪处理矿渣的问题，杨亦赫有一个意外的收获，那就是从岳国阳的嘴里听说了一个能够创造神奇的秦海。据岳国阳介绍，秦海白手起家，在没有要国家一分钱支持的情况下，盘活了关停已久的平苑钢铁厂，现在这家厂子的生产蒸蒸日上，据说已经打算增添设备扩大规模了。

杨亦赫不知道秦海是如何做到这一点的，但本着病急乱投医的想法，他还是打算与秦海聊一聊，看看这个年轻人是不是有办法解决安河省的钢材短缺问题。杨亦赫一向是相信这个世界上存在天才这种生物的，所以他并不认为秦海的年龄是什么硬伤。

听到杨亦赫的要求，秦海沉吟了片刻，说道："北溪钢铁厂的问题，根本上并不是一个技术问题，而是一个……体制问题。"

说到体制问题的时候，秦海有些犹豫，不知道这种话说出来会不会让杨亦赫觉得不悦。当年的官员很时兴谈体制改革，但却很讳言体制缺陷。这听起来似乎有些矛盾，但这样的矛盾的确就是广泛存在的。比如说，大家都知道计划体制在当时是束缚生产力的重要原因，但在说到改革思路的时候，却没有人敢直接否定计划体制，只能掩耳盗铃地说要搞什么"有计划的商品经济"。

作为一名时间旅行者，秦海非常清楚当年全国性的原材料短缺根源何在，但解决问题的思路却是超前于时代的，他不知道这样的思路能不能被杨亦赫这样的老干部所接受。

“体制问题，怎么讲？”杨亦赫说道，他对于秦海的话并不觉得意外，因为有些问题也是他曾经思考过的。

既然开了头，秦海也就不客气了，他说道：“首先，不合理的价格体系是造成钢铁厂缺乏生产积极性和难以进行设备改造的主要原因，这一点杨省长应当听说过吧？”

“我听说过，但是……这个问题恐怕不是省里能够解决的。”杨亦赫苦笑着。

在计划经济年代里，市场上的一切商品价格都是由国家规定的，企业没有定价权。改革以来，国家陆续放开了农产品和轻工业产品的价格，但始终不敢放开重工业产品的价格。因为后者处于产业链的上游，一旦放开，就会导致下游产品的连锁涨价，产生不可预料的社会风险。

可是这样一来，就出现了轻重工业产品价格的不协调。轻工业品价格不断上涨，使全社会居民的生活成本不断提高。而重工业产品价格维持不变，就使得重工业企业的收入无法上升。在这种情况下，重工业企业生产得越多就越亏本，有限的一些利润用来支付职工工资都显得捉襟见肘，哪里还有闲钱来更新设备、改进技术。

解决这个问题的出路，只有适时地放松对重工业的价格管制，让重工业产品价格逐渐提高，以便让重工业企业获得扩大再生产所需要的资金，形成良性循环。而要做到这一点，的确不是一个省能够做到的。钢铁厂要进行生产，同样需要国家通过指令性计划调拨矿石、煤炭等原材料，因此要想跳出计划的管理，是不现实的。

“第二个方面，就是国有企业的内部机制问题，要提高工人的工作积极性，促使他们提高技术水平，必须有更灵活的机制。这一点，我在平苑钢铁厂进行了试点，并且取得了成效。不过，我敢保证，北溪钢铁厂是不可能采用这样的机制的。”秦海继续说道。

平苑钢铁厂从实质上说，已经不是原来那个国营企业，而是秦海名下的私人企业。在平苑钢铁厂，秦海推行了全套市场化的薪酬和人事制度，技术好的工人能够多拿钱，干活多的工人也能够多拿钱，既不愿学技术又不愿出力气的，直接就被开除滚蛋。在这样的机制下，平苑钢铁厂的生产效率比过去高出了数倍，工人干活干得愉快，数钱数得开心，全然没有老国企那种人浮于事的现象。

秦海虽然没有深入接触过北溪钢铁厂，但凭着自己的想象，也能知道厂里的现状如何。他说北溪钢铁厂不可能采取这样的机制，完全是符合实际情况的。

“这么说，北溪钢铁厂就没希望了？”杨亦赫问道。

秦海摇摇头：“至少我看不到希望何在。北溪钢铁厂的问题太多了，这不是一两个点子就能够解决的。”

杨亦赫想了想，突然说道：“如果我把北溪钢铁厂交给你管呢，你能解决问题吗？”

秦海吓了一跳：“杨省长，我虽然年轻，心脏也没多坚强，你别这样吓唬我。”

杨亦赫笑了：“我可没吓唬你，我是认真的。我只是想到，你能够把平苑钢铁厂盘活，为什么不把北溪钢铁厂也交给你去盘活呢？中央现在提倡多种经济形式之间的联营，既然北溪钢铁厂已经无可救药了，省里把它拿出来作为联营的试点，有何不可？”

秦海盯着杨亦赫的眼睛，试图从中找出一些戏谑的神情，但他看到的却是一片坦然。他犹豫了一下，问道：“杨省长，你真的不是说着玩的？”

“君无戏言，我好歹也算是一个副省长吧，能跟你个小青工开这种玩笑？”杨亦赫说道。

秦海摇了摇头，说道：“这件事很难。平苑钢铁厂是已经倒闭的厂子，我不过是借了它的壳，没有任何的羁绊。而北溪钢铁厂则完全不一样，它还是正常经营的企业，现在虽然说效益不太好，但工资、福利都是能够发出去的，除了你杨省长之外，大家都觉得它还不错。在这种情况下，要想对它进行改革，难如登天。更何况，我刚刚得罪了王逸桥，杨省长觉得他能心情愉快地与我合作吗？”

杨亦赫道："王逸桥的事情，不是你需要考虑的。我说把北溪钢铁厂交给你，也并非是可以马上做到的事情。这样吧，你从现在开始，就思考一下这个问题。等到年后，省里把有关的问题解决了，我们再商量用一种什么样的方法来盘活北溪钢铁厂，让它真正发挥基础产业的作用。"

"好吧，我也利用这些时间好好想一想。不过，我更希望到时候杨省长能够改变初衷，别把我这个小年轻架到火上去烤。"秦海半开玩笑地说道。

杨亦赫摇头叹气道："年轻人，不经历点风雨怎么能成长呢？别人想有这样一个被架到火上烤的机会都找不到，你居然还推三推四，真是烂泥扶不上墙。"

矿渣的事情就这样结束了，安河省政府因为在事件中处置及时、分寸把握合适，得到了中央的口头表扬。而作为当事人的曾永涛、王逸桥等人，在事情逐渐平息之后都被调动了工作，到一些没有实权的单位养老去了，也算是为他们的错误买了单。

由于事情涉及了福冈会社，中村俊专门从浦江跑到平苑来找了一趟秦海，向秦海表示了岸田邦夫的歉意，并表示福冈会社与青锋农机厂以及平苑钢铁厂之间的商业往来不会受到这件事情的影响，请秦海放心。

此前，青锋农机厂生产的旋耕刀片已经通过福冈会社销售到了日本市场，平苑钢铁厂的几种特钢也打进了日本市场，为福冈会社和秦海都创造了丰厚的利润。在这种情况下，福冈会社的这种表态，让宁中英和秦海都放下了一颗悬着的心。

对于日本人的这个表态，包括宁中英在内的许多人都觉得很是不解，秦海让部队扣押川岛一郎，相当于是打了岸田邦夫一个耳光，岸田邦夫怎么会毫不记仇呢？秦海对此倒是十分释然，他知道这就是日本人的民族特性，你越是强硬，反而越能够得到他们的尊重。反之，你对他们奴颜婢膝，换来的只能是他们对你更多的蔑视。

时间过得很快，转眼就已经到了 1986 年的 1 月，临近年关时节了。

这天，宁默从外面回到家，讷讷地向宁中英和宋玉兰说道："爸，妈，我想跟你们商量点事……"

“什么事啊？”宋玉兰诧异地问道，儿子用这种口吻跟他们说话，让她很不适应。

“我……我想买台彩电。”宁默咬咬牙，终于把话说出来了。

“买什么彩电！”宁中英不屑地说道，“家里的黑白电视还不够你看的？再说了，你这段时间天天都不在家，你妹妹又在上高中，就你妈妈一个人看电视，要彩电干什么？”

宁默嘿嘿笑着，说道：“我就是想着买个彩电让妈看的，现在有钱的人家，都换彩电了，谁还看黑白啊。”

宋玉兰摆摆手道：“小默，我觉得黑白电视挺好的。再说，咱们家也不是那么宽裕，你还没结婚，你妹妹以后要上大学，花钱的地方还多着呢。一台彩电要两千多块钱，我和你爸的工资哪够？”

宁默笑道：“爸，妈，如果你们同意买，我不用你们花一分钱。我跟秦海一起搞钢铁厂的事情，挣了些钱，现在快过年了，秦海给我和海涛、磊子都发了点分红的钱，我想用这些钱买个彩电，主要就是给你看的。”

“你们挣了这么多钱？”宁中英来了兴趣，他一直知道秦海的钢铁厂是很赚钱的，但具体能赚到多少，他并没有太明确的概念。现在听说光儿子就能够拿到足够买一台彩电的分红，他忍不住有些惊讶。

“嗯……其实我们也没挣多少钱，不过，秦海说大家辛苦半年了，给大家发点钱过个好年。我们厂子里那些工人一个人都拿到了好几百的奖金，还有那些工学院的学生，也都拿到了几百块钱，都乐坏了。我算是高管，所以拿的是分红，比他们都多一点。”宁默啰啰嗦嗦地解释道。秦海专门叮嘱过他们几个，不要把钢铁厂的底子都兜给父母听，所以宁默说的情况还是打了不少折扣的。

“好啊，儿子能挣大钱了，也该买个彩电孝敬孝敬你妈了，好，你自己的钱，由你自己做主，你想买就去买吧。”宁中英开怀大笑道。对于他来说，儿子能挣到多少钱倒是次要的，最关键的是，这半年来，儿子的精神面貌和做事风格都发生了巨大的改变，由原来那个吊儿郎当的小青工，变成了一个能够独当一面的企业管理者，这使宁中英感到非常欣慰。

“爸，你同意了？”宁默脸上现出了喜色。

“别听你爸的。你挣了钱，交给妈帮你存着，以后你结婚还要花钱呢，现在可别乱花。”宋玉兰急了，赶紧上前拉着宁默，想阻止他花钱。

宁默轻巧地挣脱了母亲，说道：“我爸已经同意了，妈，你就别管了。跟着秦海干，我还能缺了结婚的钱？”

说着，他便往屋外跑，宁中英吼道：“你干嘛去？”

“我去搬彩电！”宁默答应着，人已经跑到楼下去了。

“搬彩电？什么意思？”宁中英两口子面面相觑。

连一分钟的时间都没到，宁默就重新出现了，手里抱着一个巨大的纸箱子，上面写着“SONY”的字样。宋玉兰惊得目瞪口呆，宁中英倒是反应过来了，上前就在儿子的后脑勺上来了一下：“臭小子，你把电视都买来了，还装模作样征求我们的意见，你翅膀硬了是不是？”

“爸，你别打我呀，快帮我把电视放好。”宁默龇着牙叫唤道。

老两口嘴里唠唠叨叨地，但脸上都带着欢喜的笑容，很快就把电视弄到主卧室里给支上了。原来的那台黑白电视被抱到客厅里，扔到墙角，成了弃儿。宋玉兰高高兴兴地打开电视，正在琢磨着如何选台之际，宁默把一个小盒子般的东西塞到了她的手里。

“妈，你用这个。”宁默说道。

“这是什么？”宋玉兰仔细打量着手上这个玩意，看到上面有一大堆按键，分别写着“1234”的字样，不知道是干什么用的。

宁默得意道：“妈，你这就土了吧？这叫遥控器，以后你坐在床上看电视，要换台就不用下地了，只要这样一按……你看，就换台了。”

“这得多少钱啊？”宋玉兰被这电视的尺寸和高大上的配置给吓着了，她小声地向宁默求证道。

“不贵，才四千多块。”宁默装作若无其事的样子说道。

“四千多啊！你要死了，花四千多买这么一个东西，你到底分了多少钱？”宋玉兰一惊一乍地问道。

“这个……妈，你就别问了。你不是说了吗，我以后还要结婚娶媳妇，我总得有点私房钱吧？”宁默嘿嘿笑着回避了母亲的追问。

“小默，你过来。”宁中英在一旁喊了一声，然后自己先往客厅去了。

宁默丢下宋玉兰一个人琢磨那台大彩电，随着父亲来到客厅，在父亲的对面坐下，问道："爸，有什么事吗？"

宁中英神情严肃地说道："小默，我想问问你，你下一步打算怎么办？"

听父亲说的是这件事，宁默也严肃起来，他说道："爸，我正想跟你商量这件事。我和海涛、磊子他们商量过了，我们准备在厂里办停薪留职，从此就跟着秦海搞钢铁厂的事情了。过完年以后，秦海打算增加两台电炉，再添加一套连铸连轧设备，把生产规模扩大。到那时候，我们的活就更忙了，根本不可能再回厂里来上班。"

"你觉得钢铁厂的事情能够做一辈子吗？"宁中英又问道。

宁默想了想，说道："我也不知道，有时候我们也会担心，万一政策变了怎么办。像我们现在这样挣这么多钱，这不就是资本家了吗？咱们国家能允许资本家存在吗？"

宁中英道："秦海是怎么想的？"

宁默道："秦海告诉我们，完全不用担心这些，政策肯定是越来越宽松的。他还说，再过20年，私人有一亿块钱的财产都不算什么，而且国家也会保护个人的财产。"

"胡说八道，一个人怎么可能挣到一亿块钱！"宁中英不屑地斥道，"这么说来，秦海也打算全力以赴地扑到钢铁厂的事情上了？"

宁默压低声音，说道："爸，你可别跟别人说，秦海过完年可能会离开平苑。"

"离开平苑？他要离开青锋厂吗？"宁中英这回真的有些急了。青锋厂今年形势一片大好，秦海的功劳是最大的。如果秦海要离开青锋厂，青锋厂还能维持这样的辉煌吗？

宁默道："秦海说了，省里想让他去北溪钢铁厂帮忙，杨副省长和他谈了几次，他们商量好了一整套的方案，打算春节后就启动。这样的话，他就不能常待在平苑，而是要在北溪上班了。"

"这件事我知道。"宁中英点了点头，不吭声了，同时在心里默默地思考着如果秦海离开青锋厂，会对厂里带来什么样的影响。

"对了，爸，听说你们青锋厂这半年也挣了不少钱，是不是也该给工人们发点奖金了？秦海说了，要用经济手段来调动职工的工作积极性。”宁默思维变换极快，一下子又想到青锋厂的事情上。

宁中英笑着骂了一声：“混小子，什么叫我们青锋厂，你以为你就不是青锋厂的人了？厂里挣了钱，年终肯定是要发奖金的。不过，看了你们钢铁厂发的奖金，我倒是觉得，青锋厂的奖金标准也该提一提了，每人发个500块钱，又有什么不行的？”

“哇塞！青锋厂也要发500块钱的奖金了，这下子该轰动整个平苑县了吧？”宁默大惊小怪地喊起来，那个“哇塞”的感叹词，是他从港版的古惑仔片子里学来的。

第五章　成立北溪特种钢材厂

废矿渣事件在秦海和宁中英的拼命阻拦下，得到了圆满的解决，秦海本人也因此而进入了安河省副省长杨亦赫的视线之中。一直打算将北溪钢铁厂作为改革试点的杨亦赫，将秦海视为了最好的改革执行者。1986年春节过后，受省政府和北溪市政府的委派，秦海带着自己的班子，来到北溪钢铁厂，组建了北溪特种钢材厂。而初到北溪钢铁厂，秦海就好运地挖到了一个因政治问题而被打入冷宫的管理奇才。

“晓东，姐年底发了500块钱的奖金呢，你说说看，想买什么，姐给你买。”

在单身宿舍楼王晓晨的房间里，王晓东又在大口地啃着粉蒸排骨，姐姐王晓晨则坐在他对面，守着一碗青菜，笑呵呵地看着他，那神情比自己在吃好东西还要愉快。

“姐，你也吃啊。”王晓东把一块排骨夹到王晓晨的碗里，示意道。

“嗯，好。”王晓晨心里一阵暖，弟弟过去从来都是吃独食的，根本不会想到要给她这个当姐姐的夹菜。前一段时间，弟弟托秦海捎信过来，说要在学校苦读书，让王晓晨不要打扰，然后就一下子消失了两个多月。等他再次出现的时候，个子好像长高了一些，体格也壮实了一些，变化最为明显的是，他居然懂得关心姐姐了。

“晓东，你前一段时间怎么不来见姐了，是不是姐不给你电子表，你生姐的气了？”王晓晨问道。

王晓东放下筷子，腼腆了一会，才讷讷地说道："姐，我跟你说件事，你别怪秦海哥好不好。"

"什么事啊？"王晓晨有些诧异，不知道为什么事情还会涉及秦海。

"上次我抢了你的表，后来……秦海哥带着宁默，还有乔师傅，把我打了一顿。"王晓东说道。

"秦海怎么能这样呢！他凭什么打你呀。"王晓晨眼睛一立，恨不得立马就拉开门冲到对面去找秦海理论了。王晓东是她家里的宝贝疙瘩，连父母都舍不得动他一指头，秦海居然带着两个人一起去把王晓东打了一顿，这还有王法吗？王晓东说的乔师傅，王晓晨也是认识的，知道那是一位老炼钢工人，力气极大的。

王晓东道："姐，我说了，你别怪秦海哥。他打了我一顿，我才知道，我过去太不懂事了，你对我这么好，我一点都不懂事，还抢你的东西，我真是禽兽不如。"

"快别这么说，你能这样想，姐……姐很高兴。"王晓晨说着，眼眶都有点红了。她哪里会不知道弟弟的顽劣，只是一心指望着弟弟长大一些会变得懂事而已。没想到，秦海替她教育了弟弟一番，弟弟还真的懂事了。

"后来，秦海哥就把我关到钢铁厂，还逼着我给你写信，说是在学校学习，不让你打扰。"王晓东陆陆续续地把这一段的遭遇都说出来了。

"原来是这样，我说你怎么突然不让姐去看你了。你待在钢铁厂干什么，你的学习不会耽误了吗？"王晓晨担心地说道。

王晓东道："没有耽误，秦海哥每天都逼着我读书，每天有两个小时到车间干活。你看，现在我身体比过去好多了，这次考试，我考了班上的第15名呢。"

"你真的考了15名？"王晓晨简直不敢相信了。两个多月前，王晓东还是全班垫底的成绩，他虽然没有明确向王晓晨说过，但王晓晨也不傻，怎么能不知道弟弟的成绩呢？两个月过去，就因为秦海把王晓东封闭起来逼着他用功，王晓东的成绩居然一下子窜到了班上前15名，这对于王晓晨来说，可是一个天大的好消息。

"真是谢谢秦海了，改天姐做点好吃的去感谢他。……来，晓东，你不是喜欢姐的这块电子表吗，姐送给你，你考试的时候好掌握时间用。”王晓晨欢喜地拉开抽屉，把那块当初害得王晓东挨了一顿暴打的电子表取了出来，递到弟弟的面前。

王晓东连连摆手，说道：“姐，我可不要，这是你心爱的东西，我一个大男人，怎么能拿你心爱的东西？你看，我自己买了一块便宜的电子表，用的是我自己挣的钱。”

“瞎说，你从哪挣的钱？”王晓晨斥道。

王晓东笑道：“秦海哥把我关在钢铁厂，每天叫我读书，还要去车间干两个小时的活，说是劳动改造。等到送我去参加期末考试的时候，秦海哥给了我 200 块钱，说是我的工资。姐，这是我剩下的钱，一共是 160 块，都交给你吧。”

王晓晨接过钱，脸上带着笑，眼泪却吧嗒吧嗒地往下掉着，嘴里喃喃地说道：“小秦帮了我们这么多，我们可怎么还这份情啊……”

王晓晨姐弟俩对秦海感激涕零，而在家属区宁中英的家里，宁静却撅着嘴，对着面前的宁默和秦海，一副老大不高兴的样子。

“你看，我一回到家，她就是这副模样，嘴里不停地嘟囔着你的名字，问她什么也不说。这不，我就把你请来了。”宁默指着妹妹，郁闷地对秦海说道。

秦海想破脑袋，也想不出自己怎么招惹就宁静了。这个学期，秦珊转学到了平苑一中，与宁静同桌，两个姑娘好得如胶似漆。秦海有时候开车去接妹妹放学，也必定会捎上宁静，把她送回家。秦海给秦珊买点什么吃的、用的东西，往往也会给宁静准备一份。宁静在秦海面前一直都是一副天真而略带刁蛮的形象，秦海不知道自己到底什么地方得罪了宁静。

“小静，到底出什么事了，是不是胖子欺负你了？”秦海小心翼翼地问道。

“他才没欺负我呢，我是嫌他没本事！”宁静恶狠狠地瞪着宁默说道。

“是是是，我没本事，咱们家的希望不是都寄托在你身上吗？”宁默也赔着小心对宁静说道，他对于自己这个妹妹还真是惯得厉害。

宁静道：“人家的哥哥都会辅导妹妹学习，你这个当哥哥的什么时候辅导过我学习了？我如果考不上大学，就怪你！”

“人家的哥哥……”宁默狐疑地把目光转向秦海，他似乎有些明白问题出在哪里了。

秦海忍不住就笑出声来了，原来宁静是在吃秦珊的醋呢。昨天，秦珊从学校回到家里，美滋滋地向哥哥出示了自己的期末考试成绩单，这个从乡下转学到县中来的小姑娘在第一次大考中就考了全班的第五名，把原来的第五名宁静给挤到第六名去了。乍听到这个消息的时候，秦海只顾着替妹妹感到高兴，丝毫想不到有高兴的，就有不高兴的，被秦珊比下去的宁静自然就是那郁闷的一方了。

女孩子之间吃醋真是毫无节操的，看宁静和秦珊平时好得像一个人似的，到有事情的时候，还是忍不住要互相比一比。宁静倒不是生气秦珊比她考得好，毕竟她以往也只是第五名，不是那种见不得别人比自己成绩好的人。她生气的缘由，在于秦珊告诉她，自己考得好主要是由于哥哥秦海平时经常辅导她，这次期末考试有一道很难的数学题，包括宁静在内的其他同学都没有做出来，而秦珊却做出来了，原因就是秦海曾经给她讲解过一道类似的例题。

听说这一点，宁静的嘴就撅起来了，一直到回了家还没有收回去。

“小静，你说的是这事啊。小珊底子差，又是从乡下转学过来的，我担心她成绩跟不上，所以平时多辅导了她一些，她这次考得比你好，我也觉得很意外的。”秦海赶紧解释道。

宁默也在边上敲着边鼓：“小静，你为这事生气就不对了，人家秦珊是秦海的妹妹，秦海多辅导她一点也是正常的嘛。”

“那我不是他妹妹啊！”宁静虎着脸叫道，“过去他来咱们家，让我帮他倒水切西瓜的时候，他不是一口一个妹妹叫着吗？到有好处的时候，他就不认我这个妹妹了？好，秦海，既然你说我不是你妹妹，那你现在就走，别来我家。”

说着，宁静便开始往外推秦海，以她的小体格，哪里推得动秦海，更何况，她这样做也只是一种象征性的举动，手上并没有真正地出力。

“别别别，我错了，我错了。”秦海真是拿这小姑娘没辙了，也许是因为他跟宁默平时打闹得习惯了，宁静从来也没把他当成外人，连这种授受不亲的信条都置之度外了。他一边告饶，一边说道：“小静，要不这样吧，以后每星期你到钢铁厂去两次，我给秦珊讲题的时候，也给你讲题，好不好？”

“一言为定？”宁静脸上那些装出来的气愤一下子就荡然无存了，她嘻嘻笑着向秦海伸出一个小指头，做出一个拉钩的样子。

宁默无语地把头别开了，有这样一个没羞没臊的妹妹，真是家门不幸啊……

秦海硬着头皮也伸出一个小指头，和宁静那滑若凝脂、柔若无骨的指头勾在了一处。

“我和秦珊下学期要考全班一二名，要不我们就联合批判你，说你不学无术、误人子弟！”宁静松开指头，笑着就往外跑。

“你干嘛去？”宁默没好气地问道。

“我去钢铁厂找秦珊玩去！”宁静留下一串银铃般的笑声，转眼就跑远了。

“呃……”秦海真有些凌乱的感觉了。

“我这妹妹就这样，你别介意啊。”宁默带着歉意对秦海说道，他们现在的关系依然还是铁哥们，但宁默越来越觉得秦海是一个值得尊重的人，妹妹这样赖着秦海辅导学习，在宁默看来，是极为不合适的。

秦海倒是有些莫名的尴尬，讷讷地说道：“没啥，小静的性格很好……我喜欢。”

1986年的春节，青锋农机厂家家户户都添了新电器，大人小孩都是一身新衣，连请客吃饭的酒席都比往年多了好几倍。诸如萧东平这种“酒中仙”成天在不同的酒席间赶场，每餐必喝、每喝必醉，正月十五之前，他就没几个钟头是处于清醒状态的。

秦海在年前就把全家人都从白河镇的乡下迁到平苑县城来了，只有老奶奶以不习惯城里生活为由，仍然留在白河镇，由秦海的叔叔家照顾。以秦海现在在平苑县的地位，让小妹妹秦玲转学到平苑一中的初中部，已经不再是什么难事了。秦玲一来就与秦珊、宁静俩人混到了一起，组成了美女三人组，每每闹得秦海只能远远避开。

由于曲江水泥厂的特种水泥销售情况良好，曲江农场的收入不断提高，农场职工的生活也得到了极大的改善。春节前，傅文彬专门安排人拉了半卡车的农产品到县城来送给秦海，光是五斤重以上的草鱼、鲤鱼就有几十条，还有上百斤的猪肉、两个完整的猪头、鸡鸭和蛋类、蔬菜等等，用秦玲的话说，足够他们一家人吃到 2000 年……

所有这些东西，秦海留下一些自家吃，余下的便分发给了周围的朋友们。李林广回家过年的时候，是秦海亲自开车送到红泽去的，车上载着几大桶好酒和无数的年货，让工学院家属院里其他的老师都羡慕得两眼发红，一个个暗中跑去向李林广打听：平苑那边还要人手否？

春节的快乐气氛一直持续到了正月十五之后，才慢慢消停下来。秦海把平苑钢铁厂的各项事情向父亲秦明华以及宁默等人做了一个详细的交代，然后便带着临时拼凑起来的一个小团队，来到了北溪，与北溪市政府商谈与北溪钢铁厂的合作问题。

“我们的小英雄来了。”

秦海一走进柴培德的办公室，柴培德便离开办公桌，笑着走上前与他握手调侃，然后招呼秦海坐下，自己则坐到了秦海对面的沙发上。这样一种待遇，以往是只有宁中英才能享受得到的，像秦海这种级别与年龄的人，能够被副市长赐座已经算是一种荣幸了，哪里敢奢望副市长亲自上前握手迎接。

“柴市长这样说，可真让我汗颜了……我年轻无知，行事鲁莽，给柴市长添麻烦了。”秦海装出一副诚惶诚恐的样子，对柴培德说道。

徐扬坐在一旁，替柴培德说道：“那件事情，如果你们能早一点与柴市长沟通一下，倒也不至于发展成后面那个样子。最后由杨省长出面来解决，对于北溪市来说，的确是有些被动了。”

“这个主要是因为事出突然，我只知道平苑钢铁厂有一批废矿渣，不知道北溪钢铁厂也有，更想不到日本人会从北溪钢铁厂先下手。我担心万一他们把矿渣运离北溪，我们再去追回来，影响就更大了，所以才着急去阻挡。当时我请宁厂长给柴市长打电话，谁料想柴市长出差去了，真是所有的事情都赶到一块了。”秦海辩解道。

柴培德道：“这个情况，宁厂长都已经向我解释过了，你们这样做是对的。杨省长亲自出面，对市里来说有点被动。但坏事能够变成好事，杨省长一插手，才有了今天我请你来的事情，这不是一件大好事吗？”

官场上的事情，微妙至极，饶是有秦海一般的高智商，也不能完全理解。矿渣的事情，对北溪市的确造成了一些政治上的损害，但柴培德本人并未受到连累。一来是因为他当时在外出差，对此事并不知情；二来是因为杨亦赫了解到柴培德与宁中英、秦海的关系都非常密切，甚至可以算是宁、秦二人的后台，所以这二人的功劳是可以算在柴培德头上的，这就抵消了柴培德的过失。

从这个意义上说，柴培德其实应当感谢宁中英和秦海的坚持，如果没有他们的坚持，这些矿渣被骗走，日后真相大白的时候，他要承担的责任就无法估量了。

“我听说，杨省长离开北溪之前，专门找你谈了一次，谈到北溪钢铁厂的事情，是这样吗？”柴培德结束了关于矿渣的话题，开始进入今天的正式议题。

秦海点点头道：“是的，杨省长对北溪钢铁厂的生产情况很不满意，问我有什么看法。我说了一些自己的看法，杨省长基本上是认同的。不过，对于具体该如何做，杨省长说还需要再讨论。”

“嗯，你向杨省长说的情况，我都已经知道了。省里的决心在春节前就已经下了，准备拿北溪钢铁厂当试点，年后就启动有关的改革方案。”柴培德说道。

秦海问道：“省里具体想怎么做呢？我接到市里的电话就赶过来了，具体细节还不清楚呢。”

“小徐，你向小秦介绍一下省里和市里的考虑吧。”柴培德向徐扬示意了一下。

徐扬道：“省里对于该如何做，并没有明确的指示，仅仅是给出了原则性的指导。省里的态度是，北溪钢铁厂的公有制属性不能改变，但在经营方式上可以灵活多样，步子可以迈得大一点，只要是符合政策要求的事情就可以大胆去试。另外，还有两条比较具体的指示，第一，北溪钢铁厂在今年必须提供20万吨合格的计划外钢材；第二，这件事要充分发挥秦海同志的积极性。”

“呃……”秦海无语了，虽然他与杨亦赫交谈的时候，杨亦赫就表示过要请他领衔担纲来做这件事，但把他的名字明确写到指导性意见中去，还是让他有一种被坑的感觉。

“柴市长，徐秘书，据我所知，北溪钢铁厂去年的钢材产量不过是7万吨，其中还有近5万吨是计划内钢材，只有两万吨是计划外的。也就是说，今年的目标是让计划外的产量增长10倍……这实在有些压力山大了。”秦海苦着脸说道。

柴培德哈哈笑道：“能者多劳嘛，拿出你搞军铲、旋耕刀片和汽车配件的劲头来，20万吨钢材算得了什么？对了，说起汽车配件，我还得郑重地感谢你一句，今年北溪有四十多家工业企业扭亏为盈，总体扭亏面居全省之首，我这个管工业的副市长也因此而得到了省里的表扬。可是要说起来，这功劳该算在你小秦的头上才对啊，这四十多家企业，大多数都是因为承接了汽车配件的生产任务才实现扭亏的。”

“柴市长言重了，这应当是宁厂长高瞻远瞩的结果。”秦海谦虚了一句，然后又回到正题，说道：“柴市长，对于省里的指示，咱们市里是如何考虑的。这次您把我叫到北溪来，又是想让我如何做呢？”

柴培德依然不回答，还是把解释权交给了徐扬。徐扬向秦海笑了笑，说道：“这件事，就需要和你商量了。省里说必须保证北溪钢铁厂的公有制属性，又说经营方式上可以灵活多样，其实态度已经十分明确，那就是希望采取联营的方式，一方是北溪钢铁厂，一方是你秦海，你觉得如何？”

秦海摇摇头道：“难。如果要实现省里提出的20万吨计划外钢材的任务，就必须对北溪钢铁厂进行全面改造，从产供销到内部管理，都要大动干戈，钢铁厂能接受吗？”

“只要是必需的，就可以接受。”徐扬说道。

秦海看看徐扬，笑道：“如果是徐秘书去当厂长，那我还有点信心。”

听到秦海的话，徐扬扭头看了看柴培德，柴培德呵呵笑着对秦海说道：“这话可是你说的。”

"怎么？"秦海一愣，认真去看徐扬的时候，发现对方的脸上露出一些矜持之色，不禁问道："不会是真的让徐秘书去当厂长吧？"

徐扬点点头，说道："柴市长说我当秘书的时间太长了，需要下去锻炼锻炼。正好省里要求调整王逸桥的工作，所以柴市长就安排我去北溪钢铁厂，先是当常务副厂长，主持工作，以后能不能百尺竿头更进一步，就看小秦你能不能助我一臂之力了。"

"这可是一个没想到的消息，让我消化一下先……"秦海是真心感到震惊了。

徐扬一直担任柴培德的秘书，对于工厂管理并不是特别了解，他唯一的长处就在于拥有柴培德这个靠山，另外就是能够及时地把各种情况反馈给柴培德，以便柴培德能够掌控局面。让徐扬当主持工作的常务副厂长，摆明了是为秦海保驾护航的，当然，也有借秦海的光给徐扬镀点金的意思在内。从这个人事安排上，可以看出柴培德对秦海的信任，也可以看出他对于秦海的期望。

徐扬道："小秦，以后咱们俩就要在一个锅里搅勺了。柴市长交代过，你尽管大胆地去闯、去试，有什么麻烦，由我负责给你解决。简单地说，我就是为你服务的，所以你不必有什么心理负担，只管努力把省里交代的任务完成就行了。"

北溪市对于改造钢铁厂的决心如此之大，是秦海始料未及的。作为一名时间旅行者，他当然知道这些措施再离谱，相对于后世的改革来说也不过就是毛毛雨。到了若干年后，别说搞什么联营、合作，就算是私企兼并国企，也是小意思，当然，更狠的也就不必说了。

省里给秦海定下的目标，说起来也是耐人寻味，秦海必须在一年之内生产出 20 万吨的计划外钢材，这个要求倒的确是为秦海量身定制的。

在改革以前，所有的物资都是由国家计划控制的，一家企业生产多少，一个地方能够分配到多少，都是从国家计委那个层面就已经规定好的，大家照着计划指标去做事即可。

改革之后，国家开始逐步放开对经济的控制，许多重要物资也开始出现了"计划内"和"计划外"的区分。所谓计划内的物资，就是由国家计划指定生产，所有的原材料由国家提供，所有的产品由国家直接调拨，无论是原料还是成品，价格都由国家统一规定，企业在其中所扮演的角色，只是一个生产者而已。

而所谓计划外，就是国家计划不管理的那部分，销售可以由企业决定，价格也有比较大的灵活性。但由于这部分物资是不归计划调拨的，所以它的原材料供应主要也来自于企业的自行采购，相当于企业自主经营的部分。

北溪钢铁厂一向是以完成国家计划为己任，在此之外，能够提供的计划外钢材是十分有限的。安河省要搞基础建设，从国家拿不到各种物资的指标，就只能动员省内企业增加生产来满足需要。北溪钢铁厂如果能够生产出更多的计划外钢材，这些钢材就属于安河省可以自由调配的物资，无论是自己使用，还是拿去兄弟省份交换其他物资，都可以发挥重要的作用。

要搞计划外钢材，一是要进行企业的内部挖潜，使企业能够有更强的生产能力；第二则是要有办法弄到计划外的原材料，这需要有一个长袖善舞、熟悉市场运作的人。在杨亦赫的眼里，秦海就是一个能够同时做到这两件事的能人。

“徐秘书……不对，以后是不是应该叫徐厂长了？”秦海对徐扬说道。

徐扬摆摆手笑道：“咱们之间就别客气了，你叫我小徐就好了……呃，好像你叫我小徐也不太合适哦，要不，你叫我徐大哥吧，我毕竟大你十几岁呢。”

“公开场合还是叫徐厂长吧，私下里，你们爱怎么叫都成。”柴培德给定了个规矩。

“嗯，好吧，那我就斗胆称一句徐大哥了。徐大哥，你刚才说希望采用联营的方式来解决北溪钢铁厂的问题，对于如何联营，你有什么考虑吗？”秦海问道。

徐扬道：“接到市里给我的委派之后，我倒的确是想了一下这个问题，也正想和小秦你商量一下。北溪钢铁厂有两座炼铁高炉，4 座炼钢平炉，编为两个高炉车间和两个平炉车间，不过现在都处于开工不足的状态。

我的想法是，先拿出二号平炉车间的两座平炉与你进行合作，专门用于冶炼计划外钢材。一号平炉车间的两座平炉，则用于维持现有的生产任务，提供计划内钢材。这样一来，我们就两头都不耽误了。”

不得不说，徐扬当了这么多年的秘书，做事还是非常缜密的。他知道，自己接手北溪钢铁厂之后，计划内的生产任务是不能受到影响的，否则就是自己的失职。而与秦海的合作，属于锦上添花的内容，做成了居然可喜，做不成也可以找到理由去解释。因此，他采取了一个“一厂两制”的做法，分出两座平炉给秦海，留下两座自己控制，以保证计划任务的完成。

钢铁厂的生产流程大致是先用高炉炼铁，然后用平炉或者转炉把铁水冶炼成钢水，最后通过铸钢和轧钢环节，生产出钢材。高炉生产具有连续性的特点，一旦开炉，就要一直冶炼下去，中间休风和停炉都是很麻烦的事情。秦海刚刚参与北溪钢铁厂的生产，显然不适合直接接手高炉的管理，所以徐扬把高炉列在了与秦海合作的范围之外。

秦海要生产计划外钢材，肯定不能占用北溪钢铁厂原有的铁水，而必须自己去弄原料炼铁。这个时候，北溪钢铁厂就相当于秦海的外协单位，负责帮秦海冶炼铁水，提供给秦海的这两座平炉使用。

“这样好。”秦海点头道，他也认为这样划分更为稳妥，万一自己搞的那一套出了差错，至少也不会影响到北溪钢铁厂原有的生产。

“那么工人呢，如何安排？”秦海又问道。

徐扬摇头道：“这个问题我没有考虑好。你向杨省长说过，要调动工人的积极性，就要有更灵活的机制。但我们是国营企业，又不能搞你说的那一套机制。所以工人应当如何调配，我还真没有一个好的办法。”

秦海对于这个问题倒是进行过深思熟虑的，他说道：“如果是这样，那我们就这样做，这两座平炉，算是我租用的。我另外再从北溪钢铁厂招聘工人，所有被我招聘来的工人，在北溪钢铁厂按停薪留职处理，不发工资，工资一律由我负担，大家自愿选择，绝不强求，如何？”

“万一没有人愿意到你这里来呢？”柴培德在旁边问道。

秦海道：“果真如此，那我就从平苑钢铁厂调工人进来，再从社会上招聘，重赏之下，必有勇夫嘛。我保证我的工人工资能够达到北溪钢铁厂的两倍，我就不信没人愿意来应聘。”

“我担心这样一来，我们北溪钢铁厂就留不住人了。”徐扬半开玩笑地说道。

秦海道："想拿我们的双倍工资，也不是容易的。最起码得学技术，得服从管理，违反一次劳动纪律就扣 5% 的工资，违反 10 次，就扣回到北溪钢铁厂的水平了。违反 20 次，一个月就白干了。"

"这样做，倒是符合商品经济的原则，可以试试。"柴培德肯定道，"杨省长专门提出让小秦来做这件事，恐怕也是看中了小秦在这方面的经验。"

徐扬点了点头，说道："小秦这样做，对于我们本厂肯定也会造成冲击。等到大家看到去小秦那边的工友挣到了钱，他们就会要求本厂也提高工资，那时候我们就可以向大家提出更高的要求，这就叫示范作用吧。"

"正是如此。"秦海应道。

大家你一言我一语，陆续把北溪钢铁厂与秦海进行联营的事情商量妥当了。北溪钢铁厂在初期主要是提供两座平炉及相应的连轧设备，秦海以承包的方式进行经营，向北溪钢铁厂支付相应的承包管理费。平炉所需要的铁水由北溪钢铁厂提供，双方以一个合理的价格进行结算。至于生产出来的钢材，销路是不用发愁的，现在省里十分缺乏钢材，将会以相当于黑市的价格进行采购。

作为联营的一方，秦海当然不能以个人的名义出现，而是使用了平苑特种钢材厂的名头，这样说出去也显得比较正式。为了进行有效区分，未来北溪钢铁厂的本部仍使用北溪钢铁厂的名字，而与平苑特钢厂联营的部分，则称为北溪特钢厂。

"小秦，我觉得你是雄心勃勃，准备大干一场的样子啊。看这阵势，未来你们如果发展起来，说不定就把我们北溪钢铁厂给吞并了。现在想想，我这算不算是引狼入室啊？"谈完相关的细节之后，徐扬笑着对秦海调侃道。

秦海道："大家平等竞争，共同促进，追求一个双赢的结果不是更好吗？"

"对，双赢，小秦的这个说法好。"柴培德赞扬道。

合作意向商定之后，接下来还有一系列的手续要办。秦海代表平苑特钢厂与徐扬签订了协议，取得北溪钢铁厂二号平炉车间的经营权，年上交经营承包费 100 万元，同时要保证向安河省提供不少于 5 万吨计划外钢材，这部分钢材要计算在北溪钢铁厂所提供钢材的份额之内，换句话说，就是算在徐扬的政绩之内。

有关经营承包费的问题，大家倒是纠结了一番。100万元对于个人来说，绝对是一个天文数字，柴培德和徐扬都担心秦海无法接受。但要说把两座平炉交给秦海去经营，如果一年只收几千块钱，又根本说不过去。

秦海对于这个额度并没有提出什么异议，平苑钢铁厂前一段时间生产军铲以及向日本出口特种钢材，已经挣到了近100万的利润，完全能够支付得起这笔承包费。而且未来如果真的能够生产出20万吨钢材，利润将是以千万计算的，100万元的承包费又何足挂齿呢？

合作意向书签订之后，被迅速送往红泽，呈交给杨亦赫及省计委、经委的有关领导圈阅。在得到各有关部门的认可之后，这个合同才算是正式生效，北溪特钢厂的牌子也正式地挂到了二号平炉车间的门上。

“北溪特种钢材厂？什么意思，这不是二号平炉车间吗，怎么变成什么厂了？”

一大清早，北溪钢铁厂上班的工人就被挂在二号平炉车间门外的一块新牌子给吸引住了，大家围在这块牌子跟前，议论纷纷。原来二号平炉车间的工人则更感到意外，因为他们接到车间主任的通知，说二号平炉车间已经被承包出去，他们从此不能再在这个车间里上班了。

“你们听说了吗，有一个大富翁承包了二号车间，要生产高级钢材呢。”

“听说是个华侨。”

“什么华侨，就是一个乡镇企业的老板，好像是个万元户。”

“嘘，你们看，他们来了……”

众人扭头看去，只见从远处厂部的方向，走来了一行人，男女老少都有，说不清是什么阵容。领头的两个，一个是个年轻人，看起来似乎还不到20岁的样子，脸上的神情倒是颇有一些与年龄不相符的成熟之气。另外一个，是北溪钢铁厂的工人们刚刚认识了的，新上任的常务副厂长徐扬。由于原来的厂长王逸桥已经被调往其他单位，徐扬就是现在北溪钢铁厂的一把手。

“师傅们都在这里呢？要不，我就先在这里宣布一下有关二号平炉车间改革的事情吧。”徐扬走到众人面前，微笑着说道。

由于与徐扬并不熟悉，工人们没有接他的话茬，但都把目光集中到了他的身上。有些原来站在外圈聊天的工人听到徐扬的招呼，也都凑拢过来，现场一下子变得人挨人、人挤人，站在后排的人踮着脚也看不到前面的徐扬了。

跟在徐扬身边的秦海见此情形，回过头去招呼了一声，从平苑带过来的黑子应声上前。秦海对他耳语了两句，黑子点了一下头，便带着另外一个小年轻跑进车间，不一会就拖出来一张桌子，放在了车间的门口。

秦海指了指那张桌子，对徐扬说道：“徐厂长，条件简陋，你就站在这上面给师傅们讲讲吧。”

徐扬正在发愁围观的人太多，自己的话众人无法听见。见秦海让人搬来了桌子，他也不客气，四下看了看，找不到可以垫脚的物件，便直接用手一撑，以体操运动员一般的跳跃动作，跳到了桌子上。工人们见到新厂长露了这样一手，都情不自禁地喊了一声彩，现场的气氛顿时就轻松起来了。

徐扬到北溪钢铁厂来任职，主打的就是一个少壮派领导的形象。刚才这一下跳上桌子的动作，其实是他刻意所为。换成其他老成稳重一些的领导，纵然不会拒绝站在桌子上讲话，至少也得拿个凳子垫脚，以便用一个更雍容的姿态走上桌子。

“各位师傅们，我先给大家介绍一下。”徐扬声音清朗，他用手指了一下站在下面的秦海，说道：“这位是平苑特种钢材厂派来的秦海秦厂长，是咱们省里杨省长和市里柴市长非常看重的青年改革家，让我们以热烈的掌声，欢迎秦厂长来我厂指导工作。”

“哗……”下面的工人们稀稀拉拉地鼓起了掌，大家并不知道秦海是何许人也，只是出于礼貌给了他一些掌声罢了。

“遵照上级的指示，北溪钢铁厂将启动新一轮改革计划。改革的重点，就是引入多种经营方式，以便给北溪钢铁厂注入新的活力。经市领导讨论、省政府批准，北溪钢铁厂决定以二号平炉车间与平苑特种钢材厂进行联营，成立北溪特种钢材厂，进行商业化运作。新组建的北溪特种钢材厂，将由秦海同志担任厂长。”徐扬充满热情地说道。

“什么？联营？”

“联营是什么意思？”

“那咱们算是北溪钢铁厂的人，还算是什么特种钢材厂的人啊？”

徐扬一番话，激起了一大串的涟漪。人们带着狐疑的目光，盯着满脸微笑的秦海，想知道这个年轻人何德何能，居然能够成为什么厂长。当然，他们更想知道的，是这个特钢厂的成立，对于他们会有什么实质性的影响。

“秦厂长，余下的事情，你来宣布吧，我让贤了。”徐扬介绍完基本情况，便从桌子上跳了下来，把桌子让给了秦海。

刚才这会儿工夫，黑子已经从车间里又找了一张凳子出来，放在桌子边。秦海踩着凳子上了桌，用目光扫视了全场一圈，说道：“各位师傅，大家好，我叫秦海，来自于平苑县，很高兴能够有机会与大家共事。按照安河省政府的指示，平苑钢铁厂尝试承包北溪钢铁厂的二号平炉车间，我们将本着自愿互惠的原则，从北溪钢铁厂招募一些职工，到联合组建的北溪特种钢材厂工作，欢迎大家报名。”

“小秦厂长，你说平苑钢铁厂要承包我们的平炉车间，我怎么听说平苑钢铁厂都关门十几年了，你们凭什么来承包我们的车间啊？”一位工人在下面说道，语气中带着一丝不屑。

秦海看着那工人，笑道：“这位师傅，我不知道你如何称呼，不过，我可以告诉你，你说的情况已经过时了，平苑钢铁厂去年已经恢复了生产，而且到目前为止生产情况还不错。我们生产的钢材产品主要用于外销，已经销售到了日本和伊拉克的市场上。”

“小秦厂长，你吹牛吧？日本人的技术那么好，怎么可能进口我们的钢材呢？”有人大声反驳道。

“这有什么不可能的？”秦海依然笑着说道，“北溪离平苑并不远，大家如果不信，尽可去实地看一看。另外，我们平苑钢铁厂的职工在过年的时候每人都拿到了500元的年终奖，这总不会是吹牛的吧。”

“500块钱年终奖！”

“啧啧啧，抵我半年工资了！”

“谁知道是真的假的，这个年轻人说话口气可太大了，我真有点不信。”

秦海这番话引起的震动远远超过了此前徐扬的话，什么承包、联营，对于工人们来说都太遥远了，而500块钱年终奖这句话，才是实实在在的。

北溪钢铁厂算是效益还过得去的企业，在国企普遍效益不好的年代里，北溪钢铁厂至少保证了工资、福利不减，年中年底还多少有点奖金，但每次的奖金额度也不过就是几十或者百来块钱，哪里听说过一次性发放500元奖金的事情。大家嘴里说着不相信，其实心里却都信了几分。这种事情要打听起来其实是很容易的，谁都有个三亲六故，这种事根本就瞒不住。

站在下面的乔长生向前走了一步，大声说道："我是平钢的乔长生，过去也在咱们北钢学过徒，程百川师傅那时候就教过我，他可以给我作证。我这么大岁数了，总不会说假话吧，我可以告诉大家，因为我是车间里的班长，我们秦厂长特别给了我奖励。今年过年，我拿到了1000块钱的年终奖。"

"嗨，老乔，真的是你啊。我是老余，余有恒，你还记得吗？"人群中还真有认识乔长生的人，当即就对他喊了一句，语气中透着热情。

乔长生当年曾经被派到北溪钢铁厂来学习炼钢技术，在北钢待了几个月。他是个热情仗义的人，人缘很不错，在北钢交了不少朋友。虽然时间已经过去了十几年，但一说起来，还是有人能够记得他。

乔长生抬头向站在桌子上的秦海看了一眼，秦海向他会意地点点头。乔长生便笑吟吟地迎着那个名叫余有恒的工人走过去了，两个人互相握了握手，又拍了拍肩膀，一齐哈哈大笑着攀谈起来。

"老乔，你不是已经退了吗，怎么又上班了？"

"唉，没办法，闲不住啊。我们平钢恢复生产，找不到现成的工人，这不就让我们这些老家伙重新出山了？"

"对了，你刚才说的，年底拿了1000块钱奖金，是真的假的？"

"我老乔是说假话的人吗？我告诉你……"

站在余有恒身边的工人也都被他们俩的谈话给吸引住了，在大家看来，站在桌子上的领导所讲的东西，很有可能是吹牛的，但私底下熟人的交谈，则有九成的可信度。乔长生一看就是那种老工人的模样，说话的语气也让人有信任感，大家更愿意听他说说平钢到底是怎么回事。

看到大家的兴趣都被乔长生吸引过去了，秦海自嘲地笑了笑，从桌子上跳了下来，开始招呼着黑子他们拉桌椅摆场子，搭起了几个咨询台。联营的这件事情有些复杂，招募北钢工人也是非常敏感的，涉及每个工人的切身经济利益，所以有大量需要解释的内容。秦海与徐扬商量过，要在二号平炉车间门口搞几天咨询活动，以回答各方面的疑问。

“秦厂长，这边就交给你，我不再打搅了。我让小张留在这里，帮你们解决一些沟通联络上的事情。如果有什么解决不了的麻烦，你就让小张去通知我。”徐扬与秦海握手告辞，同时把一位名叫张云嘉的厂办秘书留在了现场。

“各位师傅，特钢厂的招聘工作现在就正式开始了，欢迎大家前来咨询有关事宜。没关系，大家想知道什么都可以问，以后咱们都在北钢共事，交个朋友也是好的。”秦海扯起嗓子，对众人喊道。

秦海这一次来北溪，带的是一个混编的班子，其中有平苑钢铁厂的老工人乔长生和戴家寅，有曲江农场的黑子傅志昊以及他那三个同党，有从老家白河镇招来的两个远房堂兄秦荣才和秦荣庆，最后还有喻海涛和王晓晨两位青锋厂的工人。

秦海带喻海涛来的目的，是因为联营的厂子会有大量的资金和物资往来，需要有一个自己人进行管理。带王晓晨来的理由，则是考虑到可能会有一些涉及女工的事情，班底里没有一个女性有时不太方便。

王晓晨虽然对秦海心怀感激和崇拜之心，但要让她辞去青锋厂的工作跑来给秦海打下手，她还是十分犹豫的。最后，秦海请宁中英出面，以青锋厂派遣的方式，把王晓晨派给了秦海，这就解决了王晓晨的心理障碍。王晓晨到联营厂之后，原来在青锋厂的工资关系就全部冻结起来了，秦海许给她两倍的工资，这也让这个俭朴的姑娘偷偷欢喜了许久。

前些天，秦海与市里商讨有关合作的事宜，整个班子里的人也没闲着，通过各种渠道对北钢进行了调查，还结交了一些北钢的工人。今天，北溪特钢厂正式挂牌，秦海便把整个班子都带了过来，现场回答北钢工人们的咨询。所有的人事先都经过了秦海的培训，哪些话该怎么讲，都是有标准范式的，所以秦海倒不必担心他们说话不当引起麻烦。

“老佘，你不是想知道特钢厂招聘是怎么回事吗？来，你来和我们秦厂长谈一下。我跟你说，你别看秦厂长年轻，人家手上有真本事，那日本话说的，连日本人都没他流利。”乔长生一边吹着牛，一边把余有恒拉到了秦海的对面，让他坐了下来。

“是余师傅吧？怎么，你有意到我们特钢厂来工作？”秦海坐在桌子后面，笑吟吟地对余有恒问道。

余有恒是北溪钢铁厂的老工人了，以前就在二号平炉车间工作，现在听说车间被别人承包了，所有的人都要调整位置，他心里有些疙疙瘩瘩的。幸好在承包者的团队里还遇到了一位老朋友乔长生，被乔长生一通忽悠之后，他开始有些心动，想了解一下如果到联营厂来工作，会是什么样子。

“秦厂长，我是个老工人，在北钢都工作了三十多年了，过几年就要退休了。我听乔师傅说，到特钢厂来应聘，收入能比在北钢翻一番，这话当真吗？”余有恒怯生生地对秦海问道。

秦海道：“这话也当真，也不当真，取决于余师傅打算怎么做。”

“这是什么意思呢？”余有恒有些犯懵。

秦海要的就是这个效果，要先让对方产生好奇心，然后再进行解释，这样的传播效果是最好的。他说道：“刚才徐厂长跟大家说过了，我们这个特钢厂是省里的改革试点，采取的是市场化的经营管理模式，工资上不封顶，同时下也不保底，一切只看工人工作成果的好坏。”

“上不封顶是什么意思？如果我干得好，一个月最多能拿多少？”余有恒最为关心的莫过于收入问题，他与乔长生的情况一样，家里都有几个要结婚的孩子，经济上是很紧张的。刚才乔长生跟他聊的内容，最让他动心的，就是收入问题，如果平时工资能够翻番，年终奖一拿就是一千，那是何等畅快的事情。

秦海道：“我们的薪酬制度，一是看技术水平，二是看工作成效。炼钢是个技术活，高级工和初级工的工资能够相差两倍以上，这一点在咱们北钢应当也是如此。所谓工作成效，就是看你这个班组完成了多少工作，产品的质量如何。如果技术水平高，工作成效好，一般来说，工资的确能够比在北钢的时候翻上一番。如果做得特别好，有突出贡献，翻上两番、三番，也是可能的。”

"那如果我到你们这里来上班，觉得不合适，想回北钢，还能回去吗？"余有恒又问道。

秦海道："完全可以，我们与北钢商议过，所有到特钢厂来工作的人员，比照停薪留职办理，随时可以回原厂去工作。"

"这么说来，倒是挺简单的事情哦。"余有恒自言自语地说道。

"怎么，余师傅有兴趣来试试吗？"秦海鼓动道。

"不不，我只是先问问，这件事……我还得想想。"余有恒连连摆手，然后赶紧站起身来，用抱歉的眼光看着乔长生，说道："老乔……我在厂里这么多年，又是马上退休的人了，这个事情……我还得想想，想想。"

"可以理解。"乔长生拍拍余有恒的肩膀说道，"老余，你回去跟家里人商量商量吧，不成也没事，以后还有一起做事的机会。"

"是的是的，老乔，你这段就在厂里吧？有时间到家里去坐坐，咱们把当年那几个朋友一起叫上，喝几口。"余有恒热情地邀请道。

"一定的，等忙过这阵，我一定上你家喝酒去。"乔长生应道。

余有恒心事重重地离开了，接着又有其他的工人坐下来，向秦海等人询问有关的事宜。此前不在现场的一些工人听到消息，也陆陆续续地跑来，先是向本厂的同事了解情况，然后又凑到跟前，向秦海带来的这几个人咨询。乔长生因为曾经在北钢培训过一段时间，有些人脉，所以一直被围在中间，回答着各种与工作有关或者无关的问题。

整整一天时间，秦海也不知道自己说了多少话，只记得小姑娘张云嘉给他倒了十几次水，而他似乎没上几趟厕所，所有的水分都变成唾液挥发掉了。

到了天黑时分，前来咨询的人慢慢散去了，秦海扭头看了看自己的人马，发现每个人都累得嘴歪眼斜，比在车间里干了一整天的活还辛苦。他运了运气，喊了一声："收拾收拾走吧，我请大家吃大餐去。"

"算了吧，头儿，我现在就想回去趴着。"黑子油腔滑调地回了一句。在平钢工作了几个月时间，他与秦海也混熟了，说话也就没遮没拦了。他觉得秦海的年龄比自己小，叫秦海的尊称有些没面子，便从加里森敢死队里学了个"头儿"的称呼，带着他那几个小兄弟就这样一直叫起来了。

“真的吃不下。要不，小秦，咱们都回去吧，我给大家煮点粥喝。”王晓晨也蔫蔫地建议道，她今天是最累的，非但有许多女工来找她咨询，还有一些年轻小伙子也拼命往她这里凑，有话没话都要和她搭几句。她原本并不是一个善谈之人，这会儿赶鸭子上架，却又遇到这样高的工作强度，嗓子都已经哑得说不出话来了。

一行人如残兵败将一般，回到了徐扬帮他们安排的临时住处。张云嘉帮着王晓晨淘了米，煮上粥。大家各自在房间床上趴了一会，起来喝了粥，这才算缓过劲来，一起聚在秦海住的大房间里开起会来了。

“到目前为止，向我们了解情况的工人已经不下百人，但当场表示愿意到特钢厂来工作的，还一个都没有。秦厂长，这个情况可不太妙啊。”喻海涛说道。现在秦海大小也是个领导了，喻海涛在有别人在场的时候，都是尽管称呼秦海为厂长的。

“是啊，头儿，你说的这个办法不灵啊。”黑子大大咧咧地批评道，他觉得这样说话很酷，秦海也懒得去纠正他。

王晓晨道：“今天跟我说话的那些人，他们都觉得咱们厂的收入挺有吸引力的，就是担心咱们的条件太苛刻，有些不相信咱们。我想了一下，如果我不是特别信任小秦的话，可能也不敢来应聘的，国营企业多稳定啊，而且北钢过去的收入也不差。”

大家你一言我一语地，把当天的情况都汇报了一遍，最后把目光投到了秦海身上，等着他总结。过去半年的实践，已经让大家见识了秦海的本事，大家都相信秦海总是能够化腐朽为神奇的。

秦海对众人笑了笑，说道：“今天大家都辛苦了，其实这个结果已经非常不错了。晓晨说得对，人家是国企职工，收入也不差，凭什么要冒风险到咱们这里来做事呢？咱们毕竟只是县里的一个钢铁厂，地位也比他们低，哪怕从面子考虑，他们也会不愿意的。”

“面子这东西，能当饭吃？”老工人戴家寅没好气地评论了一句。当初宁默他们上门去请他回平钢工作的时候，他也因为面子问题而犹豫过，后来拿到了高薪和高额的年终奖，才知道当初的想法有多么可笑。面子这东西本来就是人们用来自欺欺人的，工资能够翻一番，还抵不上一个虚幻的面子？

“我觉得吧，大家可能都在等。”乔长生说了一句。

“等什么？”秦海笑着问道，其实他心里也已经有答案了，只是想让乔长生说出来而已。

乔长生道：“我是猜的，是拿我自己的想法去推测别人。我觉得吧，其实有不少人都想来试试，但是还没有一个带头的人，所以大家都在等着。谁也不乐意当这个出头鸟，我们现在要做的，就是要找到一个带头的人。”

“这个太容易了。”黑子蹦了起来，“我们在街上放高利贷的时候，就经常这样干，不就是找个人当托儿吗？”

“你那点光辉事迹，就别到处宣扬了好不好？”秦海横了黑子一眼，语气里倒没有太多生气的意思。黑子他们过去因为没有工作，所以在县城里干了不少违法乱纪的事情，秦海对此是能够理解的。这些人被招进平苑钢铁厂之后，倒是收敛了许多，学技术也挺上心，已经有些浪子回头的意思了。

黑子被秦海呛了一句，赶紧赔着笑脸说道：“是啊是啊，头儿，我知道过去做错了，现在不是痛改前非了吗？我刚才说的是，乔师傅说要找个带头的人，其实很容易，我和赵辉、徐斌还有小龙这些天也结识了几个北钢的哥们儿，稍微意思一下，让他们出来当托儿，一点问题都没有。”

赵辉、徐斌和栾小龙正是此前与黑子一起放高利贷坑学生的几个小伙伴，后来都被秦海招进了平钢，这一次又被秦海带到北钢来了。这几天，他们发挥自己当混混的特长，出没于北钢周围的游戏厅、台球室，还真结识了不少北钢的青工以及子弟。

秦海知道，自己要想在北溪站住脚，这些小年轻也是需要特别关注的。中老年工人一般都比较老实本分，因为要顾念自己的家庭，青年工人们没有家庭负担，又荷尔蒙过剩，往往是闹事的主力，利用黑子他们与青工们建立起私下里的联系，有助于特钢厂的长治久安。

“找你们那帮狐朋狗友来当带头的人，不行。”乔长生在一旁不屑地评论了一句。

“乔师傅，你别这样说，找他们不是更容易嘛，只要打个招呼就成，最多再给包烟啥的。”黑子嬉皮笑脸地说道。

秦海道："如果是这样，那就更不行了。我赞成乔师傅的意见，要找托儿，也得找专业一点的。黑子，你那些酒肉朋友，不够专业。"

众人一起哈哈笑了起来，黑子挠挠头皮，也没话讲了。他知道秦海说的是有道理的，正因为他们结识的那些小青工容易被利用，所以能够起到的示范作用不大，甚至有可能适得其反，给人造成一种特钢厂只收亡命之徒的感觉。

"秦师傅，像余有恒这样的老师傅，有没有可能动员一两个来加盟咱们？"秦海把目光投向了乔长生。

乔长生皱着眉头道："难啊，他们在国营厂子里干了一辈子，让他们停薪留职，跑到咱们这个联营厂来，他们心里有想法。我和他们也只是多年前的朋友，这么大的事情，他们不可能只听我说几句就决定的。"

"既然不是只听几句就能够决定的，那咱们就说几十句、几百句，怎么样？"秦海说道。

"什么意思？"乔长生问道。

秦海道："今天咱们在车间门口搞咨询，只是造势，让大家知道有这么一件事。真正要想打动人心，还得上门去详谈。乔师傅，你如果不累的话，咱们现在就找余师傅去，上他家去跟他聊聊。"

在这个时候，秦海他们议论到的老工人余有恒，也正在家里纠结着呢。

"凤娣啊，你说我要不要到平苑人搞的那个联营厂去试试呢？"余有恒不知是第多少次向老伴康凤娣问道。

康凤娣摇着头道："我怎么懂呢，你不是说他们给的工资高吗，要不就去试试吧。"

"我倒是想去试试，可是就怕万一弄不成，再回厂里来就靠边站了。"余有恒道，"你又不是不知道，厂里现在生产任务不满，各车间都有待岗的，我一走，位置就被别人占了，再想回来就不容易了。"

"你说的也有道理，平苑那个什么秦厂长，那么年轻，看起来就不太牢靠的样子。还有，他们也就是一个乡镇企业吧，哪有咱们国营企业稳定？"康凤娣评论道。

坐在一旁看着电视的小儿子余俊胜撇着嘴道："妈，你的思想太落后了。

现在有钱的老板都是乡镇企业的，上次我去红泽，坐车上碰到一个在乡下开工厂的老板，脖子上戴的金链子有这么粗。”

说到这，他比划了一个粗细的样子，为了佐证自己的话，他把尺寸又给放大了好几倍，看起来简直就如狗链子一般了。80 年代中期，乡镇企业异军突起，的确造就了不少有钱人。这些先富起来的企业老板为了炫富，喜欢戴很粗的金链子、硕大无朋的金戒指，也算是一道时代的风景。

“就碰上过那么一个富老板，你都说了多少遍了。”康凤娣笑着对儿子斥道，“每一次你比划的链子都比头一次粗一倍，你还有点准数没有？”

“爸，我听人说，那个平苑来的秦海，是真的挺有本事的。你们知道王逸桥是怎么下台的吗？哈哈，就是这个秦海给弄的。”余俊胜用神秘的口吻对父母说道。

“还有这样的事情？你是说，那个开着吉普车挡火车的年轻人，就是秦厂长？”余有恒有些吃惊。

去年矿渣场的事情，亲眼目睹的人并不多，能够说出宁中英和秦海姓名的更是寥寥无几。北钢的工人只知道发生过一件这样的事情，并且直接导致了王逸桥被调往一个无实权实利的政府部门任职，相当于是被撸掉了。而至于是谁造就了这一壮举，知道的人就不多了。

“我跟你们说，我是听秦海身边那几个年轻人说的。前几天，我在台球厅碰上他们，还一起打了几局台球，算是认识了吧。他们跟我说，这个秦海今年才 19 岁，本事大得很，能够和日本人对话呢。”余俊胜说道。

余有恒点点头道：“这个我也听平苑的乔师傅说起了，我还觉得他有点吹牛呢。如果他就是去年那个挡火车的人，倒可能真有一些门道。听说那些矿渣里有宝贝，提炼出来能够造原子弹，小日本想偷偷弄走，结果就是被那个年轻人识破了。这么说来，这个年轻人就是秦厂长？”

一家人正在浮想联翩之际，房门被敲响了。康凤娣起身去开了门，见门外站着一老一少，都是满脸笑容的样子。

“你是老余的爱人吧，我是平苑的乔长生，我过去到过你家的，你还记得吗？”乔长生抢先做着自我介绍。

“哦，是乔师傅啊，我刚听老余说了……”康凤娣有些讷讷地应道。

听到动静，余有恒也赶紧迎出来了，一看来的两个人，他有些愣住了："老乔，秦厂长……你们怎么来了？"

秦海晃了晃手上的一个酒瓶和一个油纸包，说道："余师傅，我们对北溪不熟，晚上也没什么去处，所以就想跑到你这里来喝点酒，聊聊天，余师傅欢迎吗？"

"欢迎欢迎，当然欢迎。"余有恒连声答应着，与老婆一起让开房门，招呼着乔长生和秦海进门。余俊胜还赖了吧唧地坐在那里看着电视，余有恒走上前，啪啦一下关掉了电视机，然后拽着儿子起来，指着乔长生和秦海说道："俊胜，快过来，喊叔叔。"

"叔叔？"余俊胜看着比自己还小几岁的秦海，嘴巴咧得像喝了药一般，"爸，你不会让我喊他做叔叔吧？"

"呃……我让你喊乔叔叔呢，这是秦厂长，你看看，人家年纪比你还小，就当了厂长了，哪像你，20好几的人了，成天除了玩，什么都不会。"余有恒嘴里絮絮叨叨地数落着儿子。

一干人分头坐下来，秦海把手里的酒瓶子放下，又打开油纸包，里面包的是一些熟肉和炸花生米之类，也不知道是从哪买来的。乔长生笑着对康凤娣说道："弟妹啊，麻烦你给我们拿几个杯子来，再拿几双筷子。"

"这怎么合适，怎么能让你们带酒带菜来呢。哎哎，你们也不早说，到这个时候了，也没地方买菜了……"余有恒抱歉地说着。

"谁带酒菜不都一样吗？我们就是来聊聊天，不用太在意的。"乔长生打断了余有恒的话，然后接过康凤娣拿来的杯子，给余有恒、自己和秦海都倒上了酒。看到康凤娣只拿了三个杯子，他诧异道："哎，弟妹，你怎么才拿了三个杯子，你和小余的呢？"

"我不喝酒，你们聊天就好了。"康凤娣摆摆手道。

"给我也来一杯吧。"余俊胜倒是不怯生，他自己不知从什么地方摸出来一个酒杯，又接过乔长生手里的酒瓶子，给自己满满地倒了一杯。

宾主互相客套了一番，然后便举杯喝了起来，边喝边聊着一些家长里短的琐事。乔长生和余有恒共同回忆了一下十多年前的友谊，又各自感慨了一番人生易老、儿女不孝之类的套话，然后才回到今天的正题上。

“乔师傅,你今天和秦厂长到我这里来,是有什么事情吧?”余有恒问道。

秦海放下酒杯，笑呵呵地说道：“是啊，俗话说，无事不登三宝殿，今天我请乔师傅带我到余师傅家里来,的确是有些事情想和余师傅商量一下。”

“秦厂长有话请讲。”余有恒也放下酒杯，正色道。

秦海道：“余师傅是知道的，我们承包了北钢的二号平炉车间，筹建北溪特钢厂。我们当然可以从别的地方找一些工人来，但别处的工人，总不如咱们北钢自己的工人更了解车间的情况，所以我们非常希望能够从北钢招聘到一些工人。”

“这个我已经知道了。”余有恒说道。

秦海接着道：“现在的情况是，北钢的师傅们对我们不太了解，有点不敢和我们合作。我和乔师傅商量，想请余师傅带个头，先到我们特钢厂来。不知余师傅有没有这个想法?”

“这……”余有恒无语了。他当然能够猜出乔长生和秦海到他家来的目的，但却想不到秦海会说得这样直截了当。他是个本分的工人，一向不爱得罪人，要让他当着乔长生和秦海的面，回绝二人的邀请，他实在有些说不出口。

“我说秦海，你就这样叫我爸给你当托儿?总得给点好处吧?”坐在一旁的余俊胜插话了。这种伎俩，也就是余有恒这样的老工人一下子看不透，余俊胜这种社会混混是门儿清的。

“俊胜，你怎么说话的?”余有恒赶紧回头训斥儿子，然后又转回头来向秦海道歉:“秦厂长，你别介意……”

秦海打断了余有恒的话，说道:“余师傅，小余说得对，我们找人带头，的确可以算是托儿。不过，我们找人做托儿，是问心无愧的，因为我们不会坑害大家,到我们特钢厂来工作的师傅,最终会发现自己的选择是正确的。至于说带头的好处嘛……乔师傅，我有一个想法，咱们能不能宣布，最先报名的10位师傅，工资可以上浮10%。”

秦海最后的这个提议，可以说是灵机一动的结果。他原本是打算好了要用一些利益来吸引余有恒这样的工人率先报名的，但一直纠结于没有一种好的办法。幕后交易这种方式，有时候难免会有后患，如果把幕后的许诺变成一种公开的承诺，效果就大不相同了。

“我看行。”乔长生也想明白了，“不管是谁，只要是最早报名的，都在他应得的工资基础上再加10%，这可以算是工龄补助嘛。”

“我不是这个意思。”余有恒终于憋不住了，再说下去，好像他是多计较这点好处似的。有好处的事情谁都想沾，但拿了好处之后去给别人当托儿，欺骗自己本厂的同事，这种事情余有恒是干不出来的。

“既然秦厂长说到这个地步，我想冒昧地问一句：秦厂长，你觉得你们这种方式，能长久吗？”余有恒终于把心里话给说出来了。

秦海笑了笑，反问道：“余师傅，你觉得我们有哪点做得不对，以至于你怀疑我们不能长久呢？”

余有恒道：“你们是私人企业，我们北钢是国营企业。你们私人企业做得这么大，不就成了资本主义了吗？咱们国家的政策，能允许吗？”

秦海想了想，说道：“余师傅，公有制多一点，或者私有制多一点，并不是社会主义与资本主义的本质区别。咱们国家的政策是鼓励多种经济形式并存的，而且这种方式有助于提高人们的生活水平，也有助于国家实力的增长。举个例子说吧，现在街上卖菜的都是私人，余师傅觉得比过去好了，还是差了？”

“那肯定是比过去好了。”康凤娣抢着说道，“过去只有国营菜店，不让私人卖菜，我们根本就吃不到新鲜菜，品种也少。后来允许私人挑担子来城里卖菜，我们到厂门口就能够买到新鲜蔬菜了，那比过去就强得多了。”

“正是如此。”秦海说道，“工业和农业的道理是一样的，只有鼓励多种经营，才能提高整个经济的活力，让我们的生活变得更好。”

接着，秦海便引经据典地给余有恒一家讲起了政治课，他把后来的一些理念用当时人们所能够接受的方式阐述出来，直说得众人都点头不迭。老百姓对于姓资姓社其实没有太多的理论认识，他们有一种非常朴素的观念，那就是能够让老百姓过好日子的制度，就是好制度。

听完秦海的一番介绍，余有恒若有所思地问道：“秦厂长，照你这么说，政策应当不会变了？”

秦海道："当然会变，不过肯定是会变得越来越开明的。"

"我明白了。"余有恒道，"好，我想通了，明天我就去向厂里交报告，申请到你们特钢厂去工作，到时候，还得请秦厂长和乔师傅多多关照呢。"

听到余有恒的话，乔长生欣喜地说道："太好了，老余。我听说你是平炉车间里技术最好的，到时候可记得多教我几手。"

"老乔你太谦虚了，听说你们在平苑炼的钢都是出口到日本去的，你的技术肯定已经比我强出一截了，以后可得请你多教教我了。"余有恒拍着乔长生的肩膀说道。

余有恒其实一直都在犹豫着要不要去特钢厂工作，双倍的工资对于他是有着极大吸引力的。他没有下定决心的原因，主要在于对政策的走向不了解，对于秦海这个人也不知底，不知道自己会不会上当受骗。

秦海与乔长生夜访余家，与余有恒一起喝酒谈心，又向他介绍了未来的政策，这让余有恒终于消除了心理障碍，决定到特钢厂去试一试了。他记得秦海承诺过前 10 个报名的人能够增加 10% 的工资，因此便爽快地表示，明天要最早去向北溪钢铁厂递停薪留职的报告。

做通了余有恒的工作，大家心里都非常高兴。几个人又喝了一会酒，秦海和乔长生起身告辞，余有恒把二人送出家门。往前走了几步，秦海正待与余有恒握手告别，余有恒突然想起了一件事，对秦海问道："秦厂长，你们要承包二号平炉车间，那以后车间主任谁来当呢？"

秦海心念一动，反问道："余师傅，你有什么好的人选可以向我们推荐一下吗？"

余有恒迟疑了片刻，说道："倒是有一个人，就是不知道秦厂长敢不敢用。"

"此话怎讲？"秦海问道，"他是脾气太坏，还是品行不端，我为什么不敢用呢？"

"他政治上有问题。"余有恒压低声音说道。

"政治上？哪方面的问题？"秦海道。

余有恒道："我本来也想不起他来，可是刚才秦厂长跟我讲的那些道理，我总觉得有些耳熟，刚才我才突然想起来，我们平炉车间原来有个副主任，他就跟我们说过类似的话。后来，我就听说他犯了政治错误，被免职了。要说起来，他可是一个管生产的好手，而且年龄也轻。当年他当车间副主任的时候，比秦厂长你现在的岁数也大不了几岁。”

“居然有这样的人？”秦海的兴趣被勾起来了。比自己大不了几岁，也就是二十刚出头的样子，这样的年龄就能当上车间副主任，而且时隔多年还能被余有恒评价为管生产的好手，这可是一个人才，自己肯定是不能放过的。

余有恒问秦海手里有没有车间主任，这个问题可问到点子上了。在平苑钢铁厂，炼钢车间的车间主任事实上是由秦明华兼任的，车间里平常有秦海和李林广等人帮忙，所以各项管理还算是井井有条，没有出什么岔子。

秦海到北溪钢铁厂来，所带的这几个人没有一个是能够担当车间主任这个角色的。乔长生做事倒是挺负责任，也懂一些生产技术，但要当一个管理者还有些欠缺。喻海涛虽然是秦海的心腹，但年龄是硬伤，也没有钢铁生产的经验，自然也不可能担任车间主任。秦海最初是打算自己在车间里盯一段时间，但这个想法其实也是不合实际的，他还有许多更重要的事情要去做，怎么可能被套在车间里？

余有恒提到的这个犯了政治错误的前车间副主任，倒是挺合秦海的意。在所有的错误之中，秦海最不在乎的，就是所谓政治错误。在这个拨乱反正的年代里，过去的政治错误十有八九都是冤案，秦海根本不会把这类错误放在心上。

“余师傅,你说的这个人,现在还在北钢吗？他叫什么名字,住在哪里？”秦海急切地问道。

余有恒道：“他叫宋洪轩,今年应该不到30岁吧……他是工学院毕业的,是过去的工农兵学员。分到我们厂来的时候,才20岁,那是……1978年吧。他犯错误是几年前的事情，从那以后，他就被调到资料室去了。他就住在资料室旁边的一间小屋子里，你们如果想找他的话，我叫俊胜带你们去。”

“太好了，那就麻烦小余带我们跑一趟吧。”秦海说道。

余俊胜对于替秦海他们跑腿并无怨言，因为刚才聊天的时候，秦海已经答应，替他在平苑钢铁厂安排一份工作，算是解决了他长期待业的问题。

依着余有恒的想法，如果秦海能够把儿子安排在北溪工作，那是最好的。但余俊胜却对待在父母身边感到厌烦了，宁可离开市里，到小县城去闯荡。

接受了秦海的安排，就意味着自己已经成为秦海手下的员工，余俊胜岂能不对秦海服服帖帖。他此前曾经听黑子他们说过，平苑钢铁厂的收入不错，而且平苑县离红泽更近一些，周末想去红泽开开洋荤，也比北溪更方便，所以余俊胜的一颗心早就飞走了。

"秦厂长，这边的路灯坏了，你走路小心一点。你看，前面就是资料室，那间亮着灯的屋子,就是宋洪轩住的地方。他是我们厂里晚上睡觉最晚的人，天天看书，眼镜片比酒瓶子底都厚。"余俊胜一边走着，一边向秦海介绍着情况。

"喜欢看书是好事啊。"秦海点点头，"好了，小余，你不用再送我们了，我们直接到宋洪轩门上去拜访就好。"

"好的好的，那我就先回去了，秦厂长慢走。"余俊胜答应着，果然不再往前走了。

秦海和乔长生交换了一下意见，然后便朝着那亮灯的地方走了过去。秦海不知道，在那灯下坐着的，到底是一个天才，还是一个迂腐的学究。

"笃笃笃，笃笃笃。"

秦海轻轻地敲响了宋洪轩的房门，紧接着就听到屋里有人问道："谁呀？"

"请问是宋洪轩同志吗？"秦海问道。

房门开了，一个头发凌乱、身材瘦削的年轻人出现在秦海面前，正如余俊胜描述过的那样，此人的眼镜片比酒瓶底还厚，但秦海分明能够从那镜片的后面看到一对睿智的眼眸。

"我是宋洪轩，请问你们是……"宋洪轩打量着秦海和乔长生，用诧异的口吻问道。

"我是平苑钢铁厂的工程师，我叫秦海。"秦海做着自我介绍，他有许多重身份，在这个场合，他觉得用这个身份来介绍自己应当是更为合适的。

"秦海？"宋洪轩嘴里念叨了一下这个名字，突然眼睛里光芒一闪，抬起头来看着秦海，用不确定的口吻问道："你就是秦海？"

“嗯，我的确是秦海，不过，我不知道是不是你说的那个秦海。”秦海笑着回答道。他不知道宋洪轩是因为什么事而知道他的名字，不过，宋洪轩的眼神里流露出来的是一缕善意，想必对秦海并没有什么恶劣印象。

“请进来吧。”宋洪轩让开了门，招呼着秦海和乔长生进屋。他一边往屋里走，一边手脚麻利地收拾着摊在凳子上、桌上和床上的书，给秦海和乔长生腾出坐下的位置。

“不好意思，平时我这个小窝根本没有人来，所以让我弄得太乱了。”宋洪轩带着歉意说道，同时不知从哪摸出两个杯子，给秦海二人倒上了水。

秦海和乔长生分别在凳子上坐下，秦海向宋洪轩道了谢，然后开始打量起这间小屋子来了。

这间屋子大概只有八九平方米的样子，屋里除了一张床、一张学校里的课桌以及几个凳子之外，余下的空间就被一些自制的木头架子给填满了。所有这些木头架子上，都堆着书籍和笔记本、纸张等物，许多书里都能看到夹着书签的模样，有些书甚至夹着不止一个书签。

仅仅是书多，并不能让秦海觉得有什么异样，因为这充其量也就是一个书呆子的陋室而已。让秦海觉得惊奇的是，尽管宋洪轩自谦说屋子太乱，但事实上屋里各种家具的摆放颇有一些章法，各种资料虽多，却是井井有条，让人丝毫感觉不到凌乱。

刚才秦海和乔长生进门之前，宋洪轩也不知道正在研究什么，摊了满屋子的书籍资料。但在他们进门这一会儿工夫，宋洪轩随手一收拣，所有的书籍就都整整齐齐地归回原位了。还有，宋洪轩给他们找杯子倒水时，也是一下子就把杯子、暖瓶找了出来，换成别的单身汉，恐怕得翻箱倒柜好半天还不能保证找到干净适用的杯子。

“宋主任的屋子收拾得很整齐啊。”秦海忍不住感慨道。

秦海不知道宋洪轩现在的职务，所以只能照着余有恒说的车间副主任这个职位称呼宋洪轩。宋洪轩听到这个称呼，微微愣了一下，随后便自嘲地笑了笑，说道：“秦工还是别这样称呼我，我现在只是个资料管理员，厂里的师傅都是称我宋管的。”

“宋管……”秦海感到一阵恶寒。青锋厂也有被称为“某管”的管理员，但那一般都是半大老头，或者什么中年妇女之类，宋洪轩一副知识分子形象，被人称为“宋管”，实在是有些不太合适。秦海想了想，说道：“要不这样吧，咱们也别客气了，你称我小秦，我称你老宋，如何？”

“哈哈，这个称呼好。”宋洪轩从善如流，哈哈笑着接受了秦海的提议。他这一笑，倒让秦海心里踏实了，这个书生的性格还是挺开朗的，看来并不难相处。

“你刚才说我屋子整齐？这话有些过誉了。我不过是尝试了一下流畅、定置的要求罢了，其实主要是为了自己找东西更方便一些。”宋洪轩用手指了指自己的屋子，说道。

“你说的是定置管理的要求吗？”秦海眼睛一亮，对宋洪轩问道。

“怎么，秦工也接触过青木龟男先生的理论？”宋洪轩也用惊奇的态度反问道。

“不不，我不知道这是谁提出来的理论，只是听说过这个概念罢了。”秦海赶紧解释道。

定置管理是生产现场管理中的一种理论，其内容是指通过整理、整顿等活动，把生产过程中需要使用的物品放置在正确的位置上，使人、物、场所处于最佳结合状态，以实现劳动生产率的提高以及安全生产等要求。

最早提出定置管理的是日本工业工程专家青木龟男。80年代中期，青木龟男的学生清水千里到中国讲学，向中国企业系统地介绍了定置管理的概念。当年，这样一个概念是非常前卫的，秦海能够在宋洪轩这里听到，的确值得震惊。至于秦海自己对这个观念的了解，完全是得益于时间旅行者的身份，因为这种理念在后来已经属于常识了。

“我过去自己也琢磨过这种方法，不过最近看了杂志上介绍的青木先生的理论之后，觉得受益匪浅。日本人在管理方面的理论积累，比我们强出太多了，咱们不服气不行啊。”宋洪轩说道。

“对了，老宋，你还没解释呢，你刚才说我就是秦海，指的是什么事情啊？”秦海笑着问道。

宋洪轩也笑了笑，从不知什么地方摸出一个鼓鼓囊囊的信封来，递给秦海，说道：“你看看这个，就知道了。”

秦海狐疑地接过信封，看了一眼，发现收信人的位置写着“安河省经济委员会”的字样。他打开信封，抽出里面的信笺，只看了一行，就惊住了。原来，这是一封向安河省经委呼吁保护北溪市各钢铁厂废旧矿渣的请示报告，其中说到了废矿渣中可能富含钽铌等矿物，具有极高的经济价值。从报告末尾的落款日期来看，正是川岛一郎与北溪钢铁厂洽谈清理矿渣的那个时候。

“你是说，你也注意到了那些矿渣？”秦海吃惊地对宋洪轩问道。

宋洪轩道：“我也是无意中注意到这个问题的，不过受条件所限，我无法对矿渣的成分进行鉴定。日本人没来之前，我还没认识到事情的紧迫性。听说日本人要运走这些矿渣，我就忍不住了，写了这份报告，准备寄给省经委，让他们调查此事。谁知道，没等我把信寄走，就听说平苑县来了一个名叫秦海的年轻人，开着车把运矿渣的火车给拦住了，最后还把那个日本人给抓了，真让人觉得过瘾。唉，说起来惭愧，我真没有你那么大的胆量。”

“原来是这样。”秦海笑了。看来拦火车这事，还真是给自己加了不少分，在北溪钢铁厂，说起他其他的事迹，知道的人并不多。但说起拦火车的事情，却是家喻户晓，就算有些人不知道秦海这个名字，至少也知道曾经有过这样一件轰动的事情。原厂长王逸桥被调走，就是与此事相关的，厂里的人怎么可能不知道呢？

“对了，小秦，你怎么会到我们北钢来，还有，你怎么会到我这里来？”宋洪轩这才想起要问秦海的来意，他刚才与秦海聊得颇为投机，竟然忘记了要问问秦海是怎么找到他这里来的。

秦海道：“我如果说我是慕名而来的，你信吗？”

“不信。”宋洪轩果断地回答道，“我没有任何值得关注的事情，你怎么可能知道我的名字呢？”

秦海道：“我说的是真的。我听说，你曾经担任过北钢二号平炉车间的副主任，在管生产方面很有一套，所以就慕名前来请你出山了。”

“请我出山？”宋洪轩奇怪地问道，“怎么，你调到北钢来工作了？”

秦海道：“也可以这样说吧。我所在的平苑钢铁厂承包了北钢的二号平炉车间，准备引入市场化的经营模式，但现在缺乏一个好的车间主任，有人向我推荐了你，于是我就过来请贤了。”

“原来如此。”宋洪轩听到这个解释，点了点头。只要是原来在二号平炉车间工作过的工人，对于他肯定是有印象的，向秦海推荐他也在情理之中。不过，自己毕竟是一个被上头点过名的犯了政治错误的人，秦海难道对此不忌讳吗？

“小秦，你既然知道我在二号平炉车间当过副主任，想必也知道我为什么被免了职吧？”宋洪轩问道。

秦海直言不讳道：“我听说是因为政治问题，不过具体细节可不太清楚。”

“那就是了。”宋洪轩道，“我的问题很大，是省里直接点过名的。在我被免职之后，北钢换了三任领导，都没敢起用我这个‘钦犯’，你难道就不怕被我牵连？”

他嘴里说得如此严重，语气里却带着调侃，似乎并不把自己的所谓政治问题放在心上。也许是因为知道秦海拦火车的事迹，他对秦海有一种本能的认同感，因此说话的时候也就放得比较开了。

“老宋，我能不能打听一下，你到底犯了什么政治错误，以至于被打入冷宫，永不起用。你跟我说清楚了，没准我也就死心了。你说呢？”秦海也换了一种开玩笑的口吻，对宋洪轩说道。

有关自己的政治错误问题，宋洪轩并不讳言，他给秦海和乔长生的杯子里各续了一点水，然后便一五一十地说起自己的经历来了。

宋洪轩的原籍，是安河省的某一个县，他的父母都是学校里的老师，他也算有些家学渊源，从小就喜欢读书，在学校里的学习成绩也是名列前茅。在那年代里，高考制度被取消了，改为推荐上大学的方式。宋洪轩因为在县城里颇有一些才名，也被推荐到了安河工学院，学习冶金技术。要说起来，李林广还是他的老师之一。

学成毕业之后，宋洪轩被分配到了北溪钢铁厂工作，由于在冶金方面的理论功底扎实，加上踏实肯干，很快就被破格提拔成了二号平炉车间的副主任，一度是北溪工业系统里一颗冉冉升起的明星。

宋洪轩思维敏捷，善于从实践中总结经验。在当车间副主任期间，他注意到车间里生产纪律松懈、工人缺乏生产积极性等问题，便提出了引入科学的考核方式、实行弹性工资制度、优胜劣汰等管理思路。这些思路用后来的眼光来看，是再平常不过的，但在当年却是惊世骇俗，受到了厂领导的批评。

也是因为少不更事，宋洪轩没有意识到厂领导的态度是具有广泛代表性的，他看到报纸上一直在提解放思想的口号，便认为已经到了可以畅所欲言的时候。他把自己的想法写成了一份万言书，矛头直指国企管理中的弊病，甚至提出了劳动力市场化、减少计划干预等超前观念。他把这份万言书投送给了安河省委，结果就给自己招来了莫大的麻烦。

有言道，超前一步是天才，超前三步是妖孽，宋洪轩提出的这些理念，在中国是直到10年后才被广泛接受的，他的眼光比别人看得更远，这就注定了他必然是被传统势力所不容的。

省委一纸公函发到北溪市委，市委又把问题转给了北溪钢铁厂，于是宋洪轩的车间副主任职务就被迅速撸掉了，他也因为“重大政治错误”而被调到资料室，当了一名可笑的“宋管”。即便如此，他还是要感谢北溪钢铁厂的老领导们，因为在那种环境下，像他这样严重的错误，给予更重的处罚也不为过，在这一点上，老领导们还是尽了力量对他进行了保护。

“我也是因祸得福啊。”宋洪轩自嘲地说道，“到了资料室，工作轻省了，而且有这么多书,我等于是读了一个研究生。唉,看过这些书之后,我才知道,当年的确是年少轻狂，有很多管理手段和思想都是错误的，如果再给我一个机会，我绝对不会再犯那样的错误了。”

“你是说不会再犯政治错误？”秦海抓着宋洪轩的话头问道。

“不是……”宋洪轩道，他想了想，又点头道：“类似的政治错误应当也不会再犯了。思想的解放不是能够一蹴而就的，各种旧观念的破除，需要时间，拔苗助长的做法并不可取。经过这几年的思考和观察，我终于认识到我们国家改革的步骤是正确的，倒是我这个毛头小子太性急鲁莽了。”

“那你刚才说不会再犯错误，是指什么呢？”秦海问道。

宋洪轩道：“我是说车间管理里面的一些问题，比如刚才我们说到的定置问题，在学习了青木龟男先生的理论之后，我对于这个问题有了一些新的认识，如果有机会再做车间管理，我肯定能够做得更好。”

“哈哈，这么说，我来对了。”秦海笑道。

聪明人之间的对话是用不着太过繁琐的，宋洪轩刚才的这一番讲述，已经把他的能力、性格、眼界等等都展现无遗。他曾经是一个非常出色的车间副主任，精通冶金技术，也有管理经验。经过这几年的压抑，他学到了更多的东西,能力上有了更大的提升,应当能够胜任车间的全面管理工作。

尤为难得的是，他蒙受了冤屈，却没有抱怨，而是深刻地反省了自己的问题，并且看到了社会发展的趋势，心中充满了乐观。用后来的话说，他的情商已经得到了极大的锤炼，是一个心智非常成熟的管理者了。

“老宋，我现在正式向你发出邀请，聘请你担任我们与北溪钢铁厂联合组建的北溪特钢厂平炉车间的车间主任，你有何考虑？”秦海郑重其事地说道。

宋洪轩面色平静，他想了想，问道：“我的职责是什么，我有多大的权限？”

“你的职责是维持车间生产，伺机扩大生产规模，实现年产 20 万吨钢材的目标。至于权限……你想要多大？”秦海把问题推给了宋洪轩。

宋洪轩道：“我需要有用工权、薪酬决定权，车间里的一切事务，由我说了算。所有三亲六故，哪怕是厂长的小舅子，也必须服从我的管理，否则我随时可以将他扫地出门。”

“你这是打算在车间里搞法西斯统治啊。”秦海笑道。

宋洪轩道：“恩格斯在《论权威》里说到，在工厂的大门上应当写上一句话：进门者请放弃一切自治！车间管理中如果没有权威，就必然会导致混乱。对于炼钢行业来说，权威更为重要，因为任何一点疏忽，都可能会导致极其严重的后果。”

“这也是李教授反复跟我们说过的。”乔长生终于逮着了说话的机会，在旁边插了一句。刚才秦海与宋洪轩所说的东西，乔长生只能听懂一半，更不用说参与评论。但对于车间管理的严格性，他是有切身体会的。复工后的平苑钢铁厂一直执行着非常严格的车间管理规章，乔长生对此十分赞同。

“我们定一下试用期吧。”秦海说道，“老宋，咱们丑话说在前面，尽管你盛名在外，但到底能不能胜任车间管理的工作，我还没有见到，所以要让我现在给你授权，恐怕不太合适。我们定一个星期的时间，如果你表现出了一个合格车间主任的素质，那我就答应你全权负责，你看如何？”

“你答应我？”宋洪轩有些诧异，“你不需要向你们厂长请示一下吗？”

“秦工就是我们厂长。”乔长生笑着介绍道。

“这么年轻的厂长？”宋洪轩认真地看着秦海，然后叹了口气，说道：“唉，我一直以为只有我是天才，22岁就当上了车间副主任。想不到还有比我更天才的，我看小秦你也就是二十刚出头吧，肯定不到22岁，你们的领导怎么会思想如此开放，敢提拔你当联营厂的厂长呢？”

秦海哑然失笑了，宋洪轩这种有啥说啥的性格，倒是让他挺欣赏的。这个世界上当然需要老谋深算之人，但秦海更希望自己的合作者是一个心胸坦荡的君子，他不太喜欢用阴谋去取得成就，而是更愿意靠实力取胜，用实力碾压。

“好了，老宋，刚才你说了你的情况，现在我也把我这边的情况向你介绍一下吧。”秦海说道。随后，他便把自己过去半年中的所作所为向宋洪轩讲述了一遍，当然，关于自己的身份，那是绝对不能透露的，他只是说自己喜欢看书学习，所以掌握了一些别人没有注意到的技术。

秦海的讲述让宋洪轩听得目瞪口呆，他此前一直想在秦海面前装出一副矜持淡定的样子，以维护自己的自尊心。在听过秦海的经历之后，他完全折服了，由衷地叹道：“这真叫山外有山，人外有人。当初听说你拦火车保护矿渣，我还只觉得你是年轻气盛，现在才知道，你是胸有成竹，所以才能无所畏惧。相比之下，我写这种请示报告去向省里求助，实在是太小儿科了。”

“我这也是机缘巧合吧。”秦海赶紧谦虚道，“怎么样，老宋，现在愿意与我合作了吗？”

“愿效犬马之劳。”宋洪轩笑道，“对了，梁山好汉入伙的时候，都有个纳头便拜的仪式，我这屋里太小，施展不开，要不我们到外面去，我给秦厂长补个大礼？”

“哈哈，小弟可是愧不敢当，日后特钢厂的事情，还得仰仗宋大哥主持呢。”秦海也学着宋洪轩的样子，说起了江湖黑话。

宋洪轩道：“这些虚套的话，咱们就不必多说了。既然秦厂长信任，我也就不忸怩作态了。明天一早，我就去向厂里递交报告，请求到特钢厂工作。如果厂里批准了，我马上就到车间去，咱们共同商议开展生产的事情。有关车间的工人，我建议我们还是要有所选择，不能挑到篮里都是菜，需要高低搭配。全部都是没经验的青工，肯定不行。但全部都是高级技工，也并不一定合适。关于这个问题，秦厂长就不如我有经验了。”

“哈哈，老宋这番话，尽显一个车间主任的风范啊。好，这个问题就听你的。不过，咱们可说好了，私下场合，咱们不必这样客气，你称呼我一句小秦就好了。以后都在一个锅里搅勺，叫得亲切一点也好说话嘛。”秦海说道。

“这不成问题，来，小秦厂长，乔师傅，寒夜客来茶当酒，咱们共同干了这杯清茶，预祝咱们的特钢厂繁荣昌盛。”宋洪轩举起茶杯，豪情万丈地对秦海和乔长生说道。

第六章 老矿长与二十个孩子

北溪特种钢铁厂正式开始生产，却遇到了原料不足这只拦路虎。为了采购煤炭，秦海带着黑子来到了煤炭之城曲武。同住一间旅馆房间的采购员刘子文告诉秦海，自己联系上了建兴煤矿的矿长沙仁元，然而沙仁元要求二十万元的回扣，刘子文无法提供，情急之下想请秦海一起承担。为了得到这批宝贵的煤炭，秦海和沙仁元见了面，谁知道这次见面，不仅改变了秦海对这个要回扣的矿长的态度，还促成了一个工业陶瓷厂的建立。

秦海与宋洪轩一直聊到深夜才告辞离开，宋洪轩把秦海和乔长生送走，回到自己的小屋里，依旧兴奋不已。在秦海面前，他努力保持着平静，不愿意透露出急切的心情。但他心里明白，自己等待这一天，已经等了好久了。

没有一个人愿意永远沉沦，尤其是像宋洪轩这样曾经有过辉煌的人。他也曾打算过，如果自己永远都得不到起用，那他就选择著书立说，把自己关于企业管理的想法写成书稿，甚至不惜自己筹钱去出版。但这样的人生仅仅是他在最无奈时的选择，只要有可能，他还是希望自己能够重出江湖，叱咤风云。

第二天一早，厂部刚刚上班，宋洪轩就来到了常务副厂长徐扬的办公室门前，让出门去打开水的徐扬吓了一大跳。

“请问你是……”徐扬问道。

“徐厂长，我叫宋洪轩，是厂资料室的管理员，我只需要耽误您五分钟的时间。”宋洪轩说道。

“那你进来吧。”徐扬答应一声。早有办公室的小秘书上前替厂长接过了开水瓶，屁颠屁颠地往锅炉房跑去了。徐扬返身回了办公室，用手指了指旁边的沙发，示意随后进来的宋洪轩坐下。

宋洪轩用非常简单的语言把自己的情况介绍了一遍，然后说明自己打算响应厂里的号召，停薪留职到特钢厂去工作。他没有掩饰秦海给他的任命，因为他觉得这种事情也没什么掩饰的必要。

“引入竞争机制，实行优胜劣汰，这都是中央提倡的做法，怎么能算是政治错误呢？”徐扬对于宋洪轩的经历大抱不平，“早些年，我们有些基层领导的思想不够解放，对于这样的新观念无法接受，这也是可以理解的。可是现在已经是1986年了，你的问题难道还没有一个结论吗？”

“无所谓了，我其实也没受什么委屈。”宋洪轩平淡地说道。

徐扬道：“宋洪轩同志，我刚来北钢不久，很多情况都不了解。你的情况，我也是刚刚听你说才知道的。你放心，下次厂务会上，我就把你的问题提出来讨论，应当会给你一个正确的结论的。我想问的是，如果厂里同意恢复你的职务和待遇，你愿意留在厂里工作吗？”

宋洪轩道：“非常感谢徐厂长的美意，厂里如果能够重新给我一个结论，我会非常感激的。不过，我已经答应了秦厂长，到他那里去协助他，人无信不立，我也不好食言，所以请徐厂长见谅。”

宋洪轩的这个回答，说得非常委婉，但态度却是非常明确的，那就是不愿意接受徐扬的安排，而是想跟秦海去闯一闯。他并非不相信徐扬的诚意，而是秦海对他说起的那些事情，对他更有吸引力。他原本就是一个思想极有前瞻性的人，看得出未来民营经济会有广阔的前景。他希望能够把自己的事业与这个广阔前景联系在一起。

与秦海一样，徐扬也是从几句话中就听出了宋洪轩的才干。北溪厂充斥着大量思想僵化、目光短浅的中层干部，像宋洪轩这样的人才是极其短缺的。宋洪轩的所谓政治错误，在今天早已不成立了，徐扬对此心知肚明。对于宋洪轩被秦海挖走，徐扬很是心疼，所以才会出言挽留。

听宋洪轩说得如此坚决，徐扬也知道无法改变宋洪轩的选择了。更何况，他此前曾经答应秦海，要人给人，要条件给条件，现在秦海从厂里挖出了这样一个宝贝，如果他坚决不放手，于情于理都说不过去。要知道，秦海是杨亦赫钦点的开拓性人才，徐扬也不便与秦海交恶。

在勉励了宋洪轩几句之后，徐扬答应了宋洪轩的请求，让他到人事科去办停薪留职手续，然后就可以去特钢厂上班了。送走宋洪轩，徐扬在办公室里来回转了几个圈，终于一跺脚，自言自语道："不行，这个秦海是属耗子的，北钢埋着的这些宝贝，迟早会被他一网打尽，我得去跟他交涉交涉。"

在二号平炉车间门口，如今又是一派热闹景象。与头一天不同，今天到这里来的人，已经有不少在了解具体的待遇问题了。宋洪轩和余有恒作为第一批加盟特钢厂的人员，已经坐到了甲方的位置上。

"我听说，到咱们特钢厂来工作，工资可以翻倍，是这样的吗？"

"工作会不会很累？你们不会找理由把工资再扣回去吧？"

"我是铸造工，你们要不要？"

"你们会提供技术培训吗，我原来的技术学得不是特别好，也不知道是不是符合你们的要求。"

工人们七嘴八舌地询问着自己关心的问题，宋洪轩和余有恒的示范作用已经体现出来了，大家现在最担心的，是自己达不到特钢厂的要求，无缘这块诱人的蛋糕。

在这种传统国营企业里，从众心态是非常普遍的。大家都信奉一个教条：别人能这样做，我也能。在没有人加盟特钢厂的时候，大家都只是观望，不管心里有多么期待，都不要第一个站出来吃螃蟹。但当看到有其他同事站出来之后，所有的人都有了胆量，相信即使未来有什么不测，也不可能波及这么多的人。

徐扬带着厂办秘书来到二号平炉车间的时候，看到的正是这样一个众人踊跃报名的场面。看着一张张满含期待的笑脸，徐扬只觉得心里老大地不舒服：妈的，这都是打算抛弃我的人，我就这么不招人待见吗？

"徐厂长来了？"秦海看到徐扬，连忙放下手里的事情迎上去，热情地打着招呼。

“秦厂长，我看我们北钢的工人都很迫切地要加入你们特钢厂啊。”徐扬酸溜溜地说道。

如果听不出徐扬话里的玄机，秦海也就别在这里混了。他呵呵笑着说道：“徐厂长言重了，北钢好几千工人，在这里连十分之一都不到，可见大多数的工人对于我们这样的乡镇小企业还是很不看好的。”

“呵呵，乡镇企业好啊，中央都鼓励乡镇企业大发展嘛。”徐扬皮笑肉不笑地答道。秦海的回答让他心里舒服了一点，虽然他也知道，北钢好几千人，并非所有的人都符合秦海的要求，那些没有来报名的，并非不看好秦海的特钢厂，只是没有找到合适自己的位置罢了。

“小秦，我刚刚想到一件事，想和你商量商量。”徐扬把秦海拉到一个僻静处，小声地说道。

“徐厂长请讲。”秦海道。

徐扬道：“省里指示北钢搞改革，是有前提条件的，那就是不能影响到北钢原来的生产，尤其是不能冲击计划内钢材的生产任务。你们从北钢招募人才，可不能涸泽而渔，要给我们留下一些骨干啊。”

秦海笑道：“徐厂长过虑了，我了解过了，很多在车间里担当骨干的高级技工，并没有到我们特钢来报名。另外，宋洪轩也就此事专门提醒过我了，他列了一个招募各岗位的人数清单，明确提出不能把北钢原有的高级技工都招过来。在这一点上，你们这位宋主任还是非常有全局观的。”

听到秦海的表态，徐扬心里踏实了。他原来还想，如果秦海不顾大局，要掏空北钢的底子，他少不得要向柴培德去参上一本，让柴培德出面来敲打一下秦海。现在看来，秦海是个有分寸的人，与这样的人合作，是一件愉快的事情。

“对了，小秦，这个宋洪轩，你是从什么地方挖出来的？我身为常务副厂长，还是今天早上才知道我们厂有这样一个宝贝，怎么就被你给抢了个先手呢？”徐扬问道。

秦海装出一副可怜的样子，说道：“徐厂长，我不能和你比啊。你手下兵多将广，多一个少一个都无所谓。我是白手起家，手里没几个可堪重用之人，只能到处去找人了。就这个宋洪轩，那也是我三顾茅庐才请出来的。

他在你们这里只配当个资料管理员，到我们那里就得担重任了。我们乡镇企业就是这样，没办法了。”

“你个小秦，得了便宜还卖乖！”徐扬半开玩笑地斥道，“我和他聊过了，他的眼界非常开阔，思维也非常缜密，放在北钢也是一个难得的人才，可惜被你抢走了。君子不夺人所爱，不过，你可记住了，这个人才是我让给你的，日后你得记我的人情。”

“那是那是，日后特钢厂如果有一点成绩，那也都是徐大哥鼎力支持的结果，小弟不敢或忘。”秦海说道。

两人这番对话，看起来像是互开玩笑，其实每句话都是有深意的。秦海的话表明了一种态度，那就是他绝对不会抢徐扬的风头，双方可以荣誉均沾，这对于有意在仕途上取得长足发展的徐扬来说，是一个非常重要的承诺。

“小秦，你这边的招募工作，最好能够尽快完成，以免我们北钢人心思动，影响正常的生产秩序。等到生产正常开展之后，我们双方要加强沟通，保持联络，有什么困难，你随时向我提出来，我自会尽力帮你们协调解决就是了。”徐扬也投桃报李，给了秦海一个对等的承诺。

林西省曲武市，中国北方素有煤城之称的重要煤炭产地。

坐了三天三夜火车的秦海和黑子拎着手提包走出火车站，望着这座被煤灰染得黑糊糊的城市，都是感慨万千。

“这交通条件，真是太差了，什么时候才能修好高铁啊！”秦海发出的是不着边际的评论，他实在是太怀念那个高铁四通八达的年代了。

“我的妈呀，中国也太大了，当年长征是怎么走过来的。”黑子对于自己第一次出远门的这段经历激动不已，看着路边的黄土、平顶的民居、得得走过的小毛驴，都觉得十分新鲜，眼睛都不够用了。

“黑子，饿不饿，找地方吃东西去。”秦海招呼道。

“好，头儿，你可得好好请我吃一顿，这三天净啃干馒头，我什么时候受过这种罪啊。”黑子抱怨道。

秦海拍了一下他的脑袋，斥道：“什么叫净啃干馒头，过中原的时候，我不是给你买了一个烧鸡吗？”

“那是烧鸡？我怎么觉得还没有乌鸦大啊。”黑子絮絮叨叨地反驳着。

“你就知足吧，走，那边有家馆子，咱们过去看看。”秦海用手指了一下，带着黑子向前走去。

秦海与黑子千里迢迢赶赴林西，是来洽谈采购煤炭事宜的。经过一段时间的筹备，北溪特钢厂已经开始了生产。初期，北溪钢铁厂可以给他们提供一些多余的铁水，但徐扬明确说了，特钢厂是生产计划外钢材的，不能总是使用计划内的原材料。如果特钢厂不能解决原材料的来源问题，那么别说一年 20 万吨钢材，就是两万吨都是空中楼阁，毫无可能性。

炼钢需要铁水，冶炼铁水需要铁矿石、煤炭、石灰石等各种原料。在这其中，铁矿石和煤炭是最为紧张的物资，北溪钢铁厂每年能够获得的矿石和煤炭都是有限的，要想增产，只能是自己想办法解决。

杨亦赫、柴培德等人都不是玉皇大帝，没有点石成金的本事。他们所以把秦海推到这个位置上来，也是看中了他的市场运作能力。秦海知道搞物资的事情是责无旁贷，因此在车间事务步入正轨之后，便带着黑子傅志昊踏上了旅途。

秦海的班底还是过于薄弱，平苑钢铁厂的采购是由宁默负责的，经过半年多的摔打，宁默已经成熟起来，能够独当一面了。秦海不能把宁默带出来，因为平苑钢铁厂的生产也要维持。矮子里拔高个子，秦海只能选择黑子来当自己的随从了。

黑子和宁默有一点相似之处，就是均为干部子弟。不同的地方，则是宁中英所在的青锋农机厂效益还过得去，宁默没有沦落到去社会上当混混的地步。而傅文彬所在的曲江农场经济状况不好，因此黑子只能带着赵辉、栾小龙等一帮小兄弟到平苑县城去坑害中学生，挣一口饭吃。

去年因为王晓东的事情，黑子与秦海算是不打不相识。随后，秦海把黑子等人招进平苑钢铁厂当辅工，在尊重他们人格的前提下，对他们提出各种严格要求，倒是让黑子等人洗心革面，有了不少进步。黑子脑子活络，懂得一些江湖门道，关键时候能够发挥一些特殊作用，所以秦海便把他带在了身边，一同前往林西来弄煤。

“两位老板，你们要吃点啥？是刚下火车吧，要不给你们来两大碗焖面，再来壶汾酒，解解乏，你们看如何？”

秦海和黑子刚刚走进小饭馆，便有热情的服务员迎了上来，业务熟练地给他们推荐着饭菜。服务员满嘴林西口音，说出来的话三句中秦海倒有两句听不懂，不过其中那个“老板”的称呼却显得脆生生的，让秦海有一种违和的感觉。

“怎么，你们这里也时兴叫老板了？”秦海笑着对服务员问道。

老板这个称呼，是从南向北逐渐推广开的。在南粤地区，人们以老板相称已经是十分自然。安河省因为地处南方，现在也有不少地方在使用这个称呼。但在秦海的印象中，北方的大部分地区，尤其是像林西这种中部内陆省份，应当还没那么开放，如果服务员称呼他一声“同志”，他反而会觉得更合理一些。

听到秦海的疑问，服务员腼腆地笑了笑，说道：“老板你不知道，现在我们这个地方的南方客越来越多了，大家都是这样叫的。你看看那几桌，都是南方大老板，有钱着呢。吃鸡都要现杀的，还要吃鱼，我们这地方哪有鱼啊。”

秦海放眼望去，果然见小小的饭馆里挤得满满当当的，好几桌客人在那里觥筹交错，用秦海都听不懂的南方鸟语大声地说着什么。众人身上的金饰闪着光芒，把秦海的眼睛都给晃花了。

“他们是老板，我们是打工的。这样吧，就照你刚才说的，来两碗焖面，二两汾酒，切一盘熟肉。”秦海交代着服务员，然后拉着黑子在靠门边的一张小桌子边坐下了。

“头儿，这些人也是来弄煤炭的，我听他们说话里提到煤炭了。”黑子坐下之后，小声地向秦海汇报道。

“你能听懂他们说话？”秦海有些好奇，他听得出那些人说的都是港岛方言，但具体说的是什么，他就不清楚了。

黑子笑道：“我虽然没去过港岛，可录像片没少看啊。他们说的话，我能听懂七八成。他们在说怎么摆平几家国营大矿的矿长，想办法弄到煤炭呢。”

说话间，又有人挑门帘进来了，这是一位黑大汉，满脸胡子茬，像个老采购员的样子。由于其他桌子都已经坐满了，服务员把那黑大汉带到了秦海这一桌，让他在秦海对面坐下了。

“焖面，一壶酒，来两头蒜。”黑大汉用简洁的语言向服务员吩咐道，让人一听就知道他是在这一带常来常往的。

“二位是第一次来曲武吧？”打发走服务员之后，黑大汉把目光投向了秦海一行。

秦海嘿嘿一笑，道：“大哥真是好眼力，小弟的确是第一次来曲武。”

“哈哈，什么好眼力，一看你们面前的这么点酒就知道你们没干过采购，这点酒，喂猫都不够呢。”黑大汉说道。

“这采购和喝酒有什么关系吗？”秦海明知故问，他也不是个雏，当然知道中国的酒桌文化有多么繁盛，但对方能够从他俩的酒量看出他们是第一次到曲武，这倒让他觉得有些好奇。

“认识一下，我是东远省察阳钢厂的采购员，我叫李尚明。”黑大汉豪爽地做着自我介绍，看起来倒真有点采购员的气质。

秦海道：“我是安河省北溪特钢厂的采购员，我叫秦海，这位是我同事傅志昊。”

“哦，小秦，小傅，都很年轻嘛，没到三十吧？”李尚明问道。

“没呢。”秦海答道，萍水相逢，他自然不可能上赶着跟别人说自己才19岁。在火车上窝了几天，他和黑子都是蓬头垢面的，显得比真实年龄要大上几岁。

李尚明道：“太年轻了，你们厂长也真够宽心的，居然敢派你们两个小年轻来搞煤炭，而且是两个不会喝酒的小年轻。对了，你刚才问我，喝酒和采购有什么关系，这里头学问大着呢……”

他刚说到这，服务员把他要的酒和面都送上来了，秦海心念一动，对服务员吩咐道：“劳驾，再给我们上一壶酒，来两个好菜，要快。”

李尚明一听秦海的话，就知道对方是要请客了，不禁有些脸红，想说什么又不知从何说起。秦海向李尚明拱了拱手，说道：“小弟没干过采购，还请李大哥指教一二，叫两个小菜，就当小弟的谢师礼了。”

“这怎么合适，你们小年轻的……”李尚明支吾着，终于也没说出诸如由他买单之类的豪爽话语。看起来，此君也是囊中羞涩，轻易是不敢妄言请客的。

“我跟你们说啊，这喝酒和采购关系大着呢。”也许是因为吃人的嘴短，李尚明打起了精神，开始向秦海传授经验：“你们一定都知道吧，现在全国上下都缺煤，发电要用煤、炼钢要用煤、烧水泥也要用煤，还有老百姓家里，现在也不烧柴草了，都改烧煤球。好家伙，你算算，这一年得烧掉多少煤？”

“我们已经有所体会了。”秦海点头说道。其实安河省也有不少煤矿，产量也说得过去。但这一次秦海去与几家省内煤矿接洽，对方都表示煤炭供应极其紧张，无法满足秦海的需求，否则秦海也用不着跑到林西来了。

李尚明接着说道：“曲武这个地方，是全国知名的煤城，煤炭多，而且煤质也好，盛产炼钢用的焦煤。这不，全国各地的人都跑到这里来采购煤炭了，你们多待几天就知道了，在这里，哪个省份的方言你们都能听到。”

“可是，这和喝酒有什么关系呢？”黑子忍不住插话了，他发现眼前这位怪叔叔实在是太会扯了，一不留神就不知道扯到什么地方去了。

“对对，我来跟你们说说喝酒的事情。”李尚明也发现自己跑题了，他说道：“曲武市能够提供煤炭的，一共是6家国营大矿，还有一些小乡镇煤窑，我们就不去说了。这6家大矿的矿长，个顶个都是酒中好手，要和他们谈煤炭的事情，先得喝，什么时候喝高兴了，什么时候才能开始谈。”

“这个规矩也太霸道了吧？”秦海皱了皱眉头，说道。

中国社会盛行酒桌文化，这一点秦海是有所体会的。但要说到不喝够酒就别想谈事，这就属于霸王行为了，莫非曲武这个地方的矿长都已经牛气到了这样的程度？

“我还能骗你不成？”李尚明道，“霸道怎么啦，人家有霸道的资本啊。现在煤炭多紧张啊，整个曲武一年下来，能够自由调配的也就是一百来万吨，全国各地的企业都到这里来了，给谁不给谁，可不就取决于矿长一句话？我告诉你们，这喝酒还只是一个开头，喝好了，你才有跟矿长搭话的机会。再往下，那就得见真章了。”

“啥叫真章啊？”黑子装出傻呵呵的样子问道，他怎么可能不懂得李尚明所指，这样问的目的，不过是想套套李尚明的话罢了。

“真章你都不懂？”李尚明果然被黑子蒙住了，看到面前两个小年轻都是不谙世故的新人，他忍不住有一种想调教一下的愿望。他接过黑子递上来的一支烟，又就着黑子的火点着，深吸了一口，扮够了酷，这才压低声音说道：“真章，就是要有实惠啊。你想，人家手里有煤炭，给谁都行，你不拿点实惠来交换，人家凭什么给你？”

“一般是什么样的实惠呢？”秦海问道。

李尚明道：“这可就没准了，得看矿上缺啥。比如说，你们是南方的，弄点大米来换，矿上一般是比较喜欢的。像我们那边产苹果、大葱，那就得弄一两车皮来，才能换到煤炭。还有的地方是拿工业品来换，像什么钢材啊、棉布啊、化肥啊。总之吧，什么东西缺，你就弄什么来，准没错。”

“矿长要这些东西干什么？尤其是什么化肥之类，和煤矿有什么关系？”秦海对于这些事情还真不是太懂，索性不耻下问。这时候他点的菜也已经上来了，他赶紧往李尚明的碗里挟了几筷子肉，以换取李尚明的好感。

李尚明对秦海点了点头，那意思大概是对秦海的态度表示满意，然后一边吃菜喝酒，一边解释道：“这些东西都是替矿上弄的，有些是替地方上弄的。煤矿是归上头管的，可是矿上的人得在曲武生活，最起码来说，矿上的子弟得在曲武的中学上学,这就得给曲武当地一些好处。像什么化肥啊、农药啊，都是帮当地搞的。“

“你等等，我怎么觉得这事有点复杂啊。“秦海被李尚明描述的这张关系图给弄晕了。

煤矿有煤，所以可以用来与需要煤炭的单位交换各种物资。这些物资换来之后，也并非全部是归煤矿所有的，煤矿还需要拿出一些来讨好地方政府，以换取地方政府对煤矿的照顾。比如说，各家煤矿都有自己的矿办中小学，但一般来说教学质量都是惨不忍睹。矿上的子弟想到市里的好学校去就读，就需要当地政府提供便利，而这些便利，又是煤矿用物资换来的。

人情社会，谁也离不开谁，手上拿捏着紧俏物资的单位，就可以凭此换取各种各样的好处。而需要这些物资的单位，则不得不拿出好东西来上贡，这就是李尚明所说的“真章”。

“李大哥，我想再问一下，你说的这些东西，都是给矿上的。那矿长自己……我们是不是也得表示一下？”秦海小心翼翼地问道。

李尚明想了想，说道：“这个就不好说了。你要说给矿长送几条烟，弄几瓶好酒之类，那是必须的。至于说更多的嘛……”

说到这里，他把脑袋向秦海那边凑了凑，用手偷偷指了指旁边几桌南方人，说道：“我听说，那些南方人都是直接给‘现的’，不过我没亲眼见过，也不敢乱说。你们二位也是国营企业的吧，咱们国营企业哪敢搞这套，光财务上就过不了关嘛。”

“居然有这么大的学问，黑子，看来咱们这趟算是白跑了。”秦海假意地对黑子说道。

黑子明白秦海的暗示，当下回答道：“头儿，领导让咱们来，咱们总得见着矿上的人才行吧，要不回去又该让领导骂了。”

“说得是啊。”秦海装出苦恼的样子，对李尚明说道：“李大哥，你看我们两个都没什么经验，对曲武的情况也不了解，都不知道该怎么去约矿长。你看……”

“这个只怕有点困难。”李尚明带着歉意说道，“你是想让我带你们去见矿长吧？老实说，我能把矿长约下来，也是费了九牛二虎之力，再带其他人去的话，只怕有点说不过去。”

“哦，我理解，是我们唐突了。”秦海道。严格地说，他和李尚明属于竞争关系，李尚明费了不少力气找到的关系，当然不可能无偿地给他们使用。

李尚明大概是觉得吃了秦海的东西，却又帮不上秦海的忙，有些脸上挂不住，于是说道：“这样吧，你们都是刚到曲武，还没找到住处吧？我给你们介绍个便宜的住处，你们先住下来，有些事情慢慢打听一下就都知道了。干采购这行，讲究的就是一回生、二回熟，你们如果想真的弄到煤，得准备在曲武待上一阵子了。”

“那就多谢李大哥了。”秦海说道。

接下来自然是继续喝酒，李尚明向秦海和黑子介绍了不少采购中的规则，让二人大开眼界。其间李尚明也打听了一下秦海的来历，被秦海用一些半真半假的话给搪塞过去了。李尚明认准了这二人就是两个刚出茅庐的新手，自然也不会想到更多的事情上去。

吃过饭，李尚明没有食言，果然带着秦海二人找到了一个看起来还挺整洁的小招待所，进门一打听，每人每天的住宿费才两角钱，的确是十分便宜。秦海交了两个人住十天的房费，然后便领了钥匙和脸盆、拖鞋等物，来到了房间。

这是一个八人合住的大间，搁着四张双层的铁架子床，与大学宿舍相仿。秦海和黑子住的正好是一张床的上下铺，黑子这点觉悟还是有的，赶紧把自己的东西扔到了上铺，把下铺留给了秦海。

“哟，来了两个小年轻。”

看到秦海和黑子在收拾床铺，对面床上一个正在看小说的汉子扭过头来，笑呵呵地跟他们打了个招呼。

“是啊，刚干这行。请问师傅贵姓啊？”秦海向汉子抱抱拳，然后从兜里掏出一盒牡丹烟，抽出一支递了过去。秦海自己不抽烟，也没有在兜里放烟的习惯。但这一次出来跑原料，他专门买了几条好烟放在包里，准备用于各种应酬。像这种八个人同住一个大房间的情况，如果互相不敬几支烟，是很难与大家打成一片的。

“哇，牡丹啊！”那汉子见着秦海掏出的烟盒，赶紧扔下小说，翻身下床，恭恭敬敬地接过烟，说道：“散这么好的烟，可惜了。”

“师傅这话怎讲，怎么会可惜了呢？”秦海笑着说道。

那汉子见秦海自己没有抽烟的意思，便把手里的烟夹到了耳朵上，然后说道：“这样的好烟，我包里也有几盒，可那是见矿上的人才能拿出来散的。咱们自己人，抽包南海都算奢侈了。对了，我姓苏，苏亚波，红原省的，二位怎么称呼啊？”

“我姓秦，秦海；这是我同事，傅志昊，我们平常都叫他黑子。我们是安河省的。”秦海说道。

苏亚波道：“安河省，好地方啊，我到你们那里去过几回，你们那的肉可便宜了，一斤才一块七八毛，我们红原省的肉都涨到两块五六了。”

“这个……我还真没注意过。”秦海被苏亚波给雷倒了，一个大男人，成天关注肉价，这好像不算什么有出息的事情吧？秦海自己是不了解肉价的，他家买菜是由妹妹秦珊包下的，他用不着去操心这样的事情。

“你们也是来弄煤的吧？”苏亚波很有点自来熟的意思，一张嘴就问起秦海的来意了。

“苏师傅是怎么看出来的？”秦海笑着问道。

苏亚波撇撇嘴道：“我可不是看出来的，我是猜出来的。到曲武来的，一百个里有九十九个是来弄煤的。这么个鬼地方，如果不是产煤，谁乐意往这跑？”

秦海道：“这么说来，你也是来弄煤的？”

“是啊，咱们这一屋子，都是来弄煤的。包括今天刚走的两位，老黎和老刘，就是原来住你们俩那个铺的，都是来弄煤的。”苏亚波大大咧咧地说道。

“那他们呢？”秦海用手指了指屋子，屋子里另外的五张铺都是空着的，他们进来的时候，只有苏亚波一个人在。

苏亚波道：“还能干嘛去，都到矿上去了呗。每天像上班似的，一大早就出门，什么时候矿上下班，他们也下班，回来吹牛打牌。赶上哪天有哪位回来得晚一点，得，他就该请客了。”

“怎么？”秦海笑着问道。

苏亚波道：“那还不明白，他肯定是约着了矿上的人，一块出去喝酒去了呗。能约上人，那就是万里长征迈出了第一步，虽然前面还有雪山草地，可是毕竟曙光在前了，难道不该请客吗？”

秦海被苏亚波的比喻给逗笑了，他指指苏亚波问道：“那你呢，这是万里长征走到哪一步了？”

“我？”苏亚波指了指自己的鼻子，用揶揄的口吻说道：“我是长征的时候掉队的，已经光荣牺牲了。”

苏亚波的这番类比，让初入此行的秦海和黑子都觉得莫名其妙。苏亚波显然很满意自己制造出来的这个效果，他往床沿上一坐，从耳朵上把刚才秦海送他的烟取下来点上，舒舒服服地抽了一口，然后便开始给秦海他们讲起来了：

住在这间编号为203的客房里的几个人，都是从全国各地来弄煤的采购员，而且无一例外都是一时还没有找到关系，正在忙着拉关系的阶段。苏亚波来自于红原省，是省物资局下属的一个名叫“红海实业”的三产公司里的业务员，到这里已经半个月时间了。

来曲武之前，公司经理陈鸿程给苏亚波写了七八封信，分别是递给各大煤矿里的有关人员的,那些人都是陈鸿程从前的老关系。苏亚波来了之后，把这些信逐一送了出去,结果一点用处都没有。有些人收了信之后装聋作哑，有些人虽然表面上与苏亚波客气几句，但涉及实质性问题的时候，就哼哼哈哈、顾左右而言他了。

苏亚波把信分发完，没能获得预期的效果，于是给陈鸿程发了个电报，请示下一步的行动。陈鸿程回电报让他固守，说正在积极找其他的关系，让他耐心等待。于是，他就踏踏实实待了下来，等着公司里的新指令。别人都在绞尽脑汁地和矿上的人拉关系，唯有他是在等着公司帮他把关系找好，所以他可以天天躺在房间里以看小说为业。

说起这个苏亚波所在的这个红海实业公司，也是一件挺有意思的事情。中央提出搞商品经济，号召各部门创新经营模式，陈鸿程原本是红原省物资局的一名处长，属于脑子非常活络的那类人，他主动辞去了处长的职务，成立了一个挂靠在物资局下面的三产公司，希望能够倒买倒卖一些紧俏物资来发家致富。

陈鸿程的人脉资源非常丰富，在全国的物资系统里都有熟人。通过这些熟人关系，他成功地做成了几十笔交易，挣到了上百万的利润。最近一段时间，红原省煤炭供应紧张，黑市上的煤炭价格不断上涨，让陈鸿程嗅到了一个良好的商机，于是便派出苏亚波前往曲武，让他设法弄到几十万吨煤炭，运回红原去大赚一笔。

陈鸿程过去在物资系统工作的时候，与曲武几家国营大矿里的干部都有一些往来，于是便给苏亚波准备了七八封信，让他拿着信来找这些老关系。殊不知时过境迁，煤炭变得紧俏之后，老关系也就靠不住了，苏亚波到处碰壁，用他自己的话说，都已经牺牲了十几回了。

“你原来也是物资局的干部吗？”秦海好奇地问道。

“可不是吗。”苏亚波撇着嘴说道，“我也是鬼迷心窍，被陈处长一派胡言给说动了心，在单位上办了停薪留职，到红海实业来当业务员。你看，现在只能住着两毛钱一宿的招待所，而且还没有出差补助，这算是个什么事啊。”

“那你到底是图个啥？”秦海笑着问道。

苏亚波叹了口气道：“唉，人活一辈子，总得弄个轰轰烈烈吧。在机关里，以后50年是啥样，我现在就知道了。我们单位那些老处长，还有那些退了休的老同志，就是我的榜样。他们的今天，就是我的明天。我不想以后像他们一样，所以陈处长跟我一说，我牙一咬心一横，就跟着他下海了。”

秦海问道：“怎么，现在后悔了？”

“这倒没有。”苏亚波道，“要说陈处长对我们几个还真是不错，工资给的是在机关里的两倍，逢年过节还发各种东西，也比机关里发得多。这一次安排我到曲武来办事，路子都他给铺好的，我如果办成了，回去就能够拿到提成。如果没办成，他也不会责怪我。我们几个跟着处长一起下海的人私下里聊天，都说现在是处长在养活我们，我们还没给处长创造啥利润呢。”

秦海暗自笑了起来，无数的公司在创业之初，基本上都是老板挣钱养活员工，别说现在是80年代中期，就是到了新世纪里，很多公司仍然是这样的情况。苏亚波所在的这个公司，真正的核心资源就是经理陈鸿程的人脉关系，苏亚波他们只是负责拎包跑腿的，说陈鸿程养活了他们，一点也不算夸张。

至于陈鸿程、苏亚波这种下海公务员的未来发展情况，秦海也是非常了解的。他们作为最早下海的一批人，只要能够坚持下去，到90年代市场经济大发展的时候，就会成就一番大事业，有些人甚至可以建立起富可敌国的大型公司。当然，现在他们还属于被人们称为“吃螃蟹”的人，是处于机遇与风险并存的阶段的。

“唉，还是你们这些机关干部好啊，连下海办企业都有这么多资源可用。我们这些企业里的就苦了，想办点事都没有门路。”秦海假意地恭维着苏亚波，既然大家同住在一个屋子里，总得处好点关系吧。

苏亚波听到秦海的恭维，脸上绽出笑意，先前那种颓唐的神情也一扫而光了。他拍拍秦海的肩膀，说道：“什么机关企业的，现在我们也是企业里的，只不过是私人企业，可能比你们要灵活一些而已。大家萍水相逢就是缘分，在这里有什么难处，你就说出来，没准我还能帮上你们一些呢。”

两个人正说笑着，同屋的人陆陆续续地回来了。苏亚波一一地给秦海做着介绍：

张玮，桑定省某钢铁厂的，是个成天笑眯眯的小个子，跟谁都特别友好，管谁都叫哥，不过他那些哥到现在为止还没有把煤炭卖给他。别看张玮在煤矿上嘴巴叫得特别甜，回到房间里骂娘的话同样不堪入耳。

李霄鹏，松石省某电厂的，急性子，谁不给他煤炭就跟谁干仗，到现在为止已经跟五家煤矿的人吵过架了，什么时候把第六家煤矿的人也得罪了，他就可以回家了。

刘子文，合川省某个水泥厂的，苦命人，厂长勒令他如果弄不到煤炭，就别回去了，他现在成天腻着胜利煤矿的计划科长，就差管人叫爹了。

万华东，红原省一家民营钢铁厂的，据说还是钢铁厂的老板。不过红原省光一个地区就有三百多家民营小钢铁厂，规模大小不一，最小的老板手下除了老婆、儿女和小舅子之外，就没有其他的雇工了。万华东贵为老板，却也不得不与他们同住在两毛钱一天的小招待所里。

最为神秘的是谢其进，他是武阳省的，从来不肯向别人透露自己的职业。不过，据苏亚波分析，他很可能是一个职业倒爷。别人都是为本单位弄煤炭，而谢其进是为了倒卖而弄煤炭，至于他一转手之间能够挣到多少，就已经超出了苏亚波的想象空间，没法进行猜测了。

这一屋子人在一起已经住了很长一段时间，相互之间都非常熟悉。众人见了面，互相打招呼都是问“约上了吗”，正如寻常人们互相问“吃了吗”一样。

“哟，来了新人啊，哪的？”所有的人见到秦海和黑子都是这样开口的。

“我们是安河的。”秦海答道。

“你们也来搞煤啊？”这往往是这些人的第二个问题，而且基本上是不需要秦海他们回答的，正如苏亚波说的那样，曲武这样一个地方，除了搞煤的人，还有什么人会来呢？

“小弟初来乍到，也不懂规矩，以后有事还得仰仗各位大哥帮忙和指点。今天晚上，就由小弟做东，请各位大哥喝上几杯，如何？”

待所有的人都回来之后，秦海向众人发出了邀请。他发现采购是一门很有意思的学问，从这些采购员身上，可以看到整个中国经济的缩影。他打算在曲武踏踏实实地待上几天，认真研究一下当前的市场。

听到秦海的邀请，众人都是一错愕。他们关系虽好，但一起吃饭的机会并不多，因为谁家里都是拖家带口的，手头并不宽裕。偶尔遇到有人提议聚餐，肯定也是AA制，各出一份钱。像秦海这样一来就扬言要做东请客的，的确有些另类。

“小兄弟，免了吧，挣俩钱也不容易，你真有个心意，给大家发两支烟也就够了。”李霄鹏以老大哥的身份对秦海劝道。

“是啊是啊，我们都已经抽过你的牡丹烟了，做东喝酒啥的，就算了吧。”张玮也附和道。

倒爷谢其进本来已经躺下了，听到秦海的话，他从床上坐起来，打量了秦海一番，然后说道：“难得小兄弟有这个心意，要不咱们大伙就一起去喝几杯吧。至于说做东嘛，也别让人家小年轻一个人掏钱了，我和他一人一半，大家吃白食，怎么样？”

谢其进这样一说，大家也不好再拒绝了。当采购员的人，原本就比较活络的、擅长交际的，平时只是没有人主动提出请客而已。一干人半推半就地扔下了手里的事情，簇拥着秦海和黑子出了房间，下楼向着附近的一家馆子走去。

大家按着平时的交往程度，三三两两地走成了几拨，只有刘子文苦着脸，一个人跟在众人后面，脚步却是一点也不慢。

小酒馆里人声鼎沸，但却是只闻人声，不见人影。原来，这家酒馆的大厅早被隔成了若干个封闭的单间，作为隔断的材料不过就是一些薄木板甚至油毛毡，仅起到了阻挡视线的作用，达不到隔音的效果。每个单间里都传出来喝酒行令的吆喝声，隐约能听出诸如“我喝了你随意”、“意思都在酒里”之类的酒场专用术语。

看到秦海和黑子一副兴趣盎然的样子，苏亚波向他们解释道：“曲武的饭店，大多数都这样分隔开了，听说是南方那边传过来的方法，叫个啥雅间。我们红原现在有些饭店也开始这样弄了，你想啊，大家要谈业务，谁也不乐意被别人盯着，这样一隔，谁也看不见谁，多合适。”

黑子对于这种形式觉得很新鲜，秦海却是见惯不怪了。隔包间的这种方式，在当年不是很流行，在后来则是十分常见的，也许是因为后人的隐私越来越多了吧。

谢其进向服务员要了一个大间，进去之后，众人序齿排班，分头坐下，接着便是点菜上酒。秦海也不想刻意藏拙，张嘴便要了几个好菜，结果又引来众人惊诧的目光。秦海微微一笑，推说道：“我们领导对这批煤很重视，专门叮嘱我要不惜一切代价，给我批的招待费标准挺高。今天结识各位大哥，日后还要请各位帮忙，多点几个菜，也是我们两个小弟的一点心意。”

“你们是什么单位，竟然有这么开明的领导？”张玮不无羡慕地问道。

秦海道：“我们是北溪特种钢材厂，省里压的任务挺重，原材料供不上，厂长都急疯了，这不，就把我们俩派出来了，还让我们千万别省钱。”

李霄鹏笑道：“你们领导也真是糊涂，钱舍得花，却不知道怎么用人。二位老弟可别怪老哥说话直率，搞供销这行当，讲究的是个人情。你们二位太年轻了，而且一看就没干过这行，让你们俩来干这个，可真是有点悬。我看你们厂长估计也是个少壮派，没啥当厂长的经验吧？”

“呃……还真让李大哥说准了。”秦海尴尬地笑道。

谢其进在一旁插话道：“老李，你这样说也不对，小秦和小傅虽然年轻，但谁不是从年轻过来的？我看他们俩有热情，待人接物都有些章法，不见得就比咱们这些老油子差。咱们这些当老大哥的，该帮衬一下就帮衬一下，俗话说，欺老莫欺少，没准过几年，咱们都不如这两位小老弟混得好呢。”

“那是那是，我说话直，小秦别见怪。”李霄鹏在自己人面前倒是挺好说话，当即便笑着向秦海和黑子赔起不是来了。

不一会儿工夫，酒菜都已经上来了。黑子抢着给众人都倒上了酒，秦海说了几句“敬请关照”之类的祝酒辞，然后众人便觥筹交错地喝开了。

酒精一上头，大家的话匣子都打开了，纷纷说起了采购员之苦，正所谓萍水相逢，都是伤心断肠之人。有说供应商如何刁难凌辱的，有说自己的同行如何喝酒喝成胃出血的，有怒骂管事人员贪得无厌的，也有人抱怨单位领导不通人情的。他们说的这些事情虽然不是每个人都曾经遇上的，但作为同行，都有些感同身受。一时间众人唉声叹气，都在赌咒发誓说自家的孩子如果敢去干采购员，自己一定要打断他们的腿云云。

“秦老弟，你们不是国营钢铁厂吗，怎么也这么缺原材料？”身为民营钢铁厂老板的万东华对秦海问道。

没等秦海回答，同样来自于钢铁厂的张玮先接上了：“老万，国营钢铁厂怎么啦？我们也是国营钢铁厂，不是同样缺原材料吗？现在光靠计划内的那些生产任务，哪能养得活厂里几千号人？我们现在都在搞计划外钢材，原材料都得靠自己去弄。”

秦海点点头，说道：“张大哥说得对，我们厂的情况也是如此。不过，我们是省里给的任务，光让我们跑，不给我们草，我们还得自己弄原材料去。”

“老万，要说起来，还是你好，虽然苦点累点，可挣的钱都是自己的，累得也值啊。”李霄鹏有些酸溜溜地说道。作为国营企业的人，他一方面庆幸自己旱涝保收，不用像万东华那样成天担惊受怕，另一方面又羡慕万东华挣钱多，一桩业务就抵得上自己干上十年。这种矛盾的心态，在当年是非常普遍的。

万东华苦笑道：“挣钱哪那么容易啊，我现在还是在帮银行挣钱的。当初心血来潮，从银行贷款搞了一套设备，谁知道设备有了，原材料供不上，生产时断时续。我们那边好几百家钢铁厂，现在关门的都快有三成了，说不定哪天就轮到我了。”

“不至于吧，现在全国上下都缺钢材，钢铁厂怎么可能关门呢？”秦海说道。

万东华叹了口气，说道：“说到底，还是技术问题啊。原材料的事情，总是有办法解决的，可是钢材质量问题就难了。我们是家乡镇企业，技术不行，生产出来的盘条达不到质量标准，只能降价卖到农村去，这么多钢铁厂，都在争农村市场，都在降价，最后就大家都活不下去了。”

秦海道：“如果仅仅是钢材质量问题，反倒不难解决。技术这种事情，也就是一层窗户纸，捅破了就明白了。万大哥怎么没想着去大学里找几个专家来帮忙指导指导。”

“找过，人家不愿意来。”万东华道，“像我们这种小厂子，人家大专家怎么肯去光顾？”

秦海道：“小弟倒是认识几个搞冶金的专家，如果万大哥不嫌弃，以后小弟给你介绍一下。像你们这种小型钢铁厂的技术问题，对于这些专家来说，应当是小菜一碟的。”

“那可就太好了，咱们一言为定。”万东华虽然还有些将信将疑，不知道秦海是不是酒喝多了瞎许诺，但毕竟有了一些希望，对于他来说总是要抓住的。

“来来来，秦老弟，咱们干一个。感情深一口闷，老哥我先干了。”万东华举起手里一两装的酒杯，一仰脖子，就把满满一杯酒给倒进喉咙里去了。

“我好像有点不行了……”这回轮到秦海苦着脸了，无论是未来的他还是现在的他，酒量都只能算是一般，无法与这些老采购员们相比。刚才这一阵，为了与大家拉近关系，他已经喝了不少，再让他一口“闷”进去一两酒，他估计自己就得横着出门了。

“我替我们头儿吧。”上桌之后只负责给众人倒酒、自己很少说话的黑子站了出来，接过秦海手里的杯子，说道。

“小傅，你总是叫小秦‘头儿’，他是你的什么领导？”谢其进笑着问道。

黑子道：“他是我的组长。我们这次出来，领导说秦头儿读书比我多，就让他当组长，我当小兵。头儿喝不了酒，只好我这个小兵来顶着了。万厂长如果没意见的话，我们头儿这杯酒，我干了。”

“那可不行。”李霄鹏大摇其头，“你要帮你们头儿喝酒也成，不过你得一次喝两杯，这是我们的规矩，是不是，老万？”

“呃……这个嘛，呵呵。”万东华打起了哈哈。他知道这是李霄鹏有意要整蛊，这倒不是有什么恶意，而是酒桌上百玩不腻的劝酒手法。万东华有求于秦海，不敢得罪他。但公开为秦海开脱，又不合适，所以只能是哼哼哈哈，由着他们去折腾了。

黑子微微一笑，拎过酒壶，给自己的杯子也倒满了酒，然后先是一口把秦海杯里的酒喝干，接着又把自己杯里的酒也喝干了，把两个杯子底同时向李霄鹏和万东华一亮，说道：“这样喝，算是合规矩吧？”

“好酒量！”众人一齐喝起彩来，这些人喝的可不是什么啤酒或者低度白酒，都是五十来度的白干。像黑子这样一口干掉二两酒，即便在这些采购员中间，也算是好酒量了。

“小兄弟有这样的酒量，干采购倒也合适，你们领导看来真是没有选错人。”谢其进夸了黑子一句，然后又亲自给黑子倒满了酒，自己也倒上酒，举杯道：“傅老弟，这杯酒是老哥敬你的，咱们也干一个。”

“黑子，你行不行？”秦海有些担心了，他不曾与黑子一起拼过酒，不知道黑子的酒量到底有多大，生怕黑子为了替自己挡酒而喝出点啥毛病来了。

黑子摆摆手，道：“头儿，你放心，我有七八两的量呢，陪这几位大哥喝几杯，没事。”

你已经喝了有七八两好不好？秦海在心里暗暗嘀咕道。他有心再提醒一句，却见黑子向他使了个眼色，看起来似乎一点醉意都没有。秦海索性也就不吭声了，心想，由着黑子去闹吧，实在不行，自己再出来圆场。

秦海的预案最终也没有用上，黑子让服务员接连送了四五回酒，然后笑到了最后。除秦海之外，余下的六个人都被黑子灌得钻到桌子底下去了，黑子用筷子头夹了一颗花生米填进嘴里，然后向秦海打了个响指，说道：“头儿，我没给你丢人吧？”

“你是没给我丢人，可是这六个人，咱们怎么弄回去？”

秦海看着桌子底下醉得像烂泥一样的室友们，又好气又好笑。今天这场合，如果不是有一个神一般的黑子，现在躺在下面的就是他秦海了。他是实在无人可用，才带上黑子出来当跟班，谁想到黑子竟然有这样的本领，能够把六个老采购员悉数放倒，而自己安然无恙。刚才众人拼酒的时候，秦海是看得真真切切的，黑子是与那六人逐个单挑，然后把众人先后放倒的，相当于一个人拥有六个人的酒量。

“你不是作弊了吧？”秦海看看黑子身上，想知道他是不是玩了点什么花招，把酒都洒到衣服上了，或者是偷偷倒掉了。

“这怎么可能呢？”黑子不屑地说道，“这帮人喝酒可精着呢，我哪能在他们面前耍什么花招。头儿，我一直没机会跟你说，我就是天生喝酒不醉，这些酒对我来说，就跟水一样。我听我们农场的医生说，好像是我胃里缺一种什么煤来着……”

“是酶吧？”秦海听懂了。人体吸收酒精是需要依靠某种酶的，如果缺少这种酶，酒精就无法被吸收到血液中去，自然也就喝不醉了。这种人与寻常人们说的酒量大的人还不一样，后者是分解酒精的能力比较强，但喝过量了仍然会醉。而黑子这种人是根本就不吸收酒精，换句话说，他也根本享受不到喝酒的乐趣。

酒馆的服务员过来了，见到一大堆醉倒的人，他们也不觉得奇怪。有人弄来了一辆三轮车，几个膀大腰圆的服务员像运面口袋一样，把六个醉汉搬到了车上，在秦海的指点下，把他们送回招待所，又一个一个地给扔到了床上。喝醉了酒的人都是死沉死沉的，如果让秦海和黑子去扛，他们连一个都扛不动。

为了防止醉汉们半夜滚下床来，那几个服务员还指导着秦海用绳子把他们给固定住。有趣的是，这些绳子都是服务员在房间的墙角找到的，估计过去也没少发生过同样的事情。

六个人睡到第二天早上七八点钟，才陆续醒来。秦海帮他们从外面买来了小米粥和窝头，众人一边吃着早饭，一边看着黑子摇头叹气，说得最多的一句话，就是“打雁的让雁崽子给啄瞎了”。

吃过早饭，苏亚波拿着小说跑到外面找阴凉地方用功去了，余下的几位收拾停当，依然各奔东西，用苏亚波的话说，就是“上班去了”。昨天一直话很少的刘子文磨磨蹭蹭地拖到了最后，等到众人都走光了，他才突然闪到秦海面前，压低声音说道：“秦兄弟，我想跟你商量点事，行吗？”

秦海点点头，说道：“刘大哥有什么事就说吧，小弟只要能帮上忙，没啥说的。”

刘子文道：“我想问问你，你们厂里能给回扣吗？”

秦海愣了一下，虽说大家已经喝过一顿酒，好像也还没熟到这种程度吧？大家在酒桌上能说什么、不能说什么，都是非常讲究的。众人即便是在烂醉如泥的情况下，对于回扣之类的事情也是讳莫如深。当采购员的人，如果嘴上没个把门的，也别想能办成事情。

“刘大哥问这个干什么？”秦海以退为进，反过来对刘子文问道。

刘子文道：“我昨天观察过了，你秦老弟是个热心人，也是个正派人，我觉得和你秦老弟合作比较踏实。实不相瞒，我现在接上了一条线，是一个大煤矿的矿长。不过，他的胃口比较大，我满足不了，所以，我想和你秦老弟联手……”

“我没听明白。”秦海平静地说道，他其实大致已经能够猜出刘子文的意思了，但既然是对方在求自己，他何必过于主动，总得等对方把底牌都亮出来，自己才好坐地还价。

刘子文道：“我们厂的领导是一帮老古板，别说回扣，就连普通的招待费都抠得死死的。就这样，还非要我们这些采购员把事办成，这不是赶鸭子上架吗？我看昨天秦老弟你请客的时候，出手大方，估计你们领导应当是挺开明的，对于回扣这种事情，应当也是能够接受的。所以，我想和你谈一笔买卖。”

“愿闻其详。”秦海在床头坐下来，递了支烟给刘子文，然后静静地等着刘子文往下说。

刘子文也是经过了深思熟虑的，或者也可能是病急乱投医，万般无奈之下，把秦海当成了一根救命稻草。他接过秦海递上的烟，在秦海面前坐下，说道：“是这样的，我联系的这个矿长，他手里有 5 万吨计划外煤炭，答应可以给我。不过，他要回扣，开了个价，我实在是应不下来。”

“他要多少？”秦海问道。

刘子文比画了一个“二”的手势，秦海猜测道：“两万？”

刘子文摇摇头，说道：“是20万。”

“他可真敢要。”秦海冷笑着评论了一声，心里莫名地涌起一阵厌恶的情绪。

秦海并不是生活在真空里的人，对于现实生活中的种种丑恶，他也是有所了解的。头一天，李尚明向他介绍有关煤炭交易的各种内幕，他丝毫不觉得有什么奇怪。但今天听刘子文说居然有人一开口就敢索要20万的回扣，他还是感到震惊了。

“没听人说吗，有权不用，过期作废，现在这些当官的，谁不想趁着在台上的时候多捞几个，以后下台了，想捞也捞不着了。”刘子文像是看透了红尘一般，对秦海教育道。

“说得也对。”秦海道，“那么老刘，你打算怎么跟我合作呢？”

刘子文道：“他想要回扣，可是我们厂不同意给回扣，我现在憋在这里，一点办法都没有。如果你们单位能够给回扣，我想和你商量一下，这些煤，我让一部分给你，至于回扣，也由你们厂来出，你看如何？”

“那我不是亏了吗？”秦海似笑非笑地问道。

刘子文有些急了，争辩道：“这怎么能算亏呢？我也是千辛万苦才接上的线，人家是觉得我这个人老实本分，才向我透了底，换个别的人，他根本就连见都不会见。5万吨煤，20万的回扣真不算多，如果让老谢去做，他二话不说就答应下来了。你知道现在5万吨煤倒出去能挣多少钱？”

他说的老谢，自然是指同室的谢其进。谢其进是个职业倒爷，干的就是倒买倒卖的事情，而且花的钱和挣的钱都是自己的，自主权极高。像这种给回扣的事情，谢其进自己就能够决定了。

秦海不为所动，他问道：“既然如此，你为什么不和老谢商量这事呢？”

刘子文知道有些话不说透是不行的，他说道：“我不是没想过要和老谢合作，可是这里头有两个障碍。其一，对方是个谨慎的人，他不想和老谢这种身份的人合作，怕这种人不可靠。其二，如果对方真的愿意和老谢合作，估计就没我什么事了。关系这种东西，一说破就没价值了，老谢如果能够和对方接上线，他又何必再让我拿走一部分煤炭呢？”

秦海哑然失笑：“老刘，你就相信我不会把你给踹了，自己去和对方接头？”

刘子文道：“唉，事到如今，我也只能是赌赌自己的眼力了。我觉得秦老弟你是个厚道人，你昨天说帮老万找人指点技术，连费用的事情都没提，这就足见你的厚道了。你知道老万是个个体户，像这样的事情，你找他收点咨询费之类的，不是很正常吗？”

秦海拍了拍脑袋，说道：“哎呀，这倒是我脑子里少了根弦，老刘你提醒得好，回头我就找老万要咨询费去。”

刘子文丝毫没有受秦海的这番做作所影响，他说道：“秦老弟，你就别装了，我老刘虽然活得窝囊，看人还是有一套的。你的本心就是一个好人，想学坏都学不像。正因为这样，我才打算找你合作。5 万吨煤，我可以分你 3 万吨，我拿 2 万吨回去就能交差了。3 万吨煤，给 20 万的回扣，你觉得你们厂能接受吗？”

一吨煤的国家牌价是 70 元左右，而黑市上的价格已经卖到了 100 元以上，二者有 30 元以上的差价。刘子文答应允出 3 万吨煤给秦海，按黑市价来计算，有近 100 万元的价格差。如果让谢其进来选择，他肯定是愿意拿出 20 万来作为回扣的，这样自己还能留下 80 万元以上的利润。而作为一家国营企业，要拿出这样高的回扣就不太可能了，正如李尚明说过的，光是财务制度上就无法通过。

秦海做的是自己的企业，财务上的事情他是可以说了算的。但是，要拿出 20 万元去行贿，对于秦海来说还是有些心理压力，这实在不符合他处世的原则。他待要找个理由来推托一下，却又看到刘子文那一脸的苦相和眼睛里期盼的眼神，心不由得一软。

“这样吧，老刘，如果你信得过我，我就陪你一起去见见那位矿长，听听他的条件再说。成与不成，我肯定不会坏你的事，你看如何？”秦海最后对刘子文这样说道。

刘子文点点头：“也罢，这么大的事，也不能指望你没见着人就答应下来。这样吧，秦老弟，我先和矿长约一下，约好了，咱们就一起过去。对了，到时候把你那位小傅同事也带上，那位矿长是好酒量，不喝到一定程度，他是不会开口吐真言的。”

建兴煤矿的矿长沙仁元是个五十出头、身材矮小的汉子，他穿着一身矿上的工作服，上面带着斑斑点点洗不净的煤灰。他的脸上皱纹摞着皱纹，在那些皱纹中间，似乎也藏着无数的煤屑，看起来黑沉沉的，透着几分狰狞。

苏亚波最早向秦海介绍刘子文的时候，曾说刘子文现在天天都在胜利煤矿耗着，却不知道他真正联系到的人却是建兴煤矿的矿长。在秦海答应与刘子文一起见见这位矿长之后，刘子文又花了好几天的时间，才把沙仁元约上。一行人选了一个远离城区的乡村小酒馆见面，看起来有点特务接头的样子。

刘子文这边出场的是刘子文、秦海、黑子三人，沙仁元那边却只有他一个。一位二十出头的司机开着吉普车把沙仁元送过来，然后便一声不吭地开着车离开了，秦海也不知道一会儿喝完酒之后，沙仁元如何通知司机前来接他。

“沙矿长，这就是我向你说起过的，安河省来的小秦和小傅，小秦是具体负责的。”刘子文躬着身向沙仁元介绍道。

“我叫沙仁元。”沙仁元脸色平静地向秦海伸出手去。

“秦海。”秦海一边自我介绍着，一边握住了沙仁元的手。与他曾经接触过的一些官员绵软的手不同，沙仁元的手粗糙得像锉刀一样，握得秦海的手有些隐隐作疼。

“上酒吧。”沙仁元与秦海握完手，旁若无人地坐到了上首的位置上，然后向刘子文挥了挥手，示意上酒上菜。

秦海脸上赔着笑意，眼睛却一直在观察着沙仁元的一举一动。他注意到，沙仁元身上有一种强烈的气场，正如他曾在宁中英身上感受到的那样。这是老一代企业领导人特有的气质，他们都是在与麾下职工斗智斗勇之中成长起来的，没有几分杀气，根本不可能震得住一家大型企业。

酒菜都是事先安排好的，刘子文招呼一声，小酒馆的服务员便把他们点的东西都端上来了。酒菜上齐之后，服务员非常识相地退出了房间，消失得无影无踪了。在曲武，有不少上不得台面的交易都是在这样的小酒馆里谈的，服务员知道自己该如何做。

“沙矿长说几句吧？”秦海把酒替沙仁元倒上，笑着建议道。

“喝酒有什么好说的。”沙仁元很不给面子地应道，他端起酒杯，扫了桌上的众人一眼，说道：“该说的，都在酒里。”

说罢，他也不等别人如何反应，自顾自地先仰脖把一满杯酒喝下去了。秦海等三人互相对视了一眼，同样不吭声地满饮了一杯。

“嗯，这才像个喝酒的样子。”沙仁元点了点头，脸上却依然是淡然的样子。他拎起酒壶，先给自己倒上了酒，接着又要给秦海倒酒。

“我自己来吧，怎么敢劳沙矿长的大驾？”秦海赶紧伸手去接沙仁元手里的酒壶。

沙仁元用胳膊肘把秦海的手挡开，硬是给秦海倒满了酒，接着又给刘子文和黑子也倒上了酒，然后举杯说道：“酒桌上没什么矿长矿工，只有汉子和娘们儿。”

遇到这样一个霸道的客人，秦海等人也无话可说了，只能跟着沙仁元像比赛一般地喝着。不多一会，刘子文就被喝倒了，跑到外面呕吐去了。秦海原本还能再喝几杯，见此情形，也赶紧装醉，冲出屋去，和刘子文待在外面死活不敢再进屋。

沙仁元对于两个人的逃脱并不介意，他盯上了千杯不醉的黑子，和黑子骠上了劲。事实证明，刘子文要求秦海必须带上黑子，绝对是经验之谈。黑子足足与沙仁元拼了四五斤白酒，这才把沙仁元给喝服了。

“好小子，够劲！”沙仁元拦住了黑子继续给他倒酒的手，示意不必再喝了。他从盘子里夹了几块大肥肉，咯吱咯吱地嚼了一气，然后才扭头向屋外喊到：“小刘，小秦，不用装了，都进来吧。”

“老沙喝好了。”站在屋外的刘子文向秦海使了个眼色，拉着秦海一齐进了屋。

沙仁元的脸色显得和善多了，不再是刚见面时那副拒人于千里之外的样子。他用手指了指，示意刘子文和秦海二人坐下，然后开始点评起来：“小傅酒量不错，像小傅这么好酒量的，我过去只见过一个。小刘、小秦的酒量不行，酒品还行，人品如酒品，能这样喝酒的，都是爽快汉子。”

秦海心中苦笑，好饮之人，总喜欢说酒品如人品这样的话，也不知道是哪来的理论。刚才他也不是不想要要奸猾，实在是被沙仁元的霸气给激怒了，所以来者不拒，拼出小命也扛下了七八杯酒。谁想到误打误撞，居然得了沙仁元一个好人品的评价。

“说事吧。”沙仁元评价完喝酒的事情，直接就进入了主题，说道：“小秦，小刘有没有跟你说具体的条件？”

“说了。”秦海道。

“既然说了，那你对这个条件有什么意见？”沙仁元问道。

“要价太高了。”秦海直截了当地答道。

在来之前，秦海曾经设想了许多种与沙仁元交流的方法，但最终却选择了这样一种最没有技巧的技巧，那就是简单和直接。从喝酒的问题上，秦海看出沙仁元是个霸道的人，根本就无所谓畏惧。既然如此，秦海又何必再和他兜圈子呢？

“哈哈，要价太高？”沙仁元哈哈笑了起来，“这些煤，我如果批给那些搞投机倒把的，他们愿意出40万。我要你们20万，还算高吗？”

秦海道：“既然如此，沙矿长为什么不把煤批给他们呢？你千万别说是因为看我们酒品好，你说了我也不信。”

“哈哈，好！小伙子有种！”秦海的话并没有激怒沙仁元，相反，还让他对秦海骤然增添了几分好感。他说道：“既然你敢这样说，那我也不怕告诉你，因为我对他们不放心。找我要煤的人多得很，我只看中了小刘，因为他是个实诚人。而小刘把你们俩推荐给我的时候，也说你们是实诚人。我愿意跟实诚人做生意，钱拿得干净。”

“干净……”秦海面有讥讽之色，“沙矿长，在这种场合谈干净这个词，我怎么觉得有点别扭啊？”

秦海这话一说出来，刘子文的脸都吓白了。这种话简直就是赤裸裸地揭沙仁元的老底，刘子文是打死也不敢对沙仁元说这种话的。他紧张地看着沙仁元，等着沙仁元暴起、狂怒，然后是拂袖而去。

然而，沙仁元却没有像刘子文想象的那样反应，他用眼睛盯着秦海，看了好半天，才冷冷地说道：“小刘说得没错，你果然是个实诚人。你觉得我拿这种钱不干净，那我就给你解释解释，什么叫干净。”

“沙矿长请讲，晚辈洗耳恭听。”秦海平静地应道。

早在听刘子文说起沙仁元的事情时，秦海就琢磨过此人的心态。乍看起来，敢于开口索要 20 万回扣的人，应当是胆大包天的，可他却偏偏选中了老实巴交的刘子文来进行交易，而没有与满大街都是的那些倒爷们接触，这就说明沙仁元的内心存在着一些矛盾。

可以想见，沙仁元是既想要弄到钱，又怕交易对象太轻浮，日后给他带来麻烦。所以，要想做成这笔交易，交易者的人品将是沙仁元最为看重的。

想到这些，秦海便确定了以诚相待的谋略，刻意要在沙仁元面前扮演一个正直的角色，只有这样的角色，才能获得沙仁元的信任，从而达成交易。

双方对垒了几个回合之后，沙仁元果然被秦海的直率所打动了，加上酒劲已经上头，胆气正旺，于是也就出言无忌了。

“小秦，你知道现在我们曲武的煤炭调拨价是多少？”沙仁元问道。

“每吨 65 元。”秦海答道。

“没错，每吨 65 元。那么黑市价呢？”沙仁元又问道。

“不少于 100 元。”秦海道。

沙仁元道：“每吨 65 元，这点钱连成本都不够，我们挖多少煤，就亏多少钱。而这些煤一旦落到那些倒爷的手上，转转手就是几万几十万地挣。你说，这公平吗？”

“当然是不公平。”秦海答道。有关价格体系的不合理，他也是心知肚明的，沙仁元的这些牢骚，他又何尝不是感同身受？

沙仁元道：“这就对了。我是当矿长的，我不能让我的职工穷得去要饭吃，我得拿我们产的计划外煤炭去给职工谋福利。你问问小刘，过去几年，我拿煤炭换大米、换猪肉，我们的职工得了多少实惠，这都是有据可查的。你觉得这些大米、猪肉，不干净吗？”

秦海笑笑，说道："沙矿长，你好像跑题了。如果你是拿煤炭为职工谋福利，我无话可说。这种事虽然不合法，但合理。不过，你开口要的，似乎不是这些东西，而是20万块钱，你不会告诉我说，这些钱也是要分给职工的吧？"

沙仁元果断地摇了摇头，说道："当然不是。如果是分给职工的，我何必找你们呢？"

"既然如此，你说这些为职工谋福利的事情，有何意义呢？"秦海逼问道。

沙仁元沉了沉，说道："因为我也是矿工出身，我这个矿长，也是在井下拿命换来的。"

"就算你是矿工出身，就算你曾经在矿井里拼过命，你就有资格占有这些钱吗？你们矿上有多少矿工，他们只是没有当上矿长而已，如果要论资格，他们同样有资格得到这些钱吧？"秦海寸土不让地反驳道。

此前，秦海还想着要注意谈话的技巧，但听到沙仁元的理由，他忍不住有些头脑发热，一张嘴便控制不住了。这些话说出口，他心中也暗叫了一声糟糕，自己似乎是直率得过头了。

沙仁元被秦海这句话呛着了，半晌说不出话来。他伸手拎起酒壶，给自己又倒了一杯酒，酒杯凑到嘴边时，他停下了，只抿了半口，然后悠悠地说道："年轻人，我给你讲一个故事吧。"

"请便。"秦海说道。

沙仁元道："那是快三十年前的事情了……有些事我都记不清了。简单说吧，就是我们建兴矿，有一个巷道里发生了一次冒顶事故，坍塌下来的煤层很厚，把出巷道的口子全部堵死了。当时，在巷道作业的是一个14个人的采掘小组，冒顶发生的时候，这个小组的人都还活着，可是，他们根本就无法坚持到外面的人把煤层挖开的那一天。"

"然后呢？"秦海随口问道。沙仁元说的事情还不足以让他感到震惊，这并不是因为他铁石心肠，而是在那个年代，煤矿事故实在不算是什么很稀罕的事情。

"采掘小组的组长，大家都叫他老邢头，是个有经验的老矿工。他记得在这条巷道的旁边，有过去日本人采矿的时候挖过的几条旧巷道。如果能够凿开石壁，找到那几条旧巷道，这个小组的人就有希望活着逃出去。”沙仁元继续说道。

“那么，他们找到那几条旧巷道没有？”秦海被沙仁元的故事吸引住了，忍不住追问道。

“找到了。”沙仁元道，“老邢头就像一只地鼠一样，用鼻子就能够闻出巷道在哪里。他带着整个小组的人，靠着仅有的一点干粮，凿穿了十几道石壁，最后找到了一个废弃的出风口。”

“这么说，大家都得救了？”秦海问道。

“没有。”沙仁元摇着头，悲伤地说道：“因为吃的东西不够，要凿穿石壁又是重体力活，消耗极大。矿工们的身体都顶不住了，他们……他们一个接一个地倒在那些巷道里。最后找到出风口的时候，14 个人里，只剩下了老邢头和一位最年轻的矿工。这位最年轻的矿工所以能够活下来，是因为大家觉得他太年轻，不肯让他干最重的活，保存了他的体力，也就是说，是大家用自己的命，救下了他的命。”

“最后呢？”秦海的心怦怦地跳着，他终于被这个悲壮的故事给打动了。

“最后，老邢头倒在了出风口下面，临死之前，他对那位最年轻的矿工说……他说：小沙啊，你最年轻，还没成家，你不能死。你脑子灵活，以后肯定能当干部，我们的家属和孩子，就全指望你照顾了。”沙仁元说到这里，泪水从眼眶里吧嗒吧嗒地滴落下来。

秦海再迟钝，也能听出故事中的“小沙”正是眼前的这位沙矿长，他说自己的矿长也是在矿井下拿命换来的，如果要深究的话，这不仅仅是他自己的命，还有包括老邢头在内的十三位矿工的命。

“老邢头，多好的一个人啊，而且是好酒量，和这位小兄弟一样，怎么喝也不会醉。这辈子，我就服他一个人的酒量，可惜……”沙仁元说不下去了，抬起手，把杯子里只抿过一口的酒全部洒在了地上。

秦海沉默不语，他隐隐猜出了一些什么，但却又不敢确信，只是静静地等着沙仁元给他揭开谜底。

“我活下来了。”沙仁元道，“靠着自己的努力，慢慢当上了班长、工长、矿长。我一直都没有成家，13 位老大哥留下了 13 位老嫂子和 20 个孩子，我就像照顾自己的嫂子、老娘和孩子一样，照顾着他们。时至今日，当年的那些孩子也都已经结婚生孩子了。老邢头的孙子今年22岁，上次来跟我说：沙爷爷，我想下井。我当场就给了他一个大耳刮子。”

“为什么呢？”秦海问道。

“为什么？下了井，这条命就不是自己的了。老邢头他们把命丢在井下了，我能让他们的子孙再去冒这个险吗？”沙仁元瞪着眼睛说道。

黑子插话道：“那他们为什么想下井呢？”

“下井才能多拿钱啊。”沙仁元叹道，“这13位老大哥的孩子和孙子、外孙们，我都给安排在井外了。井外安全是安全了，可是工资比下井低得多。煤矿是国家的，工资不是我能说了算的。他们小的时候，我一个人挣钱，补贴他们13家人家。可是现在他们已经是20个大家庭了，我哪能补得过来。再说，他们也都是好几十岁的人了，他们怎么可能再让他们沙叔叔拿工资去补贴他们？”

“这么说，你要的钱是……”秦海迟疑着，没有把自己的猜想说出来。

沙仁元道：“你猜得没错，我要这20万，就是想给这些孩子们的。我想好了，一家一万，足够他们生活得宽宽松松了。现在年轻人结婚要讲个排场，有他们沙爷爷给他们预备的这些钱，这些孩子们应当都能娶个漂亮媳妇了。这样我去天上见那些老哥哥的时候，也能有个交代了。”

“所以你希望这笔交易要安全，而且要隐秘。”秦海听明白了，他心里百感交集，不知道该说什么好。先前对沙仁元的那些厌恶之意，现在都不复存在了，余下的只是无尽的悲情。

“沙……沙矿长，你的心情，我们都能理解。不过，你这样搞，是不是有些风险啊？反正你还在位子上，为什么不分期分批，每次少一点呢？”刘子文磕磕巴巴地建议道。他原本就是一个胆小的人，对于沙仁元的这种做法有些提心吊胆。现在听说其中的内情竟然是这样，对沙仁元凭空多了几分敬意，于是便替他打算起来了。

沙仁元凄然道：“没时间了，上个月，我查出……算了，这些事你们也没必要知道。我的想法你们也都知道了，行不行，你们给个准话吧。”

“这……”秦海支吾了。

沙仁元说出来的理由，让秦海实在无法拒绝。但一下子给出这么高的回扣，秦海也有些忐忑，这毕竟不是几包烟、几瓶酒的事情，而是足足20万元，这个数额在那个年代里算是骇人听闻了。

“沙矿长，我觉得你这个想法不妥。”被秦海带来作为人形酒桶的黑子突然插了一句，让秦海都愣了一下。

沙仁元转过头，眯着眼看着黑子，冷笑道：“年轻人，你说我的想法有什么不妥？”

“沙矿长，我也给你讲个故事，好不好？”黑子不慌不忙地说道，他真不愧是在平苑县城放过高利贷的，关键时候还真有几分沉稳的样子。

沙仁元哑然失笑：“好啊，年轻人，我倒想听听你讲的故事。”

黑子道：“我这个故事不算很远，也就是三天前的事情。我恰好在你们建兴矿门外那条街上跟几个人打台球，看到旁边那桌，有个剃着光头的小年轻在跟别人赌球。我记得他当时说了一句‘我沙爷爷是矿长，我还能赖你的钱吗’。当时我没听懂这句话，现在我明白了，他应当就是你说的那13个矿工家里的孙辈吧？”

“妈的，这肯定是王老二家里的小子，这孩子从小就不学好！”沙仁元脸色铁青，咬牙切齿地骂道。

黑子讲完这个故事，便不再吭声了，只是向秦海递了一个眼神，意思是说自己不会讲什么大道理，余下的事情就交给秦海去办了。这些天，秦海派黑子到曲武的几个煤矿附近晃悠，打探有关的消息，想不到竟然让他误打误撞地碰上了沙仁元罩着的一个年轻人。

黑子自己就是干部家庭的子弟，而且也有过失足混社会的经历，对于这种事情异常敏感。他在这个时候讲出这个故事，分明是给秦海送去了一番非常好的说辞。

秦海会意地接过黑子的话头，对沙仁元说道：“沙矿长，小傅讲的这个故事，很有些启发啊。你能够给这些孩子弄到钱，但你能保他们一辈子吗？如果这些孩子自己不争气，你给他们这么多钱，恐怕不是帮他们，而是害了他们。”

“唉！”沙仁元拍了一下脑袋，懊丧地说道：“我最失职的地方，就是没管好这些孩子。他们家里没有长辈管教，而我当着一个矿长，平时也没多少时间去管他们。结果……小傅说的这种情况，我也知道，这些孩子里，争气的真没几个，大部分……都在给他们的爷爷丢人啊。”

早在黑子讲完那个故事的时候，秦海就已经有了一个很好的主意。看到沙仁元的心思在浮动，他说道：“沙矿长，古话说，授人以鱼，莫如授人以渔。你与其给这些孩子钱，何不给他们一个挣钱的机会呢？”

“什么挣钱的机会？”沙仁元眼睛一亮，隐约看到了一些新的希望。

“可以让这 13 家人联合成立一个企业，各家的孩子都在企业里工作，挣了钱按照各自的股份和贡献来分配，这不是比你单纯地给他们钱要更长久吗？而且让他们通过自己的劳动来挣钱，也避免了让这些孩子变成纨绔子弟。”秦海说道。

沙仁元道：“这个方案我也考虑过，可是有两个障碍。第一，要办企业，总得有本钱吧，这本钱从哪来呢？”

秦海嘿嘿笑了一声，没有吭声，一切尽在不言中。

沙仁元愣了一下，苦笑道：“我倒糊涂了，我能收回扣，拿这些回扣当本钱也就罢了。不过，以往我没打算这样做，如果不是觉得自己日子不多了，也不会出此下策的。”

秦海道：“如果这样做，名义上要合法多了。找一个出资人出资来办一家企业，以照顾工伤矿长遗属的名义，把各家的孩子招进去，谁也没法歪嘴，这还能保全了沙矿长的一世英名，何乐而不为呢？”

“什么一世英名，我已经不在乎了。”沙仁元摆摆手说道，“钱的问题解决了，还有一个问题，就是办什么企业呢？我们曲武有些乡镇企业搞小钢铁厂、小洗煤厂之类的，也能赚点钱。可是，让孩子们去干这个，我总有些不甘心。现在市场上的竞争也越来越厉害了，我怕他们一下子没弄好，反而把本钱折进去了。”

“我倒是有一个好买卖，就是不知道沙矿长说的这 13 家的孩子能干不能干。”秦海说道。

沙仁元道：“13 家的孩子，哪能都是一样出息的。不过，有几个孩子是我看着长大的，现在也都快40岁了，倒也算是有些经验，人也本分。如果有好的项目，他们应当能够撑得起来，再把其他的孩子带上。”

“那好，我知道在曲武有一个好项目，那就是工业陶瓷。这想和沙矿长合作来做这个项目，沙矿长愿意自己参股也行，让那13家的孩子参股也行。这个项目里，我只要三成的收益，但我必须有控股权。”秦海终于抛出了他的计划。

当年的曲武，是一个完全建立在煤炭基础上的城市。在几十年后，由于老矿区资源濒临枯竭，加上国家环保方面的一些政策限制，曲武的煤炭经济受到了挫折，不得不寻求新的经济增长点。

曲武市政府经过反复调研、论证，最终确定了以工业陶瓷作为曲武的后续产业。通过几年的努力，果然使曲武成为全国著名的工业陶瓷生产基地，陶瓷业的产值甚至远远超过了煤炭工业。

曲武市政府在确定工业陶瓷作为发展方向的过程中，曾邀请了许多专家学者赴曲武进行考察，未来的秦海也是被邀请的专家之一。秦海知道，曲武市能够大力发展工业陶瓷的原因，在于当地拥有丰富的氧化铝、锆英石等资源，这都是工业结构陶瓷的重要原料。

要凭空建立起一家工业陶瓷厂，需要掌握当地的资源分布，还要熟悉工业陶瓷的生产流程，而这两项，在当前都只有秦海能够做到。他并不忌讳在沙仁元面前说出这个计划，因为离开秦海，沙仁元是无法把这件事做成的。

“你们不是钢铁厂吗，怎么还插手陶瓷的事情？还有，你们是国企，和这13家孤儿寡母合股办厂，上级能答应吗？”沙仁元满腹狐疑地问道。

事到如今，秦海也不必再隐瞒自己的身份了。他把自己创办平苑特钢厂以及与北溪钢铁厂联营的事情简单向沙仁元做了一个介绍，直听到沙仁元咋舌不已，在一旁的刘子文也傻了眼了。

“秦……秦厂长，我真的不知道你的身份，过去有些冒犯了。”刘子文怯怯地说道。他一直以为房间里只有谢其进是个大款，可是听秦海这样说，秦海的潜力比谢其进可要大得多了。这样一个坐拥百万家产的大富翁，自己居然还一直以为是初出茅庐的小年轻，实在是太可笑、太孟浪了。

“刘大哥这话就见外了，分明是小弟藏头藏尾，瞒了刘大哥，我还没向刘大哥道歉呢。刘大哥请放心，我是做企业的人，信用至上。如果沙矿长愿意与我合作，我弄到煤炭之后，一定照原来的约定，拨出两万吨给刘大哥，不会让你为难。”秦海看出了刘子文的心思，大大方方地向他作出了承诺。

刘子文被人觑破了心思，很是尴尬，连忙掩饰道：“我没有这个意思，秦厂长这样光明磊落的人，我当然是相信的……沙矿长，你说是吧？”

沙仁元沉吟了一会，说道：“感谢秦厂长直言。秦厂长是胸怀大志的人，把这 13 家的孩子交给秦厂长，我倒是能够放心。不过，有一个问题，如果我没弄明白，心里总还是有点不踏实的。”

“沙矿长请讲。”秦海说道。在透露了自己的身份之后，他说话的态度便与此前不同了，换成了一种与沙仁元平等的语气。

沙仁元道：“秦厂长刚才说你知道瓷土矿的分布，也了解工业陶瓷的生产工艺，那么你为什么不自己去办这家企业，而是要找我这个将死之人来合作呢？”

秦海笑了：“沙矿长，如果我说我是被你感动了，想帮一帮这 13 家的孩子，你信吗？”

“信，也不信。”沙仁元说道。

“我也不全信。”秦海坦白道，“不过，我向沙矿长提起这个项目，的确有敬重沙矿长的意思在内，这一点沙矿长是不必怀疑的。除此之外，还有一个理由，那就是我是外乡人，要想在曲武办成这么大的一件事情，没有沙矿长这样的人撑腰，是不可能的。

我有技术和信息，沙矿长有曲武的人脉，我们算是等价交换。办厂子初期需要几十万的投入，全部由我承担。最终的收益，沙矿长拿七成，我拿三成。我唯一要的，就是控股权，因为这家厂子日后对我还有其他的用场。”

“你说的这些，能写成字据吗？”沙仁元问道。

秦海道：“我们当然要有字据，否则我不成冤大头了？既然是合作，就需要有一个正式的合作协议，写明企业的责权利关系，免得日后生怨。沙矿长请放心，这个协议肯定是能够经得起推敲的，我也不想弄一家无法见光的企业，是不是？”

“还有一个问题，你说的这家企业，当真能够挣钱？”沙仁元又问道。

秦海在心里盘算了一下，然后答道：“如果沙矿长能够帮忙把土地的问题解决，还有采矿权的问题，那么三年之内，如果挣不到 100 万利润，我把这家厂子全部送给沙矿长，如何？”

“我相信了。”沙仁元毅然地点了一下头，说道：“不管怎么说，你是拿出真金白银来投资的，我这边不过是卖几个老面子而已。我想，秦厂长这么能干的人，肯定不会做吃亏的事情。如果真的能够做成一家能长久挣钱的企业，留给这些孩子们，我也能瞑目了。秦厂长，你就说吧，需要我老头子做点什么。”

“呵呵，你先给我拨 5 万吨计划外的煤炭，行吗？”秦海笑着，说了一句极其煞风景的话。

“煤炭当然是可以给的，这些煤炭的指标，我是专门留出来，想给这些孩子谋点福利的。既然秦厂长有更好的方案，这些煤炭指标送给秦厂长，又有什么不行？不过，我们最好还是抓紧时间把后面的事情安排好，这样我也就放心了。”沙仁元说道。

与沙仁元约好第二天去他办公室详细商量办陶瓷厂的事情之后，秦海便起身准备去结账了。沙仁元拦住了秦海，叫好饭馆的小老板，让他把账挂在建兴煤矿的名下。秦海也没有坚持，他知道这是沙仁元表达善意的一种方式，反正出钱的是公家……这种程度上的腐败，简直是不值得一提的。

先前送沙仁元来的那个司机如幽灵一样，及时地出现了。秦海真是很好奇他是如何知道这边酒局已经结束的，难道沙仁元与司机之间还有什么默契不成。沙仁元让秦海等人坐上车来，先把他们送到了招待所，然后自己才返回煤矿。

看着沙仁元坐的车子尾灯渐渐远去，刘子文回头向秦海说道：“秦厂长，今天这事……多亏你了。”

秦海摆摆手，说道：“刘大哥不必这样说，我还要感谢你替我接上了这条线呢。对了，回房间之后，刘大哥千万别再叫我秦厂长，还是照旧叫我秦老弟，或者叫小秦就好了。”

“我明白，我明白。”刘子文连连点头。

为了避嫌，秦海让刘子文独自先上楼去，自己与黑子在楼下多待一会，然后再回房间。刘子文离开之后，黑子看着秦海，忽然嘿嘿地笑了起来。

“你笑什么？”秦海有些莫名其妙。

黑子笑道：“头儿，我发现你真有本事，也真够贪心的。弄下一家平苑钢铁厂不够，又弄了个北溪特钢厂。去见一回我爸，把我们曲江水泥厂也收到口袋里去了。现在可好，厂子都办到林西来了，你到底打算弄多少家厂子？你当厂长上瘾了还是怎么着？”

第七章　一群养不熟的白眼狼

青锋厂承接的37个浦桑汽车零件项目的科研攻关顺利完成，并且投入生产。为了表彰青锋厂，浦桑汽车国产化办决定在青锋厂开一个现场会。青锋厂和平苑县为了现场会的顺利召开，忙上忙下，然而将要前来参加现场会的零件项目的协作单位们，却在翟志国的煽风点火之下，建立了一个同盟，打算在现场会上以停产为手段要挟青锋厂让出部分利润。

对于黑子的调侃，秦海只是报以莞尔一笑。半年多的时间里，先后开办四家工厂，在旁人看来的确是有些贪心不足，但对于秦海来说，这仅仅是一个开头而已。他想建立的，是一个庞大的材料帝国，区区四家小型工厂根本无法支撑起他的宏伟构想。

作为一名材料科学家,秦海知道材料工业简直可以用“吸金兽”来描述。随便一种材料工艺的研发，就需要进行数百次乃至数万次的实验，花费的金钱是以百万、千万这样的量级来衡量的。至于材料加工中所使用的装备，同样是昂贵得令人发指，比如一台用于粉末冶金的4万吨模锻压力机，投资可以达到10个亿之多。

半年多以前，秦海拒绝了陈贺千让他去钢铁总院从事研究工作的邀请，执意留在基层做实业，根本的想法就是要赚钱，积累起足够的财富，用以发展材料科学和材料工业。平苑特钢厂等几家企业所创造的利润，不过是他淘到的第一桶金，离他预想的目标还远得很呢。

经过半年多的经营，秦海手头的平苑特钢厂现在已经成为收益稳定的现金牛，能够为秦海提供源源不断的资金。曲江水泥厂的发展势头也不错，在秦海的指导下，已经更新了一套窑炉设备，开始生产更高级的特种水泥了。北溪特钢厂处于刚起步的阶段，不过秦海有信心让它茁壮成长起来，一旦能够实现年产 20 万吨钢材的目标，那么每年创造的利润将是以千万计算的。

与沙仁元合作在曲武开办工业陶瓷厂，是秦海的灵机一动，但同时也是他总体构想中的一部分。陶瓷是一个技术含量很高、利润很丰厚的材料种类，尽管以目前的条件，秦海还只能开发几种低端的工业陶瓷产品，但随着生产规模的扩大，在资金允许的情况下，秦海肯定会不断提升这家陶瓷厂的产品档次，向着特种结构陶瓷、功能陶瓷等领域扩张。

举个简单的例子，当前金属机加工中使用的刀具大多是用金属材料制造的，遇高温容易软化，因此在加工时需要不断地喷洒冷却液来进行冷却。但如果用氮化物陶瓷制作成刀具，在刀尖温度超过 1000 度的情况下，刀具的硬度仍然不会改变，这就极大地扩展了刀具的使用范围。尤其是在高速切削的条件下，陶瓷刀具比金属刀具具有更多的优越性。

有关这些想法，秦海自然是不会一下子全部抛出来的。他现在还不知道沙仁元所说的 13 个家庭中有没有真正堪用之人。一家企业要想发展起来，理念和技术固然重要，良好的内部管理也是必不可少的。秦海不可能长期待在曲武守着这家厂子，他只能进行一些原则性的指导，而厂子里有没有得力的领导，就成为这家工厂能否发展壮大的关键。

迫切需要一大批职业经理人啊！秦海无比感慨地想到。

但是，职业经理人这种生物，不是随便在地里撒点种子、喷点化肥就能够长出来的。这个群体的出现，需要经过市场环境的磨砺，也需要大浪淘沙般地筛选。中国任何时代都不缺优秀的企业管理人才，但在这样一个商品经济还刚刚萌芽的时代，许多未来鼎鼎有名的管理者还在田间荷着锄头修理地球，根本没有意识到自己还有叱咤风云的那天。

在人才匮乏的大背景下，秦海做好了心理准备，打算本着广种薄收的原则，不断地撒网，再不断地收获。

第二天，秦海带着黑子来到了建兴煤矿沙仁元的办公室。沙仁元已经把他看好的几个人都叫来了，他一一在向秦海做着介绍：这是刘硕，这是明永波，这是黄燕玲……

这些沙仁元嘴里的“孩子”们其实都已经是三十多岁至四十多岁的年龄了，都是矿上的职工，有些还在矿上当着中层干部。在沙仁元面前，他们都是一口一个“沙叔”地喊着,其实他们中的一些人比沙仁元只小一两岁。

“这就是我跟你们说起的秦厂长，秦海。别看他年轻，肚子里是真有货色。昨天他跟我说，想在曲武搞一个工业陶瓷厂，让咱们这 13 家的孩子都参加。在厂里做事的人都能拿工资，挣的利润在你们 13 家平分。大家有没有兴趣？”沙仁元对众人问道。

“秦厂长，这什么叫工业陶瓷，我们也不懂啊，怎么做？”长着一脸络腮胡子的刘硕向秦海问道。

秦海把工业陶瓷的概念向众人介绍了一遍，然后说道：“各位大哥、大姐不用着急，有关的生产工艺，我会详细地给大家列出来。工厂建成之后，我们可以先从其他工厂借一些技术工人过来做指导，大家慢慢学习。陶瓷生产的技术并不复杂，相信大家很快就能够掌握的。”

“那厂子的管理，是由秦厂长你来负责吗？”已经有些中年发福的黄燕玲问道，她现在是建兴矿的人事科副科长，对于管理问题比较敏感。

秦海道：“这个我恐怕没时间，就需要仰仗你们各位了。大家记住，这家厂子我拿三成的利润，余下的利润都是你们的，希望你们有一种主人的意识，全力以赴地把这家厂子办好、管好。”

“刘硕，你是老大，以后厂子里的管理，就由你抓起来。谁敢不听话，你直接拿巴掌扇，就说是沙叔说的。”沙仁元牛气哄哄地号令道。

沙仁元曾经向秦海介绍过，在那次冒顶事故之后，他就把这 13 家人并成了一个大家，20 个孩子按年龄排序，分别编成了老大至老二十。在过去这 30 年中，这 20 个孩子也真像亲兄弟姐妹一样，玩在一起，打架也在一起，有困难互相帮助，关系一直持续到今天。他们的下一代现在也陆续开始成年了，大家的关系虽然不像上一代那样紧密，但一家人的意识还是非常强烈的。

“既然沙叔信任秦厂长，那我们也没说的。秦厂长，这件事该怎么做，你尽管交代就是了。我们也不懂什么，但多少有把子力气，保证能把事情办成。”几个人都这样对秦海表态道。

秦海的年龄一直都是一个硬伤，刘硕等人心里也不是没有犯过嘀咕。但沙仁元对秦海无比信任，这些人也无话可说。这么多年来，他们已经习惯了唯沙仁元马首是瞻，沙仁元就是他们的父亲、他们的主心骨。

接下来的十几天时间里，秦海带着刘硕等人在曲武进行了陶瓷厂以及瓷土矿的选址工作。沙仁元在曲武的影响力真是没说的，有关土地批租、执照、用电等等繁琐的事情，有沙仁元出马，都能迎刃而解。陶瓷厂最后被定性为建兴煤矿下属的集体所有制企业，当年，集体所有制也算公有制的一种，比纯粹的私营企业具有政治上的优越性。

秦海电告喻海涛，让他划过来 30 万元，作为征地、厂房建设和设备采购的资金。曲武当地土地贫瘠，有无数的荒地，因此建厂的征地费用几乎为零。在设备方面，沙仁元也不知通过什么渠道，居然弄到了一些其他地方陶瓷厂淘汰的旧设备，这也帮秦海省下了不少钱。

随着秦海资金的到位，沙仁元也兑现了他的承诺，给秦海拨出了 5 万吨煤炭的指标。秦海如约转让了两万吨给刘子文，刘子文欢天喜地地带着指标返回合川交差去了，临走前拉着秦海的手，感谢的话说了一车皮，还扬言日后如果有机会，一定要投奔到秦海麾下，为他鞍前马后地服务。

新建的陶瓷厂被命名为曲武市兄弟陶瓷厂，寓意是指当年被冒顶事故困在井下的 14 名矿工兄弟。沙仁元自己一直没有成家，也就没有子女。余下 13 家分别把家里赋闲或者工作岗位不尽如人意的家人都安排进了工厂。开会的时候，众人相互之间的称呼都是“大哥”、“弟妹”、“婶子”、“五叔”、“八姐”之类，让唯一的外人秦海听得头皮发麻。

陶瓷厂的建设不是一天两天的事情，光土方工程就得耗掉几个月，设备的安装与调试，同样是以月为单位来计算的。秦海把有关的事项向刘硕等人进行了详细地交代，又通过沙仁元的关系，从外地请来了十几位陶瓷技术工人，负责前期的生产指导。再往后的事情，他一时就顾不上了。

在这些天里，秦海与招待所 203 房间里那群苦逼的采购员们也建立起了深厚的友谊，其中尤其以谢其进和万东华对秦海的兴趣最大，因为这两个人都属于自己创业的人，对于一切可资利用的资源都是非常重视的。除刘子文之外，没有人知道秦海的真实身份，但他身上那不经意间流露出来的才情和大气，已经足以让人折服了。

秦海在曲武待了差不多有一个月的时间，终于到了不得不离开的时候。一份由青锋农机厂宁中英签发的电报，飞到了他的手上。在电报中，宁中英告诉秦海，由于北溪市的汽车配件国产化工作取得优异成绩，浦桑汽车国产化办公室决定在北溪召开经验交流现场会，在这样的会上，秦海无论如何是必须在场的。

秦海带着满身煤渣回到青锋厂的时候，厂里正张灯结彩，一片奢华景象。由于旋耕刀片顺利出口日本，而汽车配件生产也十分顺利，青锋厂过去半年时间盈利三百多万元，用萧东平的话来说，简直是肥得流油了。这次听说浦桑国产化办要来开现场会，宁中英大手一挥，便批了 20 万元作为会议经费，现场布置的这份排场也就可想而知了。

要说起来，秦海已经有好几个月没有回青锋厂了，一开始是在北溪忙联营厂的事情，接着又是去林西省采购煤炭。对于他的长时间脱岗，宁中英也没法说什么，因为让秦海去北溪钢铁厂是省里的意思，秦海可以算是去出公差的。

这一次，因为涉及汽车配件国产化的工作，而这项工作最早是秦海牵头的，国产化过程中诸多技术瓶颈都是秦海与李林广等人合作攻关解决的，现场会上如果没有秦海出席，无疑是一个极大的缺憾。正因为考虑到这一点，宁中英才让人拍了电报，把秦海从林西拉回来了。

“你怎么弄成这个样子？”宁中英在办公室见到秦海的时候，第一句话便是如此。

“什么样子？”秦海有些莫名其妙。

宁中英道：“你就没自己去照照镜子？你现在这个样子，演个非洲难民都不用化妆了。”

“呃……”秦海无语了，前一段时间在曲武忙着办陶瓷厂的事情，他的确有些累瘦了，也晒黑了。这一趟坐火车从曲武回来，路上两天两夜的硬座，再漂亮的小伙也得耗成一副难民样了。

“这不是听说宁厂长召见，我就急急忙忙赶来了吗？下了火车连洗脸都没顾上。”秦海解释道。

宁中英点了点头，他也知道秦海很不容易，刚才那句话，与其说是调侃，还不如说是心疼。

“你也得注意点身体，别以为自己年轻就能扛，把身体拖垮了，以后还怎么工作？”宁中英带着埋怨地训斥道。

“是是，我一定记住宁厂长的教导。”秦海乖乖地答道，在宁中英面前，他是个彻头彻尾的晚辈，不敢造次。

“好吧，说说现场会的事情。”宁中英终于回到了正题，他介绍道：

“经过李教授带领的科研队伍的努力攻关，咱们所承接的 37 项汽车配件上的关键性技术问题，都已经解决了。前期向浦江汽车厂提供的汽车配件，得到了德国专家的认可。国产化办指出，这是浦桑汽车国产化工作中的一个重大突破。

所以，前几天那个小路专门打了电话过来，说他们杨主任指示，要在咱们北溪市召开一次现场会，对咱们的工作进行表彰和总结。柴市长指示，这个现场会就放到咱们青锋厂开，这样更有说服力。”

“这是好事啊。”秦海笑道，“说起那个小路，对了，是叫路晓琳吧，当初对于咱们承接这么多项产品还挺不相信的，这次开现场会，不知道她会不会觉得尴尬呢。”

“你净想什么呢！”宁中英板着脸斥道，“这么多大事你都不关心，光想着人家小姑娘是不是尴尬，你这个毛病怎么总改不了！”

“这个……爱美之心，人皆有之嘛。”秦海郁闷了，宁中英说话也太直接了，怎么就把人家心里那点不光彩的想法都给捅出来了呢？

“现在咱们要考虑的，是如何组织这个现场会。”宁中英说道，“首先，当然是有关领导讲话，这个不需要咱们操心。接着，就是咱们自己介绍汽车配件国产化的经验，我已经让办公室组织人写稿子了，你和李教授的事迹，也会被写进去的。”

“其实也不用太突出我了，我那点事迹，写个一两百字就足够了。”秦海赶紧表态。

宁中英道："哪有什么一两百字，最多有50个字提到你，就不错了。你想想看，报告上要重点强调国产化办对我们的支持，市领导、县领导的关心，协作企业的大力配合，最后才能说到咱们厂自己干部职工的努力，轮到你秦海头上，还能剩下多少字？"

秦海蔫了，嘀咕道："这不成了官八股吗？人家来开现场会，可不是要听这种官样文章的。"

宁中英没有搭理秦海的牢骚，他是非常懂得这种现场会的套路的，你如果不把方方面面的人都表扬一遍，没准就得罪谁了，哪一方给你添点乱，也够你麻烦的。至于说真实的情况是什么样，参会的人其实心里也是如明镜一般的，谁不知道那些市领导、县领导都是打酱油的角色，真正做事的，肯定就是报告最后面那不足50字的篇幅里所提到的人。

"还有一件重要的事情，就需要通知各家协作厂准备他们的经验介绍。小路在电话里专门说了，杨主任对于北溪市的这种协作方式非常感兴趣，希望能够了解一下协作的细节。所以，协作厂方面的发言也是重头戏。"宁中英接着说道。

"这件事应当有人负责联系吧？"秦海问道。

宁中英道："现在我让项纪勇在负责这事，他是管生产的，和各家协作厂都比较熟悉。"

秦海笑道："这样说来，好像没我什么事吧？早知如此，我就不急着赶回来了。"

宁中英道："怎么会没你的事？技术方面的事情，你要准备一个汇报材料，我问过冷玉明了，他说汽车配件生产的那些技术，你比他更了解，所以要由你负责汇报。另外，你也该回厂来待几天了，要不大家都忘了还有你这号人。对了，连我家那宝贝丫头都提起过你呢，说你答应辅导她学习，结果却一跑几个月不见人影。"

"好吧，那我就踏踏实实待在厂里，最起码给小静当几天家庭教师吧。"秦海呵呵笑着，接受了宁中英的指派。

就在宁中英与秦海商讨着现场会种种安排的时候，北溪市万野县机械厂厂长卫荣平的办公室里，也来了一位不速之客。

“翟主任，你怎么有空跑到我们万野来了？”卫荣平看到现任平苑县洗衣机项目委员会办公室主任的翟建国出现在自己面前，心里充满了狐疑。

“怎么，卫厂长不欢迎我吗？”翟建国反问道。

老子凭什么欢迎你？卫荣平心里没好气地嘀咕道。但是这种话也只能是心里想想而已，即便翟建国的级别比他低，但人家好歹也是客人，自己不便太过于无礼了。

“怎么可能不欢迎呢？我是觉得翟主任日理万机，不可能有时间跑到我们万野机械厂来。对了，韦主任现在一定很忙吧？平苑的洗衣机项目，现在进展到哪一步了？”卫荣平一边招呼着翟建国坐下，一边违心地说着问候的话。

听到卫荣平说起洗衣机项目，翟建国的嘴角抽搐了一下，一句“娘的”的省骂差点脱口而出。打人莫打脸，揭人莫揭短，随着青锋厂起死回生，洗衣机项目以及韦宝林、翟建国现在都已经成了平苑县的一个笑柄。

这半年来，其他地市盲目上马洗衣机项目的恶果已经显现，包括县长郭明在内，都在暗自庆幸平苑县没有跟风去搞洗衣机，而韦宝林当主任的这个委员会，也已经彻底成为一个多余的机构了。

“这个项目现在还在论证，百年大计嘛，卫厂长懂的。”翟建国哼哼哈哈地打了个马虎眼，然后便言归正传了：“卫厂长，我这次到万野来，是来出差，顺便来拜访一下卫厂长。对了，听说万野机械厂和青锋农机厂合作生产汽车配件，收益不错，是不是有这样的情况？”

卫荣平不明白翟建国的意图，只能随口答道：“没错，我们开始接了一个弹簧的加工任务，后来又增加了一个齿轮和一个合页，都是由我们做机加工，青锋厂做后期热处理。总体来说，合作还是比较愉快的，我们厂也因此而扭亏为盈了。”

翟建国笑道：“那我可要恭喜卫厂长了。”

“多谢多谢。”卫荣平道，“要说起来，这事也得感谢青锋厂。翟主任是在青锋厂工作过的，所以我也得感谢翟主任啊。”

翟建国摆摆手，说道：“我现在已经不在青锋厂了，这些事怎么能谢我呢？不过，如果韦主任还在青锋厂当厂长，估计你们万机在这个项目里的盈利还会再多一些吧。”

“翟主任这话……我老卫怎么听着像是有所指啊？”卫荣平敏感地问道，翟建国与他的交情并没有多深，还不到能够随便开玩笑的程度。翟建国突然冒出这样一句话，显然是有备而来，但翟建国的用意，到底是什么呢？

翟建国看了卫荣平一眼，问道：“卫厂长，难道你不觉得青锋给你们的加工费有些太刻薄了吗？我和韦主任作为外人，都有些看不下去了。难为卫厂长还对青锋厂感恩戴德呢。”

“不感恩戴德又怎么办呢？我们厂不掌握后期热处理的技术，可不就只能替青锋厂做嫁衣吗？人家说了，我们不想做，他们可以拿出去请别人做。我们根本就没有讲理的条件啊。”卫荣平假意地发着牢骚，同时观察着翟建国的反应。

翟建国阴恻恻地一笑，说道：“卫厂长，眼下就有一个机会，不知道卫厂长想不想去抓住。”

听到翟建国的话，卫荣平心中一凛，他已经能够猜出翟建国的用意了，但自己该如何答复，却是一件很难抉择的事情。

“翟主任这话，我没听明白啊。”卫荣平淡淡地回答道，作为一名江湖经验丰富的企业领导，他有足够的耐心去等待翟建国亮出底牌。

翟建国凑上前去，低声问道：“卫厂长，浦桑国产化办要去平苑开现场会的事情，你们得到通知没有？”

“当然得到了。”卫荣平道。

“这难道不是一个很好的机会吗？”翟建国又问道。

卫荣平摇摇头：“这算什么机会，我怎么看不出来？”

“怎么会看不出来呢？”翟建国瞪圆了眼睛，不解地看着卫荣平。以他的想象，自己把话说到这个程度，卫荣平无论如何也能够想到该怎么做了，难道这个世界上只有自己是聪明人，像卫荣平这样的都是傻瓜吗？

这正应了千年前杨修的一句话：丞相非在梦中，君乃在梦中耳。翟建国自以为自己很聪明，却不知道他那点小心眼在诸如宁中英、卫荣平这种级别的老江湖面前，完全是关圣面前卖大刀，根本就不够看的。

卫荣平对于翟建国所想说的事情非常清楚，但他绝对不会主动地说出来，因为这件事太过于敏感了，弄不好就是鸡飞蛋打，他才不会这样莽撞呢。

翟建国见卫荣平一脸忠厚之色，终于忍不住直言不讳了："卫厂长，青锋厂给各家协作厂的条件太苛刻了。过去，大家没办法，只能忍着。现在浦桑国产化办的领导下来了，大家为什么不联合起来，找上级领导讨个说法呢？

"我想，青锋厂的这种做法，上级领导肯定也是不赞成的，只要大家提出来，领导就会对青锋厂进行严厉的批评，要求他们改正错误。这样一来，大家得到的条件不就更好了吗？"

"这样不太好吧？青锋厂对我们这些协作厂其实还是不错的，老宁跟我也是多年的老朋友了。"卫荣平装出一副为难的样子，竭力地推托着。

翟建国急了："卫厂长，你怎么能这样想呢？这不是……这不是以君子之心度小人之腹吗？青锋厂明显是在剥削你们啊，还有，我听说上次招标现场会的时候，宁中英对你们这些协作厂的领导都是态度十分嚣张的。"

"翟主任，我就不明白了，你好歹也是青锋厂出来的人，为什么你不偏向青锋厂，反而替我们这些外人着想呢？"卫荣平问道。

"这……"翟建国一下子哑了，支吾了好一会，才吭哧吭哧地说道："我虽然是青锋厂出来的人，但我对于青锋厂的这种做法也是非常不满的。大家都是兄弟企业，青锋厂怎么能这样做呢？"

"我看，翟主任应当是对宁厂长有些不满，想帮着韦主任重新成为韦厂长吧？"卫荣平嘿嘿笑着，把最后一层窗户纸给挑开了。

韦宝林与宁中英之间的矛盾，卫荣平岂能不知道。宁中英退而复出，把风光无限的韦宝林挤到洗衣机委员会去养老，这可是血海深仇了。翟建国作为韦宝林的心腹，在这场斗争中也是失败者，他仇恨宁中英是再正常不过的事情了。

翟建国跑到万野机械厂来挑拨关系，让卫荣平借现场会的时机向青锋厂发难，如果国产化办方面真的迁怒于青锋厂，那么宁中英下台就是必然的，而韦宝林作为前任厂长，官复原职的可能性也是最大的。如果真的出现了这样的结果，韦宝林和翟建国无疑是最大的赢家。

“呃……我当然也有一点这样的想法……其实，韦厂长的能力是非常强的，而且为人也非常厚道，不像宁……宁厂长那样……有点……小集体意识……”翟建国扭扭捏捏地承认了。他并不是一个擅长搞阴谋的人，一旦心思被人说破，难免会有一些尴尬。

“你说的这些，代表了韦主任的意思吗？”卫荣平又问道。

“当然，这就是韦主任的意思。”翟建国斩钉截铁地回答道，眼睛瞪得圆圆的，装出一副极其坦然的样子。

“原来是这样。”卫荣平点了点头，陷入了沉思。

他不知道，翟建国的最后一句话，却是彻头彻尾的谎话。挑拨各家协作厂向青锋厂发难的事情，翟建国曾经向韦宝林暗示过一二，但韦宝林并没有表示支持。与翟建国不同，韦宝林对青锋厂多少还是有些感情的，尽管他对宁中英取得的成绩感到莫大的嫉妒，但要让他出面去与青锋厂为敌，他还做不出来。

翟建国是一个非常现实的人，他的人生哲学就是人不为己、天诛地灭。既然青锋厂把韦宝林和他排挤出来了，那么青锋厂就是他们的敌人。对待敌人，还有什么手段不可以用的呢？

带着这样的想法，翟建国背着韦宝林跑了出来，开始四处串联，万野机械厂不过是他走过的企业之一而已。每到一处，他都是同样的一些说辞，而且当对方问起韦宝林是否知情时，他都一概是给予肯定的回答，因为他知道，没有韦宝林给自己背书，他这样一个小喽罗根本就无法得到众人的信任。

听说此事是韦宝林的主意，卫荣平的心思开始活动起来了，他在脑子里飞快地计算着这样做的风险与收益，琢磨着自己要不要响应翟建国的这个方案。

在过去半年多时间里，万野机械厂通过承接汽车配件生产任务，实现了扭亏为盈，也让卫荣平看到了汽车配件的丰厚利润。他知道，由于青锋厂掌握了核心技术，所以最主要的利润是被青锋厂占有的，自己得到的不过是一些残羹冷炙而已。一些汤汤水水就能够让自己扭亏，如果再能加上几块肉，那万野机械厂岂不是要肥起来了？

没有一个厂长是不希望自己企业赚大钱的。有了更多的利润，就可以给职工发更多的福利，从而增进自己的威望。有了更多的利润，自己的公务消费也能够更宽松一些，出差的时候就不用再去找便宜的招待所了，这样的日子，谁不喜欢呢？

但是，向青锋厂发难的风险也是存在的。青锋厂现在是北溪市政府眼中的明星企业，宁中英与柴培德之间于公于私都有良好的关系。自己去触宁中英的霉头，弄不好就得罪了市政府，这可是一件很危险的事情。要规避其中的风险，只有一个办法，那就是与其他的协作厂联合起来，让市政府感到法不责众。

“翟主任，有关汽车配件生产利润分配的问题，并不只是涉及我们万机一家，北溪市还有几十家企业也和我们有同样的情况，他们的态度是怎样呢？”卫荣平问道。

翟建国眼睛一亮，知道卫荣平已经动心了，只是还需要找到一些同盟军而已，这就是传说中的攒鸡毛凑掸子了。他说道：“卫厂长，到万机来之前，我已经联系过几家企业了，他们的态度和卫厂长你是一致的，那就是对青锋厂敢怒而不敢言。大家都有意共同行动，团结就是力量嘛。”

“那么，谁来牵头呢？”卫荣平问道。

翟建国道：“谁牵头都不太合适，我的建议是，大家都不要当出头鸟，假装事先没有通过气，在行动的时候保持一致就可以了。我们要让国产化办感觉到，这是各家企业忍无可忍的情况下所采取的行动。只要大家的态度是相同的，国产化办自然会知道谁是谁非。”

“这件事，我还得再考虑考虑。”卫荣平答道。

“好的，卫厂长再考虑一下吧。不过，机不可失，如果错过了这次机会，现场会之后，没准青锋厂的政策又要变本加厉了。”翟建国威胁道。

“翟主任大老远过来，也辛苦了，要不，我让食堂安排一下？”卫荣平客气地说道。

翟建国虽然缺心眼，但好歹也是当过办公室主任的，知道点分寸。以他的地位，绝对轮不到卫荣平亲自安排宴席的程度，所以卫荣平这句话，相当于古代的端茶送客，那意思就是告诉翟建国可以识趣地滚蛋了。

"不必了，我还有其他事情，就先告辞了。"翟建国赶紧站起身来告辞。

"不吃了饭走？要不，我安排个车送翟主任一趟？"卫荣平又端起了更多的茶，那意思是说：还不快滚？

"不用不用，我走了，卫厂长留步……"翟建国边说边快步地退出了卫荣平的办公室。

从窗口看着翟建国从厂部小楼里离开，卫荣平回到办公桌前，抄起了电话，接通了平日里与他私交甚好的另外一家企业的厂长，他知道，那家企业现在也正在做青锋厂的外协。

"老高，这次青锋厂的现场会，你有什么打算没有？……对对，韦宝林的那个办公室主任刚从我这里走，他也到过你那里吧？……嗯嗯，这是一个好机会，可以试试，大家同进退，谁都不许装怂……好好，我准备一下，咱们要做到有理、有利、有节……老宁这个人还是不错的，咱们也别逼他太厉害了，对对……"

放下电话，卫荣平的脸上浮出了笑意。

"什么，你说各家协作企业要联合抵制现场会？"

在平苑县经委的侧楼里，韦宝林吃惊地看着风尘仆仆归来的翟建国，问道。

翟建国道："是啊，我这趟到各县去走了一下，原本想向各家企业了解一下汽车配件协作的经验，以便引进到洗衣机项目中来。结果听到各家企业的领导都在怨声载道，说不想参加这个现场会呢。"

"为什么呢？"韦宝林问道。

翟建国道："这个情况，我也问了一下。大家共同的一个意见，就是觉得青锋厂高高在上，给各家协作企业的利润太低，自己吃肉，别人喝汤。还有，青锋厂的领导态度也非常傲慢，不能与兄弟企业平等相待，大家都觉得自己成了青锋厂的奴隶，无论是利益上还是身份上，都受到歧视了。"

"老厂长这个人……有时候的确是有些踧踖的。"韦宝林叹了口气，说道。

"韦主任，这件事咱们不能坐视不管啊。"翟建国道。

韦宝林道："这种事情，咱们怎么管？老厂长这个人你又不是不知道，他认准的事情，是不会轻易改变的。再加上他宠信的那个小年轻秦海，听说技术上有两下子，少年得志，也张狂得很呢。”

“秦海……”翟建国把牙齿咬得咯吱作响，“这个年轻人可不简单，一来青锋厂就和宁默打得火热，原来是看准了宁厂长这棵大树。一个乡下出来的技校生，如果不是宁厂长处处护着他，他能有什么出息。”

“这个就不去说了。”韦宝林摆摆手，他觉得以自己的身份，在背地里这样议论一个毛孩子实在是有点丢人，何况这个毛孩子的成就已经让他感到汗颜了。不说别的，就光是省里指定让秦海去与北溪钢铁厂联营生产钢铁这件事，就不是寻常人做得到的。

“小翟，你是怎么考虑的？”韦宝林回到了正题上，向翟建国问道。

翟建国道：“韦主任，我的想法是，在这种时候，您作为青锋厂过去的厂长，应当出来仗义执言，批评青锋厂的做法，支持各家协作企业的正当要求。现在这种情况，如果青锋厂继续在错误的道路上走下去，在现场会上就有可能会出现令人难以预料的结果，那将会使北溪市的形象受到严重的影响。”

“仗义执言？”韦宝林有些迟疑，“小翟，你觉得，以我现在的身份，去向老厂长提这些事，他会听吗？”

“谁说向宁厂长提这些事？”翟建国真是恨铁不成钢，“宁厂长如果是听劝的人，也不至于走到现在这一步了。当下之计，只能是向上级领导反映这个情况，请上级领导来解决这个问题。”

“这……”韦宝林有些举棋不定。

翟建国的意思，韦宝林是明白的。趁着这样一个机会，让韦宝林去向郭明告宁中英的黑状，借着现场会这样一个大势，很有可能可以把宁中英扳下去。而宁中英一旦下台，能够接替他的，自然就是既有管理青锋厂的经验又能够在关键时刻挺身而出的韦宝林。这个结果，韦宝林是可以想到的。

要说韦宝林不想重新回到青锋厂厂长的宝座上去，那是假的。他才四十多岁，不想在这个子虚乌有的洗衣机委员会里虚耗时光。别说耗上一辈子，就算耗上三五年，他的前程也算是彻底毁了。青锋厂现在形势一片大好，韦宝林相信，如果自己回去，借着这个势头，一定能够做出一番大事业，一洗此前因毫无建树而被调离的耻辱。

可是，告黑状这种事情，又实在是太没节操了。宁中英克扣协作厂的利润是真的，但那是为了青锋厂的发展，并不算是什么罪过。各家协作厂在这个时候联合起来向青锋厂发难，本身也是很腹黑的，自己怎么能够落井下石，再给宁中英使个绊子呢？靠着这些协作厂挤走宁中英，最终受损失的是青锋厂，自己未来是想回青锋厂去当厂长的，还没回去就先把厂子给坑了，干部工人们会如何想呢？

“韦主任，这有什么好犹豫的，事情已经迫在眉睫了，如果不能赶在现场会之前解决这个问题，等国产化办的领导来了，一切都晚了。”翟建国催促道。

韦宝林道：“小翟，我觉得这件事是不是先跟老厂长商量一下为好，直接瞒着他去向县领导汇报，不太光明磊落啊。”

翟建国冷笑道：“韦主任，你这样想，这未免太过于以德报怨了吧？你想想，当初宁中英是如何在背地里向柴市长告你的状的？”

一语点醒梦中人，听到翟建国此话，韦宝林心里的火腾地一下就冒起来了。可不是吗，当初宁中英就是偷偷跑到北溪去向柴培德告了状，才使自己灰溜溜地离开了青锋厂。他能够做初一，自己为什么不能做十五呢？

想到此处，韦宝林抄起桌上的电话，直接要通了县长郭明的办公室：“喂，郭县长吗，我是小韦啊。你现在有空吗？我听到一些比较敏感的事情，想向你汇报一下……”

自从青锋厂在宁中英的手里取得复苏之后，郭明与韦宝林的关系就越来越疏远了。郭明开始意识到，韦宝林这个他一度很欣赏的家伙有些志大才疏，挺好的一个厂子在韦宝林手里濒临倒闭，而一转到宁中英手里，就变得红红火火。韦宝林关于企业经营管理的大道理一套一套的，可是用到实践中就全成了笑柄，这样一个人，郭明又有什么必要去关注呢？

听到韦宝林给自己打电话，郭明先是老大不情愿地敷衍了几句，但马上就被电话里的内容给惊住了：“什么，韦主任，你是从哪得到的消息？”

所有的协作企业将联手在现场会上发难，这个消息对于郭明来说，不啻于一颗原子弹。浦桑汽车配件国产化工作经验现场会，这是什么级别的一个会议啊！就郭明接到的通知，就已经有省里和中央部委的三四名大员要来出席了，那些事先没打招呼的还没计算在内。这个现场会虽然是在平苑召开，但它所代表的甚至不是北溪地区，而是整个安河省的面子，这样的一个会议，谁敢捅出点娄子来？

这些天，柴培德几乎一天两三个电话地催问现场会的准备情况，要求平苑县要绝对保证现场会的热烈、隆重、安全、圆满……可是，怕什么就来什么，郭明提心吊胆生怕会场上有什么变故，偏偏变故就出现了，而且是这种大得让平苑县根本扛不起来的冲突。

“你马上过来，让你那个办公室主任也过来！”郭明在电话里吩咐道。

被平苑县机关俗称为“洗委”的洗衣机项目工作委员会办公室离郭明的办公室并不远，韦宝林一刻也不敢耽搁，带着翟建国火速地来到了郭明的办公室。进门的时候，他发现县经委主任潘胜杰已经在办公室里坐着了，郭明与潘胜杰的脸色都黑得异常难看，像是即将要下雨一般。

“这个消息是你打听到的？”郭明指着翟建国，毫不客气地问道。他以前是认识翟建国的，但现在也只能记得他是韦宝林的心腹，却记不起他的姓名。在这种紧急关头，郭明也懒得去与翟建国寒暄什么，直截了当地就发问了。

“是的，郭县长，是我无意中听到的。”翟建国怯怯地说道。

“你说说，到底是什么情况。”郭明道。

翟建国把各家协作企业对青锋厂的意见添油加醋地说了一遍，最后指出，这些企业希望青锋厂能够调整政策，向他们让利，否则他们就会抵制即将召开的现场会，让现场会成为青锋厂的独角戏。

“这都是那些厂长亲口对你说的？”郭明问道。

翟建国道：“他们当然不会说得这么明显，只是流露出要拒绝的意思而已。据我猜测，他们各家企业互相已经通过气了，应当是会采取联合行动的。”

“妈的！这些养不熟的白眼狼！”郭明怒气冲冲地拍了一下桌子，骂道，“如果不是青锋厂弄了项目过来，这些企业现在还在亏损呢。得了我们平苑的好处，不说谢谢也就罢了，竟然还在关键时候拆我们的台，这简直就是……就是……”

“忘恩负义！”

“背信弃义！”

“令人发指！”

几个下属纷纷补充道，大家当然不能看着县长被一个词给憋住了。

“你们说得都对！”郭明总结道，“可是，现在事情已经发生了，咱们该怎么办，大家有什么意见？”

“这件事,应当马上向柴市长汇报,让北溪市政府给这些企业施加压力。”潘胜杰献策道。

“施加压力……”郭明沉吟起来。这些企业既然采取了联合行动，自然就是考虑到了要承受市里的压力问题。他们何尝不知道这样做会对北溪市带来多大的被动，会让市政府如何震怒。在这种情况下他们还执意要发难，显然就是吃准了法不责众这个原则。面对着众多企业的联合行动，市政府要采取行动的时候，也必然是要瞻前顾后的。

看到郭明犹豫，韦宝林说道：“郭县长，我觉得当下之计，可能应当是双管齐下。一方面通过市里做这些企业的工作，另一方面，青锋厂这边也需要有所动作，应当表现出一些诚意，来化解与协作厂之间的矛盾。”

“你认为青锋厂也有问题？”郭明看着韦宝林问道。

“这是当然，一个巴掌拍不响嘛。”翟建国在旁边插话道。

翟建国也是利令智昏了，照理说，以他的身份，县长没让他说话，他是不能随便乱插嘴的。不过，这个时候郭明也顾不上去计较这些了，他转头对着翟建国问道：“小……对了，你是姓翟吧？你说说看，什么叫一个巴掌拍不响？”

翟建国没来由得郁闷了一秒钟，然后说道：“协作这种事情，当然是讲个你情我愿。不过，青锋厂在这项合作中，明显有些仗势欺人，倚仗自己掌握了一些核心技术,就把给协作企业的利润压到底线。大家都是兄弟企业，这样做未免有些让人寒心了。

“还有，我和这些企业的领导交谈的时候，他们对于宁……宁厂长的作风也有些看法，觉得宁厂长这次复出之后，脾气比过去更大了，有些不念旧情了。”

郭明听到此处，扭过头去，给了潘胜杰一个意味深长的眼神，潘胜杰也以不易被察觉的动作微微点了一下头。两个人心里都有数了，这件事可不仅仅是协作企业与青锋厂之间的矛盾，韦宝林和翟建国显然也是剧中人。对于韦宝林会如何仇视宁中英，郭明还能想象不出来吗？但韦宝林在这种时候出手发难，却让郭明有一种怒不可遏的感觉。

“翟主任，你怎么会和这些企业有联系呢？”郭明问道，他没有称呼翟建国为“小翟”，而是称呼了对方的职务，这其中的微妙差异，没有谁会听不出来。

“我……我……是韦主任让我去向这些企业了解一下开展技术协作的经验，以便未来我们开展洗衣机项目的时候，能够仿照这种模式。韦主任，是这样吧？”翟建国情急之下，只好把韦宝林给拖下水了。

韦宝林心中一凛，他也隐隐觉得此事有些不对了。翟建国跑出去与这些企业联络的事情，他是根本都不知道的。翟建国回来之后，倒也是同样的一套说辞，但并没有敢说是受韦宝林的差遣。现在到了郭明面前，翟建国突然攀上了他，莫非是做贼心虚？

可是当着郭明的面，韦宝林又如何能够否定翟建国的指认呢？翟建国若非是他派出去的，那他凭什么相信翟建国说的话，而且还火急火燎地跑来向郭明汇报？左右为难之下，韦宝林只好硬着头皮说道：“这件事，我的确曾经与小翟谈起过，那是好几个月以前的事情了，小翟倒是一直记在心上。”

这话说得很艺术，既没有直接否认翟建国的话，但又把自己从事情里摘出来了，表示翟建国此次出门与他并没有关系。郭明听罢，点了点头，不再纠缠下去，而是说道：“那么，依你们的意见，青锋厂该做些什么呢？”

“我觉得，青锋厂应当在现场会开始之前，与协作企业沟通一下，重新商谈利润分成的问题，适当地向协作企业让出一部分利润，这也符合一盘棋的原则嘛。”韦宝林建议道。

去你娘的一盘棋！郭明在心里怒骂道。他是平苑县长，不是北溪市长，凭什么要和其他区县去谈什么一盘棋？宁中英克扣各家协作企业的利润，郭明是举双手赞成的。青锋厂的利润是要交纳给县里的，而且青锋厂富裕起来之后，县里一些花钱的事情也可以摊派到青锋厂身上，这几个月，光是让青锋厂出面招待县里的客人，就为郭明省下了上万元的招待费，仅凭这一点，郭明也不会愿意向这些协作企业出让什么利润。

“我觉得，这事还是先跟老宁商量一下才行，咱们都不是当事人，韦主任虽然当过青锋厂的厂长，但离开也已经有大半年了，对厂里的情况并不是特别了解。到底与协作厂之间的利润分配是不是合理，老宁应当更有发言权吧？”潘胜杰说道。

“对啊！我们在这里说了半天，怎么没想着通知一下老宁呢？”郭明如梦方醒，“老潘，你现在就给老宁打个电话，让他马上到县里来。”

“好咧。”潘胜杰答应着，抄起郭明办公桌上的电话，要通了青锋厂的厂办。

“郭县长，既然请宁厂长过来，我和小翟是不是就回避一下？”韦宝林怯怯地请示道，他实在有些不敢面对宁中英，生怕被宁中英三两句话就吓得实话实说了。

郭明点点头道：“也好，你们先回洗委去，有事情的时候我再联系你们。对了，老韦，洗衣机项目虽然现在还只是在筹备阶段，但县里也还是非常重视的，你可不能放松，还是要抓紧做一些调研工作。”

“明白了，请郭县长放心。”韦宝林低声答应着，然后便带着翟建国离开了。

出了县政府的办公楼，翟建国面有喜色地对韦宝林问道：“韦主任，看来，洗衣机的项目，县里还是准备做下去的。”

“你怎么知道？”韦宝林看着翟建国，奇怪地问道。他脑子里一直在想其他的事情，一时没有反应过来翟建国的意思。

翟建国道：“刚才郭县长不是说，让咱们抓紧做一些调研工作吗？”

“混……”韦宝林怒火中烧，一句混蛋差点脱口而出。好在他是个追求斯文的人，不会随便这样破口大骂，沉了好一会，他才长叹一声，也不理会翟建国，径直返回自己的办公室去了。

韦宝林心里非常清楚，郭明最后这一句话，既不是随口的客套，更不是什么鼓励，而是赤裸裸的敲打。那意思是说，你韦宝林管好自己那一亩三分地就行了，别来掺和其他的事情。这种杀气腾腾的警告，也只有翟建国这样的傻子才会听不出来。

唉，用人不察啊，这个翟建国，没准是要把我害惨了，韦宝林开始忧心忡忡地盘算起善后的事情来了。

宁中英接到县里的电话，马上就赶来了。进了郭明的办公室，发现气氛有些异样，他不禁诧异地问道："郭县长，潘主任，又出啥事了？"

"现场会的事情，准备得怎么样了？"郭明问道。

"很好啊。"宁中英想当然地答道，"各种材料都已经准备好了，厂区也全面清理过了，连厕所都翻新了，保证让浦江和中央的领导不会拉不出屎来。"

"你个老宁啊！"郭明差点没被宁中英气死，什么时候了，还在说这种俏皮话，"老宁，这次召开的是产品协作的经验现场交流会，不是光你们青锋厂一家说话就可以的。我问问你，那些协作企业方面，你们联系过没有？"

"当然联系了。"宁中英道，"我会这么糊涂吗？我一直让项纪勇在和各家企业联系，到时候每个厂至少是二三把手会到场，我估计大多数厂子都是一把手来。郭县长，你想想看，中央和省里都会来人，这些老油子谁不想在领导面前露个脸？"

"他们露脸会说什么？"郭明又问道。

"当然是介绍协作的经验了，往自己脸上贴点金啥的。不过，郭县长，你放心，他们肯定都得感谢咱们平苑县给他们提供的这个机会，青锋厂是平苑县的企业，平苑县是你郭县长掌舵的，这功劳能不记在你郭县长身上吗？"宁中英嬉皮笑脸地调侃道，老爷子在不发火的时候，的确是显得人畜无害的。

郭明真服了宁中英了，他索性也不再兜圈子，而是直接说道："老宁，你太乐观了。我刚刚听到消息，各家协作企业觉得青锋厂给他们的协作价格太低，一直都有意见，但却找不到地方说。趁着这次现场会的机会，他们想向国产化办的领导当面提出这件事。听清楚了，人家可不是来给你老宁送锦旗的，人家是来告状的。"

"有这事？"宁中英瞪圆了眼睛，"郭县长，你是听谁说的？"

“我听谁说的不重要，关键是，这件事有没有可能？”郭明问道，他不想告诉宁中英这件事与韦宝林有关，因为这会使宁中英的注意力转移到韦宝林身上去，不利于解决问题。

宁中英倒也没有追问下去，既然郭明不愿意说，自然有不愿意说的道理，他也不必追究了。郭明提出的这种可能性，倒是提起了宁中英的注意，对于这些协作企业里的厂长们有多大胃口和胆量，宁中英是非常清楚的。

“要说可能性嘛，不小。”宁中英坦率地说道，“关于协作价格的事情，这些厂子倒是三天两头地提起过。不过，我们也都进行了解释，他们至少在口头上是表示理解的。至于说选择在这次现场会上集体向上级领导告状……如果有人牵头的话，他们的确有可能会联合起来。”

“你看看，你看看。老宁，你让我说你什么好，都是兄弟企业，虽然现在也不唱什么全国一盘棋的高调了，可是起码的一点平等，你们总该做到吧？现在这个情况，你说吧，怎么应付？”郭明用手虚指着宁中英，像个怨妇一般地唠叨起来了。

“这件事，背后有黑手。”

宁中英沉默了半天，缓缓地吐出了这样一句。

郭明愣了一下，然后摆摆手说道：“老宁，黑手不黑手的事情，现在也没法追究。咱们还是考虑一下如何解决这个问题为好。我想问问，青锋厂有没有可能让出一些利润，平息一下各家厂子的怨气，为现场会创造一个宽松的环境。至于说其他的事情，等现场会结束之后，咱们再慢慢研究不迟。”

郭明这话相当于承认了宁中英的判断，而且向宁中英暗示自己已经知道黑手的所在了。只是现在最大的事情是现场会，在现场会之前大张旗鼓去追查什么黑手，纵然能够找出来又有何益？

宁中英道：“郭县长，要说这利润的事情，当然是有余地的。但我觉得，此风不可开。如果别人随便找个机会就可以要挟我们，而我们为了顾全大局就要退让，以后人家就会变本加利，以为我们好欺负。

“我的态度是，要谈协作价格可以，但必须是在双方平等的条件下来谈。如果他们以为拿住了我们的把柄就可以让我们屈服，那我就要让他们知道知道，我老宁不是好欺负的。”

"老宁，你冷静一点！"郭明喊了一句。宁中英的脾气他还能不了解吗，这是遇强更强的一个主儿，这么多家企业联手来逼宫，正好激起了宁中英的斗志，要让他后退实在是太困难了。

"老宁，这可不是一个随便的机会，你要知道，部里和省里都会有领导过来参加会议，这样规格的会议，别说咱们平苑县，就是整个北溪地区，又开过几回？如果因为关系没有协调好，导致会场上出现一些什么不愉快的事情，这丢的可是咱们整个北溪地区的脸，连柴市长都会受到连累的。"郭明苦口婆心地规劝道。

宁中英道："柴市长那边，我会向他汇报的。不过，当下的事情，是要先了解一下各家厂子的态度到底是什么，有没有商量的余地。我们不能光听到几句风声，就乱了方寸吧？"

"这倒也是。"郭明道，"那么，老宁，你就先了解一下情况吧。我也把县里的态度向你表达一下：第一，必须保证现场会的圆满；第二，青锋厂在这件事情里面受到的损失，县里会予以考虑；第三，县里还是支持你老宁的。"

"谢谢郭县长，那我就先回去了。"宁中英向郭明和潘胜杰点了点头，然后便拉门离开了。

看着宁中英离开，潘胜杰小声地对郭明问道："郭县长，老宁说这事背后有黑手，你感觉如何？"

郭明阴沉着脸，说道："这不是明摆着的事情吗？等这件事过去，看我怎么收拾这两个吃里扒外的家伙！"

宁中英不知道郭明和潘胜杰正在对韦宝林主仆二人磨刀霍霍，他坐上车回到青锋厂，马上喊来了项纪勇、萧东平和秦海，向他们通报了刚刚从郭明那里听来的消息。

"这怎么可能？"项纪勇瞪大了眼睛惊呼道，"我前两天给他们打电话，他们还是满口答应，态度非常好的，怎么两天时间就全变了？"

"你还好意思说！"宁中英斥道，"让你负责联系协作企业，你就是这样联系的？他们有什么要求，打算怎么做，你一概不知道。这么大的事情，我们还要等着县里听到了消息才知道，这算个什么事？"

“我……我操！”项纪勇张口结舌了好一会，终于爆了一句粗口，转过身便奔着宁中英办公桌上的电话机而去了。

“你要干什么？”宁中英问道。

“我给卫荣平打个电话，问问他到底是怎么回事！”项纪勇怒气冲冲地说道。

“放下！”宁中英下令道，想了片刻，他站起身，走到项纪勇身边，把电话机从项纪勇手里接过来，说道：“还是我来打吧。”

电话很快就接通了，接电话的对方正是卫荣平。听到话筒里传来宁中英的声音，卫荣平微微有些慌乱，但随即就镇定下来了。

“是老宁啊，哈哈哈，怎么有空给我打电话了？”卫荣平哈哈笑着，像是什么事情都没有发生一样。

“老卫啊，我想你了不行吗？”宁中英也同样打着哈哈，那份热情让旁边的秦海等人都打了个寒战。

两个人你一句我一句地说了些没营养的废话，最终还是宁中英把话拉回了正题：“对了，老卫，有件小事，我想向你打听一下。我听到一个小道消息，说你们几家企业对青锋厂给的协作价格不太满意，打算趁着现场会的时候向部里的领导提出来，这不会是真的吧？”

“这个事嘛……呃，老宁，你听我解释一下。”卫荣平既然打算做，自然也是准备好了应付宁中英的质问的，他装出一副为难的样子，说道：“老宁，关于协作价格这个事情，我们厂里的一些同志一直都是有些看法的。

“这一次，你们那位项厂长通知我们去参加现场会，我们当然是打算要积极配合的。但是，有些同志提出来，既然是现场会，经验的交流固然重要，存在的问题也是可以提一提的。至于说青锋厂这边是不是能够解决，那就取决于老宁你怎么看待这个问题了，是不是？”

卫荣平一下子把责任推到了莫须有的“有些同志”身上，宁中英自然也就没法对卫荣平发作了，他冷笑了一声，问道：“老卫，我想再打听一下，如果我们不接受你们提出来的要求，你们打算怎么做？是退出协作吗？”

“这是不可能的。”卫荣平肯定地说道，没等宁中英松一口气，卫荣平马上又补充了一句：“不过嘛，青锋厂这一段给我们留的利润实在太低，我们都拿不出钱来进行设备更新，有些生产设备已经出现故障了，说不定会影响生产，我现在正为这事着急呢。”

“原来如此。”宁中英淡淡地应了一句，便挂断了电话。

“他们是两个步骤，第一步是提出涨价的要求，如果我们不答应，他们就进行第二步，估计是集体罢工。”宁中英简单地向属下说明了面临的情况。

仅仅是提要求，这些协作厂的胜算并不大。双方毕竟是有协议在先的，白纸黑字都签了约，青锋厂是否同意涨价，这是青锋厂的自由。协作厂有意见，参加现场会的领导有可能支持，也有可能不支持，协作厂并没有必胜的把握。

可是如果在提要求的基础上，再以各种借口威胁停止供货，性质就不同了。浦桑汽车的生产每天都需要配件的供应，北溪提供的配件已经成为稳定的来源，如果突然中断，就会影响到浦桑汽车的生产，这样一来，国产化办就不可能坐视不管了。

“好阴险的想法！”萧东平咋舌道，“如果因为我们的缘故，导致浦桑汽车生产受到影响，那咱们的罪名就够大了，恐怕柴市长也保不住咱们吧？”

“这的确是挺麻烦的。他们如果这样做，咱们也挑不出他们什么错来，最终责任肯定是由咱们来承担的。说老实话，这个责任，咱们还真有点承担不起呢。”项纪勇也郁郁地嘟囔道。

“小秦，你的看法呢？”宁中英此时最希望听到的，是秦海的意见，而秦海却始终一言不发，这让宁中英很是不满，忍不住开口发问了。

秦海道：“我刚才在琢磨，在这件事情里面，咱们到底有没有错。”

“当然没错。”项纪勇道，“虽然说配件生产的利润大部分归了咱们青锋厂，但他们那些厂子也不是白干的。咱们付出了这么多的精力去搞技术开发，他们怎么不说？我们双方是有协议的，他们现在这样做，就是违背协议。”

秦海点点头道：“这就对了，既然我们没有错，为什么我们要害怕呢？”

“因为……这毕竟会造成恶劣影响啊。”萧东平迟疑了一下，回答道。

秦海道：“刚才宁厂长回来的时候，说到县里担心出现不良影响，因为部里和省里都有领导下来参会。我想，这些领导也都是有智慧的人，不会看不出是谁在无理取闹。既然我们的所作所为是没有错的，我们就应当坚持下去。”

“万一他们真的中断供货怎么办？浦桑汽车生产受到影响，这可是大事啊。”项纪勇道。

秦海道：“很简单啊，咱们和浦江汽车厂是有供货协议的，因为供货问题造成的损失，由我们来赔偿就是了，这就是市场经济的原则。而这些协作企业中断向我们供货，同样造成了我们的损失，那就让他们来赔偿。谁做错事情，就由谁负责，这个道理，部里、省里的领导都应当会懂吧？”

“可是……”项纪勇和萧东平二人没词了，他们虽然觉得秦海说得太过简单了，但却找不出什么话来反驳。青锋厂在此事中没有任何一点责任，要让青锋厂来妥协，他们也是不服气的。

“小秦说的有道理。”宁中英沉吟道，“项纪勇，你马上找人把和浦江汽车厂的协议都找出来，看看咱们到底要承担什么责任。”

郭明也罢，宁中英也罢，他们的思维仍然停留在“政治挂帅”的阶段，面对着政治上的压力，一切规则都必须让路。而秦海是时间旅行者，信奉的是未来社会有法可依、有法必依的制度至上的观念，所以对于各家企业的逼宫行为，他首先想到的不是会造成什么样的政治影响，而是这个责任应当由谁来承担。

接下来的几天时间里，青锋厂、平苑县、北溪市政府等等都进入了高速运转的状态。

青锋厂除继续准备现场会之外，还主动增加了与各协作厂的沟通，探听他们的底线。各协作厂早已建立了攻守同盟，都指望着利用这一次机会为自己谋取更多的利益，所以对青锋厂的回答也是统一口径，那就是：第一，对价格不满；第二，服从大局，不会破坏现场会的和谐；第三，因为客观原因，未来一段时间将不得不中断或者减少供货。

这样大的事情，郭明和宁中英都不可能不向北溪市政府汇报，在全面听取了宁中英的意见之后，柴培德毅然做出了决策，那就是站在宁中英的一方，支持协议的严肃性。他安排市经委及各工业局的领导给下属企业打电话、做工作，要求各企业放弃向青锋厂发难的计划。但是，各企业的回答也非常有道理：手心手背都是肉，为什么市里光给我们施加压力，不给青锋厂施加压力呢？

时间在不停的扯皮中匆匆而过，临到现场会召开的前一天，市里仍然未能做通各家企业的工作，而青锋厂也是一口咬住，坚决不接受城下之盟。到了这个时候，郭明也无计可施了，只能硬着头皮等待可能来临的风暴。

“杨主任，这就是青锋农机厂。”

一辆小轿车轻盈地开进了青锋厂的厂区，从车上走下来浦桑国产化办副主任杨新宇和秘书路晓琳，陪同他们的则是郭明和潘胜杰二人。杨新宇一行是前一天从浦江飞抵红泽的，又从红泽乘车来到了平苑。他们谢绝了平苑县政府的款待，要求马上前往青锋厂参观视察。

宁中英带着一干下属早已等候在厂部小楼前，见杨新宇下车，他大踏步地迎上前去，与杨新宇握手问候：“杨主任，一路辛苦了。”

“宁厂长，咱们又见面了。这半年来，你们青锋农机厂给我们的帮助实在是太大了，我一直想抽个时间过来当面向宁厂长致谢，再看望一下进行技术攻关的同志们，无奈到今日才能成行。”杨新宇热情地说道。

“这是我们应该做的，我们还要感谢国产化办给我们这样的信任呢。”宁中英答道，随后，便开始向杨新宇介绍厂里的领导和干部，还有安河工学院在厂里帮助搞技术攻关的教授们。

“你就是李林广教授？久仰久仰。”在宁中英介绍到李林广的时候，杨新宇眼睛一亮，把一只手换成了两只手，紧紧地与李林广相握，那份景仰之情溢于言表。

饶是李林广生性洒脱，也被杨新宇的热情弄得手足无措了，连声说道：“杨主任太客气了，我只是一个普通的科研人员而已。”

杨新宇大摇其头：“李教授，我看过你在《汽车工业》、《冶金》等几份杂志上发表的论文，都是关于我们的配件国产化工艺的，我们这边的几个专家以及德方的专家都表示，这些论文的水平非常高。德方人员甚至认为，中国有像李教授这样的优秀学者，在十年之内解决浦桑汽车的全部国产化问题也是完全可能的。”

“其实这并不是我一个人的功劳，有很多关键的思路都是小秦贡献的。论文署名的时候，他执意要署在后面，倒让我这个老人占了小年轻的便宜了。”李林广红着脸解释道。

杨新宇当然知道李林广说的“小秦”是何许人也，他抬头扫了一眼，看到了站在人群背后的秦海，便呵呵笑着指了一下，说道：“秦海同志，别站在后面了，你是这次国产化工作的主要功臣之一，部里的领导可是指名要见你的哦。”

“其实我真的没做啥。”秦海装出一副腼腆的样子，走上前来，一边与杨新宇握手，一边向杨新宇身边的路晓琳点头微笑，结果换来了路晓琳一个佯嗔的白眼。

互相寒暄之后，遵照杨新宇的要求，宁中英开始陪同他参观青锋厂的生产车间和实验室。这半年来，青锋厂新建了两个专门进行热处理的车间，原来建在工棚里的材料实验室也搬进了新建的两层楼房。在各个车间里，杨新宇一行既看到了崭新的机器设备，也看到了青锋厂因陋就简自己制造的各种工艺装备。等到走进材料实验室的时候,见多识广的杨新宇也惊呆了。

“这就是你们的材料实验室？我怎么觉得，部里的机电研究所，都没有你们阔气啊！”杨新宇略带些夸张地赞叹道。

青锋厂的实验室从总体规模上说当然无法与部里的机电研究所相比，但具体到一个实验室里，看起来的确是要阔气得多，因为其中的实验设备绝大多数都是新近采购的，无论是外观的成色，还是技术水平，都超出了科研资金极其拮据的机电研究所。

“没办法，我们承接的这些配件，核心技术难题都集中在材料技术上，没有一个像样的材料实验室，怎么能解决这些技术问题？要说建这个实验室，可费了劲了，我们厂几乎是砸锅卖铁，才凑出买这些设备的钱呢。”宁中英嘴上叫着苦，脸上却尽是得意之色。不说他这话本身还有水分，就算是真的，别家企业可是连砸锅卖铁的资本都没有呢，他有何理由不感到得意呢？

李林广在一旁补充道：“青锋厂的领导的确非常有眼光、有魄力，在科研投入方面不惜代价。没有这样强有力的支持，我们这些研究人员就算是拼出老命，也不可能拿出这些成果的。”

杨新宇笑着对宁中英说道：“宁厂长，我作为一个外人多一句嘴，李教授他们为这个项目贡献了智慧，你们应该按他们的贡献给他们支付应得的报酬。现在社会上说搞导弹的不如卖茶叶蛋的，你们不能让搞材料的不如卖木料的。”

“不会的，不会的。”李林广抢着回答道，“宁厂长他们对我们非常照顾，给我们的报酬……唉，说出来我们都脸红，不好意思拿呢。这半年来，我们教研室的老师利用这些实验设备，出了很多高水平的成果，从这个意义上说，我们应当向宁厂长他们交实验费才对呢。”

“哈哈，原来是这样。”杨新宇爽朗地笑着，说道：“这样就好，生产和科研相结合，这是我们一贯提倡的做法嘛。在这次现场会上，你们也要就这个问题做一个经验介绍，以便在全国进行推广。”

这一圈参观下来，杨新宇十分满意。他知道，青锋厂的这些硬件条件，足以让部里下来的领导也感到惊奇。在此前，由于国产化办把 37 种配件的生产任务交给了一家农机厂，部里还有一些官员在背地里嘀咕，因为在他们的印象中，农机厂不过就是一群穿着皮围裙的老铁匠在用铁锤制造农具而已。现在一看，青锋农机厂的技术装备与浦江的一些骨干机械厂相比也并不逊色，这就足够让那些嘀咕的人闭嘴了吧？

离开车间，一行人来到厂部会议室，杨新宇坐在主位上，开始听取平苑县和青锋厂关于现场会各项准备工作的汇报。

“……以上就是我们根据国产化办提出的要求所拟定的会议流程，有关的细节，都在这些文件里，杨主任和路秘书可以翻看。关于这次现场会，杨主任还有什么要求，请指示。”郭明把青锋厂准备的汇报材料念了一遍，然后毕恭毕敬地对杨新宇请示道。

杨新宇看了看自己随手记录下来的汇报内容，点了点头，说道：“你们考虑得很周全，准备也很充分，大的方面，我没有什么意见。不过……”

他这个“不过”，郭明的汗毛都倒竖起来了，准备了这么长时间，他最怕听到的，就是这个“不过”了。

杨新宇故意沉了沉，然后笑着说道：“不过，从你们汇报的情况来看，平苑县为这一次现场会的投入可不少，这不符合节约办事的原则哦。”

妈的！郭明差点就要跳脚骂娘了，你要表扬我，我很开心，可是你别玩这种先抑后扬的文字游戏好不好？大官一句玩笑，小官三升冷汗，你好歹也是个司局级干部，不带这样欺负我们小扑街的！

“杨主任批评得对，我们在准备工作方面，的确是有些奢侈浪费了，以后一定积极改正。”郭明带着满脸谦卑，向杨新宇诚恳地做着自我批评。

杨新宇玩笑开过也就开过了，并不继续纠缠。他重新审视了一遍会场流程，然后严肃地说道：“刚才说的是玩笑，倒是有另外一点要求，你们看是不是能够满足。我们这个现场会，不要光形成一个表彰会、表扬会，除了经验之外，涉及哪些教训或者存在的问题，也应当充分体现出来。各位，你们觉得这样可行吗？”

杨新宇说出这番话之后，原本以为会让在场的众人感到惊愕、为难，然后再听到各种委婉的拒绝。谁料想，他话一出口，平苑县和青锋厂竟然是集体默然，好像被说中了什么心事一般。

“怎么……你们有什么事情还没说吗？”杨新宇敏感地问道。

“老宁，你说吧。”郭明向宁中英努了努嘴，示意宁中英来介绍。

宁中英想了想，用手指了指秦海，说道：“算了，这事还是让小秦来介绍吧。”

这倒不是宁中英想推脱责任，实在是他对于市场经济的这一套东西理解得不如秦海深刻，他担心自己说出来会不自觉地又带出计划思维，反而影响了杨新宇的判断。到目前为止，整个青锋厂对于这件事最为坦然的，莫过于秦海。

杨新宇对于这个安排觉得有些奇怪，让县长和厂长都觉得为难的事情，为什么要让一个小年轻来介绍呢？还好，他对秦海有一些先入为主的好感，如果换成其他无关紧要的人来汇报，杨新宇最起码是要把脸拉下去了。

“小秦，那你就介绍一下吧。”杨新宇对秦海说道。

秦海倒也不客气，清了清嗓子便说了起来：“杨主任，您刚才说现场会不能仅仅是表扬、表彰，还应当反映出存在的问题，我认为您的指示非常高瞻远瞩。在这次现场会召开之前，我们的确听到了一些不和谐的声音。对此，郭县长和宁厂长都没有采取捂盖子的方法，而是大胆地提出把矛盾摆到会场上来，以便真实地反映出配件国产化过程中所存在的问题。”

“呵呵，原来是这样。”杨新宇微微笑了一下，暗自称道眼前这个年轻人会说话，能够把一件坏事说成好事。他心里当然明白，郭明和宁中英都不是那种不想捂盖子的人，所谓不捂盖子，只有一种解释，那就是根本捂不住了。但是，到底是什么样的矛盾，会一直捅到现场会上来呢？

秦海接着便把北溪地区的协作厂打算联手逼宫的情况向杨新宇做了一个详细的汇报，他没有隐瞒青锋厂存在的问题，而是非常客观而且有条理地介绍了事情的全过程。杨新宇边听边记，很快就明白了事情的整个脉络。

“这么说，如果青锋厂不答应他们的条件，他们就会中断配件毛坯的供应，让青锋厂陷入难堪？”杨新宇平静地问道。

“正是如此。”秦海说道。

“那么，如果青锋厂拿不到协作厂提供的毛坯件，如何能够保证向浦江汽车厂的供货呢？”杨新宇又问道。

秦海摇摇头，说道：“我们目前并没有备份的供应商，所以如果这些协作厂中断供货，我们也将中断向浦江汽车厂的供货。”

“你说什么？”一旁的路晓琳瞪大了眼睛，斥道：“你们知道如果停止向浦江汽车厂供应配件，会造成什么样的恶劣后果吗？”

秦海郑重地点了点头，说道：“我们知道，我们也做好了承担这些后果的准备。”

“你们能承担得起吗？”路晓琳急眼了，“浦江汽车厂是国家重点项目，如果因为你们的缘故而导致生产受到影响，你们根本就负不起这个责任。”

听到路晓琳的话，秦海特地看了看杨新宇的表情，发现这位杨主任神色平静，丝毫不像路晓琳那样气急败坏。他心里有了几分把握，用平缓的语气对路晓琳说道：“路秘书，我们该承担什么责任，在我们与浦江汽车厂的协议中已经说得非常清楚。

“我们测算过，在最坏的情况下，我们可以在一个月之内找到替代的供应商，从而恢复向浦江汽车厂的供货。根据协议，每耽误一星期的供货，我们要赔偿浦江汽车厂20万元的违约金。一个月时间我们需要赔偿80万元，这些钱，我们已经准备好了。”

“这根本就不是钱的问题！”路晓琳几乎想拍桌子了，可是这一桌子人既有她自己的领导，也有地方上的领导，大多数人岁数与资历都比她高，她实在没有拍桌子的资格。

“影响浦桑汽车厂的生产，是一个政治问题，这不是协议上规定的违约金能够衡量的！”路晓琳向秦海强调道。

“哦，竟然有这么严重……那就是路秘书的失误了，在我们双方的协议中，路秘书忘了把这点写上去了。”秦海面带讥讽之色，拍着手头的协议，对路晓琳说道。

“你……”路晓琳一下子被憋住了，脸都涨得通红，不知道该如何教育秦海才好。

杨新宇拍了拍路晓琳的手，示意她不要着急，然后微笑着对秦海说道：“秦海同志，你的意思是不是说，协议上没有规定的事情，你们青锋厂就可以一概不负责，你们只需要承担协议上的义务即可？”

“正是如此。如果一个政治需要的大帽子就可以推翻协议，那我们还搞什么商品经济呢？”秦海说道，他看了看路晓琳，又补充道：“刚才路秘书说这不是钱的问题，依我看来，企业生产就是钱的问题，没必要赋予其什么政治色彩。所有能够用钱解决的问题，都不是问题。”

“哈哈，这是什么歪理？这不成了白马非马吗？”杨新宇对秦海的最后一句话给了一个调侃的评论，然后转向众人，问道：“关于秦海同志的观点，大家有什么看法？”

“这个……”郭明支吾起来了，他实在摸不透杨新宇的想法，不敢随便表态。

“我赞成小秦的观点。”宁中英说道，“我们过去只讲政治需要，不讲什么责权利关系，最后就是老实人吃亏，会哭会闹的反而占便宜。现在中央提倡按市场规律办事，大家之间该承担什么责任，事先用协议规定起来，谁也不能违反。我们耽误了供货，该罚该赔，我们都担着。但那些厂子找理由耽误向我们的供货，我们同样要让他们赔钱。只有这样，才不会让这种借机敲诈的行为得逞。”

“其他同志的意见呢？”杨新宇继续问道。

“我也赞成宁厂长的看法。”质检科长陈颖说道，“其实协议就是质量标准，有了质量标准，我们在生产的时候才知道该如何做。如果生产中没有标准，一味听从长官意志，生产一线的工人就会无所适从，最终产品质量也无法得到保证。”

“陈科长这个比喻很恰当。”杨新宇给了陈颖一个鼓励的眼神，让这个老姑娘莫名地羞涩了起来。

“杨主任，你也觉得这件事情的损失能够用钱来衡量吗？”路晓琳对杨新宇问道。

杨新宇笑道：“刚才秦海不是说了吗，如果要用政治影响来衡量，那你在和青锋厂签协议的时候，就应当写明白。既然协议上没写，那人家当然可以不考虑你的政治影响了。”

“可是……这是明摆着的事情嘛。”路晓琳撅着嘴嘟囔道，她知道自己的主任一向思想非常活跃，也非常开放，他所说的道理，是路晓琳所无法反驳的。

“大家说得非常好啊。”杨新宇教育完路晓琳，转回头来，笑着对众人说道，“来安河之前，我还担心这个现场会变成走形式、走过场的一个会议，现在听了大家这些想法，我觉得这个会变得有意思了。一切以协议为准，不搞政治挂帅这一套……这个提法非常好，值得向整个行业推广。”

“这其实就是所谓的契约精神。”秦海不失时机地补充了一句。

“契约精神？这个词用得好啊，小秦，这是你发明的吗？”杨新宇饶有兴趣地向秦海问道。

“呃……不是吧，这好像是美国经济学家科斯提出的一个概念，我是听北溪钢铁厂一位叫宋洪轩的车间主任说的。”秦海打着马虎眼说道。

“杨主任，如果到时候真的出现不能如期供货的情况，对你们国产化办的工作会不会带来什么不利的影响啊？”郭明怯怯地提出了一个问题，在他看来，契约精神固然是不错，但政治永远都是高于一切的。如果这件事真的影响到了杨新宇的政绩，相信杨新宇就唱不出这样的高调了吧？

杨新宇摆了摆手，说道：“郭县长不必担心。浦江汽车厂也不是成天等米下锅的，他们本身还有一些配件的库存。另外，我们的国产化目前还只是刚刚起步，并没有完全替代进口配件，所以青锋厂如果能够在一个月之内恢复供应，应当不会带来太恶劣的影响。”

“那就太好了！”郭明悬了多日的一颗心总算是放下去了。如果浦桑汽车厂的生产不会受到影响，仅仅是一些协作厂在现场会上发难，形成的压力就是非常有限的。看杨新宇这个态度，似乎还挺支持青锋厂的做法，这样一来，预想中的一场风暴，似乎也没那么可怕了。

“其实浦桑汽车厂的生产是不是受到影响，也不是我们要不要向供应商妥协的依据。”杨新宇接着说道，“搞生产哪有不冒风险的，没必要把所有的风险都上升到政治影响的高度，这不过就是企业生产中最常见的一次事故而已。我们要如何建设商品经济，秦海同志给我上了很好的一课，我建议，在现场会上我们就这个问题，进行一些深入的探讨。”

“好！”众人一齐响应道，同时热烈地鼓起掌来。

卫荣平启程前往平苑县的时候，心情是非常复杂的。对青锋厂发难的事情，已经是箭在弦上，不得不发，错过了这个机会，以后就很难再找到让青锋厂屈服的机会了。可是，这次现场会毕竟是有上级领导出席的一次重要会议，自己在这个会议上搅局，相当于给所有领导难堪了，这些领导会如何看待自己呢？

让他稍微安心一点的是，他并不是要单独面对青锋厂，正如后来一位足球解说员说的：他不是一个人！参与汽车配件协作的各家企业已经互相都通过气了，约定同进同退，虽然卫荣平不敢相信所有的厂长都会信守承诺，但只要有七八成的企业联手，就足以让领导们想秋后算账都找不到对象了。

“老潘，你觉得宁中英会低头吗？”从万野到平苑的这一路上，卫荣平至少向销售科长潘金梁询问了10次这个问题。

“卫厂长，我觉得这不是宁厂长会不会低头的问题，而是浦江那边的人会不会逼着宁厂长低头的问题。你想想看，如果咱们中断了向青锋厂的供货，就意味着青锋厂也无法向浦江那边供货，这个影响有多大？而这一切，仅仅是因为青锋厂与协作厂之间的利润分配不公平，你想想看，省里、部里那么多领导，会坐视不管吗？”潘金梁认真地向卫荣平分析道。

“就怕这个老宁自己搞一套，咱们生产的这个弹簧，他们自己也能生产。”

卫荣平忧心忡忡地说道。

潘金梁道："这就取决于其他厂是不是和咱们一致行动了。如果大家都中断供货，青锋厂就算浑身是铁，能打出几根钉来？"

"你说得对，关键是大家心齐不齐。"卫荣平道，"咱们到了平苑之后，先探探其他厂子的风，看看他们的意思，再做决定。"

与卫荣平抱着同样想法的人，显然不在少数。各家企业的厂长们来到青锋厂，匆匆与宁中英等人寒暄几句之后，便都借故躲开了。他们不约而同地寻了一个僻静的地方，开始进行密谋。

"老卫，准备得怎么样了，我看议程上是你们先表态。"

"早准备好了，就照咱们商量好的话说。对了，老屈，你没打退堂鼓吧？"

"说什么呢，我老屈什么时候打过退堂鼓，倒是甘五金的老崔你一贯狡猾，这一次不会把我们都卖了吧？"

"我如果卖了大家，我就是这个……"

甘桥五金工具厂的厂长崔国栋急赤白脸地用手比画了一个王八的样子，赌咒发誓道。

再次确认了攻守同盟之后，厂长们心里都踏实了，一个个迈着方步来到设在大草坪上的现场会会场，在引导员的指示下各自落座，等待领导的到来。众人坐下后，习惯性地举目四望，却发现会场上还有不少陌生的面孔，有些一看就知道不是安河本地人，而是来自于北方、南方、西部等地的外乡客。

上午九点半，几辆小轿车鱼贯开进青锋厂，停在大草坪的旁边。车门打开，几名官员从各自的车里钻出来，互相打了个招呼之后，便在早已等候在一旁的杨新宇、宁中英等人陪同下，向主席台走去。

"是杨省长！"

"杨省长旁边那人是谁？"

"听说是机械部下来的，是个副部长，好像是叫苏什么英……"有消息灵通人士开始向旁边的人透露道。

众人议论纷纷之间，领导们已经走上了主席台。这个主席台彻底修整，不再是原来用铁架子焊起来、一走就咣当咣当响的样子。安河省副省长杨亦赫与机械部副部长苏成英作为出席会议的最高级别领导，分坐了主席台正中的两个位置。在他们旁边，则按级别高低排列，安排着柴培德、杨新宇以及其他一些省里、部里官员的位子。

宁中英坐在主席台最旁边的位置上，担任会议主持。

“大家请安静，由浦桑汽车国产化工作办公室主办，安河省平苑县青锋农机厂承办的浦桑汽车配件国产化工作经验现场会，现在开始！”宁中英运足了气，大声地对着麦克风宣布道。

底下自然是掌声雷动，即便是打定了主意前来搅局的卫荣平、崔国栋等人，也不会在这个时候表现什么个性，要知道，柴培德可是坐在主席台上盯着他们的一举一动呢。

接下来便是事先安排好的流程了，首先是各有关领导致辞，然后是杨新宇介绍国产化工作的重要性、宁中英介绍青锋厂开展国产化工作的经验、郭明介绍平苑县对国产化工作的支持。

参加会议的北溪市各企业人员虽然也参与了国产化工作，但对于其中的一些细节并不太了解，听到这些介绍，倒是明白了不少事情。至于那些远道而来参加现场会的外地人，一个个更是觉得耳目一新，眼睛直勾勾地盯着台上的发言者，恨不得把他们介绍的所有信息都吞进肚子里去。

“下面，请协作企业的代表介绍参与配件国产化协作的经验，首先有请万野机械厂厂长卫荣平同志。”宁中英底气十足地喊着卫荣平的名字，同时还向台下的卫荣平做了个邀请的手势。

卫荣平拿着几页讲稿站起身来，不紧不慢地走向主席台。他顺着旁边的梯子上了台，来到发言席，向主持人宁中英点了点头。宁中英小声提醒道：“老卫，哪些话该说，哪些话不该说，你可想好了。”

“谢谢老宁提醒。”卫荣平答道。

“那你开始吧。”宁中英道。

卫荣平用手抬了抬麦克风，让它对着自己的嘴，然后开始念稿子：“尊敬的苏部长、杨省长，尊敬的杨主任、柴市长……大家好，我是万野机械厂厂长卫荣平，非常高兴有机会参加这样一个重要的会议。现在我向大家介绍一下万野机械厂承接浦桑汽车配件生产的一些心得体会……”

接下来，自然就是一番表扬与自我表扬，极其煽情地介绍了万野机械厂如何克服困难，保障生产任务完成等辉煌事迹。杨亦赫、苏成英等人都听得津津有味，频频点头，对于卫荣平介绍的情况表示满意。

"……前面我介绍了我们在生产中总结的若干经验，接下来，我想谈一谈我们面临的困难，希望部领导、省领导能够为我们提供政策上的支持，帮助我们闯过难关。"卫荣平在说完前面的官样文章之后，终于图穷匕见地说起关键问题来了。

"你们有什么困难，就大胆地说吧，苏部长和我今天到这里来，就是来给大家解决问题的。"杨亦赫大声地鼓励道。

"谢谢杨省长，谢谢苏部长。我们万野机械厂在配件国产化过程所遭遇的主要困难，就是生产协作的价格太低，利润微乎其微，既严重挫伤了职工群众的生产积极性，也使我厂的资金出现极大缺口，难以进行设备更新与检修，为后期的稳定生产留下了极大的隐患。"卫荣平慷慨激昂地控诉道。

"卫厂长，你说的极大隐患，是指什么意思？"杨新宇端坐在自己的位置上，不慌不忙地对卫荣平问道。

"就是我们厂随时都有可能出现设备故障，导致生产无法进行。"卫荣平道。

"那又意味着什么呢？"杨新宇像是听不懂一样，继续追问道。

卫荣平道："这就意味着我们向青锋厂提供的产品毛坯可能无法及时到货，这可能会对青锋厂的生产造成一定的不利影响。"

"老卫，你怎么能这样说呢？"宁中英瞪着眼睛道，"你们的毛坯如果不能及时到货，我们就无法进行后期热处理，这是会直接影响到向浦江汽车厂供货的事情。这种事，你怎么不早点说呢？"

宁中英的表情十分夸张，像是真的恼羞成怒一般。只有秦海和杨新宇知道，他这般做作不过是为了示弱于人，以便让卫荣平等人感受到更多的得意。

"老宁，这件事我跟你说过很多次了，你哪次不是严词拒绝给我们增加费用？我们是穷厂子，不像你们青锋农机厂这样富裕。设备出现故障，在我们万机是常见的事情，我现在只是预先给你一个提醒罢了。"卫荣平说道。

杨新宇道：“卫厂长，你说的这种停止供货的情况，能够防止吗？”

卫荣平装作思考了一会，然后答道：“如果我们能够得到一些额外的流动资金，就可以对设备进行检修，我想我们是能够克服生产上的困难，保证供货数量和质量的。不过，这就需要请青锋厂高风亮节，让出一些利润给我们这些协作厂子。”

“这也是大家的想法吗？”杨新宇转过头，对下面的那些企业代表问道。

“没错，我们的设备也年久失修了，随时有可能出现故障。”

“我们希望协作价格提高一些，至少不能天天喝汤，总得见点肉渣子吧？”

“杨主任，不是我们故意不保证供货，实在是费用太低，无法调动工人的积极性啊。”

“……”

台下众人你一言我一语地发言了，有些生性不太张扬的厂长也不得不出头说话，因为大家是商量好了共同行动的，如果某家企业不吱声，未来就会被大家孤立了。

第八章　商品经济与契约精神

借着众协作厂逼宫这一契机，机械部副部长苏成英给现场的所有人讲起了契约精神，并坚定地站在了青锋厂这边，要求按合同解决问题。在会议的间歇，红海实业公司的总经理陈鸿程找上了秦海，想要成为青锋厂甚至整个北溪生产的汽车零件的代理商。陈鸿程的出现成了压垮众协作厂的最后一根稻草，这场逼宫最终以失败收场。而陈鸿程此次的出现，也为秦海带来了一些意想不到的收获，钢铁原料的难题，终于找到了解决之法。

卫荣平一边听着台下其他企业的鼓噪，一边偷眼看着台上各位领导的反应。他注意到，郭明的神情是紧张的；柴培德有些尴尬，但还能沉得住气；杨亦赫和苏成英面无表情，小声地交流着什么；而最直接的当事人杨新宇和宁中英，却是一脸揶揄之色，好像在看一场与自己无关的好戏一般。

不对劲，宁中英这个老家伙不会是留了什么后手吧？卫荣平心中一凛，开始有些害怕了。他原来设想的结果并不是这样，他觉得，柴培德在这个时候应当会出来调停，杨亦赫等人会勃然大怒，而杨新宇会向宁中英兴师问罪，宁中英纵然想死扛到底，也根本顶不住这样的压力。

可是，一切原来的设想都没有出现，他从台下坐着的那些青锋厂的干部们眼里看到的，居然是几分怜悯之色……

"老卫把他的意见说完了，其他的同志还有什么需要交流的没有？"宁中英站起来，接过卫荣平面前的麦克风，用轻松的口吻向场下的人们问道。

“我……”甘桥五金工具厂的崔国栋把手举了半截，又赶紧收回去了。他一向是一个处事谨慎的人，这一刻，他已经感觉到情况不对了。

“在现场会之前，我和在座各企业的领导都交换过意见，当时大家就已经说起过卫厂长刚才提出的这个问题了。现在当着部里、省里领导的面，大家明确地说一下，是不是不愿意继续承担浦桑配件国产化的协作任务了？”宁中英用眼神扫了全场一眼，面露杀机地问道。

安静，死一般的安静，会场上领导们的冷静表现，让坐在下面的那些厂长都感到了异样，在这个时候，哪还有人敢出来当这个出头鸟。

“老崔，你说说看？”宁中英索性开始点名了。在这一干厂长之中，他的岁数是最大的，在他当厂长的时候，诸如卫荣平、崔国栋等人都还是各厂的中层干部，所以宁中英在他们面前还是有些威风的。今天这个现场会，他是主持人，点名让其他人发言，本来就是他的权力。

崔国栋没法再装聋作哑了，他不情不愿地站起身，说道：“宁厂长，瞧你这话说的，我们怎么会不愿意承担国产化的任务呢……”

话说到此，他看到仍然坐在台上的卫荣平向他投来了一束愤怒的目光，而且还抬起手，比画了一个王八的样子。在两个小时以前，他曾向卫荣平等人赌咒说，如果自己装怂，那就是王八。没想到，卫荣平现在拿这个来逼他了。

是不是王八，当然不是卫荣平说了就能算数的。但卫荣平向崔国栋做出这个表示，是提醒他不要成为叛徒，否则会受到大家的攻击。崔国栋咬了咬牙，继续说道：“不过嘛，宁厂长，我们厂的情况你也是知道的，如果……价钱方面不能稍微松动一点，我们真的有可能完不成这些任务啊……”

“老屈，你们也是如此吗？”宁中英得到崔国栋的回答，便不再问他，而是把目光又对准了雨乡区机电设备厂的厂长屈贵泉。

“老宁，有什么话不能下来再说吗？当着这么多领导的面，讨论这些鸡毛蒜皮的事情，不太合适吧？”屈贵泉装出一副很体谅宁中英的样子说道。

杨亦赫呵呵地笑了一声，插话道：“这位是屈厂长吧，没事，有什么情况就当面说出来吧，我和苏部长本来就是来听取大家意见的嘛。”

“对对，我们是来听取意见的。”苏成英也面带微笑地附和道。

两位省部级官员的微笑，让下面那些厂长们的心一下子掉进了冰窟里。浦桑汽车面临着配件中断的威胁，部长们难道不应当是心急如焚的吗，怎么能笑得出来呢？就算他们要表现自己的沉稳、矜持，那至少也应当是冷笑、狞笑、皮笑肉不笑，可是看这两位，那笑容温暖和煦，怎么看都不像是不高兴的样子。

“我们……愿意继续与青锋厂合作，不过……卫厂长和崔厂长说的情况，我们厂也有部分的存在……当然，我们正在努力避免……”屈贵泉用低了八度的声音回答着，眼睛甚至都不敢与台上的宁中英对视。

“呵呵，杨主任，看来我们掌握的情况是属实的，北溪市的各企业承担浦桑汽车配件协作工作，的确有一定的难度。杨主任，你看这事该如何解决呢？”宁中英回过头向杨新宇问道。

杨新宇严肃地答道：“宁厂长，这就是你们工作上的失误了。浦桑汽车配件国产化是一项重要的政治任务，这不假。但你们也不该为了替国家分忧，就给自己施加这么大的压力。全国并不只有你们一个北溪，如果你们早一点把这个情况反映上来，我们是完全可以联系其他省市的企业来与你们青锋厂进行协作的，也不至于让卫厂长、崔厂长他们如此为难了。”

“杨主任批评得对，我们光想着为国分忧，高估了各协作企业的能力，这是我们的过错……”宁中英把戏演得无比真实。

“杨主任……老宁，你们……你们这是唱双簧吗？”卫荣平短暂地错愕之后，忽然明白过来了。杨新宇头一天就到了平苑，像这么大的事情，宁中英是不可能不向杨新宇汇报的。现在杨新宇说出来的这些话，只能是与宁中英商量过的台词，什么联系其他企业来协作之类，这分明就是威胁嘛。

“老卫，你这样说话就不讲理了，你自己说万机承担不了这些业务，杨主任出于好意，愿意卸掉你们的负担，这怎么是双簧呢？”宁中英呵呵笑着问道。

卫荣平脸色铁青，瞪着宁中英问道：“老宁，我问你，你是不是早就准备好了后手，就等着我们一说话，你就把我们都给踢开了。”

宁中英摇摇头道：“我老宁做事一向光明磊落，怎么可能准备什么后手。你实在要说后手，我们的确也有一些，这几天我们一直在积极地联络其他市县的协作企业，只要你们中断向青锋厂的供货，我们就和这些企业签约。”

“你们来得及吗？”卫荣平问道。

“肯定来不及。”宁中英坦然道。

“你知道来不及就好，你别逼我。”卫荣平恶狠狠地说道，他现在已经是骑虎难下，像这种不该说的话，也不得不说了。

宁中英道：“我从来没有逼你，而是你们……”说到这的时候，他把手向场下挥了挥，把下面那些厂长也都囊括在内，然后继续说道：“是你们想借这样一个机会来逼我们青锋厂就范。我昨天已经向杨主任承认了我们的失误，并且表示愿意承担因为中断供货而导致的经济损失。如果今天在座的各位打算全部撂挑子的话，青锋厂承担的损失将会达到 80 万元。这笔钱，我宁中英认了！”

说到此处，宁中英啪地猛拍了一下桌子，震得桌上的麦克风嗡嗡作响。老爷子眼睛瞪得像铜铃一般大小，脸上是一副决然之色。

宁中英这个态度，镇住了全场，包括卫荣平在内，一下子都懵了。大家原以为，集体向宁中英施压，必然让宁中英屈服。谁知道这个倔强的老头性子竟然如此刚烈，不惜拿出 80 万元的巨款，也不愿意向众人低头。

杨新宇向宁中英伸手示意了一下，宁中英把麦克风递到了杨新宇的面前。杨新宇轻轻咳了一声，清了清嗓子，然后用平静的语气说道：

“各位协作厂的领导，今天这个现场会开得非常好，我们不但看到了浦桑汽车配件国产化过程中的成绩和经验，也发现了工作中所存在的问题。有关各位提出的不能如期交付配件的问题，国产化办的态度非常明确，那就是一切以合同为依据，不搞政治挂帅，也不搞息事宁人。

“青锋农机厂不能按合同规定交付配件，那就需要按合同规定，向浦江汽车厂交纳违约金。同样，各位所在的企业不能向青锋农机厂交付毛坯件，同样需要按照合同，向青锋农机厂交纳违约金。这就是商品经济的原则，任何人都不能以任何理由超越这个原则。”

“杨主任，这一点我们不能接受。我们是有客观困难，所以才无法按期交货的。你可以去我们厂看看，我们厂的生产设备的确已经严重老化了。”卫荣平争辩道。

杨新宇冷笑道：“既然如此，你们为什么要与青锋农机厂签订协作合同呢？如果生产设备老化的问题出现在签订协作合同之后，你们同样可以与青锋厂重新修改合同，在事情没有发展到不可收拾之前，结束双方的合作。你们既然没有这样做，而是选择在这样一个现场会上来突然袭击，那么就只能承担违约的责任。”

“新宇同志说得很好。”苏成英发话了。杨新宇赶紧上前，把自己的话筒递到苏成英的面前。苏成英看了全场一眼，说道：

“我们今天在这里召开浦桑汽车国产化工作经验现场会，首先需要明确一点，那就是青锋农机厂所创造出来的这个模式，最重要的启示是什么。”

大家都竖起了耳朵，认真地聆听苏成英的讲话。他们知道，苏成英这番话将会为今天的事情定调，到底是青锋厂获胜，还是协作企业获胜，就取决于苏成英的观念了。

苏成英说道：“有人说，青锋农机厂这样一家小型企业，竟然能够承接37种汽车配件，为整个浦桑汽车国产化工作打开了局面，最重要的启示是他们的攻关精神、拼搏精神。这个方面的经验当然是值得我们学习和借鉴的，但是，我认为，最重要的经验并不在于此。

“那么，值得我们专门到平苑来开一个现场会的最重要的经验是什么呢？新宇同志昨天在电话里跟我讲了一个词，我觉得非常有启发。这个词就是：契约精神。”

众人都面面相觑，他们中的大多数人，都没听说过这样一个词，更不用提对它有什么理解。有些人开始小声地议论起来，但所议论的内容也都不得其法。

苏成英看到了众人的表现，他微微笑了笑，继续说道：

“说起这个契约精神，大家应当都觉得很陌生吧？实不相瞒啊，新宇同志跟我说起这个词的时候，我也觉得非常陌生。我说，契约不就是合同吗？合同怎么还有精神呢？

“后来，我请我的秘书向社科院的专家请教了一下，我才知道，这个契约精神可不是随随便便说一说的，这是西方商品经济社会的基础，简单说就是三个词：自由、平等、守信。”

大家都被苏成英的话给吸引住了，许多人嘴里都默默地念叨着这三个词，体会着其中的深意。参加这次现场会的人，包括各机关部门的官员和企业里的领导，都是有着丰富实践经验的，他们都能够结合自己的工作经历，赋予这三个词汇以不同的意义。

所谓自由，指的是能够根据自己的意愿行事，不需要听命于权势。而中国的企业上面都有“婆婆”，做什么事情都要看上级领导的脸色，政治任务压倒一切，哪有什么自由可言?

所谓平等，是指市场交易中的各个主体没有上下之分，正如青锋厂与国产化办，作为交易双方，地位应当是完全相同的，所有的责权利都来自于双方的协议，国产化办不能仗势压人，粗暴干涉青锋厂的经营决策。

所谓守信，那就是信守承诺，而这承诺就是交易主体之间的协议。万野机械厂等企业以种种借口违背协议，并希望能够以此来使青锋厂屈服，这恰恰就是不守信的表现。

简单的六个字，把这次现场会上的冲突勾勒得一清二楚。正因为企业不自由、不平等、不守信，所以才有这种逼宫的可笑事情。要避免类似的事件再次发生，只有倡导和尊重契约精神，而这恰恰就是中央提出建设商品经济社会的本意。

在众人思考这些问题的时候，苏成英也把他对于契约精神的理解向众人解说了一遍，他最后说道：

“现代化的大生产，需要无数个企业的紧密合作。以往，我们习惯于通过行政命令的方法来建立这种合作的纽带，实践表明，这种拉郎配的方法，既麻烦，也不和谐，强扭的瓜不甜，这是古人就知道的事情嘛。

“新宇同志在国产化办公室工作期间，大胆地尝试了通过经济手段建立全国性生产协作关系的模式，这个模式首先在与青锋农机厂的合作中取得了成功。机械部党组认为，青锋厂模式的最大启示，就在于用经济手段解决经济问题。

“刚才我和杨省长都看到了，我们在座的一些同志，希望通过某些方法来向青锋厂施压，也希望我们这些做领导的，能够帮助他们施压。在此，我代表机械部表一个态，浦江汽车的生产可以受到影响，但浦江汽车国产化的全国协作模式不能受到影响。为了探索商品经济的生产协作模式，我们可以承担必要的学费！”

“好！”台下项纪勇第一个喊了一嗓子，并且带头鼓起掌来。一时间，来自于青锋厂、平苑县的参会人员全都跟着鼓起了掌，那些协作企业的厂长们错愕之下，也迫不得已地抬起手，拍打起来。

“上午的会议，我看就先到这里吧。”杨亦赫跟着鼓了几下掌，然后笑着对苏成英建议道。他看到卫荣平等人都是面如死灰，知道他们已经意识到自己的失败了。这种时候，需要给这些人一个反省以及调整策略的时间，如果马上逼迫他们表态，效果可能会适得其反。

“杨省长是地头蛇，我们当然都听杨省长的。”苏成英呵呵笑着答道。

“好吧，那就先散会。中英同志，你让人把各位厂长都安排一下，另外，苏部长远道而来，你们青锋厂有没有什么表示啊？”杨亦赫把宁中英喊到面前，向他问道。

“杨省长放心吧，各位厂长的午饭，我们都已经安排好了。苏部长和杨省长请到我们小食堂去用餐，遵照中央的指示，我们只安排了一顿便宴，请苏部长和杨省长不要介意。”宁中英说道。

台上的领导们在宁中英、郭明等人的引导下，前往小食堂用餐去了。台下那些厂长们则在项纪勇和另外一些工作人员的带领下，前往大食堂去会餐。为了这次现场会，青锋厂不惜工本，即便是用来接待这些普通参会代表的伙食，也是远远超出标准的。

面对着满桌子的鸡鸭鱼肉，卫荣平等人实在是提不起精神来。如果搁在以往，像这种几十位厂长云集的场合，绝对是人声鼎沸、笑语喧天。而如今，大家都像是霜打过的茄子一般，蔫头蔫脑的，连喝酒的声音都是有气无力的。

“老卫，今天这事……怎么会弄成这个样子？”屈贵泉端着酒杯走到卫荣平身边，轻轻磕了一下卫荣平的杯子，抿了一口杯中酒，小声地嘀咕道。

卫荣平苦笑道：“我怎么知道，原来想着有这么多领导在场，老宁怎么也得顾虑一下场合，谁知道这老小子还真敢玩，叫嚣什么 80 万都由他担下了。”

“屁，他这就是诈我们，他舍得拿出 80 万来？”崔国栋凑上前来评论道。

屈贵泉道："老崔，你是真不了解宁中英这个人，他说得出，也干得出。你别忘了，他赔完钱以后，可就要拿着合同找咱们的茬了，这 80 万，可不是他赔的，而是咱们赔的。"

"我不给他，他能拿我怎么样？"崔国栋顶牛道。

卫荣平道："你没听苏部长说吗，契约精神，你不给钱，人家可会拿着合同跟你算账。"

"算了，说这个也没意思，二位，这件事，你们打算怎么办？"屈贵泉问道。

崔国栋迟疑片刻，说道："看这样子，想拿停产来要挟青锋厂，恐怕是不行了。真闹到那个地步，青锋厂没好果子吃，咱们也会陷入被动。我觉得，要不……就这样算了吧。"

"妈的，这样搞也太窝囊了，依着老子的脾气……"卫荣平愤愤不平地说道。

"依着你的脾气怎么了，你在台上发言的时候，怎么不敢顶那个苏部长啊？现在嘀嘀咕咕有个屁用。"旁边那桌有人风言风语地指责了一句。

卫荣平回头望去，看到说话的人是那桌的一个猥琐汉子，不由得恼火地喊了一句："老冯，你鬼鬼祟祟躲那说什么风凉话，你有本事，怎么不站出来说话？还怕我打你怎么的？"

那汉子刚才是背对着卫荣平说话的，闻言回头站起来嚷道："没错，我就是祁电冯少余，你来打我呀！"

"我懒得理你，妈的你就是一块牛皮糖！"卫荣平差点让冯少余给气乐了，这家伙在厂长堆里一向是个说怪话的主儿，啥时候都是阴阳怪气的，人家跟他生气的时候，他就是这么一句口头禅，赌人家不会跟他动手。

"好了好了，都别赌气了。"屈贵泉出来打圆场了，"各位，现在也没外人在场，大家说说，这件事该怎么办吧。"

"还能怎么办，撤呗。"冯少余道，"趁着柴市长还没发火之前，咱们赶紧承认错误，答应痛改前非，没准还能躲过去。要不，等事情过去，老柴回过神来，没准就会一个一个地把咱们给收拾了。"

"那么，咱们的协作价格这事，就不提了？"屈贵泉问道。

崔国栋道："还提什么提，人家苏部长都说了，契约精神。知道啥叫契约精神吗？就是咱们已经跟青锋厂签了卖身契，跑不了啦。”

“唉，早知如此，就不该听那姓翟的小子的，那小子就没安好心。”卫荣平长吁短叹道。

“你才知道他没安好心啊？他不就是想把老宁弄下去，让韦宝林重新上台吗？”冯少余一语道破天机。

“要说起来，其实这价钱也还不错了，这年头，谁还敢挑业务啊，有点业务做就不错了，起码工资、奖金能发出去了。罢了罢了，一会儿我去向宁中英那老家伙赔个不是，让他高高手放我们过去吧。”屈贵泉说道。

崔国栋道：“咱们一块去吧……我现在还担心他真把业务转到其他省市去了，那我们甘五金可就完蛋了。”

秦海没有资格参加有部长、省长出席的小宴会，他原本打算与项纪勇等人一起去吃工作餐，谁知刚出会场，就被陈荣坤给叫住了，说有一位来自于红原省的客人指名要见他。

这次现场会，从全国各地来的人不少，有一些是想参与汽车配件生产的企业派来的，有一些则是其他省市的各级工业局派来的，还有一些不请自来的莫名其妙的人，青锋厂也没法一一进行甄别，只能是来者不拒，一概安排到会场旁听，会后还给安排便饭。当然，住宿之类的事情，青锋厂就管不了了。

办公室主任兼行政科长陈荣坤就是负责接待这些参会客人的，在他准备带客人们去吃饭的时候，有人向他打听青锋厂是否有一位名叫秦海的工人，陈荣坤也没多想，直接就把秦海给叫过来了。

“你要找我？”秦海看着眼前这位戴着金丝眼镜、西装革履的陌生人，奇怪地问道。他不觉得自己有多大的名气，能够让红原省的人都慕名前来找他。

“你就是秦海先生吗？”陌生人问道。

秦海点点头道：“我是，请问你是……”

“我叫陈鸿程，亚波是我公司里的职员。”陌生人自我介绍道。

“亚波……”秦海愣了一下，忽然想起对方是何许人也了。陌生人说的亚波，肯定就是秦海此前在曲武遇见的苏亚波，而这位陈鸿程，则是苏亚波的老板，原红原省物质厅的处长，现在是什么红海实业公司的总经理。

秦海临离开曲武之前，曾经把自己的联系方法给了在招待所同屋的几个人。陈鸿程显然是从苏亚波那里得到了秦海的联系方法，这才与他联系上的。

“原来是陈总，失敬失敬。”秦海客气地说着，同时向陈鸿程伸出手去，以示友好。陈鸿程称呼他为秦海先生，这种称呼在时下还并不流行。既然陈鸿程有意要显摆自己与国际接轨的程度，那秦海自然也就得规规矩矩地称呼他一句陈总了。

陈鸿程与秦海短暂地握了一下手，然后说道：“秦先生，我是到贵厂来参加浦桑汽车配件国产化工作现场会的，亚波告诉我说他在平苑有个朋友，所以我就冒昧地联系你了。”

“陈总客气了，这算什么冒昧，我和亚波是朋友，陈总自然也是我的朋友，哪有朋友来了而不打个招呼的道理？”秦海敷衍着说道，同时在心里琢磨着陈鸿程的来意。

“秦先生方便不方便，我请你吃个便饭吧。”陈鸿程盛情邀请道。

话说到这个程度，秦海知道对方必定是有事情要与自己商谈了。他说道：“陈总来了，自然是我做东，在曲武的时候，亚波也帮了我不少忙。这样吧，陈总，厂里来了这么多客人，也没法专门为陈总安排，你坐我的车，我们换个清静点的地方去用餐吧。”

“你的车？”陈鸿程不由一愣。

秦海微微笑了笑，也不答话，带着陈鸿程来到单身宿舍楼下，掏钥匙开了自己吉普车的车门，对陈鸿程示意道：“陈总请上车吧，有什么问题，我们到了地方再聊。”

“也好，也好。”陈鸿程是个敢于下海闯荡的人，脑子自然是极其灵活的，知道有些事不宜在某些场合细说。他上了车，坐在副驾驶座上，秦海发动车辆，带着陈鸿程离开青锋厂，向钢铁厂驶去。

“秦先生是你们厂里的司机吗？亚波先前跟我说你是做采购的。”陈鸿程坐在车上，还是没弄明白秦海的身份。在那个年代里，私人拥有汽车是不可想象的，除了单位的专职司机之外，其他人会开车也是不可想象的。陈鸿程很自然地认为秦海就是单位领导的司机，至于说能够如此随便地把车开出来，那一定是因为深得领导宠信了。

秦海也不想过多解释，他开着车来到了钢铁厂。看门的老王头一边给秦海开门，一边亲热地招呼着："秦工回来了，吃饭没有？"

"没呢，带个朋友过来吃饭。"秦海答道。

"哦，那快去吧，我看秦师母今天买了牛肉，你早点过去，别让她全给做掉了。"老王头颇为八卦地说道。

老王头说的秦师母，正是秦海的母亲宗惠英，老王头是照着秦海父亲秦明华那边的辈分叫的。今年春节之前，秦海就已经把家从姜山县搬到平苑县来了，宗惠英在厂里没什么事干，便管起了钢铁厂的食堂，每天变着法地给工人们做好吃的饭菜，颇得工人们的好评。食堂的规模慢慢扩大起来，也具备了一些接待客户的能力。秦海把陈鸿程带到钢铁厂来，就是准备让食堂炒几个菜来招待他的。

秦海把车开到食堂的后门口，带着陈鸿程下了车，径直走进后厨。宗惠英正带着几个家属工在做饭菜，看到秦海进来，笑着招呼了一句："小海回来了……这是有客人吗？"

"是啊，妈，这是红原来的一个朋友，青锋厂那边没地方吃饭了，我带他到咱们厂里来吃点。"秦海解释道。

"好咧，你带客人先去坐，我这就让人给你们做几个好菜。"宗惠英应道。钢铁厂的业务逐渐扩大，平日里来来往往的客户、供应商和县里的官员都不少，遇到吃饭的问题，也都是在食堂解决的，所以宗惠英对于这一套已经是非常熟悉了。

秦海带着陈鸿程在屋子一角一个用屏风隔开的小间里坐下，一个四十来岁的家属工笑吟吟地过来，给他们倒上了茶，然后便无声地退出去了。陈鸿程好奇地看着这一切，对秦海问道："秦先生，这到底是怎么回事？亚波说你是北溪钢铁厂的采购员，可又在青锋农机厂工作，现在怎么和平苑钢铁厂也有关系呢？还有，你为什么会被叫做秦工，你是工程师？"

秦海想了想，说道："陈总乍这么一问，我还真不知道该怎么解释。这么说吧，我是青锋厂的职工，平苑钢铁厂是我父亲开的，我在这边负责一些技术工作。至于北溪钢铁厂……你就认为我是被他们聘请去做采购的好了。”

“我还是不太明白。”陈鸿程挠着头，但也没有再深究下去。他与秦海并不熟悉，这样刨根问底也的确不太礼貌。

“陈总这次到平苑来，就是为了参加现场会的？”秦海岔开了关于自己的话题，向陈鸿程问道。

陈鸿程道：“没错，我就是来参加现场会的。”

“我听亚波说，陈总不是做贸易的吗，怎么会对汽车配件感兴趣？”秦海又问道。

陈鸿程笑道：“汽车配件也需要贸易啊。”

秦海一愣：“怎么，陈总想做汽车配件的买卖？”

“为什么不行呢？”陈鸿程牛哄哄地反问了一句，说起生意上的事情，他开始找到了总经理的感觉。在他想来，秦海不过是一个小地方的小青工而已，就算受领导宠爱，能够弄到一辆车开，在他陈鸿程面前也仍然是一个小人物。如果不是觉得秦海还有一些利用价值,陈鸿程甚至都不会联系他。

秦海没有介意陈鸿程的态度，他原本就不是那种在意别人态度的人。要比牛气的话，陈鸿程在秦海面前还真没什么拿得出手的地方，秦海又何必与他一般见识呢。

“陈总想怎么做汽车配件的买卖？”秦海问道。

陈鸿程道：“秦先生有所不知，浦桑汽车配件国产化取得成功，这是一件很了不起的事情。你知道，现在国内各省市都想搞汽车，但能够得到国家支持的，不过就是六家，三家是搞商用车的，三家是搞乘用车的，业内称为三大狗、三小狗。在这之外的，那都是野狗。”

“哈，还有这样的说法。”秦海被陈鸿程的比喻给逗笑了，他当然知道这三大三小是哪几家，也知道各省还有一些自己搞的小型汽车项目，也就是所谓的野狗了。这些小项目产能非常有限，有些甚至还没有拿到国家颁发的许可证，但已经在各省内部销售和使用了。汽车这种东西，其实也真的不难造，不外乎就是沙发下面装四个轮子，技术含量不算很高。

“咱们国内的汽车零配件水平，你在青锋厂，应当也有所耳闻吧？各省的小汽车项目，想用进口零配件，搞不到外汇指标。用国产零配件吧，质量实在是没法说。现在突然出来一个青锋模式，国内也能搞出达到进口配件水平的零配件，你说这些厂子能不感兴趣吗？”陈鸿程开始给秦海讲课了。

“原来如此。”秦海如梦方醒，原来青锋厂搞汽车配件国产化，不单单是满足了浦桑汽车的需要，还为其他国内汽车企业提供了配件来源。能够达到浦桑汽车要求的配件，自然比国内现有的汽车配件要强得多，而采购的时候又不需要外汇，这正符合那些小型汽车企业的需要。陈鸿程不愧是一个下海的先行者，商业眼光十分敏锐。

“青锋厂在汽车配件生产方面，还有很大的潜能，只是浦桑汽车一时还消化不了这么大的供货量而已。如果陈总希望采购一些配件，我想青锋厂会非常乐意的。”秦海坦率地对陈鸿程说道。

从纯粹商业的角度来说，秦海是不应该向陈鸿程透露青锋厂的产能的。他应当让陈鸿程觉得青锋厂的产能不足，这样青锋厂与陈鸿程谈判的时候，才能有更多的主动权。不过，秦海不屑于玩这样的商业技巧，在他看来，有人愿意采购汽车配件，对于青锋厂以及其他协作企业来说，都是一件好事，值得大力去促成。至于价格方面，只要大家觉得合适就行了，也没必要非得搞啥“饥饿营销”的把戏。

秦海无意中表现出来的诚意，倒是让陈鸿程极为受用。他压低声音对秦海问道：“秦先生，青锋厂的宁厂长那边，你有没有办法帮我联系一下，安排一个见面的时间？”

“这个不难啊。”秦海想当然地答道，“陈总想采购青锋厂的产品，宁厂长求之不得呢，他肯定会安排时间和你见面的。不过，这两天倒是够呛，你也看到了，厂里忙着呢。”

“我知道，我知道。”陈鸿程连连点头。听秦海说得如此笃定，他开始怀疑秦海就是宁中英的司机。司机和秘书一样，都是领导的心腹，有时候是可以替领导当家的。陈鸿程联系秦海，本意就是想通过他来与青锋厂的领导接上线，只是没想到事情会这么简单。

这时候，一个家属工把做好的菜端上来了，一共是两荤两素，做得还颇有一些章法。秦海向那端菜的家属工道了声谢，然后指着菜对陈鸿程说道："陈总，一点食堂里的家常菜，请慢用吧。因为下午还有事情，我就不请你喝酒了，咱们就以茶代酒，这不算失礼吧？"

陈鸿程道："不会的，其实我的酒量很浅，我倒是听亚波说，你们安河人很能喝酒，一个人就把他们六七个采购员都喝倒了，弄得我来安河办事都有些胆战心惊的。"

秦海知道陈鸿程说的是黑子在曲武与采购员们拼酒的事情，便笑着说道："那只是一个特例罢了，陈总尽管放心，那个会喝酒的小伙子这会在北溪那边的，没在平苑。"

"那我就放心了。"陈鸿程开着玩笑说道。

两个人边吃边聊了一会儿，逐渐有几分熟悉了，说话也随便起来。陈鸿程说道："小秦，其实我这一趟来，想见宁厂长只是一方面，我还希望有个机会能够和国产化办的杨主任沟通一下。采购汽车配件这事，如果没有杨主任的支持，也不太好办。

"不过，杨主任处在这个位置，不是我想见就能见着的。来之前，我倒是请我们物资厅的一位副厅长帮忙写了封信，但他和杨主任过去也只是有过一面之缘，也不知道杨主任会不会买他的账。小秦，你帮我想想看，还有没有其他什么办法，能够和杨主任攀上关系。"

陈鸿程说这话，也就是随便找个话题。他并不认为秦海有什么办法能够帮他联系上杨新宇，但吃饭的时候总得说点啥吧，而他心里也的确在惦记着这件事，所以就向秦海说出来了。

秦海听到陈鸿程的话，不以为然地说道："见杨主任也很容易啊，他现在在陪杨省长和苏部长吃饭，一会儿他们吃完饭，咱们一块回厂里去，我跟他说说这事，没准他对此也感兴趣呢。"

"呃……"陈鸿程无语了，秦海把一件这么大的事情说得如此轻描淡写，在陈鸿程的眼里就是一种轻佻的表现，他不得不换了一种比较正式的口吻，提醒道："小秦，我是认真的。"

"我知道啊。"秦海道，"陈总，你不会觉得我是在开玩笑吧？"

“当然不会……不过，见杨主任可能真的没那么容易。最好是你向宁厂长提一下，让宁厂长再转告杨主任，说不定还有一些可能。”陈鸿程开始替秦海出主意了。

秦海知道再跟陈鸿程说什么对方也不会相信，索性也不解释了，开始说起其他的话题。陈鸿程这些年下海做生意，见识也颇为不少，他向秦海说起一些贸易上的潜规则，让秦海听得津津有味。

吃过午饭，秦海依旧开着吉普车把陈鸿程送回了青锋厂，他把车直接开到厂部楼下，然后便下车带着陈鸿程进了厂部的小楼。

“小秦，你这是带我去哪？”陈鸿程低声问道。

“去见杨主任啊。”秦海道，“如果我没猜错的话，他这会应该是在会议室。”

陈鸿程目瞪口呆地跟着秦海上了楼，迎面正碰上路晓琳从会议室里走出来，手里拿着一个热水瓶，似乎是要去打开水的样子。

“路秘书，杨主任是在里面吗？”秦海拦住路晓琳，大大咧咧地问道。

路晓琳不满地斜了秦海一眼，道：“在，他和你们的柴市长在谈事情呢。”

“能不能请他出来一下，我有些情况想向他汇报一下。”秦海笑着说道。

“秦海，你有没有搞错，杨主任是你能随便叫出来的？”路晓琳装出一副恼火的样子，对秦海训斥道。

对于秦海，路晓琳是一种非常复杂的心态。秦海干出来的这些成绩，包括他向杨新宇说起的一些时尚观念，都让路晓琳不得不刮目相看。接触的时间越久，路晓琳就越是欣赏这个年轻得异常的小青工。可是，秦海的一些做派又实在让路晓琳无法忍受，就说眼前这事吧，他居然大言不惭地要求杨主任出来见他，你以为你是谁啊？

“路秘书，杨主任出不出来，不是你说了算的，得由杨主任自己说了算。你就去传个话，说小秦有事求见，我敢保证他会出来见我的。”秦海嬉皮笑脸地对路晓琳说道。他看起来年轻，但心理年龄比路晓琳要大得多，要论斗嘴皮子，路晓琳真不是他的对手。

路晓琳跺着脚道：“你真是越来越放肆了！哼，传话就传话，我就不信杨主任会搭理你。”

说罢，她把热水瓶往秦海手里一塞，说道："你去打一壶开水来，送到会议室门口，杨主任不说见你，你不能进会议室，知道吗？"

"遵命，尊敬的小姐！"秦海马马虎虎地比画了一个法国宫廷大礼，然后接过热水瓶跑开了。

看着秦海与路晓琳这一通打情骂俏般的交流，陈鸿程的眼珠子都快瞪出来了。宰相门前三品官，路晓琳作为杨新宇带来的秘书，那也是颇有地位的，秦海居然敢这样调戏她，而她虽然嘴上不依不饶，可还是转身回去传话去了。看她这个态度，应当是相信杨新宇会见秦海的，否则根本不可能去传什么话。

没等陈鸿程从震惊中清醒过来，秦海已经把开水打来了，而路晓琳也正从会议室里走出来，一脸不情不愿地说道："杨主任说了，让你有话就进会议室说。正好，你把开水也带进去吧。"

"多谢路小姐！"秦海笑着道了声谢，便走进会议室去了。

几分钟后，秦海从会议室里探出头来，向陈鸿程喊道："陈总，杨主任请你进来。"

"哎哎，好！"陈鸿程心中一阵紧张，脚下跌跌撞撞地走进了会议室。

会议室里人不多，除了杨新宇之外，余下便是柴培德、郭明、宁中英以及刚刚进去的秦海。前几个人坐得很开，每人面前的桌上都搁着茶杯、烟盒之类，想必是吃过午饭之后，几个人在此聊天休息。至于来头更大的杨亦赫和苏成英，早被小车送到县政府招待所小憩去了。

"杨主任，这位就是红原省红海实业公司的陈鸿程总经理。"秦海向杨新宇做着介绍。

"哦，原来是陈总，快请坐吧。"杨新宇温和地对陈鸿程笑着，同时伸手示意他找地方坐下。杨新宇一向没什么架子，地方上那些企业到国产化办去联系工作的时候，杨新宇对他们都是十分客气的。

杨新宇只是一个副司级干部，比陈鸿程下海之前的级别只高出半格。但陈鸿程知道，杨新宇是个有能力而且也做出了业绩的部委官员，提升到正司级乃至部级都只是时间问题。在此前，他还为如何求见杨新宇而大伤脑筋，现在他居然能够与杨新宇面对面地坐在一起，这让他觉得有些恍然如梦。

“杨主任太客气了，您称我一句小陈就好了。”陈鸿程谦虚着，在杨新宇的对面坐了下来。

“听小秦说，你有意做汽车配件的贸易，能说说你的想法吗？”杨新宇开门见山地问道。

“这……”陈鸿程看了看旁边的柴培德和郭明，有些迟疑起来。上午开会的时候，柴培德和郭明都是坐在主席台上的，所以陈鸿程知道他们俩的身份。他要与杨新宇谈的是商业方面的问题，有两位地方官坐在一旁，他总觉得有些别扭。

杨新宇看出了陈鸿程的想法，他笑着说道：“陈总，柴市长和郭县长都不算外人，你如果要和北溪的企业合作，做汽车配件的贸易，可少不了麻烦这两位父母官哦。对了，我们刚才正好在讨论建立北溪汽车配件生产基地的问题，谈来谈去，发现还差了一个能够帮忙做贸易的人。大家正在发愁，小秦就把你介绍过来了，你说，这是不是很巧啊？”

陈鸿程脑子有点晕，他没有想到秦海居然有这样大的面子，三言两语就能让杨新宇来接见自己。此前，苏亚波曾告诉他，秦海充其量就是一个脑子比较灵活的小青工而已，出差也是住在两毛钱一天的招待所里的。陈鸿程这次来平苑，联系秦海的目的也只是为了在当地多一个眼线，谁能料想，他找到的居然是一个手眼通天的神人。

陈鸿程不知道，秦海所以能够这样大大咧咧地带着他来求见杨新宇，并非恃宠而骄，而是料定了杨新宇对陈鸿程会感兴趣。秦海能够在各种场合里与那些比自己级别高出许多的官员们侃侃而谈，都是源于他对形势的准确判断。他能够知道官员们的诉求是什么，然后适时地提出解决方案，这样一来，官员们自然也就对他青睐有加了。

以眼下这件事来说，国家引进浦桑汽车，并大力推进国产化工作，醉翁之意并不仅在浦桑汽车本身，而是希望通过这样一个项目，带动国产汽车水平的全面提升。别人悟不出这一点，杨新宇肯定是心知肚明的。陈鸿程有意采购浦桑汽车的配件，销售给其他国产汽车厂商，这件事本身就是帮了杨新宇的忙，杨新宇怎么会不愿意接见陈鸿程呢?

果然，秦海见了杨新宇，如此这般地一说，杨新宇和一旁的柴培德都来了兴趣，当即发话请陈鸿程到会议室详谈。

听到杨新宇的话，陈鸿程来了精神，他一五一十地把自己的来意说了一遍，并且表示愿意成为北溪汽车配件基地的代理人，帮助北溪市把汽车配件销售到全国各地去。

“柴市长，陈总这是想做咱们北溪汽配的全国总代理啊，有了陈总的帮助，咱们北溪的汽车配件生产可以跃上一个新台阶，这是大大的好事啊。”秦海装出一副急切的样子，向柴培德进言道。

“陈总有意帮助我们销售汽车配件，我们非常感谢啊。不过，这几天，到市里来谈汽车配件代理的公司，也有那么好几家了。市里的意见是，这个代理权交给谁，还是需要斟酌一下的。”柴培德用矜持的口吻说道。

宁中英附和道：“是啊，到我们青锋厂来谈合作的，也有好几批了，有些人还拿着领导的条子，让我们真有些不好做啊。”

“有这样的事情?”杨新宇把脸一沉，“是哪些领导的条子? 中央一再要求，必须按经济规律办事，不能搞长官意志。宁厂长，你记住，不管是谁的条子，你们都不要理睬。经济上的事情，就必须用经济手段来解决。”

“这经济手段，是指什么?”宁中英诚恳求教。

杨新宇想了想，说道：“既然大家都想要代理权，那就说明这个代理权是有价值的。我们在国外考察的时候，了解到外国企业解决这种问题的办法，就是搞代理权的拍卖，在同等条件下，价高者得。”

“拍卖? 这可有点新鲜，像陈总这样，是来帮助我们推销产品的，向他们收钱好像有些不合适吧?”柴培德似乎有些不支持杨新宇的观点。

“不不不，柴市长，我倒觉得，拍卖这种方式我们是可以接受的。”陈鸿程赶紧接过话来。

收钱的一方觉得收钱不合适，送钱的一方却坚决说送钱是合理的，这实在是有些奇怪。其实，这倒不是陈鸿程犯贱，非要送钱给北溪市，而是两害相权取其轻，他觉得拍卖代理权的这种方式，对于他这个根基尚浅的公司，恰恰是最有利的。

陈鸿程是从体制中下海出来办公司的，在体制内有一些关系，与那些泥腿子农民企业家相比，他的根基的确要深得多。但问题在于，时下搞贸易公司的并非只有他们这些人，那些从中央部委下海的官员，以及有父辈、祖辈荫护的二代们，根基比他陈鸿程又要深出几倍甚至几十倍了。与这些人在关系网上竞争，陈鸿程自忖是没有胜算的。

宁中英的话说得非常明白了，已经有许多人写了条子过来，这显然就是来自于上头的关系。如果根据背景的强弱来分配代理权，陈鸿程恐怕连个渣都捡不着。类似这样的事情，陈鸿程过去已经遇到过许多回了，明明是自己谈了很长时间的项目，马上就能吃到嘴里去了，结果上头来了一个什么人，递上一个条子，陈鸿程前期的一切努力就都白费了。

现在，杨新宇提出了一个拍卖代理权的方案，不管谁的权力大小，一律以愿意交纳的代理费来决定胜负。陈鸿程琢磨着，自己的公司控制成本的能力还是不错的，而且他自己也是一个比较能吃苦的人，不像别人那样奢华，所以如果采取拍卖这种方式，那些二代们有可能就会回避，而他拿到代理权的希望就能够增加几分。

出于这样的考虑，陈鸿程自然便选择了支持拍卖代理权的方法，汽车配件的代理利润是十分丰厚的，让出一部分给北溪市或者青锋厂，又有何妨？赚得少，总比赚不到要强得多吧？

再说，如果代理权来自于拍卖，未来的维护成本也会大幅度下降，只要按时交钱就可以，没有太多的麻烦。反之，如果靠拉关系来取得代理权，维护关系网的花费也不会低，而且除了花钱之外，还要陪吃陪喝陪那啥的，总之，损失的精力，折算下来也是一大笔投资了。

听到陈鸿程的表态，杨新宇等人互相交换了一个眼神，然后纷纷抽烟喝茶，用于压抑住内心的笑意。每个人心里都在想着同一句话：秦海这小子，实在是太坏了！

原来，杨新宇、柴培德、宁中英等人的这一番做作，都来自于秦海的导演。原本在秦海向他们说起陈鸿程的来意时，他们都是喜出望外，恨不得立即就把代理权拱手奉上，再给陈鸿程授一个五好青年称号等等。要知道，现在企业要销售一点东西的难度实在是太大了，有人上门来帮忙推销，岂不是天大的好事？

可是秦海却把他们拦住了，抛出了这样一个拍卖代理权的馊主意。据秦海分析，中国的汽车行业未来必定会有稳步的增长，优质汽车配件将长期处于供不应求的状态。陈鸿程所以会不辞辛苦地跑到北溪来争取代理权，也正是看到了这其中的好处。既然是这么大的一块肥肉，北溪市为什么不能从中切下一块来呢？

几位领导也都是老狐狸，秦海一语道破天机，几个人马上就知道自己该如何做了。紧俏商品和滞销商品是不一样的，现在汽车配件是紧俏商品，不借机敲诈一下陈鸿程，能对得起自己这几十年的丰富经验吗？

于是就有了杨新宇的热情、柴培德的为难以及宁中英看似无意地泄露天机，所有这些话，都是为了挖一个坑把陈鸿程给埋进去。实践表明，陈鸿程对于这种圈套根本没有防备，自觉自愿地就跳到坑里去了。

“既然陈总认为这个思路是可行的，那就请陈总尽快拟定一个代理方案。全国代理权关系太大，陈总一时恐怕也吃不下，要不，你就先照着华东区的代理权去设计吧，未来如果大家合作愉快，还可以继续扩大代理范围嘛。”杨新宇温和地建议道。

“完全可以。”陈鸿程满口答应，他现在的能力，也的确是仅限于能够拿下一个大区。如果没有拍卖这回事，他当然乐意把全国的代理权都收入囊中，然后再慢慢地消化。但现在有了代理费，他就没法这样做了，全国的代理费和华东区的代理费，显然不是一个数量级的。

“柴市长，宁厂长，你们跟那些找上门来的公司也都说一下这个意思，愿意交纳代理费的，就允许他们参加竞标。想凭着几个条子白拿代理权的，一概不予接受。现在给浦桑汽车做配件国产化的，不仅仅有你们北溪市的企业，还有其他一些地方的企业，我们国产化办回头也会一一地打招呼，一律照此办理。”杨新宇道。

“好，我们就按杨主任的意见办。”柴培德点头应道，说罢，他又对陈鸿程说道：“陈总，你们公司做好方案之后，尽快派人送到北溪去，直接和我联系就可以。不过，眼下有一件事，想请陈总帮个忙，不知陈总意下如何？”

柴培德是北溪市分管工业的副市长，陈鸿程能不能拿到代理权，很大程度上就取决于柴培德的好恶。听到柴培德求自己帮忙，陈鸿程哪里还有其他的选择，他毫不犹豫地说道："柴市长有什么事情，就尽管吩咐吧。只要我小陈能够办到的，就一定不遗余力。"

"其实这件事也很小，只是要请陈总出席一下下午的现场会，在会场上说几句话。这件事对陈总也是有一些好处的，未来陈总如何要代理我们北溪企业的产品，也需要认识一下北溪的企业领导嘛。"柴培德说道。

秦海坐在一旁，心中好生感慨，陈鸿程这条大鱼，算是被杨新宇、柴培德这些老狐狸一鱼两吃了。

"我宣布，北溪市政府正式与红原省红海实业公司建立战略合作关系，共同开辟华东汽车配件市场，力争在三年内，使北溪市汽车配件生产基地的汽车配件产品占领华东区同类产品市场的 80%，销售产值突破 10 亿元。"

面对着全场的听众，柴培德大声地宣布刚刚与陈鸿程草签的代理意向书，同时发出了豪言壮语。陈鸿程走上前去，与柴培德紧紧握手，从全国各地前来报道现场会情况的记者们毫不吝惜胶卷，咔咔咔地按动快门，记录下这历史性的一幕。

"老宁，我……我要说几句！"坐在下面的卫荣平从座位上跳起来，不顾体面地跑到主席台前，对着主持会议的宁中英小声要求道。

"你要说什么，如果还是上午那些话，你就不用再说了，会后你去找项厂长解约就是了。"宁中英用手捂着麦克风，探头对卫荣平说道。

卫荣平连连摆手："老宁，你跟我卖什么关子，上午那些话，不都是气话吗……你不看僧面看佛面，咱们不还是儿女亲家吗？"

"儿女亲家……"宁中英差点让卫荣平雷得从台上栽下去了。

这好像还是十几年前的一个话茬了，当时宁中英和卫荣平同去开会，各自带了自家的孩子。宁中英这边带的是宁默，卫荣平带着他的闺女。那时候的宁默还有点玉树临风的潜质，和卫家的姑娘也玩得挺开心，于是两家的大人就开玩笑结了个什么娃娃亲。

后来宁中英也曾就此事与卫荣平开过玩笑，但卫荣平矢口否认自己曾经答应过此事，因为宁默已经长成了一个死胖子，而且学习成绩极差，卫荣平才不屑于要他当自己的女婿呢。

如今，卫荣平要求宁中英办事，居然连儿女亲家这样的话都说出来，不惜卖了自家女儿，这让宁中英实在是无法拒绝了。

“柴市长，卫厂长说他有话想说。”宁中英忍着笑，向柴培德汇报道。

“那就请他上来吧，大家畅所欲言嘛。”柴培德宽和地说道。

得到柴培德的允许，卫荣平急不可耐地上了台，拿过麦克风，第一句话就是：“我们万野机械厂坚决拥护市政府和陈总的合作，坚决响应市政府的号召！”

“卫厂长，这种表决心的话，就不用多说了。上午的时候，你说你们万野机械厂设备老化，无力承担后续的生产任务，有这么回事吗？”柴培德问道。

“这是上午的事情！”卫荣平大言不惭地说道，“中午的时候，我和我们生产科、技术科的同志讨论过了，大家一致认为，国家的需要就是企业的责任，再大的困难，我们也能克服。我们决定回去之后，马上更新生产设备，保证产量能够在现有基础上翻两番。”

“更新设备所需要的经费，你们……”柴培德拖着长腔，开始揭卫荣平的短了。

卫荣平老脸有些绯红，不过他也是久经考验的人，这点难堪还是能够应付过去的。他端出一副诚恳的表情，说道：“通过现场会，我们已经认识到了万机与青锋厂之间的差距。青锋厂为了开发技术，不惜砸锅卖铁，建立起这样庞大的材料实验室和热处理车间，我们勒一勒裤腰带又有何不可呢？所需要的经费，我们决定从厂里省出来，绝对不会耽误生产任务的完成。”

如果说上午苏成英、杨新宇等人的决定是对卫荣平的一记重锤，那么下午柴培德宣布的这个战略合作协议，就成为压垮卫荣平的最后一根稻草。

除了浦桑汽车之外，还要开拓更大的汽车市场，三年达到10亿元的销售额，这是何等巨大的一块蛋糕？面对这样的诱惑，不知道有多少企业想扑上前去，啃上一口，而自己这个已经坐在饭桌上的人居然还威胁要扔掉刀叉，这不是脑子进水的表现吗？

其实，如果没有翟建国的挑唆，卫荣平根本就不想与青锋厂谈什么协作价格的事情。这半年来，万机赚的钱也不算少了，天底下的钱，哪里是能够赚尽的？一个配件虽然只有1元钱的利润，但10万件就是10万元，如果能够做到100万件，那就是100万元，有这样的利润，夫复何求呢？

想到这些，卫荣平也顾不上什么脸面了，赶紧上台表决心，以防被柴培德、宁中英一脚踢出协作体系。至于这种表态算不算自扇耳光，卫荣平根本就不在乎，当厂长的人，谁不是千层底的脸皮，还会在乎这几下巴掌？

有了卫荣平的带头，其他厂长们也都知道自己该做什么了，一个个把手举得老高，纷纷要求表决心，要求市政府给自己“压更重的担子”。

对于这些发言的请示，宁中英是来者不拒，不过鉴于想说话的人太多，每个人的发言被限制在一分钟之内，也就仅仅够让这些厂长表一个态而已。饶是如此，等着发言的人也在台下排起了队，看起来有点像幼儿园孩子们等着领糖果一样。

“我上了北溪的当了……”坐回自己位置的陈鸿程到这个时候才算明白过来了。上午各家企业的逼宫，他是看在眼里的，而下午的这一幕，分明就是柴培德导演出来的，他陈鸿程非常荣幸地成了戏中的道具。陈鸿程要帮北溪卖汽车配件，还要交纳代理费，最后还被利用来吓唬和引诱那些闹事的企业，北溪市到底想把自己吃几回呢？

尽管想明白了这其中的关节，陈鸿程也并不后悔。能够被别人利用，说明你有被利用的价值，这是值得高兴而不是郁闷的事情。

那些厂长们的口号对于陈鸿程没有什么吸引力，他坐在主席台上，百无聊赖地扫视着会场，不经意间目光扫到了坐在会场一角的秦海身上。看着秦海一脸从容之色，陈鸿程心中一凛，不由得把这半天的事情又在脑子里重新回放了一遍。他突然意识到，自己实在是太小看秦海这个人了，秦海身上的能量，远远超出了他的预想。

厂长们的发言告一段落之后，宁中英把话筒交给了杨亦赫和苏成英。两位省部级官员对于这个结果非常满意，在他们看来，正因为有了上午的波折，下午这个反转才显得更有意义。

苏成英做了一个很有深度的总结，主要观点就是再次强调用经济手段解决经济问题，表示要把北溪模式介绍到全国去，作为机械行业产业集聚区发展的重要经验。上午的时候，他用的还是青锋模式这个词，到下午就变成北溪模式了，这本来就是一个模式辈出的年代，谁也不会挑剔部长用词的混乱。

杨亦赫没有谈什么全国的高度，他是从一个地方官的角度，宣布安河省认可北溪市关于建设汽车配件生产基地的思路，并将在政策上、资金上给予倾斜。他同时也要求北溪市尽快完善企业之间的协作体系建设，消除各种潜在的隐患，保证汽车配件生产的稳定进行。

接下来，就是照着官职大小的顺序，依次由杨新宇、柴培德、郭明、宁中英等人发言，领导们已经把调子定下来了，下面这些小官也不可能再说出什么更有水平的话，否则就是嫌弃领导眼界不够了。他们需要做的，只是表示坚决拥护领导的意见，深入领会、认真学习、严格贯彻……总之，都是一些极其正确的废话。

现场会的第一阶段在欢乐祥和的气氛中结束，随后的环节就是参会嘉宾在主人的带领下参观车间、实验室等等，晚上则是由青锋厂主办的协作单位大会餐。与午餐时候的惶惶然不同，各位厂长在晚宴上都表现出了极大的热情，宾主频频举杯，众人向宁中英献媚的表情让旁观者都无法直视了。

“老宁，我跟你交个底，这一次的事情，真的不怪老弟我。”卫荣平搂着宁中英的肩，把他拉到食堂一角，低声地向他告着密。

“妈的你想拆我的台，还说不怪你？”宁中英嘴里骂骂咧咧，脸上却是带着笑。企业之间互相拆台的事情并不少见，为这种事去伤私人的和气就太不值得了。

卫荣平道：“老宁，实话告诉你，这一次在背后煽风点火的，是你们那个姓翟的小子。至于老韦有没有参与，我就不清楚了。这个事情，你可以跟你们县里反映反映，不过千万别说是我告诉你的。”

接着，他就把翟建国如何撺掇各家协作厂对青锋厂逼宫的事情，一五一十向宁中英说了一遍。在这件事情里，卫荣平是差点让翟建国给坑死的，现在剧情反转了，他自然得把翟建国供出来，以便减轻宁中英对他的恶感。

“竟然有这样的事情？”宁中英颇有一些意外，他不是没有想过韦宝林和翟建国在这件事里发挥过坏作用，但却没有料到翟建国会做得如此过分。照卫荣平的说法，这件事完全就是翟建国一手策动的，他得对青锋厂有多大的怨念，才会如此上蹿下跳。

“老宁，你如果不信，可以找老屈、老冯他们问问，我如果骗你一句，我就把我闺女嫁给你家那个胖儿子。”卫荣平急赤白脸地发誓了。

“你这老东西，你闺女怎么摊着你这么个禽兽爹了！”宁中英又好气又好笑地给卫荣平一拳，两人一齐哈哈大笑起来。

现场会足足开了三天时间，后面的两天不再是开大会，而是各个参会单位分头进行商议，确定各项合作事宜。杨亦赫和苏成英当然没时间留在这里关注这些小事，只留下了杨新宇、柴培德等人处理后续的事务。

现场会上形成的第一个成果，就是正式建立了北溪市汽车配件国产化产业基地，由北溪市政府直接管理，原来与青锋厂进行生产协作的几十家企业共同参与。作为基地企业，各家厂子的责权利关系更为明确，青锋厂作为龙头企业起到主导整个基地发展的作用，各家协作企业也拥有一定的发言权，可以通过合理渠道表达自己的诉求。

杨新宇向基地企业作出承诺，未来将把更多的配件交给北溪市生产，并与北溪市建立起更为稳定的上下游关系，同时为北溪企业提供技术、资金等方面的支持。北溪市的企业则推举宁中英作为代表，向浦桑汽车国产化办公室表明决心，力争承担更多的配件国产化工作。

作为汽车配件基地建设的一个组成部分，原来隶属于青锋农机厂的材料实验室被独立出来，成立了北溪市汽车配件材料及工艺研究所，这可以算是现场会上的第二个成果。

此前，青锋厂的材料实验室解决了青锋厂所承担的37种汽车配件的材料工艺问题，这其中主要得益于秦海所拥有的超前知识。然而，当北溪市希望承担更多的汽车配件生产任务时，新出现的工艺问题已经超出了秦海的知识范围，毕竟秦海不是神，不可能什么技术都了然于心。

在这种情况下，材料实验室独立出来，就是一个更好的选择。成立材料研究所之后，北溪市的各家企业可以联合出资，支持研究所开展材料工艺研究，所取得的成果则可用于各家企业的生产。这样做，可以分散材料研究可能存在的风险，有助于打破青锋厂一枝独秀的格局，促进全市企业的共同发展。

新成立的材料研究所采取股份制的方式，青锋厂以此前的投入和所拥有的技术入股，占到了其中的45%；安河工学院作为技术的提供单位，也获得了20%的股权；余下的股份由各家企业认购，按出资额度进行分配。

在这其中，出现了一件尴尬的事情，那就是对材料实验室贡献最大的秦海，最终却什么也没有得到。被聘请担任研究所总工程师的李林广心里明白，实验室前期取得的成果，大部分都来自于秦海的真知灼见，否则大家还不知道要在黑暗中摸索多久。但关键问题在于，中国根本就没有对知识进行估价的传统，如果要把秦海那些思想折算成股份，一来是根本无法计算，二来则是无法说服相关的官员。

对于这个问题，秦海只是抱以无所谓的一笑，他贡献的这些思想，对于当时的人们来说价值连城，但在后来则是非常普通的一些知识。看到自己的想法能够让青锋厂乃至北溪市取得收益，秦海已经知足了，他期待的舞台比北溪市要大得多，区区一家研究所，他还真不怎么在乎。

卫荣平向宁中英透露的消息，自然也传到了柴培德和郭明的耳朵里去。经过向多位企业领导求证之后，柴培德和郭明确定，这一次的逼宫事件，是由翟建国策划的，韦宝林在其中或许知情，但没有证据表明他参与了这个阴谋。

现场会之后一星期，平苑县政府办公会议决定，停止洗衣机项目，撤销洗衣机项目领导工作委员会。原“洗委”常务副主任韦宝林调县地震局任副局长，享受正科级待遇。而原任办公室主任的翟建国则调往环卫局，任城西环卫所第三副主任。这个职务听起来还不错，但实际上只相当于一个环卫小队的队长，是要亲自扛着扫把去扫大街的。

据说，翟建国听到消息的时候，气急败坏地砸了手上的杯子，跑去向韦宝林哭诉，要求韦宝林去为自己争取一个更好的安排。韦宝林默默地看了翟建国半天，冷冷地说了一句“自作孽不可活”，然后便拎着自己的公文包到地震局上任去了。平苑县地处章江冲积扇，据地质资料考证的上一次地震还是发生在侏罗纪，这样一个地方的地震局，实在是休闲养老的最佳去处。

秦海是从宁默嘴里知道翟建国和韦宝林的结局的，对于此事，他连幸灾乐祸的兴趣都没有。秦海知道，翟建国也不能算是一个彻头彻尾的傻瓜，他的错误之处，只是在于误判了形势，用计划体制下的思维方式来搞市场经济条件下的阴谋，不失败才是奇怪了。

“小秦，在平苑这几天，我看出来了，龙非池中物，你不是一个小小的平苑能够容得下的大龙啊。”

在平苑钢铁厂的食堂，秦海再次设宴款待陈鸿程。陈鸿程喝了几杯啤酒就开始犯晕乎了，手拍着秦海的肩膀，不惜工本地夸奖着他。

秦海微微笑着，答道：“陈总过奖了，我算什么龙。倒是陈总的红海实业公司，业务做得如此之大，令人羡慕啊。”

“我那只是一个皮包公司，哪能和小秦你的业务相比。我听说了，现在的平苑钢铁厂其实是你办起来的，在北溪钢铁厂那边，你还有更大的一个摊子。这两年，全国上下都缺钢铁，你能炼出钢铁来，那就是哗哗响的票子啊。”陈鸿程不无艳羡地说道。

秦海苦笑道：“陈总是只看到贼吃肉，没看到贼挨打。我现在已经后悔接了北溪钢铁厂的事情，我原来觉得，年产 20 万吨钢材不算什么难事，现在才知道，这简直就是一个不可能完成的任务。”

“小秦何出此言啊？”陈鸿程问道。

秦海道：“我原来搞平苑钢铁厂，搞的是特种钢材，产量低，需要的原材料也少，随便上哪找点废钢就解决了。而北溪钢铁厂要的是20万吨的计划外钢材，所有的原材料都需要我去弄。上次在曲武弄煤已经把我给累惨了，下一步我还不知道该上哪去呢。”

陈鸿程道："听亚波说，你在曲武弄到了3万吨煤。光凭这一点，你就比亚波强多了。就算是我亲自去，要在短时间内弄到3万吨煤，只怕也很难。”

秦海摆摆手道："这只是机缘巧合，细节我也不便对陈总多说了。对我来说，3万吨煤还远远不够，更何况，铁矿石还没有任何着落，我正准备过几天去一趟琼岛呢。”

中国的铁矿不少，甚至就在北溪也有若干处铁矿。但目前正在开采的这些铁矿，大多以贫矿为主，矿石品位低，产量也不足。秦海倒是知道几个后来发现的大型富铁矿，但时下还没被勘探出来，他不可能跑去对人家吧啦吧啦地说这地底下有矿。再说，就算凭他的先知先觉把这几个矿探出来了，要形成稳定的生产也需要若干年时间，他根本就等不起。

在当时，国内唯一的富铁矿就在琼岛，这就是秦海说想去一趟琼岛的原因。

听到秦海的打算，陈鸿程冷笑了一声，说道："小秦，你就别打琼岛那几个矿的主意了，冶金部部长的眼睛都盯着那里呢。我知道有几个来头挺大的人拿着条子去琼岛想弄铁矿石，结果都没有弄到。你想想看，你凭什么能够弄到呢？”

“你的意思是说，一点希望都没有吗？”秦海问道。

“没有！”陈鸿程斩钉截铁地答道。

秦海无语了。陈鸿程说的这个情况，他也听宋洪轩和徐杨说起过，北溪钢铁厂以往也曾打过琼岛铁矿的主意，但最终只能铩羽而归，因为琼岛铁矿的产量有限，是要专供几家大型国有钢铁厂的。秦海原本存着几分侥幸，想去碰碰运气，现在听陈鸿程也这样说，看来的确是一点希望也没有了。

事实上，在曲武弄煤的经历也让秦海对于原材料采购产生了心理阴影，在物资严重短缺的条件下，拥有物资的单位是非常嚣张的。沙仁元这样的矿长，秦海遇上一个就已经算是幸运了，不可能指望着接二连三地有这样的好运气。要拼人脉或者拼桌子底下的交易，秦海自忖都不擅长，陈鸿程都弄不到的东西，他就更别存有幻想了。

“这么说，我就一点办法都没有了吗？”秦海对陈鸿程问道。

陈鸿程苦笑道：“如果原材料那么容易解决，中国还会这么缺钢铁吗？我们红原省遍地都是小炼铁炉和小钢厂，缺的就是原材料。我一天到晚都在琢磨着原材料的事情，如果我能够弄到煤炭和铁矿石，随便转转手就是上百万的利润。”

不应该这样啊！秦海在心里对自己说。现在全国一年才四五千万吨的产量，就说原材料供应不上了。后来中国的钢铁年产量一度冲到了6亿吨之多，也没听说受到原材料的制约，这是怎么回事呢？

对啊，后来钢铁厂的原材料是从哪来的呢？秦海细细地在脑子里回忆了一番，突然一拍大腿，脱口而出道：“哎呀，我怎么糊涂了！”

陈鸿程正夹着一筷子菜往嘴里送，秦海这一声大喊，让他吓了一跳，一口辣椒正呛进嗓子眼里，辣得他吭吭吭地猛咳起来。

“陈总，你没事吧？要不要喝口水？”秦海赶紧上前侍候，帮着陈鸿程拍背。

“咳咳咳！我没事，我没事。”陈鸿程好不容易才喘过气来，他摆着手，抱怨道：“小秦，你别这样一惊一乍好不好，刚才差点呛死我。”

“抱歉啊，陈总，我没注意到你在吃菜。”秦海笑着说道。

陈鸿程喝了口水，又喘了会气，然后问道：“你刚才说你糊涂了，是想说什么呢？看你那么高兴的样子，是想到了什么可以利用的路子吗？”

秦海摇摇头道：“我哪有什么路子，就算有路子，也不想这样用。我只是想，既然国内的煤炭和铁矿石这么紧张，我们为什么不到国外去买呢？”

“国外，什么国外？”陈鸿程一时有点懵，不明白秦海的意思。

秦海用手比画着，说道：“国外就是国外啊，蒙古有煤，印尼有煤和铁，还有澳大利亚、巴西、玻利维亚，那都是铁矿石出口国，咱们为什么不能去买他们的矿呢？”

“小秦，你没事吧？”陈鸿程用同情的目光看着秦海，在他看来，秦海一定是想铁矿石想得走火入魔了，居然会想出如此荒唐的主意。自古以来，中国的煤炭和铁矿石就是往外出口的，哪有从国外采购原材料的道理，你以为你是发达国家啊？

“为什么不行呢？”秦海反问道，“据我了解，浦江钢铁厂也用澳大利亚的煤和铁矿石，进口量多少我就不清楚了。”

“那是浦江钢铁厂，国家重点企业，外汇都是特批的，你能比吗？”陈鸿程道，“不说别的，你想从国外进口原材料，外汇从哪来？”

秦海一下子被问住了，其实到目前为止，他做的外贸业务还真不算少。军铲卖到伊拉克去了，据说军方还在联系伊朗成为下一个买主。特种钢材卖到日本去了，一年的销量也在百万美元左右。可是，所有这些外贸获得的外汇，都没有落到秦海的手上，外贸部门直接把它们按外汇牌价换成了人民币再支付给秦海，秦海连一张美元的边都没摸着。

国家严重缺乏外汇，秦海能挣来多少外汇，国家就收走多少，而如果秦海想用外汇去购买原材料，那可是难上加难，“有关部门”是绝对不会答应的。以青锋厂来说，为了从国外进口几台先进的实验设备，宁中英拉着柴培德出马，才从省外贸求到了一点点外汇，为这事，省外贸还嘀咕了不知道多少回。

秦海说的浦江钢铁厂使用进口煤炭和铁矿石的事情，倒是真的。浦江钢铁厂是国家花费巨资从日本全套引进设备的一家现代化钢铁企业，能够生产大量国民经济所亟需的高端钢材。这样的设备，如果使用国内的低品位铁矿石，就十分浪费了，所以国家特批浦江钢铁厂可以从澳大利亚进口高品位矿石，而且还专门为之修建了一座当时国内最大的矿石码头。

能够享受这种待遇的企业，在国内也是屈指可数的。北溪钢铁厂不过是安河省重点培育的一家企业，哪有资格与浦江钢铁厂相比？

“陈总，你对国家的政策比较熟，你能不能替我分析一下，我怎么才能拿到外汇呢？我们现在一年特钢的出口有上百万美元，是不是可以拿这个来和省里谈外汇提留的问题？”秦海开始虚心求教了。陈鸿程在物资厅工作过，现在又是专门做贸易的，对于这方面的政策应当更为熟悉。

陈鸿程皱起了眉头，想了想，问道："你说过，你们平苑钢铁厂的特钢可以卖到日本去，销路如何？"

"销路非常好。"秦海道，"我们的特种钢质和日本同类产品相差无几，而销售价格却要低出三成以上，所以在日本市场上也是供不应求的，日本几家和我们产品雷同的企业都快被我们挤垮了。"

"既然如此，你们为什么不扩大生产呢？"陈鸿程又问道。

秦海叫苦道："我何尝不想扩大生产，可是我们要炼特种钢，需要多种元素。我们现在都是利用废合金钢来回炉冶炼的，安河省的废合金钢大多数都被我们采购来了，我们哪有条件再扩大产量？"

陈鸿程道："如果你能得到足够的原料，那么是不是出口额可以扩大十倍，甚至百倍？"

秦海道："百倍不敢说，毕竟特钢的市场容量也有限，但扩大十倍，我估计不成问题。除了日本市场之外，欧美市场也同样有特钢的需求，我的产品不会比他们的差。"

"这就好办了！"陈鸿程以拳击掌，喜形于色道，"不就是外汇吗？只要你能出口，还愁弄不到外汇？"

秦海道："我还真没有这个办法，我的产品出口都是由省外贸代理结算的，他们拿到外汇就直接收走了，只给我付人民币。莫非陈总有办法让他们拿出外汇来？"

陈鸿程笑道："我也没办法，不管是你们安河外贸厅，还是我们红原外贸厅，都是有创汇任务的，完成得越好，他们的成绩就越大。所以外汇进了他们的手，就别想再拿出来了。我的意思是说，咱们为什么要让外汇落到他们手上呢？"

"我不明白……"秦海大摇其头。

陈鸿程道："你可以和外商签个合同，规定你们销售的特钢，50% 按外汇进行结算，另外 50% 用原材料来冲抵……相当于做加工贸易。这样一来，你用来买原材料的那些外汇，根本就不进入中国，外贸厅有什么本事把它们扣下来？"

"居然还能这样干？陈总，你真是太有才了。"秦海如梦方醒，由衷地赞叹道。

在中国的外贸中，有一种贸易方式叫作“加工贸易”，就是由国外把原料送到中国，中国的企业进行加工后，再送回国外销售。其中，中国企业挣的就是加工费，原料采购和成品销售都是由国外企业完成的。

做加工贸易最典型的是服装行业，由于中国的纺织业技术水平低，服装面料达不到国外客商的要求，所以国外的商家便直接从国外采购面料，运到中国，利用中国的廉价劳动力进行加工，再运往国外去销售。这样做虽然增加了两趟运输成本，但由于中国的劳动力成本比国外低得多，最终国外厂商还是有利可图的。

陈鸿程的思路，就是让秦海伪装成一家加工贸易企业，让国外的厂商帮助提供废钢、合金材料、煤炭、铁矿石等物资，然后再用国内生产的特种钢材去冲抵这些材料的费用，中间的差价则作为加工贸易的收入。这样一来，外贸部门也就无话可说了，因为如果他们不接受这种外贸方式，那么连加工贸易获得的那部分外汇都要泡汤。

“小秦，如果你不介意的话，我想和你联合来做这项业务，你看如何？”陈鸿程想到了解决方案，也看到了无限的“钱景”，马上热情地贴了上来。

陈鸿程想到的东西，远比他说出来的要多得多。他想到，如果能够把秦海出口特钢的外汇保留一部分在国外，那么除了用于采购钢铁原材料之外，挤出一些来采购国外的家电也是合情合理的吧？现在国内市场上进口家电的利润高得惊人，如果自己能够有这样的货源，那可比倒腾点汽车配件要牛气多了。

“这是我求之不得的事情，陈总不说，我也要央求陈总帮忙呢。”秦海哈哈笑着，接受了陈鸿程的要约。

陈鸿程的方案听起来十分简单明了，但要实际操作却并不容易。首先一点，秦海需要了解整个外贸体系的运行规则，从中找到漏洞。其次就是与外贸部门进行谈判，说服外贸部门接受这样的方式。为了打开销路，秦海还必须亲自到国外去走一走，寻找新的买家，而不是把自己吊在福冈会社这一棵树上。

要做到所有这些，都必须有一个在体制内有一定能量的人帮忙，而陈鸿程无疑是最佳的人选。从这个意义上说，秦海的确需要与陈鸿程合作，这样可以省掉他无数的麻烦。秦海深知一点，自己在这个时空并没有太多的人脉，必须充分利用一切可以利用的资源，才能壮大自己的实力。至于说这种合作必然要让渡出一部分利润给陈鸿程，秦海是毫不心疼的，他从来没有吃独食的习惯。

陈鸿程在说出自己的想法之前，对于自己与秦海各自的情况也进行了充分评估。他认定，秦海要想实现这样的瞒天过海之计，最好的合作伙伴就是他陈鸿程，生意场上的事情就是如此，互相有可利用的地方，就能够形成良好的合作。

“这么说，秦老弟是答应和我合作了？”陈鸿程笑着问道。

“不敢奢谈什么合作，我只是求陈大哥提携而已。”秦海向陈鸿程拱拱手，做足了虚礼。既然双方已经打算联手，他也犯不着再一口一个“陈总”地装客套了，就着陈鸿程的口风称一句“陈大哥”，能够拉近双方的距离。

西班牙，马德里巴拉哈斯机场。

一队中国人从航站楼里鱼贯走出，他们穿着统一制式的西装、拉着统一规格的拉杆箱，甚至脸上那份矜持与不安交织的表情都如出一辙。走在最前面的，是一位五十来岁、略有些富态的男子，跟在他旁边的，是一位靓丽可人的女翻译。

“祝厅长，您请走这边……那边好像是特殊乘客通道！”

刚从语言学院毕业不到一年的女翻译黄莉薇自己也是第一次出国，但她却不得不装出一副熟悉一切规则的样子，不时地提醒着身边的红原省外贸厅厅长祝晓峰。

“不愧是老牌发达国家啊，这个机场……啧啧……真是太大太豪华了。”祝晓峰环顾左右，发表着不着边际的评论。他倒是有过几次出国的经历，但由于语言不通，对于到过的国家都谈不上有什么印象，总结不出什么特点，所以就一概以“大”和“豪华”来加以评价了。

“祝厅长，您看，那是大使馆来接咱们的人。”黄莉薇在接机的人群中一眼就发现了一个写着“红原省”的大牌子，立即兴奋地小声喊叫起来。

老实说，如果在当地没有人接待，她还真不知道该把这一个团队带到哪去。

“是祝厅长吧？我是中国大使馆的三等秘书王哲奕，受罗大使的指派，前来迎接你们。”一位与黄莉薇年龄相仿的姑娘笑吟吟地走上前来，向祝晓峰点头致意。

“哦哦，王秘书，多谢罗大使，多谢王秘书。”祝晓峰赶紧伸手与王哲奕握手，脸上的笑容带着几分谦恭。他知道，别看自己在省里是个有实权的厅长，可以吆三喝四，跑到国外来那可就啥都不是了。人家大使馆平常接待的都是中央领导和部委官员，他这么个地方官，人家是完全可以不在乎的。

王哲奕微微笑着，与祝晓峰轻轻握了一下手，然后伸手示意道：“我们替你们包的车就在外面，各位请随我来。给你们订的酒店叫梅隆宫酒店，到酒店之后，我会把它的名字和电话写给你们。”

“太感谢了，大使馆真是我们的贴心人啊。”祝晓峰赞道。

“不客气，这是我们应该做的。”王哲奕彬彬有礼地答道。

从见到王哲奕那一刹那起，黄莉薇的眼睛就没有离开过她。她仔细地观察着王哲奕的衣服、裤子、鞋子、手串、发型、妆容，甚至偷偷地吸着鼻子闻了闻王哲奕身上飘逸出来的香水味道，并把这种味道牢牢地记在了心里。

王哲奕的穿着其实十分普通，但其魅力也就在这不经意之中流露出来的洒脱，这是长期从事外事工作才能够熏陶出来的一种气质。反观红原省的这个外贸代表团，每个人穿的都是出国前专门赶制的西装，一个个看起来却别扭之极，难怪有人说不管在什么地方看到大陆的代表团，都不会将其错认为港台人士。

黄莉薇上学的时候，就非常羡慕那些能够把自己打扮得与外国人一样的老师们，她们这些学生既没有足够的经济实力去买时尚服装，也没有足够的眼光来搭配自己的衣服。现在，在她面前出现了一个可以参照的范本，她岂能不认真学习一下。

“小黄，小黄，看什么呢！”旁边的人开始出言提示了，黄莉薇只顾盯着王哲奕，自己都差点撞到别人身上去了。

“哦哦，对不起，蒋厂长……我，我刚才在想王秘书说的梅隆宫酒店用西班牙语该怎么说。”黄莉薇赶紧掩饰着说道。她兼任着整个代表团的组织行政工作，全团的人她都认识。刚才提醒她的这位是红原省钢铁厂的厂长蒋焕文，是此行的大金主。

红原省外贸厅这次组织代表团到西班牙来，主要的任务就是为红原省钢铁厂谈判引进一套达到欧洲70年代末水平的炼钢设备。红原省钢铁厂经过好几年的努力，终于说服了冶金部同意这个引进项目，又花了很大精力，让红原省拿出了资金来实现这次引进。要引进设备，自然要先上门考察，于是蒋焕文便向省外贸厅打了报告，要求组团前往西班牙。

外贸厅批准了这个报告，同时要求代表团中必须有外贸厅的人员参加，以便为红钢在引进政策上进行把关。对于这样的要求，蒋焕文当然是不能拒绝的，于是代表团中就有了厅长祝晓峰、翻译黄莉薇、省政府办公厅某处长、处长太太、冶金厅某处长……在报送给省外事办备案的名单上，蒋焕文以及红钢的几位中层干部排名位于最后的几位。

临到上飞机之前，蒋焕文终于得到了一个好消息，那就是他们不再是名单上垫底的人了，又有两位新成员把名字续在了他们的后面，这两个人分别叫作陈鸿程和秦海。

陈鸿程在物资厅当处长的时候，与蒋焕文打过交道，只是关系比较一般而已。这一次，陈鸿程是通过在外贸厅的关系，挤进了红钢的这个外贸代表团。让蒋焕文觉得舒服的一点是，陈鸿程以及那个名叫秦海的小跟班，差旅费是陈鸿程自己承担的，并不花红钢的钱。他唯一占到的便宜，就是捞到了两个当时极为宝贵的出国名额。

在代表团出发前进行培训以及在出发、乘机、转机等过程中，陈鸿程都发挥了他长袖善舞的才能,迅速地与团里所有的人都打得火热。相比之下，秦海就显得木讷多了，他一直都保持沉默寡言的态度，紧紧跟在陈鸿程的身边，像极了一个拎包者的角色。

对于秦海的身份，团里的人也不是没有过猜测。以当年的资讯条件，秦海的大名还不足以传到红原省去，所以没有人知道他是何许人也。陈鸿程对众人介绍秦海的时候，只说他是红海公司的工作人员，但让大家觉得蹊跷的是，陈鸿程对于这个下属的态度未免显得有些过于平等了，而这个下属似乎也太没有眼力架了。

于是，具有丰富政治嗅觉以及八卦心态的官员们便对秦海作出了种种猜想，比较集中的一个看法认为秦海可能是陈鸿程的某个关系户家里的孩子，被安排在陈鸿程的公司里混日子。有了这种认识，大家对秦海的态度就变得热情起来，别看这个小年轻傻乎乎的，谁知道人家的老爹是哪座庙里的神呢?

众人在王哲奕的引导下，坐上一辆大巴车，来到了梅隆宫酒店。这是一家三星级的酒店，位于马德里市中心，周围有几条商业街，交通也比较方便。每次国内有类似的商贸代表团到西班牙来的时候，大使馆都会把他们安排在类似的几家酒店里，以方便代表团的成员逛街购物。

这些年，前往国外开展商贸活动的国内代表团越来越多了，有些代表团甚至只是打着商贸的幌子，跑出来旅游和购物的。对于这些团，大使馆能够做的事情就是帮忙租辆车去接机，然后找个酒店把他们放下，再往后的事情就由着他们自己折腾了。如果每个团来了都要大使馆的人全程陪同，那么大使馆就别想干别的事情了。

入住酒店的过程自然是人仰马翻的，代表团里大多数的人连英语都不懂，更不用提西班牙语，所有的事情都必须由王哲奕和黄莉薇两个人进行指导。这些人在国内都是有点头脸的，根本不知道啥叫秩序，遇到点啥事就大呼小叫，恨不得让翻译马上就去解决：

“小黄，麻烦你过来看一下，这个东西是干什么用……”

“小黄，我这边的灯怎么打不开啊……”

“王秘书，能不能找人给换个枕头，我爱人睡不惯这种软的枕头……”

楼道里的西班牙服务员们一个个面带微笑，站在一旁看着这些东方来的土老帽们，无动于衷，只有在王哲奕和黄莉薇请他们帮忙的时候，他们才动弹一下。自从这家酒店成为中国大使馆指定接待中国代表团的酒店之后，服务员们对于这种景象已经是见惯不怪了。

“祝厅长，我和小秦出去一下，你们就不用等我们吃午饭了。”

在一片混乱之中，陈鸿程带着秦海来到祝晓峰的房间，向祝晓峰请假道。

“你们……你们去哪？你们认识路吗？”没等祝晓峰说什么，正在房间里帮忙指导各种电器用法的王哲奕却是一愣，情不自禁地回头看去。

这一看，王哲奕想起来了，在众人都围着她问长问短的时候，这两个人好像什么话都没说。她把房间钥匙分发出去之后，别人还没找到电梯，这两个人就已经拎着箱子消失得无影无踪了。到这一会，大多数都还在忙着熟悉房间，可他们俩看起来已经收拾停当，其中那个岁数大一点的好像还忙里偷闲地洗了个头，吹了个风，头发看起来颇为顺滑的样子。

“你们打算去什么地方，还有，你们不需要带上翻译吗？”王哲奕奇怪地问道。

第九章　生意轻松做到了欧洲

依靠陈鸿程的关系，秦海和陈鸿程随红原省的考察团一同来到西班牙马德里。初到西班牙，秦海就卖出了一份特种钢材的配方，并且利用这笔资金开始进行自己在马德里的一系列计划，将生意做到了欧洲。在西班牙奔波期间，秦海无意中了解到同行的红原钢铁厂的一行人打算从西班牙奥索冶炼技术公司采购一台冶炼炉，并且遭遇到了困难，心思活络的秦海在帮助红原钢铁厂的过程里竟又发现了新的机遇。

这倒不是王哲奕八卦，她接待的国内代表团太多了，像这种一到酒店就急着要出去逛街的，当然也见过，但那些人都是死乞白赖非要她带路陪同的，没有人敢自己在这人生地不熟的地方瞎闯。可是眼前这二位看起来却像胸有成竹的样子，他们到祝晓峰的房间是来请假的，而不是来找翻译帮忙的。

“他们俩是我们省物资厅的，这是陈鸿程处长，这是小秦。他们这一次到西班牙来的任务和我们不同，出发前就已经说好是要单独行动的，这一点在省外事办备过案了。”祝晓峰赶紧向王哲奕解释道。出国人员脱离大队自己出去闲逛，属于比较忌讳的事情，所以祝晓峰必须要说明一下。

王哲奕点点头道：“代表团是祝厅长负责的，只要祝厅长同意，他们去什么地方，我们是不会干涉的。我只是担心他们语言不通，出去怎么和人交流呢？”

“我会点英语。”秦海很低调地发话了。

“可是在马德里，大多数的人不会说英语，甚至连警察都不会。”王哲奕提醒道。

秦海道：“没关系，我也学了几句西班牙语，比如说……请问去梅隆宫酒店怎么走。”

他最后那句话，是直接用西班牙语说出来的，说的时候脸上还带着几分戏谑之色。王哲奕眼睛一亮，还了一个会意的微笑。她分明能够听得出来，对方的西班牙语已经有一定的造诣，至少在语气轻重、节奏等方面的把握都是正确的。能够把西班牙语说到这个程度的人，显然不能用只学了几句来形容。

王哲奕是一个聪明的女孩，家庭背景也颇为优越。对于那些狗屁不通的官员，她向来是敬而远之，只做自己该做的事情，其他一概不管。但眼前这个会说西班牙语的年轻人却让她颇感兴趣，而且有些惺惺相惜的感觉。她不知道对方有这样的西班牙语水平为什么要装低调，但她是不会去揭穿秦海的。

未来的秦海是个逆天的学霸，精力充沛、兴趣广泛。他熟练地掌握了英语、日语和德语，能够用这些语言与国外学者进行学术交流。除此之外，诸如西班牙语、法语、葡萄牙语和意大利语等，他也有所涉猎，应付一些日常会话是毫无问题的。这次因为知道出访的目的地是西班牙，他又专门把西班牙语捡起来温习了一下，谁料想竟然能让王哲奕刮目相看。

“那你们出门小心一点……对了，你们可以在前台索要一份马德里地图，是免费的，还有，你们把大使馆的电话记一下，如果有事可以联系大使馆。”王哲奕热情地张罗着，同时把一张写着自己电话号码的便笺纸递到了秦海的手里。

“谢谢王小姐，电话我收着了，如果有机会的话，我可以请王小姐喝咖啡吗？”秦海呵呵笑着，用西班牙语向王哲奕问道。

王哲奕白了秦海一眼，同样用西班牙语答道：“咖啡有什么好喝的，你敢到 Serrano 商业街请我吃 Liss 的花式冰淇淋吗？”

王哲奕这话就是敲打秦海了：你不就是懂几句西班牙语，想在本姑娘面前显摆吗？还玩什么外宾范儿，要请姑娘喝咖啡。我告诉你，这国外的奢侈玩法多了，你懂的东西还差得远呢。你知道啥叫 Liss 吗？你知道 Serrano 商业街意味着什么吗？

说起这种异域情调，秦海就不是对手了。从前的他虽然不算是宅男，但玩的也不是这种小资格调的东西，而是诸如户外、登山之类的肌肉男游戏。他笑着向王哲奕说道："我记下了，有机会总会请你吃一回就是了。"

在秦海与王哲奕用西班牙语打情骂俏的时候，陈鸿程一直是面含微笑，一副"一切尽在把握"的样子。可是等走出宾馆大门的时候，陈鸿程的脸色就变了，他拉着秦海，瞪着他问道："小秦，你跟我老实交代，你怎么会懂西班牙语的？"

此前，秦海曾经向陈鸿程透露过，说自己会几句西班牙的日常会话，陈鸿程对此只是佩服而谈不上惊讶。到酒店之后，秦海找电梯、和楼层服务员交涉各种事务，充分显示出他的确是懂一点西班牙语的，这让陈鸿程觉得很欣慰。可是当看到秦海与王哲奕你一言我一语地对起话来，而且没有一点儿磕绊，陈鸿程突然醒悟过来，秦海会的岂止是几句，他简直已经达到专业水平了。

意识到这一点之后，陈鸿程有一种莫名的恐惧感。他不知道在秦海身上还有多少秘密，以秦海这种惯于扮猪吃虎的做派，自己没准被秦海卖了还帮着对方数钱呢。

秦海嘿嘿笑道："老陈，你吃一个鸡蛋的时候，还需要问一下母鸡姓什么吗？现在国内找个懂西班牙语的人多难啊，你凭空就捡到一个，还不赶紧偷着乐去？"

自从双方商定要合作之后，秦海对陈鸿程的称呼就越来越随便了，由陈总变成陈大哥，再变成老陈，陈鸿程对此倒也并不反感。

"不行，你必须跟我说清楚，你到底会多少东西？要不，我真不敢跟你一块出门去。"陈鸿程半开玩笑半认真地说道。

秦海拍拍陈鸿程的肩膀，同样带着调侃的语气说道："老陈，你就放心吧，你也这么大一把年纪了，要长相没长相，要技术没技术，我能把你卖到哪去？跟我走吧，你肯定会收获惊喜的。"

“看来，我真是上了贼船了……”陈鸿程喃喃地说着，半推半就地跟着秦海往前走去。

二人走到街上，秦海看看左右，抬起手招呼了一下，一辆路过的出租车停了下来。司机探出头，看了看这两个东方面孔的人，迟疑着问了一句：“你们去哪？”

“艾萨克森庄园。”秦海答道。

“艾萨克森……”出租车司机挠着头皮，想不起来这个地名是在哪里。

“呃……让我想想，这个庄园紧临着曼萨纳雷斯河，出门大约一公里是一条近郊铁路，还有……”秦海对于马德里的地理也不甚了解，他接连向司机说了六七个地标，总算让司机明白了大致的方位。

“上车吧，我知道那个地方了。”出租车司机说道。

“还有一个问题，从这到艾萨克森庄园，车费大概是多少钱？”秦海问道。

“不会多于 2000 比塞塔。”司机估算了一下，回答道。

“嗯，好吧，那我们上车吧。”秦海拉着呆若木鸡的陈鸿程钻进了车里。

“你要去什么地方？”车子开动起来之后，陈鸿程才缓过劲来，他有些担心地向秦海问道。

秦海笑道：“我老师给我介绍的一个西班牙钢铁专家，我们先去和他做一笔买卖。”

“你老师？”陈鸿程诧异地问道，“你不是说你是安河农机技校毕业的吗？”

秦海道：“不是技校的老师，是我拜的另一个老师，是国家钢铁研究总院的教授，叫陈贺千。”

“我怎么没听你说起过？”陈鸿程有点不相信地问道。

秦海笑道：“老陈，我也没必要什么事情都跟你说吧？咱们是分属于两个公司的，我保留一点商业秘密也是正常的，对不对？”

“好吧，我豁出去了，今天你带我去哪，我就去哪。”陈鸿程用悲壮的语气说道。把个人安危置之度外之后，他又想起了新的事情，他偷偷地指了指司机，小声问道：“小秦，你怎么敢在国外叫出租车，这得花多少钱啊？”

“我问过了，这一趟车费估计合 30 美元左右吧。”秦海不以为然地说道。

“我去！”陈鸿程差点就想拉开车门跳下去了，30 美元打一趟车，这得是多败家的人才干得出来的事情啊！

红原省派出这样一个商贸代表团，当然也是要提供经费的，但这些经费少得可怜，扣除住店、吃饭之类的费用之后，包括祝晓峰在内，出门都只能坐得起公共交通，没有人敢奢侈地叫出租车。

陈鸿程和秦海属于自费参团，外贸厅勉强答应他们的机票、住宿等费用可以按人民币进行结算，在回家之后交纳。但如果二人在西班牙要独自外出，所花的外汇就只能由他们自理了。

临出国之前，陈鸿程在黑市上兑换了 500 美元的外汇，用于此次西班牙之行。他向出过国的人打听过，人家告诉他，如果省吃俭用，这些钱应当是够花的，前提是别在外面吃正餐、别买东西、别坐出租车……

按当时的外汇牌价，1 美元相当于 3.7 元人民币，但在黑市上，1 美元要用 10 元人民币来兑换。陈鸿程换这 500 美元，花掉了 5000 元人民币，这相当于一个普通公务员四五年的工资了。

攥着这 500 美元的外汇，陈鸿程胆子大了许多，他知道官员们出国一天也只有几美元的零花钱，他与这些官员相比，可以算是大款了。谁料想，自己刚到马德里，屁股还没坐热，秦海就开始上街打出租车了，一趟的车费就是 30 美元，这不是要在一天之内就把这 500 美元糟蹋干净的节奏吗？

“小秦，咱们带的钱可不多，照这样花，再过两天咱们就只能待在酒店里连门都出不了啦！”陈鸿程不得不出言提醒了，在国内的时候，怎么没觉得这个小秦有那么大手大脚呢？

秦海微微一笑，说道：“老陈，你说得很对啊。光靠这 500 美元，咱们能办成什么事？所以我才着急要去做笔生意，挣点零花钱呢。”

艾萨克森庄园的主人名叫胡安尼托，未来的秦海认识他时，他已经是七十高龄，身体很棒，来中国开会的时候还缠着秦海陪他去爬野长城，那股疯劲让秦海都自叹不如。现在这个时候，胡安尼托还只有四十来岁，是个中年富二代。

胡安尼托自称自己是一个科学家，酷爱钻研冶金技术。他手里有十几个特种钢材的配方，自己开了一家小钢铁厂，专门冶炼这些特种钢材，每年能有几十万美元的收益。这些收入足够他舒舒服服地生活，再时不时地自己搞点科学试验、装装科学家的范儿。

据秦海与胡安尼托接触的情况，他知道胡安尼托喜欢冶金是真，但要说有什么发明创造，那就是自吹了。他手里的那些配方，都是祖辈遗留下来的，或者是他花钱从一些潦倒的科学家手里买来的。从前秦海所以会与他相识，就是因为他从秦海那里买过一些钢材配方。秦海知道他做配方交易的规则，所以这次听说要来西班牙，便做好了与此君会一会的准备。

出租车司机根据秦海的讲述，找到了艾萨克森庄园，把车停在庄园的门外。秦海下了车，把付车费的任务交给了陈鸿程。陈鸿程从提包里往外数着比塞塔，脸上苦得像吃了黄连一般。

“好了，老陈，区区 30 美元而已，至于让你痛苦成这个样子吗？你好歹也是有几十万身家的人，显得有风度一点好不好？”秦海笑呵呵地跟陈鸿程开着玩笑。

陈鸿程用手指着前面的庄园，说道：“小秦，这就是你花了 300 元人民币坐出租车要来的地方？我怎么看着像个果园似的？”

秦海不屑地“切”了一声，然后便走上前去，按动了庄园大门上的电铃按钮。

“尊敬的先生，您找谁？”庄园大门旁边的一个小门打开了，一个老仆模样的人探出头来，向秦海问道。

“胡安尼托先生在吗？”秦海问道。

“请问您是找老胡安先生，还是找小胡安先生？”老仆确认道，在这个时候，胡安尼托的父亲还在世，所以老仆有如此一问。

秦海道：“我找一位四十来岁的胡安尼托先生。”

“哦，那您找他有什么事情吗？”老仆不厌其烦地问道。

秦海伸手从自己的包里取出一个小物件以及两张写了字的纸，交给那老仆，说道：“请你把这个交给胡安尼托先生，由他决定要不要见我们。你告诉他，我们来自遥远的中国，在此只停留……15 分钟。”

秦海交给老仆的，是一小块钢材的样品，以及钢材性能指标的说明。

胡安尼托是干这行的，只要一看这些指标，就能够知道这块钢材的价值，以秦海对他的了解，他肯定会对这种钢材感兴趣。

老仆显然也知道自家主人的职业特点，收到这一小块钢材，并没有觉得奇怪。他向秦海点了点头，便退回庄园里，并关上了小门。

秦海和陈鸿程总共等了不到五分钟的时间，庄园的大门就被拉开了，一位穿着家常服装的中年人笑呵呵地迎了出来，问道："请问，你们就是来自于神秘中国的朋友吗？"

秦海从此人的眉眼之间认出了他就是胡安尼托，他笑着迎上前去，伸手招呼道："胡安尼托先生，见到你很高兴。请允许我自我介绍一下，我叫秦海，是中国红海实业公司的技术总监；这位是我的搭档陈鸿程，是我们公司的销售总监。"

陈鸿程的职务分明是红海公司的总经理，但秦海为了与陈鸿程平起平坐，愣是把他的职务给报低了一格。关于这一点，秦海此前是与陈鸿程商量过的，陈鸿程对此并没有什么异议。

"哦，秦先生，陈先生，请里面坐吧。"胡安尼托一边与秦海握着手，一边招呼着二人进入了庄园。

艾萨克森庄园是一座老宅子，占地面积很大，从门口到庄园的主建筑物要走过一大片修剪整齐的草坪。陈鸿程跟在胡安尼托和秦海的身后，向着庄园里面走，眼前的一切早已让他觉得震撼了。

秦海对于艾萨克森庄园却是比较熟悉的，从前他有两次到西班牙参加国际会议时，都曾到此做客，甚至还在这里住过一宿。不过，为了不让胡安尼托感到吃惊，他没有表现出自己的先知先觉，而是像一个陌生的访客一样，认真听着胡安尼托对庄园的介绍，不时发出一两句礼貌的赞扬。

一行人来到庄园的会客厅,分宾主坐下。老仆上前给三个人端上了咖啡，胡安尼托客套了几句，然后便进入了正题："秦先生，刚才保罗给我送来了一块钢材样品和相应的说明书，我都已经看过了。我想问问，你们给我送来这些东西，有什么打算呢？"

秦海问道："胡安尼托先生看清楚说明书上列出的那些指标了吗？"

“我看清楚了。”胡安尼托道。

秦海道：“那胡安尼托先生能看出这是一块什么钢材吗？”

胡安尼托点点头道：“如果我没猜错的话，这是一种热锤锻模钢，具有较高的高温强度和耐磨性，良好的耐热疲劳性和导热性，还有……淬透性较好，如果用它制造模具，整个模具的截面能够有较为均匀的力学性能。我想，这应当就是秦先生想向我展示的情况吧？”

“胡安尼托先生果然是冶金专家，眼光极为敏锐。”秦海半真半假地赞扬道。他知道，胡安尼托的科研创新能力不怎么样，但实践经验还是非常丰富的，而且一向喜欢以专家自居，要拍他的马屁，最好的一个办法就夸奖他的学术造诣。

果然，听到秦海的吹捧，胡安尼托的嘴都咧开了，他哈哈笑着说道：“秦先生太夸奖我了，我只是对冶金技术有些兴趣而已。作为一个冶金世家的继位人，我从事冶金技术的研究已经有三十多年了，这点性能上的特征还是能够看出来的。”

秦海道：“既然如此，那么胡安尼托先生觉得这种钢材与西班牙市场上现有的热锤锻模钢相比，是否具有一些独特的优势呢？”

胡安尼托沉默了一小会儿，说道：“我必须承认，这种钢材的性能比市场上现有的同类钢材都要好，尤其是适合于用来制造大、中型锻模。我想秦先生是了解的，大中型锻模对淬火工艺的要求很高，稍不注意就会出现变形，而这种钢材在预防模具变形方面有独到之处。当然，这也要看后期的热处理工艺如何设计了。”

这就叫明人不说暗话，技术上的事情是做不了假的，这种钢材的优劣，秦海和胡安尼托都非常清楚，也没必要再去兜什么圈子。其实，秦海在这个问题上玩了一点儿小花招，他拿出来的这种钢材，是欧洲在 90 年代中期开发出来的一种模具钢，比 80 年代的钢材性能要优越得多，但与 21 世纪以后出现的其他模具钢相比，却又是较为落后的。秦海才不会傻到贱卖自己所掌握的最高技术呢。

听到胡安尼托已经认可了这种钢材的性能，秦海也就不客气了，他直截了当地问道：“我想把这种钢材的配方以及后续的热处理工艺规范全部打包卖给胡安尼托先生，你能给我一个合适的价格吗？”

在看到老仆送进来这块钢材的时候，胡安尼托就知道秦海的来意了。他原本就是做这门生意的，有好的钢材配方，他自然会花钱买下，因为这是可以用以营利的知识产权。

钢材配方这种东西，一方面是非常有用，而另一方面则是极易于模仿。正因为后一个特征，开发出新型钢材配方的人，很少会去申请专利，因为一旦申请专利，那么整个钢材的设计思路就会公之于众，别人要在这种思路的基础上开发出相似甚至更好的钢材并不困难。

较为常见的做法，是保守这种配方的秘密，自己进行生产，或者将其卖给有需求的钢铁企业。秦海找到胡安尼托的门上，要把配方卖给他，这并不算是什么唐突的行为。

唯一让胡安尼托觉得诧异的是，上门来卖配方的，居然是两个中国人。他无法想象中国人如何能够掌握这样先进的配方，同时也纳闷这两个人怎么会知道自己的大名。

“对不起，秦先生，在谈这笔生意之前，我想先打听一下，你们是怎么知道我的？”胡安尼托把自己的疑问提出来了。

秦海笑了笑，说道：“我有一个老师名叫陈贺千，我想胡安尼托先生应当听说过他的名字吧？”

陈贺千是冶金方面的专家，在国际上也有一些名气。喜欢附庸风雅的胡安尼托曾经在一次国际会议上与陈贺千有过一面之缘，双方还交换过联系方法。秦海向胡安尼托说出陈贺千的名字，倒也算是回答了胡安尼托的问题。

“哦，陈贺千先生……原来秦先生是陈先生的学生，难怪……”胡安尼托释然了。他看着秦海那一脸的稚气，心里涌上了一个念头：莫非这种钢材是陈贺千开发的，只是假托眼前这位秦海之手，来向自己推销的？

“不知道秦先生这项技术，打算怎么卖？”自以为猜到了真相之后，胡安尼托向秦海问道。

秦海道：“在欧洲市场上，这项技术只卖给胡安尼托先生一家，五年之内，我们不向其他欧洲厂商提供类似或者更好的技术。至于亚洲市场，我们自己独家进行生产，产品不向欧洲输出。”

秦海一开口，胡安尼托就知道他是懂行的，这种技术销售的方式、范围划分等，完全符合特种钢材销售的特点。

秦海提供给胡安尼托的这种热锤锻模钢，是用来制作高温锻造的模具的，模具是一种耐用的工艺装备，整个欧洲市场上一年也更新不了多少热锻模具，所以热锻模具钢的需求量也是有限的，用来养活一家小钢铁厂正好合适，如果有两家钢厂提供同样的钢材，其结果就是大家都挣不到钱。

至于说亚洲市场，原本也是在胡安尼托的视野之外的，亚洲国家需要的高端模具钢数量有限，而且对价格也极为敏感，胡安尼托如果要在亚洲市场销售这种模具钢，恐怕连推销成本都收不回来。秦海表示要把亚洲市场留在自己手上，这对于胡安尼托来说是无所谓的。而因为这一点，胡安尼托要付出的技术购买费就可以大为减少，众所周知，独占的技术和共享的技术，二者报价是完全不同的。

“如果是这样的话，我愿意出到 10 万比塞塔来获得这项技术。”胡安尼托开出了自己的价钱。

秦海噗地一声就笑出来了：“胡安尼托先生，你说的是购买你手上那一块钢材的价钱吧？我从来没有听说过，一种钢材的配方会卖到一千多美元的。”

西班牙的货币比塞塔采取浮动汇率制，与美元的比价大约是在 60 至 80 比塞塔比 1 美元的水平上。胡安尼托说愿意出到 10 万比塞塔，也就是相当于 1200 至 1600 美元的样子，这个价格简直就是开玩笑了。

胡安尼托被秦海这一句话给说窘了，他的确是存了欺负秦海的意思，所以一旦被秦海揭穿，老脸就有点挂不住了。胡安尼托表面上显得很忠厚，但实际上是一个非常精明的人。他根据自己对中国人的了解，觉得中国人非常穷，具体的表现就是连出差的官员都叫不起出租车，只能挤公共交通。

以他的想法，这个秦海一定是受陈贺千的委托，偷偷跑出来卖掉一项技术，换一些外快。一千多美元对于一个中国科研人员来说，是一笔无法想象的巨款，对于这样一个价钱，秦海肯定是会喜出望外的。

可惜的是，他面对的是一个拥有未来眼界的人。对于未来的秦海来说，别说一两千美元，就是一二十万美元，他也不是没有见过。就算在现在，他手上的平苑钢铁厂一年也有上百万美元的进项，如果不是因为拿不到外汇，他才不会出此下策，来拿技术换钱呢。

“依秦先生的意思，这项技术希望能够卖到什么价钱呢？”胡安尼托以退为进，转而让秦海开价了。

秦海道：“这项技术至少可以为胡安尼托先生带来五年稳定的收益。如果你们的技术人员基于这项技术的思想进行研究，完全可以开发出更先进的钢材，从而带来更长久的收益。这样的一项技术，如果进行拍卖的话，我估计至少能够卖到1000万比塞塔，也就是胡安尼托先生开出的价格的100倍以上。为了显示我们初次合作的诚意，我只要一半的价钱，也就是500万比塞塔。”

“不不不，这是不可能的！”胡安尼托连连摆手，“秦先生，你不能这样算账。我承认，你提供的这种钢材目前是欧洲市场上最先进的，但谁能保证其他企业不会开发出更先进的钢材呢？我把它买下来，其实是有风险的，你应当把这种风险也考虑在内。”

“热锤锻模钢的市场只有这么一点，除了你自己之外，还有谁会投入巨额资金去开发一种新的技术呢？”秦海笑着反驳道。

“话不能这样说……万一有一些偶然的技术突破呢？”胡安尼托讷讷地说道，其实，他也不得不承认，秦海的这个反驳是有道理的。

在整个世界上，动辄就担心技术上“受制于人”的，只有中国。欧洲的企业并不介意一项技术掌握在谁的手上，只要他们能够从市场上购买到需要的产品，而且价格也不是非常离谱，一般来说就不会去考虑替代的问题。

就以热锤锻模钢来说，如果胡安尼托的工厂能够提供符合模具厂商要求的钢材，那么这些厂商就会向胡安尼托订货，而其他的钢铁厂则会绕开这个领域，专注于开发自己擅长的钢种。开发一种钢材，需要的投入是十分可观的，热锤锻模钢的市场有限，在不必要的情况下去开发替代产品，最终可能会是得不偿失的。

当然，随着整个工业体系的技术水平得到提升，企业对于热锻模具的要求也会有所提高，到了这个时候，就会有钢铁企业去探索新型模具钢的冶炼技术，但这怎么也得是十年八年以后的事情了。

“秦先生，我想我们是不是可以采取分期付款的方式。我现在先向你们支付一部分费用，在未来五年内，如果没有替代产品出现，我再每年向你们支付一次费用。如果有了替代产品，那这笔交易就算结束了，因为你也清楚，这意味着这项技术已经没有价值了。”胡安尼托还在做着最后的努力。

秦海摇了摇头，说道：“胡安尼托先生，实不相瞒，我所以要向你推销这项技术，是因为我现在急于要得到一些硬通货。你说的分期付款的方式，对我没有什么吸引力，因为到明年的这个时候，我手里已经拥有 100 万甚至 1000 万美元的硬通货，区区几万美元，对我来说是没有意义的。”

“100 万甚至 1000 万美元……只需要一年时间？”胡安尼托瞪圆了眼睛，“秦先生，你是掌握了什么炼金术吗？哦，My God，我听说你们东方人是懂得这种神奇的技术的。”

胡安尼托的惊讶，半是调侃，半是认真。他当然不会相信什么神秘的炼金术，但从秦海的话里，他可以猜测出，秦海手里还有更加有魅力的东西。

秦海道：“我知道几种特种钢材的冶炼方法，涉及高速刀具钢、超高强度钢、耐热钢等等，技术水平至少比欧洲市场上现有的同类钢材领先五年以上。我想在欧洲找一个代理商帮助销售这些钢材，如果销售情况良好，一年时间赚到 100 万甚至 1000 万美元，并不是什么过高的目标。”

“你说的是真的？”胡安尼托问道。

秦海道：“如果胡安尼托先生感兴趣，我可以把有关的参数提供给你，你一看便知。因为我是坐飞机来的，不便携带更多的样品。回国之后，我可以把有关的样本寄过来，供胡安尼托先生进行技术鉴定。”

“至少领先欧洲五年？”胡安尼托念叨着，“秦先生，恕我直言，如果不是你刚才提到了陈贺千先生的名字，我差点就要认为你们是一个诈骗团伙的成员了。”

秦海哑然失笑，说道：“胡安尼托先生，你的想象力也太丰富了。你应当知道中国离西班牙有多远，你见过千里迢迢跑到欧洲来行骗的中国人吗？”

“嗯嗯，这也是我相信你们的原因之一。”胡安尼托赶紧说道。秦海说得对，能够出国的中国人是非常有限的，大老远跑过来行骗，道理上似乎有些说不过去。

“那好吧，我们先谈谈这种热锤锻模钢的问题，你能给我一个比较好接受的价格吗？”胡安尼托说道。

秦海想了想，说道：“这样吧，一口价，6万美元，至于值多少比塞塔，你就自己计算吧。这个价格已经是十分优惠了，如果胡安尼托先生觉得不合适，那我们只好去找其他企业了。”

“6万……这个价格倒是可以接受。”胡安尼托也不再装糊涂了。他知道，6万美元这个价格的确是非常优惠的，若非秦海急着要把技术出手，否则完全可以另外找一家企业，把这项技术多卖出几万美元。

“不过，这笔费用需要等我检验过你们的技术才能支付给你们，否则的话……你懂的。”胡安尼托说道。

秦海点点头：“当然得等你们验过技术才能付全部款项，不过，我希望在签约的时候就拿到其中的一部分，比如说1万美元，这个要求不算过分吧？不瞒胡安尼托先生，现在我和陈先生手里总共只有……470美元的硬通货，甚至不够请一位姑娘在Serrano商业街吃一例Liss的花式冰淇淋。”

听到秦海说到这个，胡安尼托哈哈笑起来了：“对不起，Serrano的Liss冰淇淋一向是非常昂贵的，我轻易也不敢请姑娘在那里消费。不过，既然秦先生有这方面的需要，那么预先支付给你100万比塞塔，让你能够请姑娘吃饭，这也是应该的。”

“那我就替那位姑娘感谢胡安尼托先生的慷慨了。”秦海向胡安尼托微微一欠身，道了声感谢。

胡安尼托与秦海的交流，是以西班牙语和英语夹杂的方式进行的。因为秦海的西班牙语并不特别强，有些复杂的内容表达不出来，只能换成用英语来阐述。胡安尼托也懂一些英语，两个人连说加比画，倒是把想交流的内容都说清楚了。

在秦海与胡安尼托谈判的过程中，陈鸿程能够做的，只是在一旁边喝咖啡边傻笑而已。他学过一点点英语，但仅限于书面阅读，听和说的能力都非常差，根本无法参与这种会谈。他见那二人时而瞪眼、时而欢笑，虽然大致能够猜出一些意思，但细节是一个字也听不明白的。

胡安尼托在庄园里设宴款待了秦海和陈鸿程二人，借着这个工夫，他让人把秦海带来的那块模具钢样品进行了测试，结果证明与秦海所写的性能完全吻合，这意味着秦海的确掌握了这种模具钢的生产技术。

宴会之后，胡安尼托找来律师，在庄园里与秦海签订了转让热锤锻模钢技术的协议，秦海把早已准备好的配方和工艺资料交给胡安尼托，对方则交给秦海厚厚的一叠浅灰色钞票，那是 100 张 1 万比塞塔面额的货币。

“陈总，你收着吧。”秦海把钞票交给陈鸿程，同时向他送去一个得意的微笑。

陈鸿程在客户面前保持了应有的矜持，他收下钞票，放进手提包里，然后向胡安尼托微笑致意，表示感谢。

按照约定，胡安尼托购买钢材配方的剩余款项需要在他的工厂按照配方要求冶炼出第一炉合格钢材之后才会支付给秦海，秦海倒也不担心胡安尼托会要什么诡计抵赖。因为真出现这种情况的话，秦海可以把钢材配方公之于众，让大家落个鸡飞蛋打的两败结局。

从艾萨克森庄园走出来的时候，陈鸿程像是做梦一样。庄园的奢华已经无法吸引他的目光了，他的心思全都系在手提包里那 100 万比塞塔身上。

100 万比塞塔，按现行汇率计算，相当于 1.5 万美元，在国内的黑市可以换成 15 万人民币。陈鸿程甚至没有听清楚秦海与胡安尼托聊了些什么，这样一笔巨款就到手了，这让陈鸿程怎么能够相信呢？

“小秦，这到底是怎么回事？”离开艾萨克森庄园之后，陈鸿程急不可待地拉着秦海问道。

“什么怎么回事？”秦海笑呵呵地看着陈鸿程，他知道今天的结果会让陈鸿程吃惊，因为在国内，没有人能够把一项技术卖出这样的高价。

陈鸿程道：“我看你交了点文件给胡安尼托，然后他就给了你这么多钱。小秦，你不会是出卖了什么情报吧？”

秦海笑道：“老陈，你的想象力也太丰富了。我不过就是一个农机厂的青工，我能有什么情报可出卖的？”

“不对，你这个青工不同一般，你不是还和部队有联系吗？”陈鸿程终于想起来了，秦海曾经说过，他的吉普车就是安河省军区借给他的。

秦海拍拍陈鸿程的肩膀，说道：“行了行了，别瞎猜了，我只是卖了一个钢材配方给胡安尼托而已。我们平苑钢铁厂就是冶炼特种钢材的，手里有几个钢材配方有什么奇怪的？我把欧洲市场上的热锤锻模钢放弃了，换点现钱以便我们在马德里活动，也省得你天天念叨你那500美元的事情。”

“一个配方就能卖100万比塞塔……合1万多美元了，这东西居然这么值钱？”陈鸿程还是有些不敢相信。

秦海把手里的合同递过去，说道：“老陈，你也真是没见过钱。这100万比塞塔只是第一笔货款，三天之内，胡安尼托还要向我支付尾款。这个合同总共是6万美元，如果不是急着用钱，我不可能这么便宜就卖给他的。”

陈鸿程拿着合同却没有去翻看，而是支支吾吾地问道：“小秦，那这笔钱……咱们怎么算呢？”

出来之前，秦海与陈鸿程商定，此行的目标是开拓欧洲市场，把秦海手里的特种钢材卖到欧洲来。所以把销售的产品定为特种钢材，是因为特种钢材的附加值高，与普通钢材相比，每吨的价格可以高出几倍甚至几十倍，可以省去许多运输成本。中国目前还是一个钢材短缺的国家，大量出口普通钢材是不现实的，而销售特种钢则不会影响到国内的供求，这是比较合适的选择。

在销售利润的分配方面，双方商定，不论最终的成交价是多少，销售收入的5%作为红海公司的佣金，余下的作为平苑钢铁厂的收入。秦海的平苑钢铁厂没有独立的外贸权，在外贸部门的人脉关系也不够硬，需要借助红海公司作为面向海外的销售代理，给红海公司5%的销售额作为佣金，也是必需的。

陈鸿程不了解钢材的生产成本，所以也无从评估秦海的实际利润。按销售额进行提成是一个对双方来说都比较合理的方式。秦海声称，三年之内他在欧洲的年销售额至少可以达到1000万美元，按5%计算，陈鸿程可以拿到不少于50万美元，如果按黑市价去转手，那可就是500万人民币。

陈鸿程在这笔交易中所付出的，不过是一些关系而已，没有什么实实在在的成本，这些收入几乎就完全是利润了。在80年代中期的中国，一家公司一年能够额外挣到不少于500万人民币的利润，那简直就是种了一棵摇钱树了。

双方有了这样的约定，可谁知道到了欧洲之后，秦海做成的第一笔生意居然不是卖钢材，而是卖了一个配方。这种知识产权的交易连海关都查不到，也根本用不上陈鸿程在外贸中的关系，这样的收入还有必要分给陈鸿程吗？

要说起来，秦海今天完全可以不带陈鸿程一起出来，也可以在交易完成之后，把钱装进自己的兜里，不交给陈鸿程。但秦海没有这样做，收到钱之后就直接塞到陈鸿程手里了，陈鸿程不知道秦海的想法是什么，所以不得不问个清楚，以免弄出一些不必要的尴尬。

听到陈鸿程的话，秦海先是愣了一下，随即想起自己和陈鸿程是属于两个利益主体的，这种涉及钱的事情，不说清楚还真不合适。他笑了笑，说道：

“这有什么好算的？咱们不是说好了吗，在欧洲市场上的收益，你拿5%，余下的是我的。这一点我要解释一下，我拿大头是有原因的，开发一个配方的投入，可不比生产钢材要少，我们挣这种钱也是有成本的。”

秦海这样解释一下，是怕陈鸿程心里不痛快。但陈鸿程的想法却与秦海不同，他自己就是习惯于空手套白狼的，漫说开发技术需要投入，就算这些技术是凭空来的，秦海拿走95%，陈鸿程也不会觉得不合适，他只是在想，自己有什么理由要拿这5%。要知道，即使是5%，也有足足3000美元，这可不是一笔小钱。

“小秦，我不是这个意思，我是说，这件事情里我没有任何功劳……要不，我就不拿了吧？”陈鸿程咬了咬牙，忍痛表示了拒绝。

秦海拍拍陈鸿程的肩膀，笑道：“老陈，你这话就见外了。没有你帮忙，我怎么可能混进这个外贸代表团？怎么可能把配方卖出去？大家既然是合作伙伴，就不要去计较谁做得多、谁做得少。对了，现在咱们手里有钱了，这一段时间在西班牙的所有花费，全部从我那份里支出，包括今天叫出租车的钱，你都拿回去。”

“这怎么合适……最起码，出租车的钱我出了就出了，至于以后的花费……咱们一人一半吧。”陈鸿程说道。

秦海道：“这倒不必了，咱们在西班牙的花费还多着呢，你出国只带了500美元，根本不够花的。有一件事我要事先跟你说一下，特钢的销售，我全权委托给红海公司，销售收入的分成，照咱们此前说好的办。但我在西班牙期间，还打算再联系一些其他的业务，这些业务与特钢没什么关系，就恕我不能和陈总分成了，陈总以为如何？”

“这是当然！”陈鸿程赶紧答应道，不过心里还是有几分酸溜溜的。秦海的能耐，他现在已经充分体会到了，秦海说还要开拓其他的业务，想必也是上百万、千万的级别，这样的业务没有自己的份，实在让人有些犯酸。

可是，反过来想，能耐是人家秦海的，自己做的，不过就是帮助秦海出国而已，能拿到特钢的分成，已经是非常不错了，自己凭什么去惦记秦海的其他收入呢？

秦海看出了陈鸿程的心思，他说道：“老陈，不是我小气，实在是有些业务现在还在探索阶段，我也不想拖累你。咱们先在特钢上面合作，然后各自发展自己的实力。至于其他方面的合作，将来还有机会继续谈呢。我就担心到那个时候，你们红海公司发达了，看不起我小秦这点小买卖了。”

“我陈鸿程在这表个态，不管什么时候，只要你小秦愿意和我们红海合作，红海公司绝无二话。”陈鸿程拍着胸脯，郑重地发着誓言。

秦海和陈鸿程回到酒店的时候，发现代表团里的众人都已经出去，直到吃晚饭的时候才一个个疲惫不堪而又兴致勃勃地回来，一边走还一边交流着逛街的心得。陈鸿程借故到几个房间去转了一圈，然后回到自己和秦海合住的房间，关上门对秦海小声说道：“小秦，有件事，我想和你商量一下。”

秦海正在翻看着一本刚从服务台借来的电话号码簿，想确定一下下一步去走访的地点。听到陈鸿程的话，他笑着问道：“什么事情啊，这么神秘？”

陈鸿程道：“小秦，咱们挣来的这些外汇，能不能借一点给祝厅长和另外几位处长，以后咱们要想做外贸，这些人都是用得着的。”

“借钱？”秦海有些奇怪，“怎么，你把咱们挣到外汇的事情说给他们听了？”

“没有没有，这怎么能说呢？”陈鸿程赶紧否认，他可不想给秦海留下一个自己口风不严的印象，做生意的人，最忌讳的就是这个毛病了。他解释道：“我没说咱们手上有外汇，不过，刚才我去和他们聊天，他们都在嘀咕说手上的外汇不够，想买的东西买不了。”

中国人到国外出差，没法使用人民币进行支付，必须使用外汇。国家规定，每名出差的干部每天可以有几美元的外汇作为零花钱，这个数字是固定的，没法更改。所有出国的人员，都舍不得随便使用这些外汇，他们往往会积攒起来，以便购买一件国外的电器，带回国去。

一些有门路的干部，可以通过某些渠道换到一些多余的外汇，出国的时候手头就会宽裕一些，能够买一些小礼品回去送人。但大多数的人都没有这样的门路，要弄到外汇，除非是像陈鸿程那样到黑市以10：1的比例兑换。不是经商的人，又有谁能舍得换这种黑市外汇呢？

刚才，代表团的众人在黄莉薇的带领下，到周围的商业街去转了一大圈，看到了无数琳琅满目的异域商品，一个个眼睛都看花了。说来令人汗颜，国外商店里最普通的一个塑料杯子、一支圆珠笔之类，在中国人眼里都是漂亮得不得了的东西。这些东西的价格也不贵，不过就相当于几十或者一两百比塞塔的样子，但代表团里的众人却只是艳羡，没有人肯拿出宝贵的外汇指标去购买。

陈鸿程到祝晓峰和其他几位处长房间去闲聊的时候，听他们带着遗憾的口吻大谈某某商品如何精致，自己如何想给家里的老伴、儿女、孙辈等购买一件却又拿不出外汇，不由得心里一动。他想到了一个最好的与官员们联络感情的方法，那就是借给他们外汇。

这些官员都不差钱，拿出几百甚至上千人民币并不困难。他们所缺的，只是外汇而已。如果陈鸿程现在借给他们外汇，回国后让他们按外汇牌价归还人民币，那么就算不上是贿赂，而官员们绝对是会记着陈鸿程的好处，未来在各项事情上对他大开方便之门的。

想到此处，他就急切地跑回来与秦海商量了，这些钱毕竟是秦海挣来的，秦海不点头，他是不能支配的。

听完陈鸿程的解释，秦海都快笑抽了。他感觉到，自己选陈鸿程作为合作伙伴，实在是太正确了。这个人擅长投机钻营，干溜须拍马之类的事情毫无心理障碍，恰好能够与秦海形成能力上的互补。秦海自己手边也有几个人，诸如黑子、宁默之类，但他们现在还年轻，阅历不够，哪里比得上陈鸿程的老练。秦海要想办成一些事情，没有一个像陈鸿程这样的搭档还真是不行。

“老陈，你实在是太敏感了，这个主意非常好。”秦海表扬道，“咱们的外汇都在你手上，你觉得该怎么用，尽管去用就是了，该借给谁，借出多少，由你决定，不必与我商量。”

陈鸿程听到秦海同意了，顿时来了精神，他说道：

“那怎么行，这种事肯定得商量着来嘛。小秦，我的想法是这样的，祝厅长那边，咱们可以借给他 5 万比塞塔，也就是差不多 1000 美元了；几个处长呢，每人 1 万到 2 万，取决于谁的用处更大；还有其他一些人，等咱们明天把钱破开了，一个人借个一两千比塞塔就可以了。

这样算下来，咱们借出去 10 万至 15 万比塞塔的样子，就能够让团里的人对咱们都产生好感，等回国之后，再找他们办事就容易了。”

“让我想想……”秦海想了想，说道，“借出去十几万比塞塔，对于咱们来说倒是无所谓。可是，如果人家问起咱们的外汇是从哪来的，你打算怎么解释呢？”

“这还不简单？”陈鸿程瞪着眼睛道，“我就说我们红海公司在欧洲有合作伙伴，这是找我们的合作伙伴换的。你放心吧，大家才不会去关心这个，他们知道得越少，就越没有风险，傻瓜才会刨根问底呢。”

“嗯，好吧，你既然有把握，就去办吧。”秦海点头道。

这天晚上，陈鸿程不停地在各个房间进进出出。每隔一会儿，秦海就能听到有人笑着把陈鸿程从自己屋里送出来，大家互相说着一些讳莫如深的问候语，语气里的亲切即使隔着门板秦海都能够感觉得到。

第二天早上在餐厅吃自助早餐的时候，秦海更是见识到了陈鸿程一夜之间培养起来的人脉，代表团里几乎所有的人都热情地招呼着陈鸿程去和他们拼桌吃饭，陈鸿程只恨分身乏术，都不知道该去赴谁的邀请为好了。

“查好路线没有？”

秦海正在笑看着陈鸿程的表演，耳边忽然听到同桌有人在问话。他扭头看去，这才发现并非所有的人都在关注陈鸿程，眼前这四位显然是在琢磨着自己的事情。

秦海认得他们正是红原钢铁厂派出来采购炼钢设备的那几位，包括厂长蒋焕文、财务科长姚国杰、技术科长朱守和以及技术员肖梦琴，后者是一位刚毕业不久的女大学生，带她出来的原因，主要是她的英语水平是全厂最好的。

昨天，陈鸿程跑到各人的房间去谈出借外汇的事情，唯独没有去找这几位。在陈鸿程眼里，他们几个不过就是企业里的人，没有什么利用价值。

刚才，肖梦琴正拿着一张西班牙语和英语相对照的马德里地图，在研究着什么路线。她的眉毛皱成了一个疙瘩，看起来很是为难的样子。

问她话的，是厂长蒋焕文，这是一位四十来岁的精壮汉子，在从国内飞来的这一路上，秦海与他简单地聊过几句，知道他是搞技术出身的，也是借着干部队伍知识化、年轻化的这股春风，才当上了厂长，其经历与青锋厂的韦宝林有些相似。不过，他比韦宝林多了几分踏实，在引进炼钢设备这个问题上，他是费了不少心思的。

“小肖，你们要去什么地方？”秦海随口问道。大家同在一个团里，也算是熟人了，看到肖梦琴那副困难的表情，秦海觉得理所应当帮她一把。

肖梦琴抬眼看了看秦海，淡淡地说道：“哦，我们要查一下今天去访问的一家公司。”

“哪家公司？说不定我听说过呢。”秦海又道。

肖梦琴轻轻哼了一声，说道：“OMT，听说过吗？”

“奥索冶金技术公司……我想想，它应该是在 Ellinton 大街上，门口有地铁，你们坐地铁去比较方便。”秦海平静地说道。

“你……你是怎么知道的？”肖梦琴吃惊地盯着秦海，嘴巴张得老大。

肖梦琴知道，秦海和陈鸿程是一伙的，都属于一个什么不着调的贸易公司，是蹭他们这个代表团的油，到欧洲来开洋荤的。

红原钢铁厂原来想安排七八名技术人员来洽谈这个引进项目，结果被上级部门告知经费紧张，必须压缩名额。可是自己的技术人员被压缩掉了，团里却出现了一大堆与引进项目毫无关系的官员，这让社会阅历欠缺的肖梦琴觉得怒不可遏。

对于外贸厅、省办公厅、冶金厅等部门的官员，肖梦琴想鄙视也没机会，人家根本就没把她这个小技术员放在眼里。陈鸿程和秦海作为两名没什么权势的商人，就成了肖梦琴发泄不满的对象。

刚才秦海和她打招呼的时候，她本着伸手不打笑脸人的原则，没有说什么难听的话。但当秦海进一步问她找哪个公司的时候，她便在心里冷笑了。她故意说的是公司的简称，就是存着打一打秦海的脸的心思：你不就是一个擅长拉关系、走后门的倒爷吗，你知道啥叫 OMT 吗？

让肖梦琴万万没有想到的是，秦海听到 OMT 的简称，直接就报出了它的全称，也就是所谓奥索冶金技术公司。非但如此，他还能在没有看地图的条件下，直接说出这家公司所在的位置，甚至还知道公司门口有地铁。要知道，肖梦琴是事先知道 OMT 所在的街道，刚才又查了半天地图，才查出能够坐地铁到达的。眼前这个年轻人，到底是凭着什么知道这么多东西的呢？

如果肖梦琴说的是别的什么企业，秦海肯定不会这么轻松地就说出名称和位置来。但 OMT 就不同了，它是一家专业从事冶金设备制造和冶金工艺研究的企业，与秦海的专业有很多重叠之处，秦海怎么可能不知道呢？未来的秦海曾经参观过这家企业，与这家企业的几位高层有过一些往来。

他这一次到马德里，也打算要去拜访一下这家企业，所以昨天晚上还曾经查过它的地址。

所有这些，秦海自然是不会向肖梦琴说明的，而在肖梦琴的眼睛里，秦海就成了一个神一般的存在了。

吃过早餐之后，代表团兵分几路，各自前往自己感兴趣的所在。人数最多的一路，是由祝晓峰领头的官员和太太们，他们的任务是参观马德里的名胜，顺便再去逛逛马德里的商业街。其次的一路，就是红原钢铁厂的几位，他们自然是前往 OMT 去洽谈引进设备的事情。最后一路则是陈鸿程和秦海两个人，照着秦海的安排，他们要去访问马德里的几所学院。

“我们不是来卖钢材的吗，去学院干什么？”坐在出租车上，陈鸿程一脸纳闷地对秦海问道。自从兜里装进 100 万比塞塔的钞票之后，陈鸿程就不再觉得打出租车有什么不妥了，要不怎么说由俭入奢易呢。

秦海道：“卖钢材的事情不急，我们要先去建立一些关系网。只要把关系网建立起来，还愁钢材卖不出去吗？”

陈鸿程嘀咕道：“没听说过卖钢材还需要到学院去建关系网的，难道西班牙的规矩和咱们中国不太一样？”

秦海安慰他道：“好了，老陈，你就别琢磨了，你就想想，我做事还能有错吗？”

陈鸿程道：“我倒不怀疑你做事，只是我不知道你想干什么，就这样傻跟着，什么忙也帮不上，总不太合适吧？就像昨天似的，我一句话都没说，全是你说了。”

秦海笑道：“你不用说什么，只要跟在我旁边就行了，你能够给别人制造出一种神秘莫测的感觉，这种感觉其实也是非常重要的。”

“好吧。”陈鸿程无奈了，他不知道秦海说的是真是假，但不管怎么说，他其实也没法发挥什么别的作用。他的英语水平不足以与外国人交流，专业水平就更不用提了。

两个人坐着车先来到了马德里的圣路易学院，据秦海介绍说，这是一家始建于 19 世纪的老牌学院，在材料学研究方面颇有一些名气。陈鸿程正奇怪秦海打算如何与学院里的专家们取得联系，却见他旁若无人地闯进了科研楼，对着楼里的门卫叽哩咕噜地报出了一串名字，接着门卫就开始给楼里的人打电话通报了。

再往下的事情，就更是让陈鸿程觉得惊讶了。他看到几名红脸蛋、高鼻子、半秃顶的西班牙人从楼道里出来，这些人先是诧异地对着秦海问了几句什么，听到秦海的回答之后，这些人便把秦海和陈鸿程迎进楼里，带到了一个有小黑板的小会客厅。

从秦海嘴里，陈鸿程知道这几个人都是圣路易学院里顶尖的材料学专家，有搞金属材料的，也有搞无机材料的。秦海与他们用英语交流起来，一开始这些人还有点敷衍之色，不多时，他们的神情就变得越来越专注，也越来越兴奋。到后来，聊天完全变成了学术研讨，陈鸿程看着他们几个一边说一边在小黑板上写着各种公式，一个个手舞足蹈、大呼小叫。

陈鸿程忍不住有些想笑，却又觉得可笑的也许是他自己，毕竟在这一群人中，只有他不知道众人在谈论什么。

“你们聊了什么？”从圣路易学院出来之后，陈鸿程拉着秦海问道。

“我和他们讨论了一下单边压痕法中残余应力的影响问题。”秦海笑呵呵地说道。

“……”陈鸿程无语了，秦海说的是中文，但陈鸿程偏偏听不懂这些中文的意思，再问下去就是自取其辱了。

“下一步咱们去哪？”陈鸿程问道。

“马德里大学，我知道一位搞工业过程的教授，可以聊一聊。”秦海说道。

“你应该早说的，我可以带本小说坐在旁边看。”陈鸿程说道。

“你们红海公司好像有这方面的学习传统。”秦海笑道，他想起自己初到曲武的时候，陈鸿程的手下苏亚波就是躺在床上看小说的。

接连三天，陈鸿程就在这种煎熬中度过。对于他来说，只有早上和晚上在酒店里的时候才是活得有价值的，因为他可以发挥自己的交际才能，与代表团里的官员们周旋。一到与秦海共同外出的时候，他就成了一尊人形自走道具，只能立在秦海身边，听着秦海与不同的人说着那些他根本就听不懂的话。

“小秦，马德里的学校和科研机构，咱们好像跑得差不多了吧？你可别忘了，咱们出来是来卖钢材的，还要采购你所要的煤炭和铁矿石，咱们别把正事给忘了。”到了第五天的早餐时分，陈鸿程终于忍无可忍地向秦海提醒道。

“放心吧，一切尽在掌握之中。”秦海没心没肺地对陈鸿程说着。

“好吧，反正说好了出来就听你的。”陈鸿程实在是奈何不了秦海，只能端着自己的餐盘跑去和其他人聊天去了。

秦海呷了一口牛奶，嚼了几片面包，抬眼一看，正见着红原钢铁厂的几位从外面鱼贯而入，众人的脸上表情都很严肃，尤其是肖梦琴，看起来疲惫不堪的样子，眼睛里还布着血丝。

“蒋厂长，这边坐吧。”秦海扬手招呼了一声。

蒋焕文看到秦海，点了点头，端着装了食品的盘子走了过来，他的几位属下也跟了过来，与秦海坐在一张桌子上默默地用着早餐。

“怎么样，项目的情况如何？”秦海关心地问道。

蒋焕文转头看了看技术科长朱守和以及肖梦琴，叹了口气，没有作声。朱守和看看秦海，勉强笑了笑，说道：“唉，有些资料还在翻译，小肖这几天都在加班呢。”

听到朱守和提起自己，肖梦琴也没有抬头，但秦海分明发现她的眼角噙着一滴泪珠，吧嗒一声落在了面前的餐盘上。

“怎么，难度很大吗？”秦海有些于心不忍了，听着另外几桌上的人在大谈着什么名胜古迹如何奢华，再看到眼前这几位愁眉苦脸的样子，秦海心里涌起了一丝不平。

“要翻译的资料太多了，可是不弄明白，我们根本就不敢随便谈引进的事情。现在我们这几个人里面，也就是小肖的英语水平还不错，我是过去学的，现在捡起来一点，做翻译还得查字典……这么多资料，译到什么时候才算完啊，在这里多住一天就是一天的费用，蒋厂长都快愁死了。”朱守和长吁短叹地说道。

“怎么不多找几个人呢？”秦海问道。

“哪有人？”一旁的财务科长姚国杰没好气地说道，“我们原本说多带几个工程师来的，结果，名额也不知道被哪个王八蛋给挤了。”

“呃……”秦海无语了，好像挤占红钢名额的，也包括自己这个王八蛋在内。他想说自己是无端中枪，因为他们的费用是自己承担的，与红钢无关，但这种事情又岂是能够解释得清楚的，再说下去，只怕是越抹越黑。再说了，姚国杰这话也不一定就是针对秦海来的，因为那边桌上也都是一群闲人。

“这种事，找几个留学生来帮忙吧。”秦海建议道，“据我所知，咱们国家在西班牙是有留学生的，虽然人数不多，但找几个来也应该够用了。”

朱守和摇头道：“这个只怕是不行。我们要翻译的是专业资料，没有专业背景是做不了的。”

“哦？”秦海点点头，说道：“要不这样吧，我白天要出去办事，晚上回来以后没什么事情，如果你们信得过我，我可以帮你译一些，权当是聊胜于无吧？”

“你？”肖梦琴终于把头抬起来了，她看着秦海，奇怪地问道：“你到底是做什么的，你知道奥索，还敢帮我们翻译资料，难道你也是搞技术的？”

秦海笑道：“我当然是搞技术的，我和我们陈总到欧洲来，就是来谈特种钢材问题的。有关冶金方面的东西，我多少知道一些，也懂一点英语，肖工如果不信，可以拿几份资料让我译译，一试不就知道了。”

“我这就有一份，你看看吧。”肖梦琴也是说到做到，手一伸就从自己的包里掏出了一份资料，递到秦海的面前。估计这姑娘也是被翻译的工作给压狠了，连下楼来吃饭都随身带着资料，准备忙里偷闲地看几眼。

秦海接过资料，一目十行地看着。冶金本来就属于材料的领域，这一段时间秦海主要是在搞炼钢，对于钢铁设备又更是多了一些关注，看这样的资料有何难度？

他翻了几页，眉毛不禁皱了起来。他用手拍着资料，对朱守和问道：“朱科长，这就是你们要引进的设备吗？奥索方面真的告诉你们说，这是相当于欧洲 70 年代末水平的设备？

听到秦海的话，朱守和愣了一下，下意识地回答道：“是啊，奥索方面给我们看了生产记录，这的确是1978年的型号。”

“1978年的库存型号吧？”秦海毫不留情地说道。

“小秦，你是什么意思？”蒋焕文插话道。他们这一趟出来，就是瞄准了要引进一套达到欧洲70年代末技术水平的电炉及其后续的连铸设备。

他们到奥索公司去的时候，亲眼看到了这台据说是1978年制造的电炉，据奥索公司说，这台电炉制造出来之后一直存在库房里，依然是全新的。电炉上的烤蓝耀人双眼，每一个电钮都透着欧洲工业的美感，让人觉得赏心悦目。与这台电炉相比，红钢现有的几台电炉几乎都是垃圾了。

可是，就这样一台让蒋焕文他们如此心仪的电炉，却被秦海说成是1978年的库存型号。要说起来，秦海的说法也没错，的确是库存货嘛，但秦海话里的意思，分明不是这样的。

“这是一台RP电炉，欧洲至少在1975年之后就已经不再使用RP电炉了。”秦海简单地说道。

所谓RP，也就是英文中的Regular Power，即普通功率的意思。与之相对的，是Ultra High Power，也就是超高功率。超高功率电炉的概念是1964年由美国人提出来的，并在美国的135吨电炉上得到了实践，取得了良好的效果。在此后，欧洲各主要产钢国纷纷上马超高功率电炉，到70年代中期，欧洲已经不再新建普通功率电炉，全部新建的电炉都是超高功率电炉。

与普通功率电炉相比，超高功率电炉的优点在于能够缩短熔化时间、提高生产率，提高热效率，而且易于与炉外精炼、连铸技术相衔接。以冶炼周期来说，普通功率电炉大约是160分钟，而超高功率电炉可以缩短到60至70分钟，极大地缩短了冶炼时间。

秦海一句话，点醒了朱守和这个梦中人。他也是参加了谈判以及资料翻译工作的，岂能不知道他们洽谈的只是一台普通功率电炉，只是在秦海提醒之前，他并没有意识到普通功率电炉的技术年代，他还以为欧洲70年代末的水平就是如此。

这其实也不能怨朱守和无知，超高功率电炉这个概念，对于中国国内的钢铁厂来说，的确有些显得过于“高大上”了。朱守和曾经在一些学术刊物上看到这个概念，也知道目前国外比较流行这种电炉，但没有想到国外的技术更新换代竟有这么快。

“你是说，这台电炉不可能是1978年制造的？”朱守和犹豫着问道。

秦海道：“它的制造日期有可能是1978年，也可能是更早，他们既然出示了生产记录，想必也是准备好了要照这个口径说的，我们无从考证。但它的技术设计肯定是在1975年之前完成的，因为欧洲在1975年之后不可能再制造普通功率电炉。我猜想，这可能是奥索公司为其他企业制造的一台电炉，因为技术落后被别人拒绝了，所以才想方设法要转手卖给咱们。”

“老朱，小秦说的是真的吗？”蒋焕文的脸色变得十分难看，他盯着朱守和，严肃地问道。

朱守和有些懵了，他支吾道：“小秦说的，倒是有些道理。不过，欧洲到底是不是在1975年之后就不再生产普通功率电炉……我也不太清楚。从我看过的资料来看，超高功率电炉的确是代表着未来发展趋势的，咱们如果引进一台普通功率电炉，很有可能刚投产就落后了。”

“你怎么不早说！”蒋焕文恼了，这算个什么事，堂堂技术科长，又是谈判又是翻译资料的，居然连这样大的一个破绽都看不出来，最终还是旁边一个打酱油的小年轻提醒了一句，大家才意识到这个问题。万一小年轻没有多这一句嘴，难道红钢花了这么大精力，就只能买回去一台马上要被淘汰的设备吗？

财务科长姚国杰在旁边打了个圆场，他说道：“蒋厂长，这事也不能怨朱科长。其实奥索也有更先进的设备，咱们不是买不起吗？这台电炉，虽然像小秦同志说的那样，有点落后，但拿回咱们中国去，也算是先进技术了，起码比咱们车间那些老爷货要强得多吧？咱们是发展中国家，哪能和发达国家相比呢？”

“可是……咱们要搞现代化，不能总是跟在人家后面吧！”肖梦琴满脸懊恼地嘀咕道，她累了这么多天，别说汗水，连泪水都流了半缸，如果最终引进的还是一台淘汰设备，实在是太不甘心了。

秦海看着一干人等沮丧的样子，有些不忍了。他说道："姚科长说的也有道理，如果这台设备比较便宜的话，买回去先用上几年也不是不行，毕竟它的自动控制系统、吹氧技术等等，都比咱们国内现有的设备要先进。我能不能打听一下，这台设备报价是多少？"

换成此前，秦海问这个问题肯定是不会得到答复的，倒不是红钢的保密意识有多强，而是大家都觉得没必要让一个外人去了解这样的事情。但经过刚才这一番讨论，众人对秦海有了几分信任，姚国杰看了看蒋焕文，得到蒋焕文一个肯定的眼神之后，对秦海说道："全套设备，包括电炉、变压器和连铸设备，一共是 2200 万美元。"

"奥索方面说，他们现在库存有两套，如果我们能够一起拿下，两套只需要 4000 万美元。"朱守和补充道。

"你是说，有两套？"秦海心念一动。

"怎么，小秦，你能找到另一个买家？"姚国杰敏锐地发现了秦海表情上的波动。

自从听到奥索开出来的条件之后，红钢的几位就一直在琢磨着，能不能再找一个买家，两家合伙把两套设备买回去，每套设备能够省下 200 万美元，这可是一笔不小的资金。可是，他们人在西班牙，根本就没法与国内的同行取得联系，因此同时买两套的想法，也就只能搁置起来了。

秦海快速地在心里盘算了一番，然后对蒋焕文问道："蒋厂长，是不是如果没有其他的选择，你们就打算花 2200 万买下这套设备了？"

蒋焕文点点头道："是的，我们申请到的经费，也就是这么多，想买更好的设备是不可能的。"

秦海笑了笑，抛出一个众人都意想不到的新问题："那么，如果花 2200 万买下他们两套设备，你们愿意吗？"

"什么！"姚国杰瞪圆了眼睛，"小秦，你开什么玩笑？"

秦海道："我可以试一试，说不定能够帮你们把价钱谈下去。不过，如果能够把价钱谈到 1100 万以下，你们愿意把两套设备都吃下吗？"

"可是……咱们要两套设备干什么？"朱守和挠着头皮，他实在有些转不过这个弯子来。作为技术科长，他当然知道厂里只需要一套这样的设备，两套设备买回去，既没有地方放，也没有那么多的业务可做。

“你们一套，我一套。”秦海终于露出了獠牙，“自我介绍一下，我是安河省北溪钢铁厂的，具体职务就不必细说了。我们目前也面临着炼钢设备落后陈旧的问题，如果红钢能够买下两套这样的设备，能不能匀一套给我们？”

“你是说，你们北溪钢铁厂和我们红原钢铁厂合作购买这两套设备，顺便把价钱压下去？”蒋焕文沉着脸问道。面对着如此大的一个变化，作为厂长的他必须稳住心神，不能让秦海抓住什么破绽，把他们给坑了。

秦海摇摇头道：“我们北钢申请不到外汇指标，1100 万美元不是一个小数目，我们目前拿不出来。我的意思是说，由红钢把两套设备都买下，然后其中一套设备转给北钢使用，我们可以算是租赁经营，未来分三年把设备款支付给红钢……好吧，再加上一些银行利息也是可以的，蒋厂长以为如何？”

“这是不可能的。”蒋焕文果断地说道，自己花钱买设备，租赁给其他厂子使用，这样的事情他听都没听说过，更不用说自己去做。

秦海笑了笑，把手里的资料递给肖梦琴，说道：“既然如此，那我就不打搅各位了。肖工，如果翻译工作比较忙，晚上我可以帮你翻译一些。”

说罢，他站起身，端着空的食物盘子，向外走去。

“哎……”朱守和下意识地喊了一声，话刚说出口，又看到蒋焕文那黑沉沉的脸，赶紧把话又咽了回去。一行人就这样眼睁睁地看着秦海放了盘子，然后带着陈鸿程扬长而去。

“蒋厂长，我觉得这家伙提的方案可行啊。”姚国杰压低声音说道，“反正咱们也打算好要花 2200 万，买一套是买，买两套也是买。他不是说了租赁吗，相当于咱们白落下 1100 万美元呢。”

蒋焕文看着已经没有了秦海背影的餐厅大门，说道：“你们觉得，这小子说的话，可靠吗？”

“我觉得有几分可靠。”姚国杰道，“就算不可靠，让他去试试，又有何妨？对咱们又没什么损失？”

朱守和道：“我今天去查查资料，看看他说的情况是否属实。如果这两套设备真的是过期的技术，那么奥索方面肯定是急于要出手的，咱们把价钱谈低一点，应当也是能够做到的。”

蒋焕文道：“我的意思正是如此，既然他能够谈下来，咱们也能够谈下来，为什么要受制于他呢？”

红钢的几位在如何密谋，秦海无须关心。他知道自己提出来的方案有些惊世骇俗了，要让蒋焕文他们马上接受，恐怕是不太容易的。不过，他也深信蒋焕文最终还是会找到他头上来，因为如果真的有这样大的利润，作为一名合格的企业领导人，是不会轻易放过的。

陈鸿程懒洋洋地跟着秦海出了酒店，抬头问道：“秦教授，咱们今天又去哪家学院啊？”

自从秦海接连跑了三天学院之后，陈鸿程就改口称秦海为教授了。他无力改变秦海的安排，只能在口舌上出出气。

秦海道：“去圣路易学院。”

“圣路易……咱们不是去过了吗？”陈鸿程诧异道。

秦海笑道：“去过了可以再去一趟嘛，温故而知新的道理，陈总应当知道吧。”

“不会吧！”陈鸿程头都大了一倍，这几天，他天天计算着马德里的学院数量，琢磨着等秦海把所有的学院都走了一遍，自己的苦日子就到头了。谁料想，新的学院还没走完，秦海居然开始重新访问已经去过的学院了，这是真的打算在马德里寻一个教职的节奏吗？

秦海知道陈鸿程在想什么，他其实也是故意在逗陈鸿程。见陈鸿程马上就要翻脸的样子，他赶紧拍拍陈鸿程的肩膀，说道：“放心吧，老陈，我们今天只是去找个人，然后让他给我们带路……我们今天不去学院了，行吧？”

“这可是你说的！”陈鸿程来了精神，一抬手，直接截下了一辆出租车，探头用这两天刚学到的半生不熟的西班牙语对司机喊了一声：“圣路易学院！”

两个人到了学院，秦海果然没有再进办公楼去与学者们洽谈，而是在门卫那里打了一个电话，把一位上一次陈鸿程见过的谢顶老外给喊了出来。

“这是戈内特先生，冶金专家，对于冶金设备很有研究，西班牙很多钢铁企业都聘他为顾问。”秦海给陈鸿程介绍道。

“戈内特先生，你好。”陈鸿程用英语问候道。

“陈先生，你也好。”戈内特客气地向陈鸿程点点头，然后转头对秦海问道：“秦先生，你找我有事？”

“是的。”秦海道，“我想向您了解一下有关炼钢电炉的情况，能耽误您一点时间吗？”

“完全可以。”戈内特道，“请到我的办公室去谈吧。”

秦海摇摇头道：“不，我可能需要麻烦你跟我们走一趟，大概需要占用您一天的时间，可以吗？”

“这……”戈内特有些犹豫了，他心里想着：我跟你很熟吗，你随便说一句话，我就要跟你去跑一天，凭什么呀？可是，他又想起上一次秦海来的时候，给他讲过几个有关冶金方面的想法，他现在正在照着这些想法做一组实验，没准能够出几篇很好的论文。从这点来说，他其实是欠着秦海一个小人情的，直接回绝了秦海的邀请，似乎有些不讲情面。

“这是给你的佣金。”秦海从陈鸿程那里拿过来 5 张 1 万比塞塔面额的钞票，递到了戈内特的手里。

“哦……这怎么能行？不不，我的意思是说，我需要上去锁一下办公室的门，还要跟我的几个助手交代一下。”戈内特半推半就地收下了钱，然后便一溜烟地跑回办公楼去了。

“他居然把钱收下了？”陈鸿程看着戈内特的背影，有些吃惊。在他想来，学者，尤其是国外的学者，应当是颇为清高的，哪有见了钱就眉开眼笑的道理？ 5 万比塞塔，合着七八百美元，放在西班牙也是一笔不错的外快了，但这样当面收钱办事，真的合适吗？

秦海笑着解释道：“上次来的时候，我了解过了，戈内特和他的同事经常去给企业做技术指导，每次出去都是收佣金的。咱们这也是雇他干活，他没理由拒绝的。”

“看来，有钱能使鬼推磨的道理，不单在中国管用啊。”陈鸿程叹道。

戈内特再出来的时候，已经换掉了他的西装，改成一件蓝色的工装，看起来有点像个企业里的工程师的样子。他对秦海说道：“谢谢秦先生付的佣金，你说吧，今天你打算要我帮你们做点什么？”

秦海道：“我想请你带我们去几家钢铁厂走访一下，问问他们现在使用的电炉的价格。”

“这个完全可以。”戈内特道，“我和马德里各家钢铁厂都很熟悉，如果秦先生需要的话，我还可以通过电话帮你了解一下其他地方的钢铁厂的情况。”

秦海道：“这也正是我想请戈内特先生帮忙做的事情。走，咱们先上车吧。”

这一天，算是陈鸿程到马德里之后最愉快的一天了，在戈内特的带领下，他们到了马德里的四家钢铁厂，参观了他们的炼钢车间，还与厂方的人员进行了亲切友好的交谈。戈内特在冶金行业里的人脉的确是没话说的，不管走到哪里，对方都是极其欢迎，连带着秦海和陈鸿程也受到了礼遇。

“小秦，你怎么想到要参观钢铁厂了？”把戈内特送回圣路易学院之后，陈鸿程和秦海坐在返程的出租车上，忍不住问道。

秦海道：“知彼知己嘛，咱们要卖钢材，怎么能不了解一下对手的实力呢？”

“可是，我怎么听你在和他们谈电炉的价格问题？你也打算买个电炉回去吗？”陈鸿程又问道。

秦海道：“我是帮老蒋他们问的。”

“老蒋……”陈鸿程撇了撇嘴，“他们办他们的事，咱们没必要去掺和。红原钢铁厂对咱们没什么用处，犯不着在他们身上浪费时间。”

秦海摇摇头道：“老陈，你这就错了，这天底下没有用不上的关系。就比如说吧，咱们前几天跑学院，你说没什么用。你看，今天戈内特不是就帮了咱们的大忙吗？”

陈鸿程叹息道：“这也就是你小秦有这个魅力，换成我的话，看到国外的教授，我腿都软了，哪敢掏钱雇人家帮你跑腿。不过，妈的，这些老外的工钱真高，一天时间就挣了咱们 5 万比塞塔，这得是一个干部几年的收入了吧？”

两个人说笑着回到了宾馆，刚进大堂，就见一旁的沙发上腾地站起来两个人，迎着秦海便走了过去。

“小秦！”

“秦工！”

两个人一左一右把秦海夹在中间，脸上赔着笑容，比见着亲人还亲。陈鸿程认识，这二位正是红钢的财务科长姚国杰和技术科长朱守和，在一天前，这俩人见了他们还鼻子不是鼻子、眼睛不是眼睛的。

“姚科长，朱科长，你们这是怎么啦？”陈鸿程诧异地问道。

“哦，是陈总啊，我们在这等秦工呢，有点……技术上的事情，想向秦工请教一下。”姚国杰笑着向陈鸿程解释道。他知道陈鸿程的职务是红海公司的总经理，但不知道秦海的职务该如何称呼，便索性学着朱守和的样子，管秦海叫“秦工”了。工厂里管工程师一般就用“某工”的称呼，秦海技术过硬，姚国杰喊他一句“秦工”也不为过。

“陈总，你先回房间吧，我和姚科长、朱科长他们去一下。”秦海知道这二位找自己的目的，既然对方不想让陈鸿程知道，他也没必要拆穿了，反正等回房间之后，他还是可以再向陈鸿程解释的。

陈鸿程自己回房间去了，秦海随着姚国杰和朱守和来到了蒋焕文的房间，看到蒋焕文和肖梦琴已经在那里等着了。

“蒋厂长，你们去谈过了？情况怎么样？”秦海从众人的脸色就已经猜出了结果，他也不兜什么圈子，直截了当地问道。

蒋焕文看了姚国杰一眼，没有吭声，也许是觉得自己身为厂长，在一个小辈面前承认失败是一件很丢人的事情。姚国杰招呼着秦海坐下，然后叹了口气，说道：“不瞒秦工说，我们今天去找奥索重新商量价格的事情了，结果不太如意。”

“奥索不答应降价吗？”秦海问道。

姚国杰道：“答应了，不过降价的幅度不大。一套设备可以降到 2000 万，如果是两套一起买，每套是 1800 万。至于更多的余地，就谈不下去了。”

“就这个价钱，还是我们发了狠，他们才让的。”肖梦琴在一旁气呼呼地说道，她是谈判中的翻译，想必也没少受气。

“那么蒋厂长是怎么打算的？”秦海不慌不忙地对蒋焕文问道。

蒋焕文道：“首先一点，我们还是要感谢小秦……呃，感谢秦工。如果不是你提醒我们电炉技术年代问题，我们可能连这200万都谈不下来。现在谈下来200万，也是为国家节省了一大笔外汇，这个功劳是要算在秦工头上的。”

秦海笑了：“蒋厂长这话言重了，我只不过是随便提了点意见而已。不过，如果奥索方面只是答应降价200万，诚意可不太足哦。蒋厂长有没有考虑过我的方案？”

“你是说，把价格谈到1100万，然后同时买下两套，把其中一套租赁给你们使用？”蒋焕文问道。

秦海道：“正是如此，不过，价格方面还可以再压一下，一套最多也就是800万，两套1600万，蒋厂长觉得怎么样？”

1600万！

红钢的几位都被秦海的狂言给震住了。他们今天磨破嘴皮，甚至以寻找其他供货商相威胁，奥索方面也仅仅答应降价200万。人家明确说了，普通功率电炉在欧洲的确有些过时了，但放在中国还是足够先进的，超高功率电炉虽然更好，但你们中国的电网条件能够支撑得下来吗？

说来说去，奥索的底气就在于吃准了红钢肯定会买他们的设备，欧洲当然并不只有一家生产电炉的公司，但中国人能有这么多时间去选择吗？

面对着奥索的坚持，蒋焕文等人只有一种无力的感觉。另找供货商，这话说起来容易，实际上可太麻烦了。他们的签证只是到西班牙的，如果要去找德国、意大利的供应商，难免又要折腾一番，大使馆能同意吗？外贸厅能同意吗？再说，万一到那边去发现价格更高，他们又怎么办呢？

有了这么多的顾虑，蒋焕文也只能准备接受奥索的价格了。不管怎么说，他们还是砍下了200万的差价，如果没有秦海说的1100万作为参照的话，这 200 万的差价足够让他们高兴得合不拢嘴了。

蒋焕文让姚国杰和朱守和去请秦海，本来的想法是告诉秦海这个结果，再看看秦海有没有办法把这个价格再压低一点点，能省一些算一些。他万万没有想到，秦海听完他们的叙述，居然直接放出了一个每台只需 800 万的狂言，比他们谈下来的还要低整整 1000 万。

"秦工，你说说，你怎么能够办到？"朱守和顾不上矜持了，迫不及待地对秦海问道。他反正是搞技术的，习惯直来直去，类似这样的话，蒋焕文是不便说的。

秦海笑笑，没有接朱守和的话，而是盯着蒋焕文，说道："蒋厂长还没有回答我，能不能接受这个条件呢。"

"买两台，匀一台给你们，这样做我们在省里不太好交代。如果你真能把价格谈下来，比如说谈到 1800 万，或者 1600 万，我可以从厂里给你个人发一笔奖金……一万元，如何！"蒋焕文咬了咬牙，许下了一个他看来属于天文数字的赏格。

"蒋厂长也太抠门了吧？"秦海不屑地笑道，"我说了，我能够帮你们把价钱谈到 1600 万两台，相当于一台只需要 800 万，比你们买一台的价钱低了 1200 万，另外一台完全相当于你们赚的，而且还能多余出 400 万。这么大的差价，你给我一万元，而且还是人民币，蒋厂长不觉得太小气了？

"说句难听的，我如果愿意，从什么渠道借出 1600 万来，把两台设备都买下，再把其中一台以 1600 万卖给你们，你们要不要？"

"这……"蒋焕文觉得有些牙疼了。

是啊，如果秦海以 1600 万的价格卖给自己一套设备，自己要不要呢？要吧，明显成了冤大头，出了两台设备的钱，才买下一台，让秦海白白挣了一台。如果不要，改成花 2000 万从奥索手里买，那岂不是更傻了吗？

"秦工，我想问问，你真的有把握用 1600 万把两台设备都拿下？"蒋焕文问道。

秦海装出一副牛哄哄的样子，说道："这有什么难的？"

"你们相信吗？"蒋焕文只好向自己的属下去求证。

几个属下面面相觑，不知道该点头还是该摇头。从他们的常识来说，觉得秦海肯定是在吹牛，因为自己都谈不下来的价格，秦海凭什么能谈下来？可是，他们又想不通秦海吹这种牛有什么意义，能不能谈下来，最终是要见结果的，秦海难道就是为了要他们玩吗？

“好！我答应你！”蒋焕文一拍桌子，终于下了决心。他也想明白了，省里答应给他 2200 万去采购一套设备，他如果能够用 1600 万买回两套，省里又能说啥呢？两套设备对于红钢来说肯定是多余的，那么匀出一套借给北溪钢铁厂，也是合情合理。这件事未来肯定会有无数需要扯皮的事情，但看在省下 1000 多万美元的分上，再多的扯皮也是值得的。

这么大一件事情，蒋焕文当然不能自己做主。他带着秦海先去找了冶金厅的处长，还叫上了陈鸿程，几个人一起来到祝晓峰的房间，由蒋焕文向祝晓峰和那位处长汇报同时采购两套设备的事情。

“一套是 2000 万，两套是 1600 万，这是一个什么卖法？”祝晓峰满脸诧异地问道。

“2000 万一套，是由蒋厂长他们去谈的；而 1600 万两套，则需要动用我们红海公司的关系。”秦海悠悠地解释道。

“你们红海公司和这个奥索什么技术公司有合作关系？”祝晓峰看着陈鸿程问道。

陈鸿程已经听明白了事情的原委，联想到今天秦海带着他走访那些钢铁企业的事情，他知道秦海有什么打算了。见祝晓峰向自己求证，他微微一笑，说道：“是的，我们在马德里和好几家企业都有一点业务上的关系。”

“原来是这样……”祝晓峰点了点头，接受了陈鸿程的解释。

关于陈鸿程这个人，祝晓峰只知道他是从物资厅下海去开公司的，至于陈鸿程的公司开成什么样子，有什么业务关系，祝晓峰就搞不清楚了。但是，有一点祝晓峰觉得自己是知道的，那就是红海公司的确有很硬的海外关系。想想看，来到国外，连他这个大厅长手里都没有多余的外汇，陈鸿程却能一下子拿出十几万比塞塔来，分给各位官员零花，这样的路子谁敢小瞧？

“陈总，蒋厂长他们用不了两套设备，只需要一套。你们能不能光谈下一套的价钱？你看，两套是 1600 万，一套即使是 1000 万，我们也可以接受的。”祝晓峰开始做起陈鸿程的工作来了。

陈鸿程用手一指秦海，说道：“这件事，还是让小秦来说吧，奥索那边，他比较熟悉。”

陈鸿程其实也不知道秦海到底认不认识奥索的人，既然秦海此前不和他交底，他也就懒得去帮秦海琢磨如何打圆场的问题了。实在不行，秦海还可以再去找戈内特，戈内特作为一个冶金设备专家，和奥索肯定是有往来的。

秦海嘿嘿一笑，接过了陈鸿程的话头，说道：“祝厅长，事情是这样的。我的确有朋友与奥索冶金技术公司关系比较密切，有关设备的价格问题，我也是从他那里打听来的。奥索方面唯一的要求，就是把两套设备同时卖掉，这样就可以清空库存，以容纳新的设备。

“至于说多余的一套设备红钢用不上，我和蒋厂长商量过，可以把这套设备租赁给安河省的北溪钢铁厂。我和北钢那边关系也不错，可以帮忙促成这笔交易。”

“是这样吗？”祝晓峰对蒋焕文问道。

听到秦海颠倒黑白的说法，蒋焕文也是一点办法都没有。他勉强地点了点头，说道：“是啊，秦工很热心，说可以帮助我们把价钱谈下来，还可以帮忙把多余的一套设备处理掉，可是帮了我们大忙了。”

“好吧，既然蒋厂长也觉得这种方式可行，那你们就这么办吧。李处长，你觉得呢？”祝晓峰看向那位冶金厅的处长。

祝晓峰都表态了，李处长还能有什么别的想法。再说，随他一同出国来的夫人刚刚还在跟他嘀咕，让他想办法从陈鸿程那里再借一点外汇，以便买几件相中的商品。在这种时候，他怎么会说出什么得罪陈鸿程与秦海的话呢？

“我觉得这个方案很好，又省下了钱，多余的一套设备也没有浪费，这是值得提倡的一种做法。陈总和小秦同志能够急咱们企业之所急，想咱们企业之所想，祝厅长，我觉得回国之后，咱们应当对他们进行表彰。”李处长大义凛然地说道。

得到了外贸厅和冶金厅的首肯，蒋焕文总算是解开了心结。走出祝晓峰的房间，蒋焕文诚恳地对秦海说道：“好了，秦工，现在事情都已经说妥了，你是不是可以告诉我们，你打算如何让奥索降价？”

秦海摆摆手道：“现在我还不能揭这个谜底，反正你们明天还要去奥索继续谈判，我作为一名谈判代表，与你们一起去就是了。你们放心，我肯定能够说服奥索把这两套设备降价卖出，到时候你们就知道是怎么回事了。”

“好吧，那秦工就先回房间，我明天就等着看你大展身手。”蒋焕文压抑住了骂人的冲动，客客气气地与秦海握手告别。

回到房间，蒋焕文终于忍不住了，对着众手下骂了一声：“这个姓秦的，真是太狡猾了，都到这个时候了，还捂着盖子，生怕我们抢了他的买卖。”

“唉，无奸不商嘛，人家有自己的路子，肯定不会跟咱们明说的。”姚国杰劝道。

朱守和道：“这个小秦，倒的确是个人才。可惜了，怎么就去当了商人呢，如果能到咱们厂来，当个技术科的副科长也不在话下嘛。”

“算了算了，这些事情就不去想了。都累了几天了，今天大家早点休息吧，明天看这个姓秦的到底有多大本事。如果他是吹牛的话，看老子不收拾他！”蒋焕文发狠道。

第十章 把一台设备变成两台

秦海通过自己短时间内在马德里建立起来的人脉，成功掌握了同奥索公司谈判的杀手锏。经过一轮压倒性的谈判，奥索公司不得不同意了秦海的报价，将原本2200万美元一台的设备，以1600万美元的价格出售给了红钢两台。而其中一台，则落到了北溪钢铁厂的囊中。除了设备，秦海还将特种钢铁销售进了欧洲，并且换回了大量原材料，收获颇丰。回到国内，秦海顺道拜访了杨新宇，没想到杨新宇又给秦海布置了一个新的任务。

第二天一早，秦海、陈鸿程与红钢的四位一同出了酒店。肖梦琴走在最前面，她习惯性地向着地铁站的方向走去，走了两步，觉得不对头，回头一看，却见陈鸿程已经带着蒋焕文他们，伸手拦住了两辆出租车。

“上车吧。”秦海走到肖梦琴身边，指着后面的一辆出租车对她说道。

“坐出租车？”肖梦琴睁大了眼睛，几乎不敢相信。她在国内的时候都没有坐过出租车，出国来更是不敢想这个问题。在她印象中，坐出租车应当是一种非常非常贵的消费，费用之高是完全超出她的想象空间的。

蒋焕文等三人都跟着陈鸿程坐上了前一辆车，后一辆车里就只有秦海和肖梦琴两个人了。秦海坐在了前排，让肖梦琴坐在后排。车子开起来之后，肖梦琴摸摸真皮的坐垫，看看窗外一闪而过的街景，既有点胆怯又有些兴奋。

“秦工，这些天，你们每天都是坐出租车出门的吗？”肖梦琴向秦海问道。

“你叫我小秦吧，我可比你小呢。”秦海说道，“这些天我们的确是天天坐出租车，主要是为了赶时间。”

“坐出租车很贵吧？”肖梦琴压低声音问道，像是怕被司机听到的样子。其实她也知道，司机是不可能听得懂中文的。

秦海道：“从咱们酒店到奥索公司，估计八九百比塞塔吧，也就是十几美元的样子。”

“啊！”肖梦琴差点就要喊出声来了，其反应正如此前的陈鸿程一样，“这不是一趟出租车就要坐掉我一个月的工资吗？”

秦海点点头，认真地说道：“这说明咱们的工资太低了，连一趟出租车都坐不起。”

“可是……可是……”肖梦琴想说点什么，却又不知道如何说。打车的费用是由秦海掏的，有钱人的境界，不是她这样的工薪阶层能够仰望的。她能指责秦海奢侈吗？或者，她能假装清高，拉开车门下车去坐地铁吗？

沉默了片刻，肖梦琴终于怯生生地发话了：“秦……呃，小秦，你们陈总手里，是不是有很多外汇啊？”

“你怎么知道？”秦海反问道。

肖梦琴道：“我是听黄莉薇说的，她买了好多东西，说是从陈总那里借来的外汇。有一种香水，她说在国外特别流行，还说大使馆的王秘书用的就是那种香型。”

代表团里除了几位官员太太之外，单身的女性只有黄莉薇和肖梦琴二人，所以她们俩是住在一个房间里的。这几天，黄莉薇陪着祝晓峰以及其他官员在马德里游览、购物，花的都是从陈鸿程那里借去的外汇。黄莉薇最想买的东西，就是王哲奕用过的那种香水，结果工夫不负有心人，还真让她买着了。

肖梦琴是搞技术的，但毕竟也是女孩子，对于这些奢侈品哪有不喜欢的。看着黄莉薇显摆自己买到的各种商品，闻到她身上飘出来的带着异域风情的香水味，肖梦琴好生艳羡。听说黄莉薇买东西的外汇是从陈鸿程那里借来的，肖梦琴就知道自己没什么希望了。陈鸿程成天对那些官员点头哈腰，在他们这几个人面前则是一副拒人以千里之外的假笑，肖梦琴怎么敢奢望从他那里借到外汇。

秦海不懂得女人们的这些小心思，听到肖梦琴的话，他笑着问道：“怎么，你也想买吗？”

“嗯……”肖梦琴用微不可闻的声音答道，即便如此，她还是觉得脸都红透了。

“你应该早说啊。”秦海没有回头，也不知道肖梦琴正处于尴尬之中，他说道：“等谈完设备的事情，应当还有一两天空闲吧，你可以去逛逛周围的商业街。难得出来一趟，也应当买点自己心仪的东西。至于说外汇，你来找我就是了，我借给你。”

“真的？”肖梦琴欣喜道，“那你……能借我 50 美元吗？”

“50 美元够干嘛的，500 吧。”秦海大大咧咧地许诺道。胡安尼托那边冶炼模具钢的试验已经取得成功，胡安尼托很快就会把余下的货款支付过来，秦海手里并不缺少外汇。

“500 美元！这么多，我可借不起。”肖梦琴惊呼道，不过，她心里想的却与嘴里说的是两码事。

一路说说笑笑，两辆出租车一前一后地来到奥索公司的门前。众人下了车，肖梦琴跑上前向门卫说了几句，门卫便挥挥手让他们进去了。他们一行此前已经来过好几趟，门卫也认识他们了。

众人来到奥索公司的洽谈室时，对方的两名业务人员也已经到场了。肖梦琴小声地向秦海介绍，说其中一位是奥索公司的销售总监，叫托尼，另一位是他的副手，叫瓦伦丁。

由于双方都已经很熟悉了，一见面寒暄几句之后，便直接进入了正题。蒋焕文向托尼介绍说秦海是红原钢铁厂的采购专员，是刚刚从其他地方赶来洽谈此事的。

“我们的态度已经说得很清楚了，2000 万一套，这是优惠价。我们知道中国是一个发展中国家，我们希望和中国建立起长期的经贸往来，所以才会给予这样一个优惠的价格。”托尼拖着长腔陈述着自己的立场，他的态度里带着一丝傲慢，明显没把眼前这群中国人放在眼里。

红钢的几位都把目光投向了秦海，他们与托尼已经打过好几天交道了，对于托尼的这种态度，他们可谓是黔驴技穷，没什么应对的办法。既然秦海夸下海口说自己能够把价钱谈下来，那就从现在开始吧。

秦海坐正身子，轻轻咳嗽了一声，把托尼的注意力吸引到自己这边来，然后微笑着问道："托尼先生，你所说的优惠，就是把一台 1968 年设计定型的电炉，说成 1978 年的产品，然后再以高出市场价两倍的水平卖给我们，是这样吗？"

"年轻人，你不要凭着自己的想象来说话。"托尼把脸一沉，用训斥的口吻对秦海说道。他的年龄比秦海要大出一倍以上，倒是有资格这样称呼秦海的。

看到托尼虚张声势，秦海笑得更和蔼了，他说道："托尼先生，你觉得我哪句话是凭着想象说的？"

"我们这台设备是 1976 年设计定型的，而不是你说的 1968 年的技术。"托尼冷冷地说道。

秦海道："是吗？我想，这台电炉的总设计师巴尔多梅罗先生肯定不会像你一样想。如果我没记错的话，他在 1971 年就已经退休了，你是说，他后来又回公司来设计了这台电炉吗？"

"你怎么知道巴尔多梅罗先生？"托尼脸色骤变，再没有比撒谎被当面戳穿更让人觉得尴尬的事情了。他原本以为，中国人对于欧洲的冶金技术根本就不了解，只要他一口咬住说这套设备是 1978 年的，那么中国人也找不出什么证据来反驳他。谁知道，眼前这个年轻得异常的中国人非但能够说出这台电炉的设计年代，甚至连它的总设计师都给调查出来了。

托尼当然不知道，秦海昨天看过肖梦琴给他的资料之后，便把有关的一些技术细节记在心里，随后便向戈内特进行了求证。奥索公司的这款电炉在 70 年代初颇有一些名气，戈内特也参与了它的设计，因此能够记得当时的总设计师和其他的一些情况。秦海不是一个莽撞的人，他要向奥索公司叫板，自然要先把对方的老底都摸清楚。

对于托尼的疑问，秦海只是还以神秘的一笑，他继续说道："托尼先生，你还坚持认为这台电炉是在 1976 年设计定型的吗？作为西班牙最负盛名的冶金技术供应商，如果在 1976 年还在设计 RP 电炉，恐怕会惹人笑话吧？"

“当然，我承认，这台电炉的炉体设计是在1976年之前就已经完成的，使用的是奥索公司最为成熟的技术。但电炉的控制部分，还有氧气喷嘴等部分，都采用了70年代末出现的新技术，这一点秦先生不否认吧？”托尼支吾着，开始找其他的托词了。

秦海道：“我不否认你们在这台旧式的电炉上增加了一些比较新的配件，使之看起来像是一台新设计的电炉一样。但作为一名冶金专家，托尼先生认为一台电炉的价格应当是由炉体决定的，还是由这些附件决定的？在欧洲市场上，一套新的电炉控制模块能值多少钱？”

“话不能这样说，要把这样的控制模块整合到电炉上，还是需要一些技术的。”瓦伦丁在一旁插话了，“奥索公司的价值，就在于能够把这些技术完美地结合到一台电炉上……哪怕这台电炉的炉体稍微有一点点过时。”

“我承认你们的价值，不过，这种价值需要有一个科学的计算方法。你们的电炉价格太高了，如果能够降低一些，我们非常有兴趣引进这两台电炉以及相应的设备。”秦海适时地给托尼和瓦伦丁提供了一个下台的台阶。

“秦先生认为，这两台电炉的价格多少比较合适？”托尼直截了当地问道。

“1400万美元。”秦海说道。

“一台？”托尼问道。

秦海摇摇头，说道：“不，是两台……确切地说，是两套设备，包含电炉和全部的连铸设备。”

“这是不可能的！”托尼面红耳赤地喊道。

奥索公司的这两台电炉，说起话长。正如秦海指出的，它们的确是在1968年设计定型的产品，当时还算是比较先进的技术。它们最早的买主，是南美洲的一位钢铁商。奥索公司把这两台电炉制造出来的时候，那个南美的小国却发生了政变，与政府有着千丝万缕联系的那位钢铁商被迫出逃，这两台电炉的交货也就被搁置下来了。

钢铁商在订购电炉的时候，是付了一部分订金的，所以奥索公司在这两台电炉上并没有太大的损失。在确认南美钢铁商已经不可能再来索要电炉之后，奥索公司便开始琢磨如何将其进行适当改造，再卖给第二个买主。

然而，在这个时候，超高功率电炉的概念开始流行起来，这两台普通功率电炉一下子就成了鸡肋，无法推销出去。从 70 年代早期一直到现在，十多年时间过去，奥索公司联系了不少发展中国家的钢铁企业，打算把这两台电炉销售掉，但种种原因未能如愿，直到红原钢铁厂的几位出现在托尼的面前。

让托尼感到高兴的是，前来采购设备的这几位中国人，对于全球电炉炼钢技术的发展历程知之不详，他们被电炉上的一些附件所迷惑，当真认为这两台电炉具有欧洲 70 年代末的水平。托尼在认识到这一点之后，便把公司预先准备的底价翻了一番，报给红钢方面。

对于红钢方面会压价这一点，托尼是有心理准备的，他甚至觉得红钢直到昨天才想到普通功率电炉这个问题，实在是太迟钝了。当红钢方面指出这个问题时，托尼装出勉为其难的样子，把价格降低了 200 万美元，果然把对方给糊弄过去了。在蒋焕文他们离开之后，托尼和瓦伦丁弹冠相庆，都觉得中国人的钱实在是太好赚了。

今天，中国人这边增加了一位中年人和一位年轻人，托尼一开始并没有太在意。但当秦海说出巴尔多梅罗的名字，并且说出他在 1971 年就已经退休的时候，托尼震惊了。他没有想到，这个中国的年轻人居然能够掌握这样的细节，这意味着双方之间已经没有什么明显的信息差距了。

这时候，托尼暗暗调整了自己的底线，打算把价格再降低 200 万甚至 400 万。即便如此，这个价格仍然是远远高于公司的预期的，他还是能够从这桩生意中拿到极其丰厚的提成。谁知，更让他意想不到的事情发生了，面前这个笑容可掬的年轻人居然一张嘴就把价格压到了每套 700 万的水平上，这个价格比公司的底线还要低了 300 万，托尼怎么可能接受。

“秦先生，我想你是不是说错了，把 2400 万说成了 1400 万。要知道，即使你提出两套设备 2400 万，我们也是绝对不能接受的。我们的底价是 3400 万，或者稍微再低一点点也是可以的。”托尼故作平静地对秦海说道。

秦海道：“我没有说错，这种技术水平的电炉，只能卖到这个价钱，这一点托尼先生应当是明白的。而且恕我直言，如果这两台电炉现在不抓紧时间卖出去，每拖上一年，它的价值又会下降 5% 至 10%，再降几年，恐怕托尼先生只好付费请废品公司把它们运走了。”

在秦海与托尼交涉的时候，肖梦琴不停地给蒋焕文他们做着翻译。听到秦海如此咄咄逼人，蒋焕文等人既觉得开心过瘾，又隐隐有些担心，怕秦海把对方给说毛了，最终这桩交易无法达成。在蒋焕文想来，他们花这么多钱跑到西班牙来，是为了采购设备，而不是为了与洋人打嘴仗，有些话说得差不多就行了，什么废品公司之类刺激人的话，实在没必要多说。

没等蒋焕文出言提醒秦海，对面的两个西班牙人已经先急眼了。托尼和瓦伦丁交换了一个眼色，瓦伦丁把脸一沉，用粗鲁的口气说道：“秦先生，我知道你已经掌握了有关这两台电炉的一些技术细节，但这并不意味着你可以肆无忌惮地开出一个荒唐可笑的低价。1400 万两套设备的价格，是对我们奥索公司的侮辱，如果你不收回这句话的话，我们将拒绝就这个问题继续谈下去。”

说着，他把面前摊开的资料迅速地收拢起来，做出了一个要拂袖而去的姿势。

“哈哈，瓦伦丁先生是不想做成这笔生意了吗？”秦海哈哈笑了起来，丝毫不被对方的装腔作势所迷惑。

托尼也板起脸，扭头对着蒋焕文说道：“蒋先生，我不知道这位秦先生获得了您的什么授权，如果他说的话代表了贵公司的意思，那么非常对不起，鄙公司不能接受这种侮辱性的报价。”

托尼的最后通牒让肖梦琴吓了一跳，她结结巴巴地把托尼的话翻译给了蒋焕文，同时偷眼看着秦海，想知道秦海如何收场。

蒋焕文听罢，沉吟了片刻，然后对秦海问道：“小秦，你报出来的价格，有依据吗？”

“您放心吧，我不会信口开河的。”秦海沉着地回答道。

蒋焕文点点头，道：“好吧，那我就全权委托你洽谈，我不插手了！”

蒋焕文这样说，也是被逼无奈了。秦海在往下压价，这是蒋焕文所希望看到的。但价钱压到对方暴走的程度，又让蒋焕文捏了一把汗。到这个时候，他不能再拖秦海的后腿，否则对方就能看出其中的端倪，秦海的努力就白费了。

至于说万一秦海真的没有谈成会有什么后果，蒋焕文也已经考虑过了，不外乎就是价钱谈不下来，他们仍以原来说好的价格进行采购。生意场上，绝对不会有人因为赌气而拒绝交易的，这一点蒋焕文非常清楚。

得到蒋焕文的首肯，秦海多少有几分感动。自己与蒋焕文并不熟悉，而且年龄又是硬伤，蒋焕文能够给他这样的支持，也足见这位厂长的魄力了。他向蒋焕文送去一个感谢的目光，然后转回头，对托尼说道：

“托尼先生，咱们大家都是聪明人，在这种场合玩这样的心理战术是不是有些太幼稚了？伊萨克先生难道没有吩咐过你们，无论如何也要把这两台电炉卖出去？你们如果不屑于继续谈下去的话，我只能选择与伊萨克先生直接交涉了。”

“年轻人，你还知道什么！”托尼把刚刚拿起来的资料一下子又放回到了桌上，他盯着秦海，语气中带上了几分无奈。

秦海说的伊萨克，正是奥索公司现任的执行总裁。秦海的话其实只是一种诈术，但却说到了点子上，伊萨克的确交代过托尼，只要有机会，无论如何都要把这两台电炉卖出去，价钱方面，其实是有很大余地的。

冶金设备的技术折旧速度是非常快的，一种新概念的提出，会让很多老装备迅速贬值。这些年来，吹氧技术、钢包冶金、水冷炉壁、超高功率冶炼、泡沫渣等新技术层出不穷，即便是两三年前设计的电炉，放在现在都有过时之嫌，更何况这两台将近 20 年前的老古董。

如果不是遇上外汇短缺的中国，奥索公司的这两台电炉有可能一辈子都卖不出去，最终只能成为废品。现在好不容易找着一个买主，托尼哪有拒绝销售的底气。

秦海并不认识伊萨克，也不知道伊萨克是否对托尼他们交代过什么。不过，头一天，他与戈内特分析过奥索公司的态度，戈内特认为，奥索公司的负责人如果不糊涂的话，肯定是会接受一个合适的低价位的。退一步说，如果奥索公司要咬住原来的价格不放，秦海手里还有一个更狠的杀招。

“咱们明人不说暗话吧。两套设备 1400 万，这是我们能够接受的价格。

如果托尼先生不能接受，那我们只好放弃这笔交易，转而寻求其他的供应商。”秦海决定不再兜圈子了，再兜下去，没准真把托尼他们给逼急了。

“你能透露一下，你们打算找哪个供应商吗？”瓦伦丁冷笑着说道，“据我所知，整个欧洲恐怕也找不出第三台这么便宜的电炉，你们的这种威胁对奥索公司来说，是无效的。”

在托尼和瓦伦丁看来，秦海如果绕过他们，直接与伊萨克会晤，没准还真会给他们带来一些被动。但要说寻求其他供应商，那就是虚张声势了，这二人根本就不怕。如果中国人真的能够找到其他的供应商，他们又何至于一直与奥索方面洽谈呢？

面对瓦伦丁的嚣张，秦海逼问了一句：“是吗？瓦伦丁先生如此自信？”

“嗯哼。”瓦伦丁耸了耸肩膀，摆了个很酷的造型。

秦海笑了：“既然瓦伦丁先生如此自信，那我也不妨告诉你。莱戈钢铁公司有一台与你们相似的电炉，我了解过，他们愿意以 350 万的价格转让，条件是必须由我们派工人去拆卸。二位先生应当知道，中国的劳动力价格并不贵，我们派得起这样的工人。”

“莱戈！”托尼和瓦伦丁对视一眼，脸上现出了惶恐之色。他们终于知道，秦海的底气来自于何方，原来竟然是有这样的釜底抽薪之策。

秦海说的莱戈公司，并不是一家冶金设备制造企业，而是一家钢铁冶炼企业。托尼对莱戈公司是十分熟悉的，因为这家公司也是奥索公司的客户之一，它的许多设备都是从奥索公司采购的。

正因为对莱戈的情况十分了解，托尼才知道秦海的暗示有多么无耻。在莱戈公司，有一台与他们现在销售的这两台电炉同时代的旧电炉，如今已经废弃，如果有人愿意出 350 万购买，莱戈公司绝对是会双手奉上的。

莱戈公司废弃的这台电炉，说是旧货，其实还有七八成新。在莱戈公司购入这台电炉之后不久，超高功率电炉的概念就开始流行了。由于超高功率电炉有更高的生产效率，能够节约电能和劳动力，所以莱戈公司便将这台老电炉搁置起来，转而采购了一台新电炉用于生产。

对于中国人来说，如果确定了要采购普通功率电炉，那么购买奥索公司库存的全新旧型号电炉，与购买莱戈公司淘汰下来的仍有七八成新的二手货，其实差别并不大。莱戈公司那台电炉需要进行一些简单的维修，还要加上拆卸的成本，但总体算起来还是要更便宜一些的。秦海说如果奥索公司不愿意降价，那他们就去买莱戈公司的二手电炉，在托尼看来，这绝对不是一句威胁，而是一种可能的选择。

更可怕的是，一旦中国人开始动这方面的脑筋，那奥索公司这两台电炉就真的只能等待报废了。在整个西班牙，至少有十几家钢铁厂有淘汰的旧电炉，都是愿意以卖废品的价格处理掉的，中国人能联系上莱戈公司，自然也能联系上其他公司，有便宜货可捡的时候，谁还会上赶着去买贵的东西呢？

“秦先生，我觉得我们之间可能有一些误会。”托尼的话彻底软下来了，秦海手里攥着一手好牌，托尼什么也没有，只能变得低三下四。

“两套设备 1400 万，这个价格实在是太低了，我没有得到这样的授权。我想，你们大老远跑到西班牙来，也是希望采购一台全新的设备，而不是去拆卸一台二手设备。所以，我觉得如果价钱合适的话，我们之间的交易才是最符合贵方利益的。”托尼咬文嚼字地说道。

秦海和善地一笑，说道：“在这个问题上，我与托尼先生的想法是一样的。我们的确希望采购两套全新的设备，尽管它们的设计相对陈旧了一些。既然大家达成了共识，那么在价格的问题上，就不必多费口舌了吧？”

“好吧，两套设备，2200 万，秦先生觉得如何？”托尼咬着牙说道。

“最多 1500 万。”秦海平静地加了一点价格。

“2000 万？”托尼又说道。

“1550 万。”秦海加价的幅度减少了。

“1800 万，这的确是我们的底价了，如果再低的话，伊萨克先生会把我们开除的。”托尼打起了感情牌。

秦海不为所动，说道：“一口价，1600 万。”

“离岸价？”托尼连撞墙的心都有了。

“到岸价。”秦海才不会客气呢，1600 万买你们两台过气的设备，已经对得起你们了，这运费和保险费，不好意思，只能让你们垫上了。

“我需要请示总裁。”托尼说道。

“我们会在马德里再待一星期，如果三天之内我们无法得到一个满意的答复，那我们只好去和莱戈公司谈判了，对了，劳思公司据说也想处理掉他们的旧电炉，我听说，他们那台电炉也是贵公司的杰作……”秦海笑呵呵地又扔了一张牌出来。昨天一天，他让戈内特陪着自己跑了好几家钢厂，还打了不少电话，就是为了掌握这些信息的。

“你们会得到满意答复的……”托尼像泄了气的皮球一样，喃喃地说道。

秦海一行离开奥索公司的时候，托尼和瓦伦丁已经没有了先前的傲气，他们客客气气地把几个中国人送到公司门外，甚至还帮他们叫了出租车，然后赔着笑脸握手道别。

“咱们就这样被他们要挟了？”看着出租车离开，瓦伦丁扭头对托尼问道。

“你没发现吗，这个秦是他们准备的秘密武器。我敢打赌，在我们和蒋他们洽谈的时候，秦正在马德里调查我们的底细呢。”托尼说道。

瓦伦丁抱怨道：“托尼先生，我早就说过，咱们这两台电炉卖不出这么高的价钱，如果当初我们开的价钱只是1200万或者1400万，恐怕这些中国人早就和咱们签约了。”

托尼没好气地说道：“我不需要你告诉我如何谈判，你现在要做的是去写一份详细的报告，向总裁说明这两套电炉已经严重过时，我们经过艰难的努力，终于让中国人用1600万的价格全部买走了。千万别忘记，中国人最初开出的价格是两套设备1400万，而我们却让他们加上了200万。”

“好吧，我会写上的。”瓦伦丁又习惯性地耸了耸肩膀，不过这一回他显出的不是酷，而是无奈。

有郁闷的，自然就有开心的。从奥索公司返回梅隆宫酒店的一路上，蒋焕文像喝醉了酒一样，把同车的陈鸿程的肩膀拍了无数次，反反复复地说着：“陈总啊陈总，你是从哪弄来小秦这么一个宝贝的？怎么样，我拿1000吨平价钢材跟你换，你把他让给我吧。”

陈鸿程心中苦笑，暗道秦海岂是自己能够卖掉的，以秦海的机灵，没把他陈鸿程插个草标卖掉就已经算客气了。不过，这样的话他是不会说出来的，他讪笑着辩解道：“其实，这主要是我们公司在西班牙这边有一些业务往来，昨天一天，我和小秦跑了不少地方，像小秦说的什么莱戈公司，劳思公司，我们都去过的，对了，我这里还有他们总裁的名片呢……”

“当然当然，小秦能干，主要也是你这个总经理领导有方嘛。”蒋焕文知道陈鸿程脸上挂不住，赶紧圆场，不过，说完之后，又开始感慨起来：“哎呀，这个小秦，真了不得，三言两语，竟然让洋鬼子低头了，太神了！”

接下来的两天时间里，红原钢铁厂的几位就没什么事情可做了。他们终于能够像代表团里的官员们那样，到周围的商业街去走一走，买点可心的东西。

因为双方已经成了合作伙伴，所以陈鸿程也不再拒绝向红钢的几位出借外汇，当然，蒋焕文也非常慷慨，答应了回去之后可以给陈鸿程弄几百吨计划内钢材，这让陈鸿程总算是心理平衡了。当时国内市场上计划内钢材和计划外钢材的差价每吨有一两千元之多，几百吨计划内钢材只要倒倒手，就是几十万的利润。

在这期间，秦海带着陈鸿程又去见了一趟胡安尼托，拿到了卖模具钢配方的后续款项。接着，他们又在胡安尼托的引导下，见到了马德里最大的钢铁经销商莱昂纳多。

“这是我的中国朋友，秦先生和陈先生，他们有一些不错的货色想交给您代销。”在莱昂纳多的大办公室里，胡安尼托这样介绍道。

莱昂纳多是一个超级胖子，满脸横肉，肚子滚圆，最好地诠释了“腰缠万贯”这个成语的来历。他坐在自己的加强版大转椅上，饶有兴趣地看了看眼前穿着朴素的两个中国人，然后对胡安尼托问道：“这就是你上次跟我说起过的那两位中国商人？”

“正是。”胡安尼托答道，莱昂纳多也是他的经销商，虽然财产比他要多出数倍，但两人之间的关系还是比较平等的。他又说道：“我刚刚提供的那种热锤锻模钢，就是这位秦先生开发的。您是知道的，这种模具钢的品质优于欧洲市场上同类的所有产品，其开发思路也显示出了开发者天才的思想。”

“唔，中国人能够开发出这样优秀的钢材，的确不容易。”莱昂纳多点点头，然后对陈鸿程问道："陈先生，你们想让我替你们销售什么样的钢材呢？"

在莱昂纳多看来，陈鸿程的岁数更大，肚子也比秦海要大一些，显然应当是秦海的上司。像这样的事情，他当然要找主事的人谈，怎么可能与一个小跟班谈呢？

陈鸿程无奈地笑了笑，指了指秦海，用结结巴巴的英语说道："这个问题，还是请秦先生与您谈吧，呃……我的英语不太好，也不懂西班牙语，交流起来有些障碍。"

胡安尼托是知道真实情况的，不过他也不会去揭穿这二人的关系，只是坐在一旁，当着一个陪客。

秦海脸上带着标志式的微笑，这是一种发自内心的自信的微笑。虽然胡安尼托向他介绍过莱昂纳多的财产和在钢铁行业的影响力，但秦海并不觉得有什么可怕，他相信，不出十年，像莱昂纳多这样的经销商，将会成为他的供销体系中非常普通的一环，他对自己和对中国经济，都有足够的信心。

"莱昂纳多先生，我们今天到您这里来，是想谈一系列比较深入的合作。我们既希望能够把我们生产的代表全球90年代水平的特种钢材交给您代为销售，也希望能够通过您帮助我们采购一些原材料和设备。总之，这是一项全方位的合作，对于您和我们，都会有极大的影响。"秦海不慌不忙地说道。

"你是一个有意思的年轻人，很像我年轻的时候。"莱昂纳多微笑了。他往后靠了靠，让自己在大转椅上坐得更舒服一点，然后手不知道在哪一摸，掏出来一支硕大的雪茄，自顾自地剪了口，又用一支粗壮的火柴点着了火，慢慢地品了起来。

在做所有这些的时候，他没有向胡安尼托、秦海等人谦让，俨然把众人都当成了透明。他这样做，既有作为一个富翁的傲气，也有施展心理暗示的意图。他不能让一个年轻人随随便便地站在与他相齐的位置上，更别说这个年轻人还是来自于人均收入只有几百美元的一个发展中国家。

秦海对于莱昂纳多这种装样的行为很不以为然，生意场上比的是实力，而不是比谁能装样。当然，如果秦海的见识少一点，脑子里装的都是电影里的情节，那的确有可能被吓倒了，正如陈鸿程现在的状态一样。

“年轻人，你说说看，你打算怎么和我合作？”莱昂纳多摆足了谱之后，对秦海问道。

秦海道：“我上次和胡安尼托先生说过，我手里有几种钢材，包括高速刀具钢、超高强度钢、耐热钢，它们的技术水平至少超前于欧洲现有水平五年以上，有关的技术参数我也已经交给胡安尼托先生了，我猜想，您一定也已经看到过这些参数了。”

“我的确看到了。”莱昂纳多点点头道，如果不是看到这些技术参数，他恐怕连见秦海他们的兴趣都没有。秦海提供的钢材参数，莱昂纳多请专业人员评估过，得出的结论与秦海说的相仿，那就是欧洲市场上恐怕五年之内很难有其他同类钢种能达到这样的性能指标。专家们提出的唯一质疑是：这样的钢材，怎么可能出于中国人之手呢？

当着秦海的面，莱昂纳多也就毫不客气地把这个问题提出来了：“年轻人，实不相瞒，我不相信这样的钢材是你们能够生产出来的，如果说是日本人搞出来的，我或许还能够相信。日本的某些炼钢技术，的确已经走到欧洲人前面了。”

“胡安尼托先生炼出来的模具钢，就是一个证据。”秦海道，“你们应当也去查过了，包括日本人在内，谁曾经提供过这样品质的钢材？”

“这一点我可以证明。”胡安尼托赶紧说道，“这个配方是秦先生提供给我的，我们查过了，其他企业没有这样的配方。”

“一个配方不能说明什么。”莱昂纳多反驳道，“它代表的，也许只是一种偶然。”

这种猜想当然也是合理的，因为钢材配方的开发，除了要有理论支撑之外，运气也是一个非常重要的因素。据坊间传说，高锰钢的出现就是因为炼钢工人不慎在钢铁原料中混入了几块锰矿石，冶炼出了强度极差的低锰钢。企业老板一气之下，让工人们把所有挑出来的锰矿石全部投入炉里，谁知误打误撞，竟然获得了一种强度远甚于其他钢材的新钢种。

全世界有无数的冶金专家在尝试各种钢铁配方和冶炼工艺，偶尔有人碰上一个好的结果，也是正常的。秦海拿来卖给胡安尼托的那个模具钢配方，当然是很出色的，但这并不能说明他的其他配方也同样出色。

秦海料到了莱昂纳多的反应，他说道：“我们拥有一个全球顶尖的钢材开发团队，我就是这个团队中的一员。您也可以看到，我非常年轻，事实上只是团队中的一个学徒而已。不过，在过去几天里，我和圣路易学院的戈内特先生、马德里大学的卢卡，还有其他几位教授一起交流过金属冶炼方面的一些思想，他们对于我所贡献的想法还是非常感兴趣的。”

“你是说，戈内特和卢卡都赞赏你的思想？”莱昂纳多微微坐正了一点身子，对秦海问道。这二位专家都是搞冶金的，莱昂纳多有时候也会委托他们对一些钢材品种进行鉴定，知道他们的水平。秦海能够说出他们的名字，并且声称与他们进行过学术交流，这就说明秦海不是一个简单的人，他手上是有点真本事的。

“不能说赞赏，只是他们觉得这些思想有点价值吧。”秦海低调地说道，脸上的表情却有几分自傲，暗示自己的确已经折服了那些大学者。

秦海这些天跑学院，正是要制造出这种效果。他从前是做学问的，知道如何与学者进行交流，也知道如何在很短的时间内让这些顶尖的学者们认可他的能力。有了这些顶尖学者给他背书，他就可以反过来说服实业界的这些大亨了。

秦海一边与莱昂纳多说话，一边还简单地把对话的内容向陈鸿程做着介绍。听到秦海把这些天访问的学者抬出来作为大旗，陈鸿程叹服了，自己当了几天道具，还真没有白白吃苦，秦海的算计之深，是陈鸿程望尘莫及的，他甚至产生出了一种想法：是不是自己应当把红海公司挂靠到秦海名下，跟着这个妖孽一般的秦海，何愁自己没有发达之日呢？

“戈内特和卢卡的学识和人品，我都是非常佩服的。如果他们认为你的水平是很高的，那么我也没什么疑义了。好吧，那现在我们来谈谈钢材的事情，你打算如何与我合作？”莱昂纳多不再纠缠于细节了，秦海能够这样说，自然不会是谎话。毕竟莱昂纳多只需要一个电话，就可以证明秦海的话有没有掺水。

“我打算把这几种钢材在欧洲市场的销售权交给莱昂纳多先生，您可以从销售中提取 20% 作为佣金。销售权暂定为三年，三年之后，如果双方认为合作愉快的话，可以继续合作下去。”秦海说道。

这种销售方面的合作，当然不会是一句话就能够说明白的，这其中涉及秦海方面如何供货、莱昂纳多方面如何进行推销，以及其他许多细节。秦海说的，是一个大致的意向，一旦莱昂纳多接受了这个意向，下一步就要由双方的销售人员来具体商谈。秦海这边的销售人员自然就是陈鸿程了，在贸易方面，秦海自认不如陈鸿程内行。

莱昂纳多听到了秦海的话，不动声色，平静地问道：“你认为你们的特种钢材，在欧洲市场上能够有多大的销售额？”

秦海道：“今年之内，我们大概能够提供 5 种钢材。到明年，我们可以再提供 5 种。这 10 种钢材都属于工业领域比较重要的钢种，我对欧洲市场不太熟悉，不过，我想一年 2000 万美元的销售额应当是能够达到的。”

“嗯……如果是这样，那么这个合作还有点意思。”莱昂纳多满意地点了点头。此前胡安尼托向他介绍的几种钢材，他已经让人了解过，得到的结论比秦海的推测还要乐观一些。

对于莱昂纳多来说，与秦海进行合作，所得到的收益不仅仅是一年 400 万美元以上的佣金，而且还有来自于特种钢材销售的某种垄断优势。特种钢材这种东西，市场的需求量不大，但来源也非常局限。对于需要这类钢材的企业来说，谁能够为他们提供这种钢材，谁就是他们的救星。莱昂纳多通过掌握几种重要的特种钢材，可以与不少工业大亨建立起特殊的关系，这层收益的价值是无法估量的。

“这么说，莱昂纳多先生答应做我们的代理商了？”秦海笑着问道。莱昂纳多所想的问题，秦海也是知道的，只是没必要去点破而已。做生意的时候，让对方觉得捞到了额外的好处，能够使合作更为稳固。

莱昂纳多也露出笑容，此前，他一直是端着架子，不肯流露出一点和善之色的。他说道：“我对中国向来都有好感，也非常希望能够结交几个中国朋友。既然秦先生对自己提供的钢材如此自信，那我自然是不会拒绝的。”

“多谢莱昂纳多先生。”秦海向莱昂纳多欠了欠身子，表示了谢意，然后继续说道：“代理钢材，只是我们和莱昂纳多先生合作的一个方面，我们还有其他的一些事情也需要麻烦莱昂纳多先生，您不会觉得厌烦吧？”

“你说吧，只要是我能够做到的事情。”莱昂纳多说道。

秦海道：“我这次到欧洲来，其实是来采购原材料的。中国现在正在进行大规模的经济建设，钢材的需求量非常大。我们希望能够从海外采购到一些优质的煤炭和高品位的铁矿石，用于冶炼钢铁。据胡安尼托先生介绍，莱昂纳多先生与澳大利亚的矿业公司有一些不错的交情。”

“的确如此。不过，年轻人，你为什么不直接和那些矿产大亨们去洽谈呢？如果通过我来转手的话，我可是要提取佣金的。”莱昂纳多笑着说道。

秦海道：“我非常愿意让莱昂纳多先生赚取其中的佣金，因为我需要莱昂纳多先生的公司帮助我们完成这些矿石的采购以及后续的运输。我的企业没有海外经营的经验，如果由我们自己来做这些事情，很有可能会付出更多的成本。”

秦海面临的问题，远比他向莱昂纳多说的要复杂得多。他的确没有足够的人手去进行海外采购，与其派几个生手去被矿业大亨们耍弄，还不如把这件事委托给莱昂纳多的公司去代理，为此而付出几个百分点的佣金，也是可以接受的。

除了经验方面的问题之外，最麻烦的还是外汇管制的问题。如果秦海把钢材卖给莱昂纳多，再用得到的外汇去买煤炭和铁矿石，就会遭遇政策方面的障碍。国家外汇管理部门不会允许秦海把宝贵的外汇用于在海外采购初级产品，他们会把这些外汇都收走，然后让秦海自己去想办法弄煤炭和矿石。

为了绕开国家的管制，秦海只能想一个瞒天过海之计，那就是把特钢的销售与矿石的采购当成同一桩业务，与同一家公司来交易。具体来说，就是他把特钢卖给莱昂纳多，莱昂纳多向他支付一部分外汇和一部分矿石，对外则声称这是一项来料加工业务。这样一来，采购矿石的外汇根本就不经过国内，外汇管理部门也就无话可说了。

秦海语焉不详地把自己的想法向莱昂纳多说了一遍，莱昂纳多倒是听懂了，他点点头说道：“我明白了，这件事我可以帮你做。采购矿石的费用中要加上 5% 作为我的佣金，不过，你放心，以我在钢铁行业的影响力，肯定能够把采购价格替你们压下来，你们支付 5% 的佣金是不会吃亏的。”

“这可太好了。”秦海心里一块石头落了地，接着又提出了一个新的问题：“除了铁矿石之外，我们还需要采购一些镍、钨、铬、钼等合金元素，这些合金元素在欧洲市场上应当是能够买到的，我们希望莱昂纳多先生能够代我们进行采购，费用同样从特钢的销售款中扣除。”

秦海要大规模地冶炼和销售特钢，再像过去一样依赖于废钢熔炼是不可能的。一来是因为他们搜集的废旧合金钢数量有限，无法支撑这样大的生产规模。二来则是废旧合金钢的成分过于复杂，要冶炼高品质的合金钢，必须使用更为单纯的原料，诸如铬铁、锰铁等等。

国内钢厂冶炼合金钢，都是使用各种合金元素与钢铁原料按比例混合来实现的。但由于合金元素稀少，物资部门对合金元素的控制远比对钢铁原料的控制要严格得多，像秦海的平苑钢铁厂这种野路子企业，根本别想弄到合金元素。无奈之下，他只能把目光投向了国外。

听到秦海这个要求，莱昂纳多好生诧异，他看着秦海问道：“年轻人，你怎么会想到来欧洲市场采购合金元素呢？你难道不知道，欧洲市场上的很多合金元素，恰恰是从你们中国进口的。”

“我知道。”秦海苦笑不已，“中国的确是合金元素出口国，但我在国内却无法买到我所需要的合金元素。这样说吧，我并不忌讳把中国出口的这些合金元素再买回去……在我们中国，有一个词叫做‘出口转内销’，大致就是这么回事了。”

中国是一个有色金属储量极其丰富的国家，有些矿产资源的储量居世界首位，是重要的有色金属出口国。秦海希望采购的镍、钨、钼等合金元素，在国内市场上十分缺乏，但与此同时，国家却又在大量地向外出口。

出现这种奇怪现象的原因也很简单，那就是国家严重缺乏外汇，任何能够换取外汇的东西，都会优先用于出口。至于国内，大家勒勒裤腰带，又有什么困难是不可克服的呢？

秦海不是没有想过用自己获得的出口外汇来向那些出口企业购买这些合金元素，但他根本就找不到这方面的门路。他挣来的外汇不是他能够控制的，而那些出口企业也不会愿意与他唱双簧。

莱昂纳多会心地笑了，作为一个大商人，他对于中国的情况多少还是有些了解的，而且智商也足够高。秦海简单地一说，他就悟出了其中的奥妙，同时也对秦海的变通能力产生了几分由衷的欣赏。他曾经与一些中国国内来的政府官员和国企领导打过交道，这些人任何时候都抱着“原则”二字不放，像秦海这样敢于钻政策空了的中国人，他还是第一次遇上。

接下来，双方又探讨了一些合作上的细节，包括由莱昂纳多帮助秦海在欧洲采购部分学术资料、冶金设备和实验设备等。莱昂纳多还答应帮助秦海在西班牙成立一家海外分公司，负责管理在海外的款项。这家分公司由秦海和陈鸿程共同持有，胡安尼托帮秦海找了一个人作为海外股东，主要是为了给公司获得一些欧洲本土企业的待遇。

秦海和陈鸿程采用的这种方式，属于一种资本外逃的手段。也就是在出口的时候故意低报价格，把利润留在国外，然后用这些利润进行海外的各种运作。资本外逃在各个国家都属于政府限制的行为，但事实上又是谁都管不着的。一家企业的产品以什么价格出口，国家无权干预，而在海外能够获得多少利润，国家同样无从知晓。

秦海这样做，也的确是无奈之举。但凡有点办法，他也不会使用这种不能见光的手段。国内还处于改革初期，各种政策上的限制就像是企业头上的紧箍咒，像秦海手里这种具有超前发展能力的企业，在这样的政策环境中可谓是举步维艰，不搞一些名堂是无法办成事情的。

陈鸿程对于秦海的做法却是毫不在意，他们这些下海做生意的人，谁不是靠钻政策空子起家的？撑死胆大的，饿死胆小的，这是他们这个圈子里共同的信条。秦海能够想到这些方法，其实还是得益于陈鸿程的提示。在他看来，秦海的步子迈得还是不够大，辛辛苦苦弄了这么多外汇，用来买煤炭和铁矿石实在是太可惜了，如果买成冰箱、彩电之类的高档消费品，获得的利润要多得多。

不管陈鸿程怎么想，特种钢材是秦海生产的，陈鸿程想插手也插不上，只能由着秦海去运作了。还好，到目前为止秦海的所有作为，对陈鸿程都是有好处的。他这一趟出国的收获，远比事先预想的要多得多。

宾主双方在亲切友好的气氛中结束了会谈，秦海和陈鸿程离开的时候，莱昂纳多离开了他的大转椅，亲自把他们送出办公室，还给他们每人送上了两盒精美的古巴雪茄作为礼品。在秦海临上出租车之前，莱昂纳多握着秦海的手，用依然牛哄哄的口气说道：

“年轻人，我现在有些看好你了。我预感到，几年之后，你的确有资格成为我的合作伙伴了。”

秦海笑着应道：“莱昂纳多先生，您放心吧，不管什么时候，我都会把您当成我的合作伙伴的。”

“哈哈，好，好！你真是一个有趣的年轻人。”莱昂纳多丝毫没有被秦海的狂妄所激怒，反而哈哈大笑了起来。他相信，秦海是有实力说这种话的，三十年河东，三十年河西，谁知道若干年后秦海会不会真的超过他呢？

秦海与陈鸿程回到酒店的时候，发现红原省代表团所住的楼道里正洋溢着一派喜庆的气氛。二人刚刚从电梯出来，迎面就碰上了笑容满面的蒋焕文，他一只手拉住秦海，另一只手拉住陈鸿程，大声地说道：“哎呀，小秦、陈总，你们总算是回来了，你们再不回来，我们就准备请大使馆出面去找你们了。”

“呃……出什么事情了？”秦海被蒋焕文的态度弄糊涂了，“出什么事了，为什么要找我们俩啊？“

蒋焕文夸张地说道：“我们红钢准备今晚开庆功宴，祝厅长、李处长他们都要参加，大使馆的王秘书我们也请来了，可是快到时间了，最大的功臣却没有露面，这样庆功宴还怎么开啊？”

听蒋焕文一说，秦海马上就明白了，他笑着问道：“怎么，奥索那边有消息了？”

“有消息了！”蒋焕文道，“两套设备，一共 1600 万，还提供技术指导。那个叫什么托尼的专门跟我们说，奥索方面唯一的要求，就是让我们不要说这两套设备是过时的技术，以免损害他们在中国市场上的名声。”

“祝贺蒋厂长。”秦海赶紧向蒋焕文拱手表示祝贺，蒋焕文原来向省里申请了 2200 万美元用于进口一套设备，现在用 1600 万进口了两套，绝对属于喜出望外的大好事。能够为国家省下宝贵的外汇，蒋焕文肯定会受到省里的表彰，对于他个人的仕途发展也有莫大的好处。

蒋焕文毫不掩饰自己的喜悦，他说道："同喜同喜，这件事情多亏了小秦……哦，对了，还有陈总的大力协助。我这话放在这里，以后二位有什么事情要找我们红钢，尽管开口，只要不违反政策，又是在我的能力范围内的，我老蒋如果有二话，就是王八羔子。"

"哈哈，蒋厂长言重了，以后我们有什么事情肯定会去麻烦蒋厂长的。"秦海笑着说道。

"走吧，宴会已经安排好了，咱们这就过去吧。"蒋焕文说道。

西班牙也是饮食文化十分发达的国家，红钢的庆功宴搞得颇有一些规模，看来蒋焕文是狠狠地出了一点血。由于电炉引进的支出得到大幅度节约，无论是外贸厅还是冶金厅，对于蒋焕文的这份慷慨都给予了充分的理解。

尽管蒋焕文口口声声说秦海是本次引进设备工作的最大功臣，但到了把酒论英雄的时候，秦海和陈鸿程的名字只能排在很后面的位置上，排在前面的自然是祝晓峰等一干政府官员，甚至还有大使馆的外交官们。秦海不会去计较这种场面上的虚名，而场面上的人们也都非常清楚实际的情况如何。

有好事者总结过：看一份研究报告，排名在最后面的那几位往往就是真正的执笔者，排在最前面的可能连项目的名称都说不出来；看一份记功报告，排名在最后面的那几位往往就是真正立下功劳的人，而排在前面的，只是在精神上给予了重要支持的"有关领导"们。

在这次电炉引进项目的庆祝会上，秦海和陈鸿程的名字就是排在最后两位的，甚至陈鸿程的名字还在秦海之前。

在一番表扬与自我表扬之后，酒宴进入了自由交谈阶段。受大使馆委派前来出席宴会的王哲弈端着半杯红酒，笑吟吟地来到秦海面前，举了举杯子，说道："小秦同志，祝贺你啊。"

秦海赶紧也端起自己的杯子，却是有些装傻："小王秘书，不知你祝贺的是什么事情呀？"

“要祝贺你的事情太多了。”王哲弈用手微微捂着嘴浅笑了一下，说道：“首先，你帮助蒋厂长他们完成了这场艰难的谈判，实现了惊人的逆转，这件事不该祝贺你一下吗？”

秦海摇摇头道：“那你祝贺错人了，你应当去祝贺蒋厂长他们才对。用朱老先生的话说，热闹是他们的，我什么都没有。”

“回国以后，你不会受到表彰吗？”王哲弈闪着漂亮的大眼睛问道。也不知道她是天生妩媚，还是从事外交工作之后学会的扮萌，秦海不得不承认，这个丫头眨着眼睛的时候神情是很有杀伤力的。

“表彰……估计会有一点点吧，不过，这表彰对我有什么用呢？”秦海笑着答道。

王哲弈从今天庆功宴的格局也能想象得出未来秦海能够得到什么样的表彰了，过分强调秦海的贡献，就意味着其他人都是废物，这样的事情红原省是绝对不会做的，所以秦海最终只能在报告上露一个小脸，相当于路人甲的角色。

她点点头，又道：“那就说另外的事情吧，我听说小秦你在马德里期间，成功地谈下了几笔大生意，还和马德里的钢铁大亨莱昂纳多建立了合作关系，这一点是不是值得祝贺一下呢？”

“不会吧？你听谁说的？”秦海吓了一跳，与莱昂纳多的谈判，只有陈鸿程参与了，祝晓峰他们也是完全不知情的，可是这个王哲弈怎么会知道呢？

王哲弈对自己制造出来的这个效果非常满意，她笑道：“中国公民在西班牙做了什么事情，我们大使馆怎么能不及时掌握呢？再说，人家钢铁大亨要和你一个小小的什么红海公司合作，也需要请我们大使馆帮忙了解一下真伪吧？”

“我居然忘了这一点。”秦海有些懊恼地说道。

王哲弈说得对，莱昂纳多当然不可能连他们的底细都没有搞清楚就与他们建立起合作关系，找大使馆了解一些情况是最起码的谨慎了。至于大使馆方面，当然也不会对这样的事情等闲视之，通过一些秘密渠道了解一下秦海与莱昂纳多交往的细节，也是对国家安全负责的做法。

在强大的国家机器面前，秦海玩的这些小心眼，真是没有什么秘密可言。

他小心地向王哲弈问道："王秘书，我想打听一下，国家对于我与莱昂纳多的合作，应当没有什么限制吧？"

王哲弈道："你放心吧，我们不管外贸，只要你没有出卖国家情报，我们就不会干涉什么。不过我也提醒你，开展对外合作是国家积极鼓励的行为，但如果在对外合作中做出什么有损国家利益、有辱国格的事情，国家是绝对不会允许的。"

"你能不能不要这样严肃地跟我说话？我可真有点怕呢……"秦海嬉皮笑脸地说道。王哲弈话里的暗示，他已经听懂了，那就是说秦海的行为是有悖外贸部门要求的，但因为不涉及国家安全，所以大使馆也不会干预。

王哲弈对于秦海没有任何恶感。秦海在马德里做的所有这些事情，她大致都了解，她曾与大使馆的罗大使探讨过这个问题，罗大使认为，像秦海这样具有活动能力，而且在对外交往中能够为国家争取到利益的人，是非常可贵的，值得大使馆进行保护。

对于秦海与莱昂纳多的那些幕后交易，罗大使根本不在意，别说秦海背后的红海公司只是一家私企，国营企业里与外商串通洗钱的事情也不罕见。这些国企洗钱的目的是为了腾出外汇来买奢侈品，而秦海这样做的目的却是为了进口国外的原料和设备，二者在动机上有高下之分，这就使罗大使和王哲弈对于秦海更加欣赏了。

有关这些看法，王哲弈是不可能向秦海和盘托出的，她暗示了秦海一句，而秦海马上就心领神会了，这让王哲弈很是高兴。她故意绷起脸，训道："小秦同志，请你态度认真一点，我们现在不是在咖啡馆里闲聊，而是在进行严肃的谈话。"

"瞧我这脑子长的！"秦海一拍自己的脑袋，不知从哪翻出来一小叠花花绿绿的小卡片，递到王哲弈的手里，说道："王秘书，这是送给你的。我们可能马上就要离开马德里了，答应过你的事情，总得落实的。"

"这是什么东西？"王哲弈莫名其妙地接过那叠卡片看了一眼，不由得吓了一跳，脸也无端地涨红了。原来，那竟然是一叠 Serrano 商业街的 Liss 花式冰淇淋券，足足有十几例之多。王哲弈一向知道这种冰淇淋的价格，一例就可以吃掉她一个月的工资。她初见秦海的时候，为了打击他的自信，说了一句让秦海请她去吃 Liss 冰淇淋，没想到秦海居然真的记在心上了。

“你疯了，这得多少钱啊！”王哲弈压低了声音说道，同时做贼心虚地向两边看了看。还好，大家现在都忙着奉承祝晓峰等人，没人关注他们这两个最小的人物。

秦海道：“你就收着吧，我没时间陪你去吃，只能送你几张券了。不过，这券可不是白送给王小姐的，以后说不定还有什么事情要拜托王小姐帮忙呢。”

“我就知道你这是糖衣炮弹。”王哲弈终于缓过劲来了，她知道秦海这一段在马德里与西班牙商人们勾搭，挣了不少钱，这十几张冰淇淋券，在她看来很昂贵，对于秦海来说可能真的只是九牛一毛。她把卡片塞进自己的小坤包里，然后说道：“糖衣我收下了，炮弹奉还，要请本姑娘做什么事情，你得通过你们外事部门行文到大使馆，否则一概免谈。”

“托你帮忙买点学术资料之类的，也要行文？”秦海笑道。

王哲弈扑哧一笑，说道：“这个忙我倒是可以帮……”

“嗯嗯，那就足够了。”秦海说道。

给王哲弈送冰淇淋券，只是秦海的一时心血来潮。那天他和陈鸿程正好从 Serrano 商业街路过，遇到冰淇淋店在搞促销，他便掏钱买了十几张卡，准备找时间送给王哲弈。王哲弈给人的感觉颇有些清雅脱俗的样子，让秦海很是喜欢，这是他给王哲弈送券的原因之一。至于另一个原因，就有些市侩气了，那就是秦海觉得自己未来有不少业务要通过西班牙来办理，结交一个大使馆里的工作人员，还是很有好处的。

收下了秦海的馈赠，王哲弈觉得有些尴尬，一时间两个人似乎都找不到话说了。王哲弈向秦海举了举杯子，自己抿了一口红酒，然后顾左右而言道：“马德里的天气，我真的挺不喜欢的，我还是喜欢京城。”

“怎么，王小姐是京城人？”秦海随口问道。

王哲弈点了一下头，然后伸手到包里取出便笺纸，找了支铅笔写了几个字，交给秦海，说道：“秦海，其实我在使馆可能工作不了多长时间了，最迟明年我就会回国去。这是我在京城的家庭住址，你如果有什么事情去京城，可以到我家去找我。”

说罢，她转过身，端着杯子向其他人走去了。秦海展开手上的便笺看去，只见上面写着一个电话号码和一个地址：京城三里河路 ×× 号 ×× 幢 ×××。

几天后，红原省代表团结束了在西班牙的工作，起程回国。王哲弈把代表团送到了机场，临进安检门之前，她把一个小兜塞到了秦海的手上，然后便摆摆手离开了。秦海打开兜看去，里面装的是一些飞机上消磨时间用的休闲小食品，不过却是照着女孩子的口味买的，让秦海觉得哭笑不得。

飞机飞越了欧亚大陆，降落在浦江机场。走出机场的时候，秦海看到了眼前的巨型条幅：热烈欢迎红原省代表团载誉归来。

红原省派出了一个由经委主任带队的小组前往浦江欢迎外贸代表团一行，秦海对于这种场合一向不感兴趣，于是便借故溜走了。蒋焕文也觉得秦海出现在这个场合有些突兀，因此只是象征性地挽留了几句，就让他走了。不过，蒋焕文倒是再三地表示，原来说好的租赁一套电炉给北溪钢铁厂的事情是不会变的，等电炉运到，他会专门安排人送往北溪。

陈鸿程与红原省的官员们都比较熟悉，当然不会放过这个出头露面的机会。他与秦海在机场道了别，便随着红原省那帮人一起走了。

秦海自己拎着行李出了机场，径直走向一辆在机场外“趴活”的出租车。车里的司机看到有人走来，脸上先是露出了一丝欣喜的神色，待看清秦海的肤色、鼻梁等特征之后，便垂头丧气地继续玩弄自己的指甲去了。

“这车走吗？”秦海敲了敲司机那侧的窗户，问道。

“这是出租。”司机摇下半截窗户，没好气地说道。

秦海被司机给气笑了，他说道：“我看出来了，如果是公车，我会过来吗？”

“那你敲啥？”司机道。

秦海道：“出租不就是用来坐的吗？我坐车。”

“你坐车？”司机瞪圆了眼睛，“你知道一趟多少钱吗？”

“几十，一百？”秦海道，“你从哪觉得我不像是能坐得起出租车的人？”

“你有钱也不行，我们只收外汇。”司机答道，他觉得自己大概是遇到富二代了，当时国内已经有一些先富起来的人，倒也是能坐得起出租车的。

秦海从兜里掏出一张西班牙钞票，搁在窗玻璃上，对司机说道：“这个成吗？”

“这是什么钱？”司机脸色变得严肃起来，他能够看出这肯定是外国钱，但又是自己所不认识的，这一瞬间，他对秦海的看法顿时发生了变化，这不是啥富二代，这明显是回家省亲的华侨啊！

“这是西班牙比塞塔，面额1万，相当于160美元。”秦海有些无奈地说道。连出租行业都有创汇任务，也难怪出租车司机不乐意拉中国人了。别去扯什么气节、荣誉感之类的大话，用宁中英的话说，有钱的王八大三分，谁让中国人穷呢？

司机总算是打起了精神，跳下车殷勤地帮秦海把大件行李塞进后备箱，又招呼秦海坐上了车，然后问道：“先生，你去哪？”

“我去……”秦海这才想起来，自己好像还真没想好要去什么地方。从前的他在浦江当然是有无数朋友的，但这一世他在浦江只认识一个杨新宇……要不，就去杨新宇那里转转吧。

秦海说了个地址，司机发动马达，拉着秦海上了路。当年的浦江路上没有什么车，出租车开了40分钟，就来了浦桑国产化办的门前。

“同志，你找谁？”门卫走上前来，拦住了秦海，对他问道。

“我找杨主任，杨新宇主任。”秦海答道。

门卫狐疑地看着拎了大包小包的秦海，问道：“你和杨主任约过吗？”

“没有。”秦海道，“我刚从国外回来，没来得及和他约呢。”

“没约……”门卫拖着长腔，“那我得先问问杨主任，他愿不愿意见你。你叫什么名字，是哪个单位的？”

“我叫秦海，你这样向杨主任介绍就行了。”秦海有点郁闷，坐出租车差点被拒载，见杨新宇居然还要事先通报，难道自己看着就这么像坏人吗？

门卫又认真地向了秦海一眼，然后拨通了内线电话。他刚刚对电话里说了“秦海”二字，对方显然便表现出了惊喜的态度，因为秦海可以看到门卫的脸色也立即变得和善起来。

“原来是杨主任的朋友，那你快进去吧。”门卫放下电话，客客气气地对秦海说道。

“我这个箱子太大了，先存在你这吧。”秦海把出国用的大旅行箱留在门卫室，自己背着个小包上了楼，凭着记忆找到了杨新宇的办公室。

没等秦海敲门，办公室的门就打开了，路晓琳从里面走了出来，见到秦海，女孩子撇了撇嘴，说道："哇，原来是秦大能耐来了，我们主任还让我下楼去接你呢。"

"岂敢岂敢，哪敢劳路大小姐的大驾。"秦海笑道。他与路晓琳打了几回交道之后，两个人关系其实已经挺不错了，只是路晓琳觉得秦海年纪轻轻就如此受自己的领导器重，在领导眼里甚至比自己的地位还高，心里颇有一些酸意，见了面总是要贬上几句的。

"来，刚从国外回来，也没给路姑娘带什么，有点小零食，路姑娘请笑纳。"秦海把离开马德里之前王哲弈送他的那一小兜零食掏了出来，递给路晓琳。这些小零食根本不适合男孩子吃，所以秦海一直都没动。现在见着路晓琳，他正好借花献佛。

"哎呀，榛仁巧克力！还有蔓越莓，怎么都是我喜欢吃的。不错不错，秦海，算你有点良心。"路晓琳看了看那兜子零食，不禁雀跃起来，脸上那番装出来的冷漠一扫而光。路晓琳家境不错，这些高档的舶来零食也都是见过和吃过的，但平常要让她自己去买些来吃，她可舍不得。

"小路，又违反纪律了？"屋里传出来杨新宇的声音，他听出秦海向路晓琳送了什么，让路晓琳很高兴，于是便出言提醒了。

路晓琳拉着秦海进了屋，嘻嘻笑着对杨新宇道："主任，是小秦刚从国外回来，给我带了点零食。嘻嘻，这些都是我们女孩子吃的东西哦，你们可没份。"

秦海向杨新宇打了个招呼，然后从身上的包里掏出一个装潢精美的大纸盒子，放到杨新宇桌上，说道："一盒古巴雪茄，是客户送的，我转送给杨主任了。"

"小秦，你什么时候也学会这套了？"杨新宇把脸微微一沉，说道。

"哪套？"秦海笑着问道。

"请客送礼啊。出一趟国，回来又是给我带东西，又是给小路带东西，这可不是你小秦做事的风格。"杨新宇斥道。

秦海把雪茄向杨新宇那边又推了推，说道："杨主任，你想多了。这盒雪茄是西班牙一个叫莱昂纳多的钢铁商人送我的，我又不抽烟，不送你还能送谁？我这还有一盒，打算回去送我们宁厂长。至于这些零食……”

“你可别说是别人送你的，否则我会生气的。”路晓琳嘴里含着一颗巧克力，瞪着俏眼警告道。

“呃……好吧，这是我专门去买的。”秦海说着，向杨新宇眨了眨眼，意思是这话千万别信。

杨新宇看了看那盒雪茄，迟疑了一下，说道：“好吧，那我就破个例。别人的礼我绝对不收，但你小秦的礼物，我看还是可以收的，你小秦不是搞阴谋诡计的人。”

“总算是听到一句人话了。”秦海额手称庆。

杨新宇恼道：“这是什么话，难道我在这之前说的都不是人话？”

“人味太淡了。”秦海笑道，他有些摸透杨新宇的脾气了，像杨新宇这个位置上的人，成天对他阿谀奉承的不知有多少，这使得杨新宇对一切客套话都非常敏感。秦海反其道而行，在杨新宇面前没大没小，反而能够赢得杨新宇的好感。杨新宇说破例收他的礼物，就是一个例证。

“杨主任，你不觉得你们国产化办现在有些高高在上了吗？我记得去年的时候，你们是开门招商，我们一个破农机厂的人都能够得到你杨主任的亲自迎接。可是现在，我要求见你居然还要门卫先通报。”秦海抱怨道。

杨新宇叹了口气：“你可不知道，自从北溪的现场会开过之后，各地掀起了一个力争汽车国产化的小高潮。每天到我们国产化办来的人都快把我的门槛踏破了。有的是想承接汽车配件，有的是想代销汽车配件，来的人都是拎着大包小包的特产，到了办公室撂下就走。有些干货还好，有些人送的是鲜肉、鸡蛋之类，放几天就坏了，你说让我们怎么处理？”

“所以我们主任定了一条规矩，但凡拎着包来的，一律拒绝入内。”路晓琳呵呵笑着补充道。

“难怪……”秦海也笑了，自己因为从国外回来，所以带的行李特别大，居然被门卫错认为送礼的人了。话又说回来，自己不是真的已经向杨新宇和路晓琳都送了礼品吗？礼物的贵贱本来也不是能够用体积来衡量的，自己送给杨新宇那盒雪茄，值得好几百美元了，够买一车猪肉。

“唉，真是莫名其妙的烦恼。”杨新宇叹道。

秦海笑道：“这也算是快乐的烦恼吧？不管怎么说，国产化工作算是打开局面了，杨主任应当高兴才对。”

杨新宇摇摇头，说道：“高兴不起来啊。过去没人承接国产化任务的时候，我们烦恼。现在大家看到好处了，都想往这个圈子里挤，也是一件烦恼的事情。”

“咱们国家的国力有限，把有限的资源重复扎堆地使用，是极大的浪费。”秦海评论道。

“你说得太对了！”杨新宇眼睛一亮，他认真看了看秦海，然后说道：“小秦，有没有兴趣到我这里干？我现在迫切需要一个懂技术而且有大局观的助手。”

听到杨新宇的话，秦海吓了一跳。他来看杨新宇，实在是因为下了飞机之后闲极无聊。青锋厂承接汽车配件国产化的事情，秦海现在都不太管了，因为青锋厂的各项工作已经步入了正轨，不需要秦海的金手指也同样能够发展得很好。秦海正琢磨着怎么把自己的事业做得更大一些，谁料想居然被杨新宇抓了差。

“杨主任，我给你送雪茄烟，可不是为了求你调动工作的，你千万别会错意了。”秦海半开玩笑半认真地说道。

换成一个寻常人，能够从安河省调到浦江市来工作，那可是烧高香都求不来的好机会。前一段时间，还真有几个杨新宇的老朋友、老同学之类求到杨新宇名下，希望能够帮助把自己的孩子或者亲戚调过来工作，但都被杨新宇给婉拒了。像秦海这样拒绝过来工作的，的确算是另类了。

对于秦海的回答，杨新宇并不觉得意外。如果秦海欣欣然纳头便拜，倒反而要让杨新宇觉得自己看错人了。自从秦海第一次在国产化办提出承接三十余项配件的生产任务开始，杨新宇就认定秦海不是一个凡人，他知道，一个浦江的工作机会在秦海眼里没有什么了不起的。

“我不是要帮你什么忙，相反，我是要请你帮我的忙。”杨新宇客气地说道，“这一段时间，有关浦桑汽车国产化的事情，乱象横生，我一直在考虑应当建立一套更有效的协调机制。虽然现在都在说商品经济，但全国一盘棋的说法，还是要提的嘛。”

秦海对于杨新宇说的问题很有感触，在他生活过的年代里，材料领域的乱象依然存在。有些东西大家都扎堆做，有些东西则无人问津。相关部门经常要组织召开各种会议，目的就是协调各家研究机构、企业的研发方向，避免重复浪费。秦海自己就曾参加过许多次这样的会议，也深知这种乱局带来的损失有多大。

带着这样的认识，秦海评论道：“全国一盘棋的概念，并不只是计划经济的概念，市场经济国家也同样有这样的概念。发达国家也有他们的宏观调控手段，在某些方面，他们做得并不比咱们差。”

“你说得对。”杨新宇点头赞道，“我们有些同志，一谈商品经济，就彻底否定国家统筹。一种钢材，四五家厂子都要搞，最终我们采购谁的？这个问题不解决，未来就算我们国产化办不用承担相关的责任，给国家造成不必要的浪费，这个过失也是不可饶恕的。”

“可是，这和我有什么关系？”秦海笑着问道。

杨新宇道：“我考虑，国产化办要对申请进行汽车配件国产化工作的企业和地区进行一些必要的评估，同时也需要进行一些技术上的指导，引导他们合理地安排工作，避免不必要的重复。我注意到，你对金属材料颇有一些研究，而且头脑很灵活，有大局观，所以想请你来协助做金属材料方面的工作。”

“协助？”秦海抓住杨新宇话里的一个词，用挑剌的口吻说道。

杨新宇笑了：“当然是协助，以你的年龄和资历，要负责一个领域恐怕不太合适。最起码，不能服众啊。”

秦海摇摇头道：“如果不能让我负责，那杨主任还是另请高明吧。我哪知道你会找一个什么人来当领导，万一他昏庸无能，对技术上的事情一窍不通，我还得费尽口舌向他解释，我可没这样好的耐心。”

“嗯，言之有理。”杨新宇貌似严肃地点了点头，说道：“那么，如果让你独当一面，负责一个领域，你说了就算，你干不干？”

“这……”秦海无语了，自己刚才把话说得太满了，本来以为杨新宇肯定不会让他负责，这件事就算是揭过了。谁知道杨新宇竟然如此有魄力，敢于真的让他负责一个方面。到了这个时候，自己再说拒绝，好像有些说不过去啊。

“其实，杨主任，我手边很忙的。”秦海支吾着说道。

杨新宇道：“你忙的那些事情，我都知道。北溪那边，你不是已经有一个叫宋洪轩的代理厂长吗？我听你们柴市长说，这个宋洪轩还是挺能干的，北溪特钢厂现在经营非常顺利，你不用操太多心的。”

“杨主任，你不会是早就惦记上我了吧？”秦海吃惊地问道。

杨新宇说的情况基本上是属实的，秦海名下有几家企业，现在具体的生产过程都用不着秦海操心，秦海更多的是做一些战略方面的工作。在开辟了海外的原料来源之后，北溪特钢厂的生产已经没有什么大的障碍，宋洪轩完全可以担当下来。说得更极端一点，在具体的生产管理方面，秦海还远不如宋洪轩内行，秦海去了也就是添乱而已。

杨新宇笑呵呵地说道：“没办法啊，我现在手上人才奇缺，抓住一个好苗子就不想放手了。”

“那我应该说是荣幸还是悲哀啊？”秦海装出一副无奈的样子，对杨新宇问道。

与杨新宇聊了几句之后，秦海其实已经有些心动了。帮杨新宇做事情，并不能认为是浪费时间，这件事对于秦海来说，其实是一个挺大的机遇。

浦桑国产化是一个很大的工程，涉及的材料类型也非常多。有人曾做过一个粗略的估算，到 90 年代中期，国产汽车需要使用的钢材将达到 355 万吨，铁和铸钢 110 万吨，有色金属 25 万吨，塑料 8 万吨，轮胎用橡胶 5 万吨，密封胶两万吨，涂料 4 万吨，铸造用树脂 1 万吨，钢化玻璃 1100 万平方米，纺织品 1400 万平方米……

这个估算只是基于数量的，具体到品种上，要求就更多了，说举全国之力才能攻克相应的材料难关，并不夸张。能够站在国产化办的这个平台上，协调全国各企业的力量，既是一件有利于国家的事情，也有助于培育自己的人脉。

材料工业这个舞台大得很，光靠秦海一个人是演不出一台戏来的，他愿意与更多的人联袂演好这场恢弘的史诗巨篇。

“荣幸也罢，悲哀也罢，这件事咱们就算说定了。”杨新宇看出秦海已经答应帮忙了，他笑着说道，“给你一星期假，你先回去把自己的事情处理一下。一星期之后，到国产化办来报道，准备接受新的工作。”

“一星期……”秦海抗议道，“杨主任，你这也太能使唤人了吧？我从浦江回安河去，也得一天多的时间，再回来，又得一天多，满打满算，我在家里只能待四天？”

“那就……十天吧。”杨新宇讨价还价般地说道。

“好吧，我再问一下，我来了之后，担任什么职务呢？”秦海问道。

杨新宇对此早有准备，他说道：“汽车材料国产化工作小组秘书。”

“秘书？”秦海撇了撇嘴，“闹腾了半天，我才是一个秘书？”

“你还想当组长啊？”路晓琳在一旁不乐意了，她当了好几年秘书也没抱怨什么，这个秦海居然对秘书这个职位如此不屑。

秦海道：“杨主任刚才不是说让我负责的吗？我琢磨着，怎么也得给我弄个组长吧？”

“组长是我们苏部长。”杨新宇笑呵呵地提醒了一句。

“副组长不会就是你吧？”秦海看着杨新宇问道，其实这话也不必问，国内有许多“工作小组”都是这样的配置，组长由上头的领导担任，副组长是具体做事的，再往下则是一堆跑腿打杂的。

果然，杨新宇点点头，道：“你猜对了，的确是我。”

“典型的外行领导内行啊。”秦海毫不客气地说道，“你们二位对材料的了解，我不敢恭维。你们当组长和副组长，这项工作能干成啥样，我现在就能够猜得出来了。”

“秦海，你说话注意一点！”路晓琳眼睛一瞪。

杨新宇倒是把路晓琳给拦住了，他对秦海说道：“小秦，你说得很对啊。苏部长和我，对于材料都是一窍不通，所以我们才需要有懂行的人来把关。请你当秘书，其实只是一个名称而已，具体到与企业进行协商的时候，你是能够代表苏部长和我的，这个权力你还不满意吗？”

“嗯，这样说起来还有点意思。”秦海说道，他对杨新宇的做事风格还是比较了解的，知道杨新宇既然能这样说，也就是打算这样做的。自己这个所谓的秘书，很多时候大概就是要以组长或者副组长代言人的面目出现，当然，所要承担的责任也就更大了。

“好，我接受这项工作，也希望杨主任能够信守今天的承诺，给我充分的权力。”秦海说道。

“还有什么困难没有？”杨新宇问道。

秦海道：“我需要解决一下在浦江的食宿问题。”

“这个简单，浦江市工业局给我们提供了几间宿舍，让小路给你安排一间就行了。至于吃饭，工业局有食堂，小路也会给你安排。你需要考虑的，就是如何开展工作,尽快让汽车材料国产化的工作步入正轨。”杨新宇吩咐道。

“杨主任放心，我先回安河去交代一下自己的事情，然后会以最快的速度投入工作。”秦海郑重地回答道。

离开浦江之后，秦海先回了北溪。

正如杨新宇说的那样，从北溪钢铁厂分离出来的北溪特钢厂在宋洪轩的管理下，生产蒸蒸日上，一派喜人景象。原来平炉二号车间的牌子早已摘掉，北溪特钢厂的牌子看起来格外醒目，一个厂中之厂已经初显规模。

听说秦海在欧洲除了弄到矿石之外，还额外弄到了一套电炉炼钢设备，宋洪轩喜出望外，马上就开始琢磨着安装电炉的空间、工人的调配、废钢的来源等相关事务，说得头头是道，让秦海觉得自己的确有些多余。他索性把蒋焕文那边的联系方法都告诉了宋洪轩，让宋洪轩直接与蒋焕文联系电炉的运输、交接事宜。

“嗯嗯，我都记住了，怎么，秦厂长，你还要出差？”宋洪轩把秦海说的内容都记录下来之后，敏感地问道，他分明听出秦海的话里有点“托孤”的味道。

秦海道：“老宋，如果我离开一段时间，北溪这边的事情，你一个人能顶得住吗？”

“我一个人当然不行。”宋洪轩毫不犹豫地回答道。

“那怎么办？”秦海有些犯愁了。

宋洪轩道：“幸好我不是一个人啊，这几个月里，我认真观察了一下，选了几个有能力的同志出来给我当帮手，我正等着你回来给他们正式任命呢。”

“呃……”秦海无语了，原来宋洪轩不是一个人……

“你看中了就任命好了，还等我干什么。”秦海说道。

宋洪轩笑了，秦海对他早有授权，但对于重要的事情，他还是习惯于让秦海来决策。他说道：“秦厂长，涉及人事任命的事情，当然还是要由厂长来决策的，我怎么能擅自做主呢？”

秦海拍拍宋洪轩的肩膀，说道：“好吧，那我就宣布一项人事任命，任命宋洪轩同志任北溪特钢厂厂长，负责全厂事务，向董事长秦海负责。”

“厂长？”宋洪轩既有些吃惊，又有些释然。他原来的职务是北溪特钢厂的平炉车间主任，但特钢厂总共也只有这一个车间，所以他实际上是行使着厂长职责的。这些时间里，秦海成天在外面跑，厂子里的事务都是由他负责，现在正式任命他为厂长，也是顺理成章的事情。

秦海弄来了新的电炉，这意味着特钢厂将会新建一座电炉车间。未来有了来自于澳洲的煤炭和铁矿石，无论是自己新建高炉，还是租借北钢的高炉，特钢厂都会有自己的高炉车间。到那时候，北溪特钢厂将是一座真正的大型工厂，能够在这样的工厂里担任厂长，也不枉他宋洪轩的满腹经纶了。

“秦厂长，你是说，你不再管北特的事情了？”宋洪轩试探着问道。

秦海道：“我想过了，咱们北特此前面临的最大难题就是原材料采购的问题，一个月之内，莱昂纳多帮我们采购的澳洲矿石就能够运到，届时这个问题暂时就不会存在了。你要抓住这段时间，培养出北特自己的供销人员，不能总是依赖我亲自去替你们弄原材料吧？”

宋洪轩笑道：“秦厂长，你糊涂了，你才是北特的老板，怎么会是替我们弄原材料呢？你是替自己弄原材料才对。”

秦海也笑了，他知道宋洪轩是在开玩笑，因为宋洪轩当然明白秦海的意思是什么。他说道：“最近，我的工作会有一些变化，浦桑国产化办方面，想叫我去帮他们做些事情。”

“杨主任那边？”宋洪轩问道。作为秦海的得力下属，他当然会对秦海的重要社会关系有所了解，所以知道杨新宇其人其事。

秦海点点头，把杨新宇叫他帮忙的事情说了一遍。宋洪轩听罢，欣喜地说道：“秦厂长，这可是一个好机会。利用这个机会，你可以把政府、高校和研究机构、企业等各方面的关系都建立起来，这对于咱们北特未来的发展非常有用处啊。”

“我的想法和你完全一致。”秦海赞了一声，接着又说道：“不过，老宋你有一点说得不对，这不仅仅是涉及北特的事情，而是更大的范围。”

“我一直知道秦厂长的眼光不仅限于一个北特的。”宋洪轩感慨地说道。

“哈哈，知我者老宋也。”秦海笑道，“老宋，你先把北特经营好，未来还有一个材料帝国需要你去经营呢。”

“材料帝国……够霸气，不过我喜欢。”宋洪轩说道。从过去几个月的接触中，他感到秦海的这个断言并非狂妄。

与宋洪轩又探讨了一些具体的管理事务之后，秦海接着去拜访了一下北钢的厂长徐扬。听说秦海从国外弄到了新式电炉和铁矿石，徐扬颇有几分嫉妒，不过还是非常高兴地表示了祝贺。徐扬的追求与秦海不同，他虽然担任着北钢的临时厂长，但最终的发展还是在仕途上。在他看来，结交一个能弄到电炉的秦海，比自己亲自弄到一套电炉更有价值。

北溪这边的事情安顿好，秦海终于回到了平苑，这里才是他的大本营。回到家里，一家人都十分欢喜，那年代没有便捷的通讯工具，秦海出国之后就杳无音讯，让家人十分惦记，现在看到秦海平安回来，父母都松了一口气，至于儿子给他们买回来的各种异国商品，反而没让他们太过在意。

两个妹妹可就不同了，小孩子家没有那么多的顾虑，对于哥哥出国去西班牙，她们没有什么担心，更多的是羡慕。看着哥哥给她们买的花花绿绿、面料精美的衣服，两个妹妹的眼睛都笑成了月牙。

红原代表团的各位在西班牙期间都在疯狂采购，用的还是秦海挣的外汇。秦海办完自己的事情之后，自然也要到街上去采购一些东西，带给自己的家人。买给父母的衣物、日用品之类，秦海自己就能够确定，但给两个妹妹买的东西，他可是一点也不懂。

不过，这个问题肖梦琴替他解决了。肖梦琴自己就是一个二十来岁的年轻姑娘，对于十六七岁的女孩子喜欢什么东西了如指掌。知道秦海不差钱，肖梦琴便指点着秦海买了各种时尚服装、化妆品、小包、小首饰等一大堆东西，总共足足花了一两千美元。看着秦海毫不心疼地掏钱付账，肖梦琴叹息不已，这样一个高富帅，怎么就不是自己的男友呢？

“妈，你看看，我穿这件好看吗？”小妹妹秦玲换上一件无领无袖的休闲夏装，在镜子前得意地左右摇晃，恨不得叫全家人都来欣赏她的俏丽装扮。

“小海，这衣服是不是太不严肃了？”父亲秦明华批评道。

“不会吧？小玲这个年龄，穿这个挺合适的。”秦海笑着说道，这种少女夏装在西班牙很普遍，在未来的中国都算是比较保守的款式了，不过在当下就算比较暴露了，秦明华看不惯也是正常的。

秦珊也有一件同样的衣服，与尚未发育完全的秦玲相比，秦珊穿上这件衣服更加显得青春勃发，美丽的线条清晰可见。她换上衣服之后，不安地这里拉拉、那里扯扯，希望把自己的光彩遮掩掉一些，但却无济于事。

“哥，这件衣服……我穿不出去啊。”秦珊红着脸喊道。

“很好看啊！我妹妹真是衣服架子，这衣服穿在你身上，比西班牙的模特都漂亮。”秦海扭头看着大妹妹，由衷地赞道。作为时间旅行的福利，他拥有两个身材、容貌都处上乘的妹妹。小妹妹秦玲身材还没长开，但已显出一些小美人的潜质；大妹妹秦珊早已出脱得亭亭玉立，配上一件时尚的衣服，走出门去绝对是光彩照人了。

“是吗？”秦珊又是害羞又是欢喜，忸怩地说道，“这样穿到学校去，会让人笑话的。”

“谁会笑话你？她们是羡慕嫉妒恨。”秦海笑道。

“我可不敢穿，除非……”秦珊欲言又止。

“除非什么？”秦海奇怪地问道。

秦珊小声道：“除非有人跟我穿一样的衣服。”

“秦玲不是吗？”秦海用手指了指秦玲，说道。

秦珊摇摇头：“她不算，她是初中生……”

“哈哈，我明白了。”秦海忽然就明白了妹妹所指，他拍了拍手里的一个包袱，说道：“放心吧，同样的东西，我也给你的闺蜜预备了一套。”

“真的？”秦珊喜道，“哥，你知道我说的是什么意思啊？前两天宁静还跟我说呢，如果你出国回来没有给她带礼物，她就永远都不理你了。现在好了，要不咱们现在就去宁静家吧？她也等你等得心急了呢。”

“妹妹，咱们说话能不能不要那么节省，她是等我给她带的礼物等得心急了，而不是等我等得心急了，少了几个字，可容易被人误会的哦。”秦海赶紧纠正道。

秦珊坏坏地笑了起来，她不容分说就拉着秦海出了门，到了门外，她才把嘴贴到秦海耳朵边上，小声说道：“哥，你是不是真傻呀，她就是等你等得心急了！”

“那我不去了……”秦海只觉得腿肚子有些发软，这事怎么透着那么邪恶啊？